増補 日本古代文学入門

三浦佑之

角川文庫
22844

はじめに

新聞やテレビのニュースを見るのがいやになるほどに、悲惨な事件や人間不信に陥るしかない不祥事が続きます。ひとりひとりの心も、家族も、社会も、すべてが病んでいるようにみえます。

しかし私は、こうした状況が、現代になって突然、私たちの社会を襲ってきたとは考えていません。なぜなら、技術や知識は進歩するとしても、人と人との関係性の中で社会を動かしている人間の心情や行動は、いつの時代もたいして変わらないと思うからです。そして、古代文学を専攻する私がいつも思うのは、現代が抱えるさまざまな病根は、この日本列島においては、七、八世紀に萌芽したのではないか、ということです。

なぜ七、八世紀なのかという点は、本文の論述をたどっていただきたいと思いますが、私は本書で、現代に遺された古代文学のいくつかを取り上げ、そこに語られている神話や伝承や事件を、どのように読めるかということを論じました。取り上げた神話や伝承によっては、五、六世紀を舞台にしたものも含まれていますが、中心になるです。いずれの場合も、私たちが生きる現代からは、千数百年もの長大な時間を、あいだに挟んでいます。そうでありながら、読んでいただけばわかることですが、とても千年以上も前の話だとは思えないような、現代人と同じ感性をもち、同じ悩みを抱えた人びとに出会えるはずです。

死への恐れや衰えない肉体へのあこがれ、純愛やスキャンダル、殺人鬼の出現や親子の断絶など、私がここで取り上げた話の多くは、シチュエーションは違いますが、現代の社会でも同じように起こっている出来事ばかりです。そういう意味では人間というのは進化しない動物なのでしょうし、だからこそ人間だということになるのでしょう。

古代といえば、大化の改新(乙巳〔いっし〕の変)は六四五年、平城遷都は七一〇年というふうに、学校の歴史の勉強で覚えたことしか知らないという方もいらっしゃるでしょう。そして、習ったことの多くは、国家の動きであったり、権力の移動であったりするわけで、ふつうの人びとが何を考え、人はどのように暮らしていたかというようなことについては、私たちは何も教えられてきませんでした。教える側に、そうした日常的な生活への関心が薄かったということもあるでしょうし、古代を知るための資料が少ないという制約もあります。その中で、古代文学を専攻する私は、遺された文字資料を丹念に読み直すことで、古代の人びとの思考や生活を明らかにしたいと考えてきました。

もちろん、文字に書かれていることを、そっくり本当だと思い込んでしまうのは大きな勘違いです。しかし一方で、自分たちの生活とまったくかけ離れた、まったく考えもしないことがらが、話として伝えられるとも思えません。それぞれの話の背景には、それを生み出し伝えた人びとの、何らかのメッセージが潜んでいるはずです。それを掘り出そうとしたのですが、見当違いなところを掘り返していないことを願うばかりです。

古代文学を読みはじめてずいぶん長くなりましたが、おかげで、古典を「読む」ことの楽しみは、考古学者が思わぬ掘り出し物と出くわすのと同じだということは、わかったような気がします。そう簡単に、重要な遺物を掘り出せるわけではありませんが、掘り続けていれば、さまざまな情報を手に入れることはできます。時には、とんでもない遺物に出会って胸をときめかせることもあります。そうした楽しみを、この本を通して皆さんにも体験していただけるとよいのですが。

この本では、四つのテーマを設定し、それぞれのテーマごとに興味深い話を選び、現代語に訳しながら必要な注釈を付け、私なりの解説を加えました。その際、引用した資料の現代語訳は、愚直なまでの直訳を心がけました。私は、旧著『口語訳古事記

［完全版］』（文藝春秋、二〇〇二年）では、原典には出てこない古老が語り聴かせるという口語訳を試みました。それは、古事記（こじき）という作品に対する私の解釈に基づいた冒険でしたが、単独の作品を対象としない本書では、現代語訳にはいっさいの添加物を排除しました。なるべく原文には手を加えないかたちで紹介し、私の見解は、解説の中できっちりと掘り下げました。

取り上げたテーマのうち、第1章の異界論は、人間とはどのような存在かということを考えるために設定しました。第2章以下の三つのテーマは、現代の社会とかかわる題材を選んだつもりです。その結果、いささか露悪的な傾向がつよくなったかもしれませんが、おそらくそこには、生きた人間が描かれていると思います。ほんとうは、第2章では、現代人に人気の純愛ものを大きく扱いたいと思ったのですが、古代の人たちは純愛などというものにはあまり関心がなかったようで、どろどろとした男女の葛藤（かっとう）が多くなってしまいました。

第3章は、かなり異様な出来事を語る話を集めたつもりですが、現代には衝撃的な事件や刺激的な出来事が多すぎて、皆さんにショックを与えられないのではないかと心配です。第4章は、週刊誌やワイドショーで好まれる芸能人や政治家のゴシップと並べることができそうな、古代のスキャンダルを集めました。登場人物に皇族が多いのは、資料の性格上致しかたありません。また、3章と4章には、いささか下品な印象を与える話も含まれています。こうした話はいつの時代にも好まれたようで、なにを隠そう、私もけっこう好きな話群です。

取り上げ方にクセはありますが、どぎつさだけを強調して、現代社会に対する何らかのメッセージを主張しようと思っているわけではありません。まずは、取り上げた話を読み、その内容を楽しんでいただきたいのです。その先は、読んでくださる皆さんにおまかせしたいと考えました。ただし、ナビゲーターである私としては、雑学ふうの知識だけではない何かを受け取っていただければ、とてもうれしいとは思います。

このようなことを言うのは、声に出して読みたいとか、暗誦しようとか、日本語の美しさとか、いま流行りのキャッチフレーズにいささかの違和感をもっているからです。そこでは、ことばが「意味」を忘れて浮遊しているような印象を受けてしまいます。

音は大事ですし、声は必要です。そのことはじゅうぶんに承知しているつもりで、私自身も語りという問題にこだわり続けてきました。しかし、あたり前のことを言いますが、ことばは声だけではないし、美しいだけではないわけです。発せられた声の奥にある、書かれた文字の奥にある、意味を与えられた言葉こそが重要だということを置き去りにしているとしたら、それはたいそう困った事態だと申せましょう。声に出して読むのは、肉体の訓練や声帯の鍛錬としてはもってこいの方法です。しかし、それが思考を停止させる目的に使われて、教育勅語を暗誦させられた時代に戻そうと企む輩が出てきたらどうする気だと、天の邪鬼な私は突っ込みを入れたくなります。古典の現代語訳は以前から人気がありましたが、ここ数年の現代語訳ブームのきっかけを作った一人としては、どのようなかたちであれ、古典が読まれるのはうれしいことです。しかし、現代語に直せばすんなりと理解できるといえるほど、古典は単純なものではありません。ひと通り内容はわかったとしても、その先の深みに降りてゆくには、手がかりが必要です。そのための入門書として利用できるように、本書は編まれています。古代文学に興味はあるが何を読んでいいかわからない、そういう方には、自信をもって本書をお勧めします。

本書で取り上げた文献は、古事記・日本書紀・万葉集・常陸国風土記・出雲国風土記・播磨国風土記・懐風藻・日本霊異記・続日本紀などです。いうまでもありませんが、古事記・日本書紀・続日本紀は歴史書、万葉集は古代の歌を集めた書物、三つの風土記は地方の国々が撰録した地誌、懐風藻は漢詩集、日本霊異記は仏教説話集で、編纂目的も内容もまったく異なった書物です。その中には、古くからの語り伝えが文字化されたものや、文学として創作されたものなどがあって、性格もそれぞれ違っています。

その、まったく異質な作品群を一括りに古代文学として扱い、大胆な解説を加えるという冒険を批判するのではなく、おもしろい試みだと評価していただければ幸いです。時には、話の展開や私の解釈に突っ込みを入れつつ、どうぞゆっくりとお楽しみください。

文庫版追い書き

ありがたくも文庫版刊行の光栄を与えられたのを機に、第5章「揺らぐ列島、疲弊する人びと」を増補しました。旧版は二〇〇六年に刊行したもので、すこし斜に構えながら、いささかのんびり、ゆったりと古代文学のおもしろさについて語っているのですが、それだけではすまなくなったからです。

いうまでもなく、その原因の一つは、二〇一一年三月十一日午後、宮城県沖を震源とした地震とそれにともなう巨大津波によって、行方不明者を含めて一万八千名以上の犠牲者を出した東日本大震災です。厄介なことに、この津波によって福島第一原子力発電所では原子炉の冷却機能が失われてメルトダウン（炉心溶融）が発生し、今も解決の道筋さえついていません（言うまでもなく、メルトダウンは人災です）。

もう一つは、二〇一九年暮れに発生の気配をみせ、またたく間に世界中に広がった新型コロナウイルス（COVID-19）により、人びとが恐怖のどん底に突き落とされるという出来事です。ワクチンは開発されたとはいうものの、二〇二一年夏の段階では終息の気配をみせていません。まだしばらくの間、目に見えない相手に振り回されることになりそうです。

この二つの出来事は、生まれてから七十五年になる私にとっても、体験したことのない衝撃でした。前者は一気に、後者はじわじわと、私の中に入り込んできました。ただし、それらを体験したからと言って、何が具体的にどう変わったのかはわかりません。でも、たしかに考え方や生き方に影響を与えているのは間違いなさそうです。

その二つの出来事を踏まえて、第5章を書き加えました。古代に起きた地震や津波、そして疫病についてです。それらに関してはすでに数多くの書籍や論文が発表されています。今さら私が何かを論じても何の役にも立たないのはわかっています。しかし、東日本大震災の被害と新型コロナウイルスの蔓延(まんえん)を体験したあとでは、二〇〇六年に出した『日本古代文学入門』をそのまま文庫版にすることはできませんでした。お読みいただければ幸いです。

それ以外の部分では、いくつかの［文庫版注］を加え、「あとがき」を新しいものとさし換え、「日本列島古代年表」に手を入れました。あとは、ほぼ旧版のままですが、細かな加筆や修正は施されています。

【凡例】

一、神人名の表記について、カタカナ表記の神人名は旧仮名遣い、漢字表記の場合のルビは新仮名遣いを原則とした。およそ、前者のカタカナ表記は、古事記や風土記など口誦性が濃厚なもの、後者の漢字表記は、日本書紀や続日本紀など書記的な性格が強いものである。

一、引用した作品は、信頼できるテキストに基づいて、三浦が現代語に訳した。参照した主なテキストは以下の通りである。古事記については『日本思想大系』（岩波書店）および『新編日本古典文学全集』（小学館）、日本書紀・風土記については『新編日本古典文学全集』および『日本古典文学大系』（岩波書店）、続日本紀については『新日本古典文学大系』（岩波書店）、万葉集については中西進『万葉集　全訳注原文付』（講談社文庫）、懐風藻については『日本古典文学大系』、日本霊異記・竹取物語については『新潮日本古典集成』（新潮社）。その他の引用文献については、本文中に適宜注記する。

目次

第2章　女と男／男と女

第5章 揺らぐ列島、疲弊する人びと

第1章

異界を旅する

私たちは、今、ここに生きています。しかし、その「今、ここ」とはどこなのでしょうか。あるいは、私はなぜ、今、ここにいるのでしょうか。

おそらく、「今」とか「ここ」とかを意識するとき、あるいは「今」とか「ここ」とかを説明しようとするとき、立ち顕れてくるのが「異界」です。私たちが生きる、この現実世界を意識したり説明したりしようとすると、それに相対するものとして、自分たちの外にある世界を見いださなければならないのです。それを経験してはじめて、「今、ここ」が存在することになります。

神話の世界には、「異界」がさまざまなかたちで語られます。人びとが生活する地上世界を葦原の中つ国と言いますが、その葦原の中つ国に対して、天空には高天の原という世界があり、地上と繋がる穴を抜けた先には黄泉の国や根の堅州の国、海中に潜っていった先にはワタツミ（海の神）の世界、水平線のはるか彼方には常世の国があります。

古代の人びとは、自分たちの住む世界のまわりにさまざまな異界を置くことで、自分たちの世界や人が生きるということを確かめることができたのでしょう。当然のことですが、海を漕いでいった先には、現実の世界として朝鮮半島や中国大陸があるということを認識していましたし、縄文時代以降、大陸とはさまざまに交流していました。そうでありながら、あるいは現実のそれらの世界と繋がりながら、古代の人びと

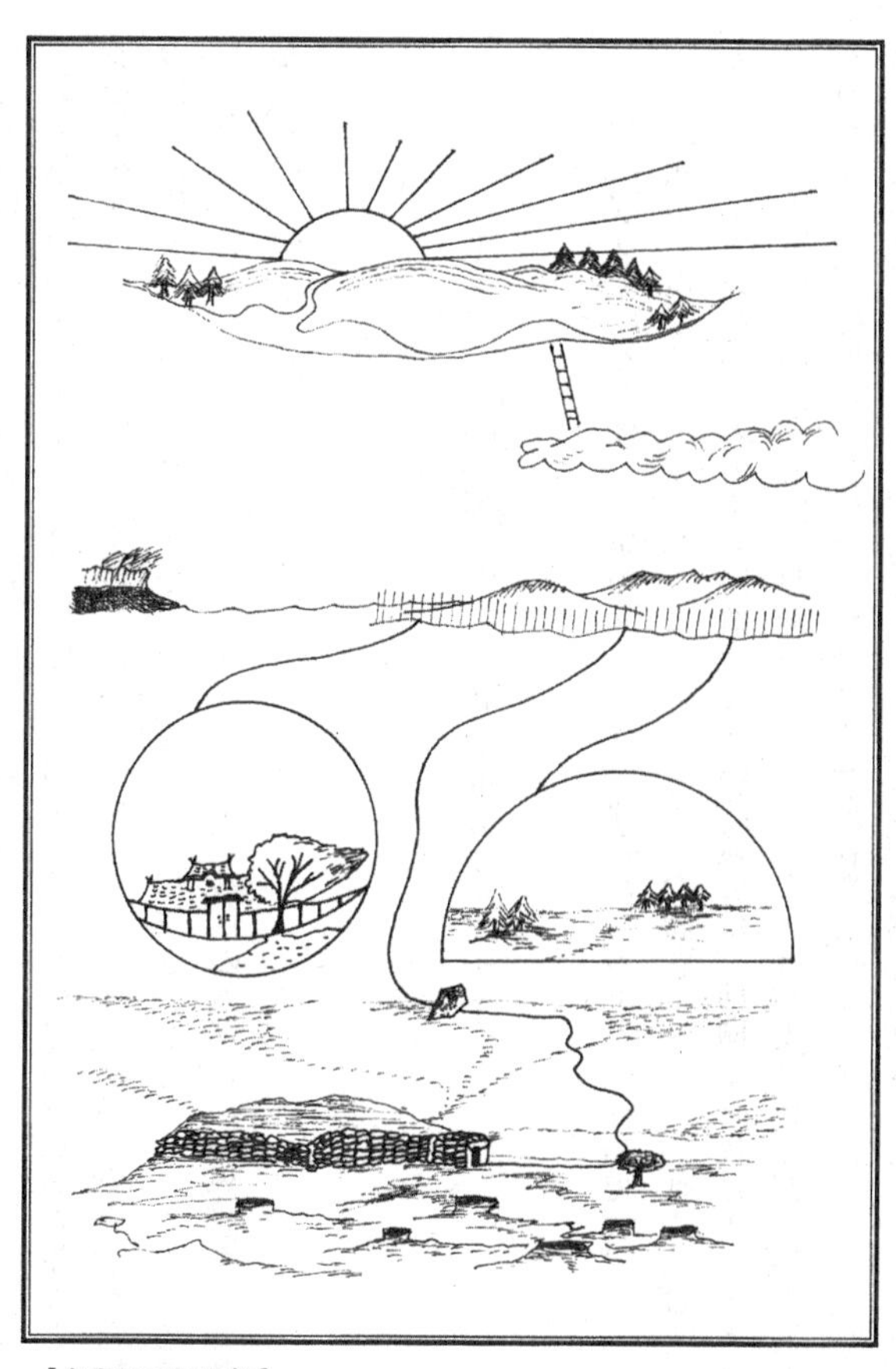

【古事記の異界観】
垂直的な三層構造（天上・地上・地下）と水平的な世界との組み合わせによって、古事記の異界は存在した。絵／上路ナオ子

にとってはいくつもの異界が存在していたのです。

第1章「異界を旅する」では、異界へと向かう人びとの思いを窺い知ることのできる神話を並べました。いささか古くさいテーマかもしれませんが、異界論から始めるのは、古代とはどのような時代で、人はどのように生きたかということを知るのにはもっともふさわしいと考えたからです。そして、古代の人びとの異界観を知ることで、私たちの「今、ここ」にも向き合えるのです。

一　死と生の起源——イザナキとイザナミ

最初に取り上げるのは、黄泉の国という、死者たちの世界の物語です。

人は死んだらどこへ行くのか、このとても重要な課題について古代の人びとはどのように考えていたか、考古学や民俗学などの認識では、地域や時代によってさまざまにありえたというのが一般的な見解でしょう。たとえば、人は死んだら海の彼方に行くのだという死後世界の認識は、さまざまな遺物などによって確かめられていますし、葬送と鳥がかかわっていて、鳥によって死者の魂は異界に運ばれていくという考え方も古くからあったようです。あるいは、山の中に死者は行くのだという考え方も普遍的に存在したようで、山中他界と呼ばれます。

地獄や極楽に行くといった考え方は、仏教の輪廻転生による来世の観念が入ってこないと生じませんが、古事記や日本書紀の神話では、黄泉の国と呼ばれる地下世界が死者の世界として語られています。

黄泉の国訪問神話

黄泉の国の神話に登場するのは、イザナキ・イザナミという男女の神です。兄と妹といったほうがよいかもしれません。

イザナキと妹イザナミとの結婚は、地上に大地や神々を誕生させ、生命力にあふれた世界を出現させました。しかし、その交わりの果てに、女神イザナミは、ヒノヤギハヤヲまたの名をヒノカガビコ・ヒノカグツチともいう燃え盛る火の神を生み、そのためにホト（陰部）に致命的な火傷を負ってしまいます。そして、イザナミは苦しみ死んで、黄泉の国へと旅立ってしまいます。そこでイザナキは、愛する妹イザナミの死を悲しみ、連れ戻そうとして黄泉の国へと出かけたのでした。

『古事記』上巻・黄泉の国

イザナキは、その妹（いも）イザナミ(1)に会おうと思い、黄泉の国に追いかけていきました。そして、黄泉の国に着いたイザナキは、御殿の閉じた戸の向こうで出迎えたイザナミに、戸の外からおだやかに声をかけました。

「わがいとしい妹よ、わたしとあなたとで作った国は、まだ作り終えてはいない。だから、帰ってくれないか」

すると、イザナミが、建物の中から答えました。

「くやしいことよ、もっとはやく来てくださらなくて。わたくしは、すでにヨモツヘグヒ(2)をしてしまいました。しかし、いとしいあなた様がわざわざお迎えに来てくださったことは恐れ多いことですゆえ、いっしょに帰りたいと思います。そのために、黄泉の国を支配なさる神と交渉しなければなりません。そのあいだ、どうぞわたくしを見ないでください」

(1) **妹イザナミ**＝古事記では、イザナキに対して「妹」イザナミと呼ばれる。これは、二神が、もとは夫婦というよりは兄妹であったことを示している。始原の兄妹が結婚して人類の始祖になったという起源神話は世界中に存在する。旧約聖書のアダムとイブもその一例とみなしてよいだろうし、沖縄や奄美諸島に伝わる神話にも兄妹を始祖とする語りは多い。

(2) **ヨモツヘグヒ**＝黄泉の国の竈（かまど）で調理したものを食べること。ヘグヒの「ヘ」は、へっつい（竈）の「へ」と同じくカマドをいう言葉。その土地で採れたものを調理して食べると、その土地の人間になってしまうのである。

　このように言うと、イザナミは戸のそばを離れて御殿の奥のほうに戻ってしまい、そのまま長い時が過ぎて、イザナキは待ちきれなくなってしまいました。そこで、左の角髪(3)に挿してあったユッツマグシ(4)の歯の大きいのを一本折り取り、それに火を点けて明かりにすると、真っ暗な御殿の中に入っていきました。すると、ほのかな明かりの中に浮かびあがったのは、体いちめんに蛆虫がたかってゴロゴロと音をたてながら蠢いているイザナミの姿でした。火を近づけてよく見ると、その頭には大イカヅチがおり、胸には火イカヅチがおり、腹には黒イカヅチがおり、陰には析イカヅチがおり、左の手には若イカヅチがおり、右の手には土イカヅチがおり、左の足には鳴イカヅチがおり、右の足には(5)伏イカヅチがおり、あわせて八つの恐ろしいイカヅチが成り出ているのでした。

　そのさまを見たイザナキは、あまりの恐ろしさに

(3) **角髪**＝青年男子の髪形。頭の真ん中で左右にわけて、その髪を耳のあたりで束ねて結んだもの。

(4) **ユツツマグシ**＝神聖な(ユツ)爪(ツマ)の形をした櫛(クシ)。考古学の遺物として数多く発掘されている。黄楊製や竹製のものがあり、この櫛が竹で作られていることはあとの展開からわかる。

(5) **イカヅチ**＝イカは恐ろしい威力を持つもの、ッは格助詞で「の」と同じ、「チ」は霊力のあるものを恐れ尊んでいう接尾語(ヲロチの「チ」と同じ)。

逃げ出してしまったのですが、それに気づいたイザナミは、「わたくしに恥をかかせましたね」と言って、すぐさまヨモツシコメ(6)に言いつけてイザナキを追いかけさせました。

逃げるイザナキは、頭に巻いていた黒い蔓草(つる)で作ったかずら(7)を脱いでうしろに投げ捨てると、かずらはたちまち山葡萄(ぶどう)になって実が生りました。食いしん坊のシコメどもがその実を食べているあいだに、イザナキはどんどん逃げてゆきました。しかし、食べ終えたシコメどもがまた追ってきました。そこでこんどは、右の角髪に挿してあったユツツマグシの歯を引っかいてうしろに投げ捨てると、櫛(くし)は、たちまち筍(たけのこ)(8)になって生えてきました。食いしん坊のシコメどもがその筍を抜いて食べているあいだに、イザナキはどんどん逃げてゆきました。

すると次にイザナミは、自分の体に蠢いていた八つのイカヅチどもに、千五百(ちいほ)もの黄泉の国の軍勢を

(6) **ヨモツシコメ**＝黄泉の国の恐ろしい力を持った女たち。シコメは醜女のことだが、シコの原義は醜いというよりパワフルな状態をいう。

(7) **かずら**＝蔓草などで作った頭に巻く冠状のもので、シャーマンが神懸かりをするときなどに頭にかぶる。神話では、神が旅をするときに身につけている。この場合は、かずらが山ブドウの蔓で作られていたので、投げ捨てると山ブドウの実が生ったのである。

(8) **筍**＝かずらの蔓草が山ブドウだったのと同様に、櫛は竹製だったのである。

副（そ）えて追いかけさせたのでした。そこでイザナキは、腰に下げていた長い剣を抜き放つと、後ろ手[9]で振り回しながら逃げに逃げました。それでも追手はひるまずに追いかけてきます。そうしてイザナキが、黄泉の国の果て（は）のヨモツヒラ坂[10]の登り口にようよう辿り着いた時、その坂のふもとに生えていた桃の実を三つ引きちぎり、追手どもをめがけて投げつけると、なにを恐れたのか、みんな慌（あわ）てて逃げ帰ってしまいました。

そこで、イザナキがその桃の実に告げて、「お前たちよ、わたしを助けてくれたように、葦原（あしはら）の中つ国[11]に住んでいる命ある青人草（あおひとくさ）[12]が、苦しいめにあって患（わずら）い悩んでいる時には、どうか助けてやってほしい」と言いました。そして、その功（いさお）を称えて、桃の実にオホカムヅミという名をお与えになりました。

いよいよ最後に、イザナミ自身が追いかけてきました。そこでイザナキは、千人がかりで引かなけれ

（9）**後ろ手**＝逃げながら、後ろに対して太刀を振りながら走っているのである。昔のチャンバラ映画などにこうした追っかけごっこの場面があったが、後ろ手で何かをするというのは、スリリングな語り方であるとともに、呪術的な力を与える行為でもあった。

（10）**ヨモツヒラ坂**＝黄泉の国と地上（葦原の中つ国）とを繋いでいる坂道。ヒラは切り立った崖の意味があり、サカはサカイ（境）と同じで、境界の意味をもつ。

（11）**葦原の中つ国**＝地上世界をいう。黄泉の国と葦原の中つ国との位置関係については議論があるが、葦原の中つ国が上方にあり、その上り坂の途中に両者を遮断する大岩（原文には「千引石」）が置かれたとみるのがよい。

（12）**命ある青人草**＝原文は

ば動かないような大きな岩をヨモツヒラ坂の途中に引き据えて道を塞ぎ、その岩をあいだに挟んでふたりの神は向き立ちました。

そうして別れの言葉を交わす時、まずイザナミが、

「いとしいあなた様よ、あなたがこのようなひどいことをなさるなら、わたくしは、一日に千人の頭をねじり殺してしまいますよ」と言いました。するとイザナキは、

「わがいとしい妹よ、お前がそのようにするというなら、わたしは一日に千五百の産屋(うぶや)(13)を建てようぞ」と言ったのでした。

こういうことがあったために、人は、一日にかならず千人ずつ死に、一日にかならず千五百人ずつ生まれるようになったのです。

戸を挟んだ対面

黄泉の国訪問神話は、最後の部分を読めばわかるとおり、人間の死といのちの誕生

「宇都志伎(うつしき)青人草」で、現実の生き生きとした人である草の意。「人である草」ではなく、「草のような人」とあることに注意したい。人は草だということの意味については、「本文」で詳しく述べる。

(13) 産屋＝赤ちゃんが生まれるときに、妊婦が入って出産するための小屋。日常的な生活空間とは隔離される必要があった。それは死も同様で、死者は喪屋(もや)とか殯宮(もがりのみや)とか呼ばれる建物の中に安置され死の儀礼が行われた。

を語る神話になっています。その生と死、あるいは人のいのちが、イザナキとイザナミという地上に最初に生まれた男女神、旧約聖書でいえばアダムとイブということになりますが、その始まりの男女によって語られていくというのが、黄泉の国の神話の構造です。そしてまた、腐乱する肉体を確認することが、人が人であることを自覚する最初だったということを示してもいます。

すこし詳しくみていきましょう。まず黄泉の国の「黄泉」、黄色い泉という漢字は、中国からの借用です。「黄」は大地のことを言い、地中に泉が湧いているところが死の国だという考えからきたものです。その漢語の「黄泉」を日本語の「よみ」に当てはめたのが黄泉の国ですから、ヨミという日本語に黄色い泉という意味があるわけではありません。その「よみ」という言葉ですが、いろいろな解釈があります。もっとも妥当だと思われるのは、「やみ（闇）」という言葉がヨミに訛（なま）ったのではないかという考え方です。どういうことかというと、黄泉の国というのは闇の世界である、真っ暗闇の、光のない世界が死の国であると認識されていたからだというわけです。

ところが、黄泉の国全体が真っ暗闇かというと、そうとはいえません。最初の部分を読んでみると明らかですが、イザナキは死んだイザナミに会うために黄泉の国へ出かけて行き、建物の外から中にいるイザナミに呼びかけています。原文では「追往黄泉国。尓、自殿縢戸出向之時（……黄泉国に追ひ往きき。尓（しか）して、殿の縢戸（ちきりど）より出で向（むか）ふる時)」とあります。もし黄泉の国全体が暗闇の世界だったら、建物があることや戸の位置も見えないはずですが、イザナキは御殿に行き、戸の前に立ってイザナミに呼びかけています。御殿の外も黄泉の国だとすれば、そこは真っ暗闇の世界ではなく、光のある野原の中にイザナミのいる建物が立っている、そのような風景が浮かびます。では、ヨミを闇とみなすのはまずいのかというと、やはりヨミはヤミから出た言葉だとみてよいのではないかと思います。それは、明かりを灯(とも)して建物の中に入った場面から説明することができます。そこに進む前に、お話ししておかなければならないことがあります。

イザナミは戸を閉じたままイザナキを出迎えます。つまりイザナキとイザナミは戸を挟んで向き合っているという構図です。二つの空間を仕切る「戸」というのは、神話に限らず、さまざまな物語に頻繁に登場する仕掛けです。歌舞伎などを観ていると、戸を舞台の真ん中に設置して、家の中と外という二つの場面を同時に見せることがよくあります。それは、「戸」が二つの世界を分断するとともに、隣りあった二つの世界をつなぐ装置だからです。そこではお互いの姿が見えていないというのが前提になります。

イザナキがいっしょに帰ろうと呼びかけると、イザナミが、もっと早く来てくれればよかったのに、もうヨモツヘグヒをしてしまったから帰れないと答えます。ヨモツヘグヒの意味は注に書きました。一度でもその土地のものを食べてしまうと、その国の人間にならなければならない。だから任俠の世界では、一宿一飯の恩義にあずかると親分のために命を投げ出さなければならないということにもなるわけです。

覗かれた腐乱死体

イザナミは、黄泉の国を支配する神と交渉するから待ってほしいと言い残して、建物の奥へ戻ってしまいます。相談しているあいだ、自分の姿を見ないようにとイザナキに言います。この「見るなのタブー」は、世界中の神話や昔話に語られるモチーフで、「見るな」と言われると誰もが見てしまうというかたちで物語は展開します。これはほとんどすべての伝承に共通で、約束どおりに見ないまま物語が終わることはありません。物語の中で「見るな」というのは、「見てくれ」と言っているのと同じだということになります。

当然、イザナキも我慢できずにイザナミの姿を覗き見てしまうのですが、その描写が重要です。イザナキは御殿の中に入っていく際に、自分の髪に挿していたユッツマグシの両端にある太い歯の一本を折って、それに火を点け、ロウソクのように灯して入って行ったと語られています。この描写からは、黄泉の国の御殿、すなわちイザナミが住んでいる建物の中は真っ暗だということがわかります。もし、ヨミ（黄泉国）

が先ほど説明したように「闇」からきているとすれば、そのヤミは、建物の内部のイメージから連想されているということになり、さらにそれが「死」そのものを表わしているとみなすことも可能です。

ほのかな灯し火に浮かびあがったイザナミは、体中に蛆虫がわく腐乱死体になっていました。これは、原文には「宇士多加礼許呂々岐弖」と音仮名で表記されているのですが、なかなかリアルな描写です。臭いについては何も語られてはいませんが、まるで死臭が漂ってくるようだと指摘する人もいるほどで、生々しい感じがします。おそらく、今とは違って、昔は死体を直接見る機会が多かったということが関係しているのかもしれません。

ただし、この暗闇の中に浮かびあがる死体のイメージが、どのようなところから発想されているかという点についてはさまざまに論じられていますが、その中に二つの主要な説があります。どちらも、現実の死の儀礼とかかわっているという点では同じです。

ひとつの説は、横穴式古墳から連想されたものではないかという考えです。横穴式の古墳は羨道と呼ばれる通路を通って、玄室と名付けられた、死者の棺を安置した部屋へ通じる構造になっています。そこは石の壁に囲まれた密室ですから真っ暗闇です。横穴の入り口は普段は蓋が置かれていますが、葬った直後には、しばしば玄室の中へ入って死者と対面する機会があったようです。

もうひとつの説は、死者を古墳に埋葬する前に、殯宮（ひんきゅう）という建物が作られて、そこでさまざまな死の儀礼が行われるのですが、その建物の中での経験とかかわっているとみなす考え方です。殯宮はモガリノミヤとも呼びますが、これは高貴な人を安置する建物の呼び名で、ふつうの人の場合は喪屋（もや）と呼ばれる建物を作り、そこに死者を安置して死の儀礼を行います。今でいうお通夜に近いものですが、その期間はかなり長く、天皇の場合は数か月から半年くらいがふつうです。一般の場合、モガリの期間はわかりませんが、七日七夜、八日八夜などという言いかたが神話の中に出てきますから、一週間程度は死の儀礼を行っていたのかもしれません。

モガリでは、死者の魂と向き合います。まず死の直後では、死者の体から抜け出した魂を呼び戻し、死者を生き返らせようとする招魂（しょうこん）の儀礼が行われます。それで生き返らなければ、魂は向こうの世界へ行ってもらわないと困るわけですから、死者の魂を鎮める鎮魂の儀礼に移り、死者を向こうの世界へ送ろうとします。その後に、死者はお墓に埋葬されるわけです。その喪屋とか殯宮とか呼ばれる建物は、万葉集の挽歌（ばんか）などから想像すると、窓の無い真っ暗闇の空間だったようです。

古墳の玄室にしろ殯宮（喪屋）の中にしろ、死者が安置されている闇の空間と、イザナミが横たわっている黄泉の国の真っ暗闇の御殿とは、おそらくイメージとしては重なっているはずです。だからこそ、イザナミの死は、肉体の腐敗として描かれることになったのです。それに対して、しばしば指摘されることですが、われわれ現代の人間には、死を、肉体の腐敗と重ねてイメージする経験はほとんどありません。

古代の人たちにとって、死が、肉体の腐乱として真っ先にイメージされていたということは大事なことです。彼らにとって「死」というのは抽象的なものではなく、きわめて即物的な、肉体の変化として受け止められるものだったのです。これは、なぜ人は死ぬのか、死んだらどうなるのかについて、古代の人びとがどのように認識していたかを知るうえで、とても重要なことだと私は考えています。

追いかけごっこ——逃竄譚

暗闇の中で、イザナミはウジ虫にまみれて横たわっています。しかも、恐ろしいイカヅチどもが体中をうごめき回っています。それを見て恐れおののいたイザナキは、イザナミを置いて逃げ出してしまいます。そこから展開するのが、イザナキと、黄泉の国の恐ろしきものどもとの追いかけごっこです。この逃げるものと追うものとの物語は、逃竄譚(とうざんたん)と呼ばれるパターンで、神話や昔話ばかりではなく、現代でも映画や小説などにしょっちゅう使われる息の長い物語パターンです。

逃竄譚としてよく知られている話に、昔話「三枚のお札」があります。山に出かけた小僧さんが、迷って山姥の家に泊まり、殺されそうになって逃げ出します。そして、危機一髪というところで、出かけるときに和尚さんからもらったお札を投げて、山や川や火を出し、追いかける山姥から逃げのびるという、スリル満点のお話が「三枚のお札」です。

黄泉の国の神話も、これと似たかたちの追いかけごっこが語られます。まず最初に追いかけてくるのは、ヨモツシコメという黄泉の国の恐ろしい女たち、次に追いかけてくるのがイザナミの体を這い回っていた八つのイカヅチと黄泉の国の兵隊で、最後にはイザナミ自身が追いかけてきます。追手の数は三組で、昔話「三枚のお札」で繰り出されるお札の数も三枚です。神話や昔話など語りの世界では、三回の繰り返しが基本の様式になっています。ですからここでも追手は三組にわかれて、それぞれの力を発揮しながらイザナキを追いかけ、イザナキはそれをかわしながら逃げます。口承文芸のスタイルを巧みに用いた語り口です。スリリングな展開を語るとき、この語り口はとても便利だというので、今もいろいろな場面で使われるわけです。

逃げるイザナキを最初に追いかけてくるのがヨモツシコメです。シコメというのは、現在では「醜い女」という意味になっていますが、「シコ」という言葉は、もともと威力があるとか力強いとかという意味です。お相撲さんが四股を踏む、あのシコはこれと同じ意味です。四股を踏むのは、関取の力を誇示するための行為なのです。

ヨモツシコメというのは、「黄泉の国のパワフルな女たち」という意味になります。ところがイザナキがかぶっていた蔓草の冠を後ろに放ると、蔓草でできているために山ブドウが生えて実が生り、食いしん坊のヨモツシコメが、山ブドウをむしゃむしゃ食べている間にイザナキは逃げていきます。神は旅をするときには蔓草で作ったカズラ、つまり冠をかぶっていると考えられていたようです。カズラというのは、沖縄のシャーマンなどが神懸かりをしたり神祀りをしたりするときに、蔓草を輪にしたカズラをかぶっていますが、それと同じようなかぶり物です。

山ブドウを食べ終えたヨモツシコメが再びイザナキを追いかけると、イザナキは次には角髪に挿してあったユツツマグシを投げます。御殿に入る時、折って火を灯したのは左の角髪に挿されたものだったので、こんどは右の角髪の櫛を投げるわけです。するとタケノコが生えてきて、またもやヨモツシコメがそれを食べているあいだに逃げのびます。このように、追いつかれそうになると何かを投げて逃げるというのが、昔話「三枚のお札」と同じで、語りのおもしろさを満喫できる場面です。

古代の櫛は古墳などの遺物としていくつも発掘されていますが、たいていのものが黄楊か竹でできています。この場合は櫛の材料が竹だからタケノコが生えたという連想です。神話の語られかたとして、ひとつの品物や言葉からイメージを展開させていくさまがよくわかります。

二番目に追いかけてくるのはたくさんのイカヅチで、それを退散させるのが桃の実です。ここに桃が出てくるのは、中国から入ってきた道教あるいは道教から生まれた神仙思想と結びついていると言われています。桃は、神仙思想の中でもっとも呪力のある木の実と考えられているからです。もちろん、ここで桃の力が発揮されているから、この神話には神仙思想の影響があると断定することはできません。しかし、さまざまな文化要素が入り込みながら、こうした神話ができあがっているということは間違いないでしょう。

青人草と生と死の起源

前の二組の追跡が失敗して、最後に、真打のイザナミが追いかけてきて、イザナキと別れの言葉をかけあうというかたちで、物語はクライマックスを迎えます。そこで、この神話の中心的なテーマが引きだされてくるわけですが、その前に、まずイザナキが桃の実に言った言葉に注目したいと思います。

イザナキは桃の実に対して、「お前たちよ、わたしを助けてくれたように、葦原の中つ国に住んでいる命ある青人草が、苦しいめにあって患い悩んでいる時には、どうか助けてやってほしい」と言います。原文では、「葦原の中つ国に有ら所る、うつしき青人草の、苦しき瀬に落ちて患へ惚む時、助くべし（於葦原中国所有、宇都志伎青人草之、落苦瀬而、患惚時可助)」となっています。ここで、「うつしき青人草(宇都志伎青人草)」という言葉に注目してみましょう。現代語訳では「命ある青人草」としましたが、形容詞「うつし」の連体形ウツシキは、「現実の」とか「この世の」という意味で使われています。ですから「うつしき青人草」を直訳すると、「この世に生きてある青々とした人である草」という意味になります。これが、人間をあらわす言葉です。この点については、『古事記講義』(文藝春秋、二〇〇三年)で論じたことがあります。

古事記の注釈書類では、「青々とした草のような人」と解釈されていますが、語順からして、その解釈は間違っています。「青人草」というのは、「生き生きとした人である草」という意味です。もし、「草」が人の比喩(ひゆ)であるなら、語順が「青草人」にならないとまずいわけです。ところがここは「青人草」です。これだと「青々とした人である草」となり、人と草とは同格にみなされているのです。つまり、古代の人びとは、人は生き生きとした草だと考えていたのです。

そうした発想はとうぜん、イザナミの体は腐って蛆虫(うじ)がたかっていたという最初の場面、死体の覗き見の場面と呼応しています。古代の人びとにとって、死んだ人間が腐っていくのは当たり前の光景だったのです。そしてそれは、人を、命ある青々とした草とみる発想と重なります。日本列島に生きた古代の人びとのあいだには、人を草とみなす発想があり、それが「人とは何か」という認識の根幹にあったと考えると、黄泉の国の神話に描かれている情景がよくわかるのではないでしょうか。

断っておきますが、こうした発想は、日本人だけが固有にもっていたわけではありません。そもそも「日本」という概念の成立は七世紀後半まで待たねばなりませんが、おそらく湿潤なアジアモンスーン地帯に住む人びとのあいだでは、普遍的な発想だったのではないかと私は考えています。抜いても抜いてもすぐに生えてくる、梅雨時の庭の草を思い出してみればわかります。

最後の場面でイザナミは、「このようなひどいことをなさるなら、わたくしは、一日に千人の頭をねじり殺してしまいますよ」と言います。するとイザナキは、「わたしは一日に千五百の産屋（うぶや）を建てようぞ」と応（こた）えます。産屋というのは喪屋の対になる言葉で、妊婦が入って出産するための小屋のことです。人は産屋で生まれて喪屋からあの世に去っていくわけで、産屋と喪屋とのあいだに人間の生命（いのち）はあるということになります。

このイザナミとイザナキとの最後の会話は、毎日毎日、差引き五百人ずつ人間は増えていくんだよと語っているわけですが、とても健全な発想です。なぜこうした発想をもつ神話が語られるのかというと、それが青人草という考え方につながっているからです。

草は枯れたら死んでいくように人も死んで腐ってしまうけれど、草は死ぬ前に大地に種を落として、そこからまた新しい草が生えてくる、そのように人も草として、また生まれてくるのだという循環的な考え方が基本のところに存在するのです。そして当然、一粒の種からいくつもの生命が生まれてくるわけですから、草も人も増えていくのです。そういうかたちで人の生と死が認識されることによって、千人の死に対する千五百人の誕生という、健全な、あるいは人間の生命に対して前向きな認識が可能になるのです。

始まりを語るということ

黄泉の国の神話の最後には、人は死んだら腐って、次の新しい生命を育んでいくという考えが示されています。それが、「人は、一日にかならず千人ずつ死に、一日にかならず千五百人ずつ生まれるようになったのです」という生と死の起源を語り出すことになりました。ここからは、古代の人びとが、死と生とを循環的な関係の中で認識しているということがよくわかります。

神話が語ろうとするのは、起源すなわち始まりです。自分たちはなぜこの世からいなくなるのかということを納得することによって、はじめて、今、生きていることが保証されます。そうでないと安心して生きていけないし、また安心して死んでいけないのです。そのために神話は語られる必要があります。この神話によって、誰にも訪れる「死」を受け入れることができるのです。ひと言でいえば、じたばたしてもしょうがないよ、という考え方です。そして、それを支えているのが、自分たちは植物だという発想です。そこに私は、この神話の健康さ、健全さといったものを見いだします。生まれた者は、だれでも皆、種を落として枯れてゆく草なのだと語ることによって、それを当然のこととして受け入れる。そうした神話を語り継ぐことが、今ふうに言えば、死の恐れや苦しみをやわらげるホスピスの役割を果たしています。死をいかに安心して受け入れられるか、それが「青人草」という発想なのです。

現代医学では、さまざまなかたちで死のメカニズムが説明されます。それによって私たちはある程度「死」というものを納得し、受け入れることができるわけです。それが私たちにとっての神話だともいえるでしょう。おそらくいつの時代でも、人間は何らかのかたちで「死」を来るべきものとして受け入れなければ安心できないはずです。そのために、向こうの世界が必要になります。人にとって異界が必要な大きな理由のひとつは、死を受け入れるためだと思われます。だから宗教には必ず向こう側の世界が語られるのです。

さて、ここで問題になるのは、はたして、ここに描かれているような黄泉の国は、古代の人びとが安心して向かうことのできる死後世界だったのかという点です。地下にあって、野原のような広がりのある空間があって、そこに建物が立っていて、建物の中には死者がいるというような世界、それはたとえば、村上春樹（むらかみはるき）の小説『海辺のカフカ』（新潮社、二〇〇二年）の後半部分で、主人公の少年カフカが入っていった風景に似ているような感じがします。しかし、そういう場所に人は安心して入っていけるのかというと、どうもそうではなかったような気がしてなりません。黄泉の国もカフカ少年が入った世界も、どちらも精気がなく、他者を感じることができません。死者の国だから当然だといわれるかもしれませんが、死者たちの住む世界も、もっと人間的な感じがする世界のほうがよいのではないかと、私には思えるのです。

黄泉の国訪問神話は、生と死の起源という点については間違いなく語っていますが、死後世界について語っているようにはみえません。死体の安置される場所ではあっても、そこは、死んだ人が穏やかに暮らす場所とは思えないからです。あるいは、古代の人びとはもっと別のところに、死者や先祖たちが穏やかに暮らす世界があると考えていたのかもしれません。

たとえば、奄美（あまみ）や沖縄で語り伝えられているニライ・カナイとかニーラスクといった海の彼方の世界というのは、死者も行くし、そこからまた地上に新しい生命も誕生してくる、そのような世界です。折口信夫（おりくちしのぶ）ふうに言えば、先祖の霊が集まるところ、母なる世界としてイメージされたところです（たとえば『古代研究（民俗学篇一）』折口信夫全集第二巻、中央公論社）。そこはユートピアでありながら、恐ろしい世界でもあるという二重性をもっています。しかし、暗闇に死体が横たわる黄泉の国にくらべると、生命や精気の感じられる世界として存在します。そのような世界を思い描いてみたほうが、自分たちの行く世界を具体的に想像しやすかったのではないでしょうか。

古事記には、黄泉の国とは別でありながら、共通の出入り口をもつ根の堅州の国という異界が存在します。オホナムヂがさまざまな試練を経験し、地上に再生してくるところですが、こちらのほうが、沖縄のニライ・カナイなどと接近した異界のようで、そこでは、先祖たちが地上とおなじように暮らしています。黄泉の国の先には、もうひとつ、そうした穏やかな世界があったのかもしれません。

〔文庫版注〕本書では根の堅州の国という異界について取り上げていませんが、古代の人びととの「たま（魂）」のゆくえに関しては、根の堅州の国のもつ循環性を抜きにして考えることはできません。黄泉の国と根の堅州の国とが出入り口を共有しているのは、古事記の語りではそのように結びつけているだけで、本来はまったく別の異界として発想されていました。黄泉の国の場合は弥生的な発想として垂直的な世界観のなかにあり、根の堅州の国は縄文的な発想から生じた水平的な世界観のなかに位置づけることができます。そのように考えると、日本列島に住んだ人びとの古層にあったのは、水平線のかなたにあって、「たま」の再生工場の役割をはたす根の堅州の国という異界でした。それに対していえば、黄泉の国という世界は、死というものをきわめて観念的にとらえているようにみえます。なお、根の堅州の国については『出雲神話論』（講談社、二〇一九年）、黄泉の国については「黄泉国の五十年―読みは深められたか」（日本文学協会『日本文学』70-2、二〇二一年二月号）で論じています。

二　不老不死を求めて――タヂマモリ

黄泉（よみ）の国に続いて、ここでは常世（とこよ）の国と呼ばれる異界について考えます。この章の冒頭でふれましたが、古代の人びとが考える異界としては、地上世界に対して天空には神々の住まう高天（たかま）の原（はら）があり、一方に地下世界としての黄泉の国があるという垂直的な三層の世界観があります。それに対して、もう一方に水平的な世界があり、水平線の彼方には常世の国がありました。常世の国は、古事記や日本書紀のほか、万葉集や常陸（ひたち）国風土記などに出てきます。トコヨという言葉は、永久に変わることのない世界を意味しており、ユートピア的な性格を濃厚にもっています。

垂直的な世界観というのは、どちらかというと北方的な性格をもっているようです。たとえば、シベリアとか北のほうの神話にこうした世界観がみられるのに対して、水平的な世界観は、南方的な神話要素をもっているということが指摘されています。日本列島というのは、北からの神話も南からの神話も入ってきて、人もそうですが、神話も吹きだまりのような景観を呈して、いろいろな要素がごった煮状態になっています。

常世の国への旅

第十一代の天皇イクメイリビコ（垂仁（すいにん））に命じられ、常世の国に行ったタヂマモリという男がいました。古事記と日本書紀に、ほぼ同様の話が伝えられていますが、ここでは古事記によって紹介します。

『古事記』中巻・イクメイリビコ（垂仁天皇）
天皇は、三宅の連等（むらじ）[1]の先祖、名をタヂマモリという男に命じて、常世の国にあるという永遠にかがやく木の実（こ）[2]を採りに行かせました。

（1）**三宅の連等**＝古事記・中巻のホムダワケ（応神天皇）条の伝えによれば、新羅の国から渡来して多遅摩（但馬）の国にタヂマモリは苦しい航海のすえに、やっと常世の国にたどり着き、命じられた木の実を採って、かずらのかたちに編んだ木の実八連(3)と、串刺しにした木の実八本(4)を持って還ってきたのだが、その往還のあいだに、命じた天皇はすでに亡くなっていました。

それを知ったタヂマモリは、かずら状の木の実四連と串刺し状の木の実四本とを分けて后のヒバスヒメに差し上げ、残りのかずら状の木の実四連、串刺し状の木の実四本を、今は亡き天皇が葬られているお墓(5)の戸の前にお供えして、その木の実を捧げ持ち、叫び哭きながら、

「常世の国の永遠にかがやく木の実を採り、ここに参上いたしました」と言ったかと思うと、そのまま叫び哭きながら死んでしまったのでした。

その永遠にかがやく木の実というのは、今いうところのタチバナのことです。

居住したという一族。朝廷の屯倉の管理を職掌としたことによって名付けられたか。

(2) **永遠にかがやく木の実**＝原文には「登岐士玖能迦玖能木実」とある。トキジクはときがないという意味の形容詞トキジの連用形が名詞化した言葉、カクは輝く意で、永遠にかがやく木の実の意味となる。

(3) **かずらのかたちに編んだ木の実八連**＝原文には「縵八縵」とある。カゲは「かずら」と同じで、蔓草を冠状に束ねて頭にかぶるもの。その形状については、本文参照。

(4) **串刺しにした木の実八本**＝原文には「矛八矛」とあり、橘の実を串刺し状にしたもの。

(5) **天皇が葬られているお墓**＝古事記によれば、「菅原の御立野の中に在り」とある。宮内庁は、奈良市尼辻西町にある前方後円墳、宝来山古墳を垂仁陵と定めている。

不老不死の仙薬

短い話ですが、興味深い内容をもっています。常世の国は、古代の人びとが水平線の彼方に幻想した理想郷だったと考えられます。そこに生えているのが、「永遠にかがやく木の実」と訳しましたが、トキジクノカクの木の実という名の果物でした。

物語の中では、天皇がなぜそれを求め、タヂマモリに採集を命じたかということは語られていません。まずは、「ときじくのかくの木の実」という名前から考えてゆくことにしましょう。

「トキジク」ですが、この語はトキジという形容詞の連用形が名詞化したもので、時間がないという意味、次の「カク」はかぐや姫のカグと同じで輝くという意味です。香りを意味する「かぐ」にも通じる語ですが、奈良時代以前では視覚的な意味が優位でした。したがって、「ときじくのかくの木の実」というのは、「時のない、かがやく木の実」＝「永遠にかがやく木の実」という意味になります。

その名前から考えて、常世の国にあるというトキジクノカクの木の実を食べると、永遠の時間を手に入れることができるという信仰なり、言い伝えなりがあったと考えられます。そして、古代において、永遠に生きるという欲望を叶えてくれるのが、道教における神仙思想でした。不老不死ということばも神仙思想からきています。

神仙思想というのは道教の中で成長した思想で、古代中国ではとても大きな影響力をもっていました。神仙思想の最大の目標は、人間の肉体を改造することによって永遠の命を手に入れることです。そして、永遠の命を手に入れようとして修行する人たちを道士と言いますが、彼らは、さまざまな修行をして肉体を鍛え、仙薬と呼ばれる秘薬を作って服用したりしました。中国における漢方薬の発達には、神仙思想が大きな役割を果たしているようです。しかし、植物系や動物系の生薬では延命効果はあっても、永遠の命を手に入れることはできないと考えられていました。もっとも重要な薬は、鉱物類を調合したもの、その中でも黄金と水銀がもっとも効力があると信じられていたのです。そのために、金と水銀を化合した「金丹」を作って飲むのですから、水銀中毒が続出しても不思議なことではありません。そのような修行と服薬とを経て永遠の命を手に入れ、仙人になった者たちが住むと考えられていた世界のひとつが、蓬莱山だったのです。

古代の日本列島にも神仙思想はずいぶん早くから伝えられていたようです。そして、七世紀頃の天皇や貴族たちは、水銀と黄金の化合物を調合した仙薬を服用していたのではないかと考えられています。持統天皇が造営した藤原宮跡の発掘調査でも、仙薬の原料と考えられる鉱物類の破片が発掘されています。草壁皇子をはじめ、天武天皇の皇子たちが短命なのは、仙薬の服用による水銀中毒ではないかと私は勘ぐっています。

ここに登場するイクメイリビコという大君が実在したかどうかはわかりませんし、実在したとして、三世紀頃のヤマトで仙薬が作られていたとは考えられません。しかし、ずいぶん早い時期から、神仙思想における不老不死の観念が中国や朝鮮から伝えられていたのはたしかです。

この伝承に語られている永遠の命を与えてくれる果物「トキジクノカクの木の実」は、間違いなく神仙思想の影響を受けていると考えられます。そして、大君イクメイリビコがそれを欲したというのは、言ってみれば宿命のようなものです。中国においても、不老不死の仙薬をほしがるのは皇帝たちでした。世界を支配する者だからこそ、歴史を所有したいとか時間を自分のものにしたいとか、永遠の命を手に入れたいとか、考えるのではないでしょうか。

ここではイクメイリビコの話として語られていますが、命じる天皇はだれであろうとかまわないのです。王というのは、命さえも独占したくなるのです。そうした欲望は現代にも繋(つな)がっているのでしょうか、臓器移植やクローンといった技術の中には、永遠の命への欲望といったものが少なからず存在しているはずです。

タヂマモリという男

常世の国に遣わされたタヂマモリという人物ですが、なぜ彼がその役割を命じられたのでしょうか。タヂマモリは、三宅の連等の先祖とされていますが、三宅の連という氏族は、朝鮮半島から渡ってきた渡来系の一族です。古事記のホムダワケ（応神）のところにある記事によれば、出石神社（兵庫県豊岡市出石町宮内）に、この一族が渡ってきたときにもってきたという「八種の神宝」が祀られています。それは、二連の珠、四種の比礼（スカーフ状の布）、二枚の鏡でした。これらは、シャーマンが航海の安全を祈るときに使う呪具で、三宅の連という一族は、航海技術をもつ渡来氏族だったようです。だから大君は、タヂマモリに常世の国への往還を命じたのです。

常世の国というのは海の彼方にあると考えられていますから、タヂマモリが命じられるのは適任だったということになります。ここから考えても、この伝承の背後にあるのは道教における神仙思想で、それは、渡来人たちによって中国あるいは朝鮮半島から伝えられたユートピア幻想であったとみなすことができると思います。

この伝承はじつに簡略に語られていて、常世の国への旅については、「やっと常世の国にたどり着き（遂到其国）」とあるだけです。どのように苦労して常世の国にたどり着いたかというようなことについては、まったく語られていません。異界、すなわち人の行けない世界に行くわけですから、たどり着くまでの苦難の旅路を語る部分があってもいいはずですが、ここではすいすいと常世の国に行ってしまいます。

【系図1】タヂマモリの系図【『古事記』中巻・ホムダワケ】

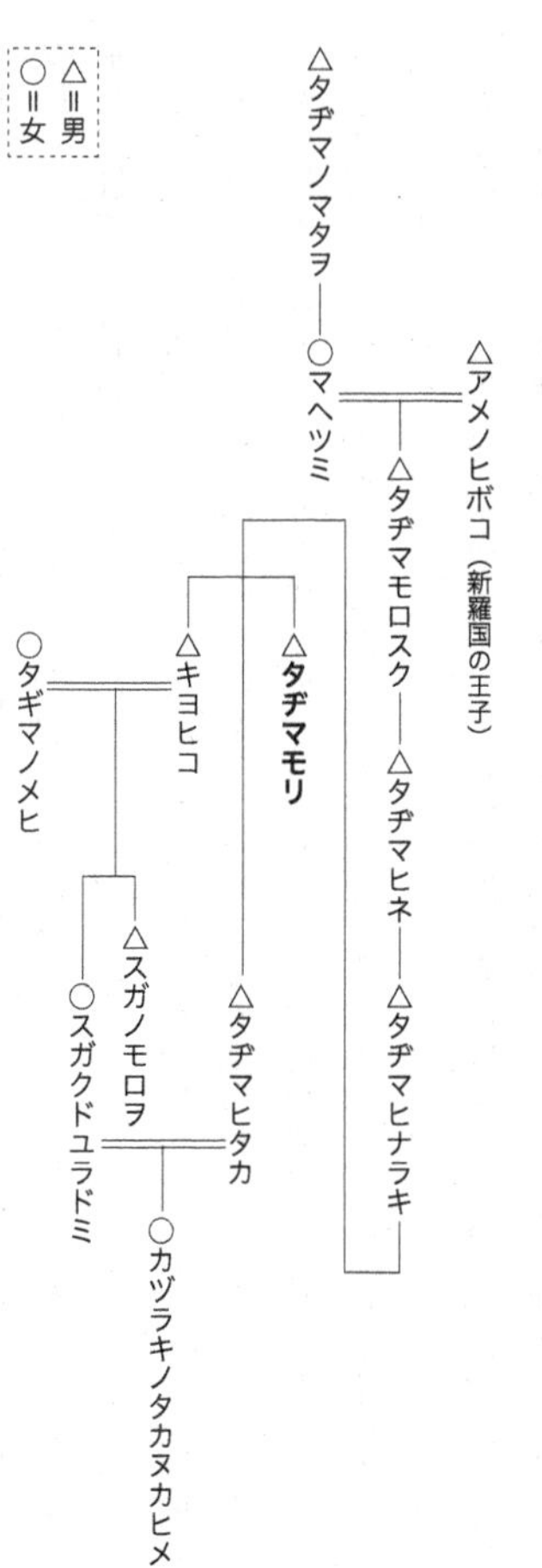

トキジクノカクの木の実

常世の国に着いたタヂマモリは、トキジクノカクの木の実を採って帰ってくるわけですが、その木の実の形状を、原文では「縵八縵・矛八矛」と伝えています。その「縵八縵・矛八矛」という形状ですが、注釈書などをみても明確に示されていません。私はそれを、「かずらのかたちに編んだ木の実八連と、串刺しにした木の実八本」と訳し、脚注に説明を加えました。

それはどのようなものかというと、どちらも干し柿の形状と同じです。干し柿の作り方には古くから二種類のかたちがありました。よく知られている作り方は、皮を剝いた渋柿の「へた」に残したT字形の枝を縄に挟み、その縄を数珠状にして干すという方法です。一連の縄には二十個ほどの柿をぶら下げます。それと同じものが「縵八縵」だと思います。

もうひとつの「矛八矛」ですが、干し柿の作り方には竹などで作った串に、皮を剝いた柿を五、六個ずつ刺して、その串を何本か繋いでスダレ状にしてぶら下げるという方法があります。矛というのは槍ですね。そのように、串に木の実を刺したのが「矛八矛」だと考えました。実がついたままの枝から葉を取り去ったものだという解釈もありますが、それよりは串に刺したものとみるほうが説得力があるでしょう。

そもそも、干し柿の作り方が二種類あるということには、何らかの意味があったはずです。縄に吊るしておくのと、串に刺しておくのとでは、使い方というか祀り方というか、目的が違っていたのかもしれません。鏡餅（かがみもち）の上に飾るなど、干し柿は神への供え物として使われるわけですが、その供え方が違ったり、形状によって呪力が違ったりしたのではないでしょうか。ですからここでは、「縵八縵・矛八矛」は首飾り状のものと棒状のものというふうに訳し、それが何らかの信仰的・呪術的な力をもっていると解釈しました。あるいはそれは、木の実のもつ呪力を保存するための形状なのかもしれません。

ちょっと寄り道になりますが、この伝承に登場する数字「八」についてふれておきます。「八」は、神話や伝承において、もっとも頻繁に出てくる数字です。ものが多いとか大きいとか立派とかいうのを表わすときには、必ず「八（や）」という数を使います。日本列島のことを大八洲（おおやしま）といいますし、実数であろうとなかろうと、「八」というのは最大限の数といってもいいですね。いわば無限大ということです。八百万（やおよろず）とか八尺（やさか）とか八俣（やまた）とか、いくらでも出てきます。おそらく、古代の人びとにとって「八」は聖なる数で、聖数（ホーリー・ナンバー）は民族によって違います。野球では「ラッキー7（セブン）」といいますが、それは、「7」がアメリカではホーリー・ナンバーだからです。中国の場合も「七五三」などのように、ホーリー・ナンバーは奇数です。

日本では偶数の「八」が聖なる数として重んじられます。神話では大きい場合や立派な場合は「八」が使われ、少ない場合や小さい場合には「三」が使われます。日本の神話で使われる数字はたいてい「八」か「三」で、それ以外の数字はあまり出てきません。ちなみに、「末広がり」だから「八」がめでたいと考えるのは、漢字「八」の形から出たもので、それほど古い謂れがあるとは言えません。それよりも、一桁の偶数でもっとも大きな数であるというのが、「八」が聖数になる理由だろうと思います。

前節の黄泉の国の神話における逃竄譚のところで、くり返しはかならず三回だという話をしましたが、「三」は世界中の伝承世界で普遍的に使われる数字のようです。とくに繰り返しの場合は、三回がもっとも安定していて、四回だったりするとしつこ過ぎます。

そういえば、「嘘の三八」という言葉がありますね。口からでまかせを言うときには、つい「三」とか「八」という数字が口をついて出てしまう。私など自分で嘘をついたりするときのことを思い出して、たしかにそうだと思うことがあるのですが、あるいはそういうところにも神話の伝統（民俗）が生きているのかもしれません。

死んでいた天皇

タヂマモリは、トキジクノカクの木の実を持って帰ってきました。このあとが、この短い伝承のおもしろいところですが、帰ってみたら、イクメイリビコは死んでいたというのです。

この語り方がきわめてリアルというか、現実と異界との関係がどのようにあるかということを端的に語っているように読めます。永遠の命が欲しくてトキジクノカクの木の実を採りに行かせながら、命令した天皇はあっさりと死んでいた。しかもその描写がじつに淡々としていて、ニュース原稿を読んでいるようです。

この物語には具体的な描写はまったくありませんが、人間の世界、すなわち地上世界の時間と常世の国の時間との違いが、その背後には意識されています。時間の流れが違うから、タヂマモリが地上世界と常世の国とを往還しているあいだに、地上で生きていた天皇の寿命が尽きてしまったのです。異界とはそのような世界だという認識、逆にいえば、地上の人間には流れる時間があるから老いたり死んだりしてしまうのだという認識が、ここには見出せます。これが、神仙思想によってもたらされた時間観念だったのです。

そうした時間観念がもっともよく表われているのが、浦島太郎（うらしまたろう）の物語です。その詳細は次節にゆずりますが、タヂマモリの伝承にも、地上の時間と異界の時間とは違うという時間観念がみられます。そのために、人間は地上の時間に縛られてしか生きていけないのですよ、永遠の木の実を採ってくる前に天皇は死んでしまったのですよ、という結末を引き出してしまうのです。

タヂマモリは天皇が死んでいたことを知り、持ち帰った木の実の半分、かずら状の木の実四連と串刺し状の木の実四本とを后のヒバスヒメに奉り、残りの四連と四本とを天皇の墓に供え、それを捧げ持ち叫び哭きながら死んでしまいます。

タヂマモリの死を描写する部分の原文を訓読して示すと、タヂマモリは、天皇の墓前で「常世の国のときじくのかくの木の実を持ちて、参ゐ上りて侍り」と述べ、続いて、「遂に叫び哭きて死にき（遂叫哭死也）」と語られています。この死に方には、二つの世界の時間の違いが象徴化されているとみてよいでしょう。というのは、「叫び哭きながら死ぬ」というタヂマモリの死に方は、現実のこととしては考えにくいからです。

これと同じ話は日本書紀にも出てきて、ほとんど同じかたちで語られています。しかし、タヂマモリの死については、「叫び哭きて自ら死にき（叫哭而自死之）」とあって、日本書紀では、タヂマモリは自殺したと語られています。これは、日本書紀が合理的な考え方をもった歴史書であり、その性格からして自殺したと描かざるをえなかったのだと考えられます。「叫び哭きながら死ぬ」というような、現実には考えにくい死ではなく、天皇の墓前で、天皇の命令を忠実に果たしたのちに、天皇のあとを追って死んだ「忠臣」として、タヂマモリは描かれたのです。これは、いわゆる殉死といってもよい死に方です。日本書紀を編纂（へんさん）した歴史家たちは、そのようにタヂマモリの死を解釈したというわけです。なお、殉死については、第3章でお話しします。

古事記にはそうした合理性はありません。だから、叫びながら死んだと語るのです。そして、この語り口はとても重要です。タヂマモリの死は自然死、または自然の消滅といってもいいような死に方ですが、そのようにして彼は、この地上から消えてしまうのです。いうまでもないことですが、このようなかたちで消えなければならなかった原因は何かといえば、地上世界と常世の国との時間差に他なりません。二つの世界の時間のギャップの中に身を置いてしまったために、タヂマモリの肉体は、こちらの世界から消えてゆくのです。そしてまた天皇も時間に耐えきれずに、寿命が尽きて死んでしまう。だから永遠にかがやく木の実を天皇は口にすることができず、永遠の命を手に入れることはできなかったという結末がもたらされることになります。

この古代のショートショート・ストーリーには、二つの空間をめぐる、人間世界と異界との時間観念がじつに巧みに語られています。この短い話を読み返すたびに、彼らの現実に対するたしかな認識に感心させられてしまいます。

タチバナという種明かし

この話では、トキジクノカクの木の実は、じつは今の橘（たちばな）なんだ、と最後に種明かし

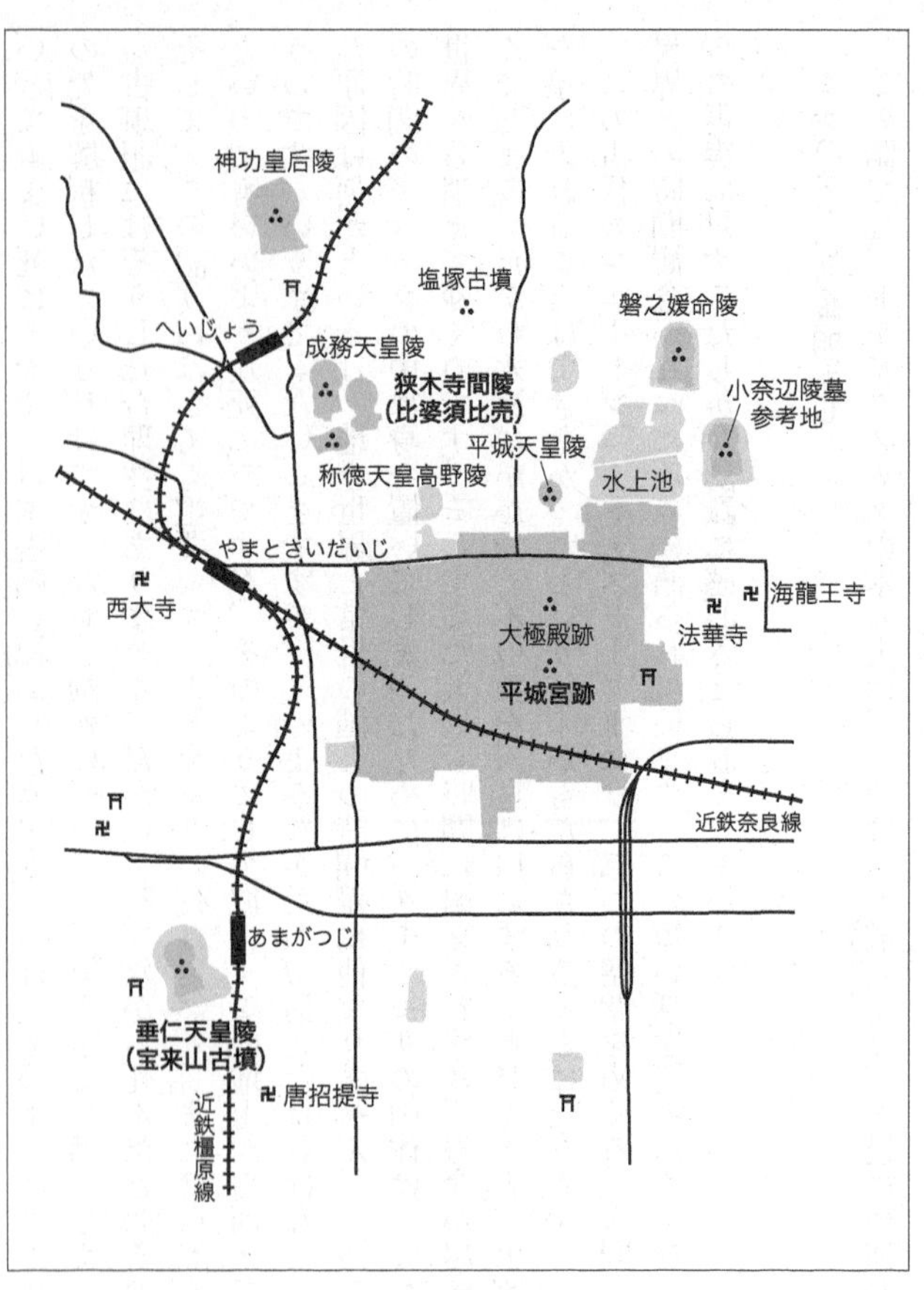

神功皇后陵
塩塚古墳
磐之媛命陵
へいじょう
成務天皇陵
狭木寺間陵
(比婆須比売)
小奈辺陵墓
参考地
平城天皇陵
称徳天皇高野陵
水上池
やまとさいだいじ
海龍王寺
西大寺
法華寺
大極殿跡
平城宮跡
近鉄奈良線
あまがつじ
垂仁天皇陵
(宝来山古墳)
唐招提寺
近鉄橿原線

垂仁陵周辺

をしています。タチバナというのは、柑橘系の、小さめのミカンのような実をつける渡来の植物です。柑橘系の果物は、他の果物にくらべるとずいぶん長く保存がききます。いつまでも腐らず瑞々しい。また常緑樹なので葉が落ちない。だから永遠性を象徴する植物になるのでしょう。おそらくはじめて日本列島に入ってきたとき、その実を食べると長生きするなどと言われ、まさに仙薬のように扱われた果物だったのでしょう。

垂仁陵（宝来山古墳）　奈良市尼辻西町、手前の濠の中にある陪塚がタヂマモリの墓という。

ふしぎな木の実と、航海の技術に長けた渡来系の一族とが結びついて、タヂマモリを主人公とする物語が語り伝えられる。それが支配者である天皇の寿命にかかわって、天皇でさえ死ぬのだ、人はとうぜん死んでいくのだよ、という物語になっているのです。それゆえに、常世の国では「永遠にかがやく木の実」であった果実が、地上世界にもたらされると、ただのタチバナになってしまうというギャップも、この伝承では欠かせません。

それともうひとつ付け足しておきたいのは、

原文では、橘の種明かしに続けて、イクメイリビコの寿命は一五三歳で、お墓は菅原(すがはら)の御立野(みたちの)にあると書かれていることです。古事記では、どの天皇の場合にも最後のところには同じような陵墓記事が付くのですが、永遠を求めた話に続けて天皇の陵墓の記事が記されていると、編者が意図しようとしまいと、死すべき(モータルな)存在としての天皇の死を念押ししているように読めてしまいます。

おすそ分けをもらった皇后はどうなったと思っている方もいるでしょうが、古事記にはそのこともちゃんと記されています。天皇イクメイリビコの陵墓記事に続けて、

又、其の大后(おほきさき)比婆須比売命(ひばすひめ)の時に、石祝作(いしきつくり)を定め、又、土師部(はにしべ)を定めき。此の后は、狭木(さき)の寺間(てらま)の陵(みささき)に葬(はぶ)りき。

とあります。皇后の場合、こうした陵墓の記録が添えられるのはめずらしいことですが、おそらくそれも、トキジクノカクの木の実をもらったことにかかわるのかもしれません。不老不死の木の実を手にした皇后ヒバスヒメも、たしかに死んだのです。古代の人たちは素朴で単純だから、異界をすべて信じていたとか、神をいつも信じていたとか、そんなふうに考える人がいるとしたら、それはあなたのほうが単純すぎます。私たちの生活する現代でも神を信じている人や、死後の世界を信じている人はたくさんいますが、信じていない人はもっと多いでしょう。古代だって、だれもがいつも、神を信じ異界を信じて生きていたなどと考えるのは、あまりに古代を見下して

います。

おそらく、古代でも現代でも、それほど変わりはないのではないかと思うことがあります。神の世界や異界が向こう側に意識されることで、古代の人びとは生きているのかもしれませんが、一方で、永遠の命を手に入れられなかった天皇の話が語られ、肉体が腐乱する女神がありありとイメージされています。ここからは、現実と異界や神との関係というのはこういうことでしかないんだよといった、ある種のリアリティをきっちりともっていたということが窺えます。それが古代の人びとのたくましいところだし、古代文学のおもしろいところだと私には思えてなりません。

最後に付け加えておきますと、近鉄橿原線の「尼ケ辻」駅のすぐそばにある宝来山古墳（奈良市尼辻西町）を、宮内庁は垂仁陵として指定しています。前方後円墳を取り囲む周濠の中に小さな陪塚があって、それがタヂマモリの墓だと伝えられています。そして、ヒバスヒメを葬る狭木の寺間の墓は、宝来山古墳から二キロほど北に行った佐紀盾列古墳群の一画にあります。

三　永遠の命を棄てた男——浦島子

浦島太郎という名前を知らない人は、まずいないでしょう。その浦島さんの龍宮訪問はたいそう有名な昔話ですが、とても奇妙な話だとは思いませんか。

皆さんが知っている昔話の内容に細かな違いはあるかもしれませんが、大きな枠組みは日本中おなじです。たとえば発端の部分で、若い漁師の浦島さんが海岸に行くと、子どもたちが亀を捕まえていじめている。浦島さんは子どもたちから亀を買いとって、あるいは彼らを説得して亀を海に放してやります。海に出るのにお金をもっていたのかとか、そんな些細なケチをつけるのはやめておきます。亀を放してやったあと、次の日あるいは何日かして、大きな亀が出てきて、お礼をしたいと言って浦島さんを龍宮城に誘います。溺れもせずに海底にあるという龍宮城に行くのはちょっと気になりますが、ここも目をつぶりましょう。

龍宮城に着くと、そこには龍王様ではなくて乙姫さまがいて、亀を助けてくれたお礼だと言って、ご馳走やタイやヒラメの舞い踊りを見せてくれます。何日か滞在して、家に戻りたいと言うと、開けてはいけないと言いながら玉手箱を渡されます。浦島さんは、また亀の背中に乗って地上に帰りますが、元の世界はすっかり変わり果てていて、親はもちろん知っている人は一人もいません。びっくりして玉手箱を開けてみると、中から白い煙が出てきたと思ったら、浦島さんはたちまち白髪のおじいさんになってしまいましたとさ、というようなあらすじの話ですよね。

いかがですか、私だったら金輪際、亀なんて助けようとは思いません。助けてもらったお礼をしたいと言われてついて行ったら、ご馳走と舞い踊りの接待があって、帰りたくなったと言ったら玉手箱を渡され、てっきりお土産かお礼だと思って開けてみたら煙が出てきて老衰し、大事な人生のほとんどを失くしてしまい、あとは死を待つばかりのおじいさんというのでは、歌舞伎町あたりのぼったくりバーよりたちが悪いと言いたくなります。

どう考えても、龍宮城への招待やもらった玉手箱は、亀を助けたお礼や恩返しにはならないのです。なぜ、このような展開の昔話が語られているのでしょうか。しかも、昔話の主人公はふつう、おじいさんやおばあさん、若い漁師や美しいむすめであって、浦島太郎というような固有名詞で語られることはありません。このお話は、いわゆる昔話と呼ぶにはどこか変なのです。

なぜこのような昔話が語られることになったのかを考えるためには、古代の浦島さんまで遡(さかのぼ)る必要があります。私たちのよく知っているかたちになる遥(はる)か以前から、浦島太郎の昔話はずいぶん長い歴史をもち、とても興味深い変化をみせています。そのすべてをここでお話しすることはできませんが、古代の浦島物語を二つほど読んでみようと思います。

日本書紀の浦島子

浦島太郎の原話は、日本書紀・万葉集・丹後国風土記など八世紀に成立した文献に、いろいろなかたちで伝えられています。ここではまず、日本書紀に載せられた浦島子物語を読んでみます。

『日本書紀』雄略天皇二十二年七月条

秋七月に、丹波国の余社郡の管川(1)の人、瑞の江の浦島子(2)は、舟に乗って釣りをしていた。そして大きな亀を釣り上げた。すると、亀はたちまち女に変身した。その女を見た浦島子は、ひと目で心を奪われて妻にした。そのまま女のあとについて海に入っていった(3)。蓬萊山(4)に到って、あちこちを経巡って仙人たちに会った。くわしい伝えは、別巻(5)に記されて

(1) **丹波国の余社郡の管川**＝丹後半島の東端、現在の京都府与謝郡伊根町に筒川という川がある。丹波国とあるが、丹波国は和銅六（七一三）年四月に丹波国と丹後国とに分割され、余社（与謝）郡は丹後国に編入された。

(2) **瑞の江の浦島子**＝主人公の名前。瑞江は写本によっては

いる。

歴史書のなかの浦島子

日本書紀という歴史書は、中国の歴史書の形式を踏襲した、編年体の形式をとっています。これは、何年何月にこういう事があったというように、時系列に沿って出来事を記述する形式です。日本書紀の成立は養老四（七二〇）年ですが、余社郡が丹波国になっているところからみると、この記事あるいはこの記事の元になった記録は、丹波国が丹波と丹後とに分国される和銅六（七一三）年以前に記述されていたと考えられます。

浦島子の物語は、七世紀末、あるいは八世紀に入ってすぐの頃に、伊預部馬養という官僚が創作した神仙伝奇小説だと私は考えています。そして、それを元にして記述したのが、ここに引いた日本書紀の記事だと考えられます。最後のところに、「くわしい伝えは、別巻に記されている（語在別巻）」とある、その「別巻」とは、馬養が書いた「浦島子伝」と呼ばれる書物だったとみてよいでしょう。

右の物語は、日本書紀のオホハツセワカタケル（雄略天皇）の二十二年条に語られ

水江とも。瑞（水）の江が苗字で浦島子が名前という構成か。室町時代にお伽草子「浦島太郎」が書かれる以前は、浦島子とか島子と呼ばれていた。

（3）**海に入っていった**＝海底に潜るというのではなく、海上はるかにある蓬萊山に舟を漕いで行くことを、原文では「入海」と記している。

（4）**蓬萊山**＝神仙思想において、渤海の東方沖の海上、三千里かなたにあるという仙人たちの住む不老不死の島。

（5）**別巻**＝原文に「語在別巻」とあるが、現存せず。

ています。ワカタケルは、五世紀後半、四七〇年ごろに実在した大君です。一般的に天皇という言い方をしますが、「天皇」という呼称は七世紀後半あたりにならないと出てきません。ところが、教科書でも歴史の専門書でも、「天皇」と呼んでいます。便利なので、私もつい使ってしまいますが、七世紀半ば以前のヤマトの支配者をさす呼称としては正しくありません。また、雄略とか天武とかの漢風諡号はもっと新しく、使用されるのは八世紀後半以降です。ですから、この本の中で「天皇」と呼んだり、五世紀のワカタケルを「雄略」と呼んだりするのは、あくまでも便宜的なことで、実際は違うのだということを頭の片隅に入れておいてください。

日本書紀という歴史書の認識では、瑞の江の浦島子は実在の人物として記述されています。たんなる架空の人物、フィクションではないのです。出かけたという部分だけが伝えられているのも、そのためです。なぜなら、編年体の歴史書に、何百年も後の、浦島さんの帰還を記述することはできないわけで、雄略二十二年七月というのは、あくまでも出発時点なのです。

丹波国の余社郡は、丹後半島の付け根にある天の橋立から北東のほうへずっと延びた半島の先端部、伊根町のあたりをいいます。今、京都府与謝郡伊根町の本庄浜というところに浦島太郎を祀る宇良神社があって、浦嶋神社と呼ばれています。ここには、中世に描かれた『浦嶋明神縁起』という絵巻などが伝えられています。それ以外にも、二〇〇四年に合併して京丹後市(きょうたんご)になった網野町(あみの)の網野神社も、中世以降、浦島太郎を祀ると言い伝えている神社で、丹後半島は、古くから浦島太郎の故郷として知られていました。

しかし、丹後という土地で語られていた民間伝承として浦島さんの物語があったかというと、そうではありません。都の知識人であり、丹後と丹波に分国する前の丹波国の宰(みこともち)(国司のこと)として赴任していた、伊預部馬養という人物が創作した小説だというのが私の考えです。そのあたりの事情については、『浦島太郎の文学史――恋愛小説の発生』(五柳書院、一九八九年)という本で詳しく論じています。ぜひ読んでみてください。

水の江里浦嶋公園(京都府与謝郡伊根町) 宇良神社(浦嶋神社)の前が公園になっている。

日本書紀の物語は、管川に住む「瑞の江の浦島子」という男が、舟を出して釣りをするところから始まります。そして、大きな亀を釣りあげます。ところが、その亀は舟の中で女に変身します。目の前で亀が女になるのはいささか異様ですが、丹後国風土記に載せられた物語をみると、釣った亀を舟の中に置いてウトウトとして目を開けたらきれいな女がいたという語りかたをしています。日本書紀の記事は要約されているので、説明すればそのような時間経過があったとみるのがいいでしょう。浦島の目の前で亀が変身して、はじめから女は亀だということを確認していたとすれば、このような展開にはならないかもしれません。

浦島子は舟の中にいる女性があまりにすばらしいので、ついクラクラとして結ばれます。「ひと目で心を奪われて妻にした」と私は訳しましたが、原文には「感以為婦」とありますから、舟の中で肉体関係まで進んでしまったということになりましょう。そして、そのまま一緒に蓬萊山に行き、仙人たちに会ったというのです。蓬萊山を「とこよのくに」と訓読するテキストも多いのですが、常世の国と蓬萊山はまったく違うわけで、ここはホウライサンと音読すべきです。

日本書紀の記事はここで終わっていて、その後、浦島子が帰ってきたという話はありません。しかし、それを省略とか中途半端とか考えるのは誤りです。物語としてはたしかに中途半端ですが、編年体の歴史書である日本書紀は、蓬萊山に出かけたという記事に続けて帰ってきたという記事を載せることはできません。浦島子は、三百年後の地上に帰ってくるわけですから、編年体の歴史書では三百年後の記録として記述される必要があります。たとえば『水鏡（みずかがみ）』（十二世紀末頃成立）や『古事談（こじだん）』（十三世紀初頭成立）などの歴史書や説話集には、浦島子は天長二（八二五）年に帰還したという記事が出てきます。おそらく、平安時代末から鎌倉時代ごろになると、雄略天皇の時代に出かけた浦島子は天長二年に帰還したという伝えが定着していたのでしょう。『水鏡』によれば、「今年ハ三百四十七年ト云シニ帰リ来レリシ也」と記されています。とすると、雄略二十二年は西暦四七八年ということになります。

蓬莱山とポルノ小説

浦島子が出かけていく先は蓬莱山です。これは、古代中国に生まれた神仙思想に基づいて空想されたユートピアです。

蓬莱山は、渤海湾の東方海上、三千里の彼方にあり、大亀四頭が背中で柱を支える流れる島と考えられていました。要するに四頭の亀の背中に四本の柱が立っていて、その上に島があって海の上を流れ漂っていると考えられていたのです。その神仙思想に基づく蓬莱山への憧憬は、日本列島にも古くから入っていたようで、水平線の彼方に浮かぶ蓬莱山に行って不老不死の仙薬を手に入れることができれば、永遠に生きられると考えていました。ですから、のちの昔話「浦島太郎」のように、海の底に潜って龍宮城へ行くというような発想はここにはありません。舟の上で出会い、そのまま舟に乗って蓬莱山へ行くというかたちで語られます。

私たちがよく知っている昔話「浦島太郎」に出てくる、子どもにいじめられていた亀を助け、その恩返しで龍宮城へ連れていってもらったというエピソードは、明治時代に入って、児童文学者の巖谷小波が書いた『日本昔噺』の中の一編「浦島太郎」(博文館、明治二十九年刊)に、はじめて描かれたものです。そのダイジェスト版が明治四十三年に編纂された第二期国定教科書『尋常小学読本』二年生用の教材に加えられ、人口に膾炙しました。それ以前の浦島物語は、子ども向けの話などではなく、亀が女に変身し、その美女と浦島が結ばれるという、一種の恋愛小説でした。

日本書紀には描かれていませんが、平安時代に漢文で書かれた浦島子伝では、浦島子と蓬萊山の女とのベッドシーンがとてもくわしく描写されていたりします。一例を挙げると、平安時代の十世紀前半に書かれた漢文体の『続浦島子伝記』という作品には二人の交わりの詳細な叙述があって、内容も具体的です。そこでは、まず寝室の調度品と雰囲気のすばらしさが描写され、それに続いて、二人の性交が描かれるのですが、その部分を現代語に訳して掲げると、次のようになります。

仙女の白い肌を抱いて、二人は一つのベッドに入り、玉のような体を撫で、細い腰をやさしくいたわり、その美しさを口にしながら、交わりの限りを尽くした。それはまるで、比目の魚が並んで泳いでいるような楽しさであり、鴛鴦が心を一つにして遊ぶような夢心地であった。その押したり引いたりするさまや伏して抱き合う姿というのは、古の尊い教えの通りであり、忘れ草の助けを借りないで憂いを忘れることができるようで、仙薬を飲まなくても齢を延ばすことができるようでもあった。

ここで、「比目の魚が並んで泳いでいるような楽しさであり、鴛鴦が心を一つにして遊ぶような夢心地であった」と訳した部分は、原文では「魚比目之興、鸞同心之遊」というふうに表現されているのですが、これは、古代中国の性医学書に載せられた「閨房の秘技の型」を踏まえた表現だと、平安朝の漢文学を研究する渡辺秀夫氏が指摘しています。もちろんそれは単なるポルノではなく、房中術は、道教・神仙思想において長生（養気）の手段として重んじられていたのです（渡辺秀夫『平安朝文学と漢文世界』勉誠社、一九九一年）。

ちなみに、私の口からはとても言えませんが、「魚比目之興、鸞同心之遊」というのがいかなる性交体位かということを知りたい人は、福田和彦さんの『江戸の性愛学』（河出文庫、一九八八年）をお読みください。くわしく説明されています。それにしても、どんなことにでも専門家はいるものです。脱線ついでに、もうひとつ雑談を加えておきますと、この『続浦島子伝記』の「魚比目」というのをヒラメ（平目）という魚のことだと勘違いしたあわて者が、文部省唱歌「浦島」の作詞者です。名前は明らかではありませんが、その歌詞の中に、「鯛や比目魚(ひらめ)の舞踊り」という句があったのを覚えていますか。あの、「比目魚」というのが体位の名前だなんて、しかもそうとは知らずに明治四十四年以来小学生たちがずっと歌っていたとは驚くべきことですね。

浦島子の物語は、奈良時代から平安時代にかけて、漢文の素養のある貴族や知識人の男たちが読む、一種のポルノ小説だったのです。そしてそれは、ただのポルノではなく、もうひとつ大事なのは、時間観念を主題とした小説でもあったということです。三年間だと思っていた蓬萊山での生活が、地上では三百年も経っていたという、哲学的な時間観念を主題に抱え込んでいました。そうした哲学的な時間観念と官能小説ふうな恋愛を描く物語は、神仙伝奇小説として中国でも流行していたらしく、同じような趣向の話がいくつか存在します。伊預部馬養は、中国で書かれていた神仙伝奇小説をまねて、浦島子の物語を書き上げたのだと私は推測しています。

日本書紀は漢文で書かれていますし、平安時代の物語類もすべて漢文ですから、奈良時代も平安時代も、浦島子の物語は大人の男たちの読み物だったのです。この、舶来の時間観念をもち、ちょっとエロチックな浦島子物語は、当時の男たちに広く受け入れられたと考えられます。そして、もてはやされたために、さまざまなかたちでバリエーションがあらわれます。そのうちのひとつが、万葉集の長歌でした。

万葉集の浦島子

万葉集の巻九には、伝説や物語を題材にしたと考えられる長歌が、数多く載せられています。その中に、浦島子を詠んだ長歌と反歌一首があります。作者名は記されていませんが、「高橋連虫麻呂(むらじむしまろ)の歌集に出(い)づ」と記されているので、虫麻呂の作品とみてよいと思います。高橋虫麻呂は、八世紀前半に活躍した歌人で、伝説や物語を題材にした叙事的な長歌を得意としました。

『万葉集』巻九「水の江の浦の島子を詠める一首　幷せて短歌」（一七四〇、一七四一番）

春の日の　霞(かす)める時に
墨吉(すみのえ)(1)の　岸に出で居て
釣船(つりぶね)の　とをらふ(2)見れば
古(いにしへ)の　事そ思(おも)ほゆる
水の江の　浦の島子(3)が
鰹(かつを)釣り　鯛(たひ)釣り矜(ほこ)り

1　春の日が　霞んでいるときに
2　住吉の　岸に出かけて座りこみ
3　釣り船が　波に揺られているのを見ていると
4　過ぎし日の　事がしきりに思われる
5　その昔、水の江の　浦の島子が
6　カツオ釣り　タイを釣るのに時忘れ

七日まで　家にも来ずて	7	七日を過ぎて　家にも帰らず
海界(4)を　過ぎて漕ぎ行くに	8	海の境を　過ぎて漕いで行くと
わたつみの(5)　神の女に	9	ワタツミの　神のおとめに
たまさかに　い漕ぎ向ひ	10	思いもかけず　漕ぎ遭って
相誂ひ　こと成りしかば	11	求婚しあい　事が成就したので
かき結び　常世に至り	12	契り交わして　常世の国に行き
わたつみの　神の宮の	13	ワタツミの　神の宮殿の
内の重の　妙なる殿に	14	その奥の奥　すばらしい御殿の中で
携はり　二人入り居て	15	手を携えて　二人で入って暮らし
老もせず　死にもせずして(6)	16	老いることも　死ぬこともなく
永き世に　ありけるものを	17	永遠の世で　生きていられたものを
世の中の　愚人(7)の	18	人間界の　愚かな人が
吾妹子に　告げて語らく	19	いとしい妻に　告げて言うには
須臾は　家に帰りて	20	「しばらくのあいだ　家に帰って
父母に　事も語らひ	21	父と母に　事情を話して
明日のごと　吾は来なむと	22	明日にでも　私はここに戻りましょう」
言ひければ　妹が言へらく	23	と言ったところが　妹が言うには

常世辺(とこよべ)に　また帰り来て
今のごと　逢はむとならば
この篋(くしげ)(8)　開くなゆめと
そこらくに　堅(かた)めし言(こと)を
墨吉(すみのえ)に　還(かへ)り来(きた)りて
家見れど　家も見かねて
里見れど　里も見かねて
恠(あや)しみと　そこに思はく
家ゆ出でて　三歳(みとせ)の間(ほど)(9)に
垣もなく　家滅(う)せめやと
この箱を　開きて見てば
もとのごと　家はあらむと
玉篋(たまくしげ)　少し開くに
白雲(しらくも)の　箱より出でて
常世辺に　棚引(たなび)きぬれば
立ち走り　叫び袖(そで)振り
反側(こいまろ)び　足ずりしつつ

24 「この常世の国に　またもどり来て
25 今と同じように　二人で暮らしたいのなら
26 この箱を　けっして開けてはなりません」と
27 堅く堅く　約束した言葉だったのに
28 住吉に　帰って来て
29 家を探すけれども　家も見つからず
30 里を探すけれども　里も見つからず
31 不思議なことよと　そこで考えたことには
32 「家を出て　たった三年のあいだに
33 垣根もなく　家もなくなるだろうか」と
34 「もしこの箱を　開いて見たならば
35 元のように　家が現れるだろう」と
36 玉篋を　少し開いてみると
37 白い雲が　箱から出てきて
38 常世のかたに　たなびいていったので
39 立ち上がって追いかけ　叫びながら袖を振り
40 地面にころげ廻り　足ずりをしながら

たちまちに　情消(こころけう)失せぬ
若かりし　膚(はだ)も皺(しわ)みぬ
黒かりし　髪も白(しら)けぬ
ゆなゆなは(10)　気(いき)さへ絶えて
後(のち)つひに　命死にける
水の江の　浦の島子が
家地(いへどころ)(11)見ゆ

反歌(12)

常世辺(とこよべ)に　住むべきものを
剣刀(つるぎたち)(13)　己(な)が心から
おそやこの君(きみ)(14)

41　たちまち　心が消え失せてしまった
42　若かった　肌もしわくちゃになってしまった
43　黒かった　髪も真っ白になってしまった
44　そののちには　息さえ絶えてしまい
45　最後はとうとう　命もなくしてしまった
46　その水の江の　浦の島子の
47　家のあったところが見える

常世の国にも　住めたであろうものを
剣や太刀の刃(な)　その汝(なんじ)自身の心から
愚かなことをしたものよ、この君は

(1) **墨吉**＝現在の大阪市住吉区を中心とした一帯で、ことに海岸沿いをいう。住吉神社があり、もっともはやく開けた港町。浦島子の物語は丹後半島を舞台にすることが多いが、この歌では住吉を舞台としている。4行目までが現在の風景で、5行目から物語の世界に入っていくという構造をとっている。
(2) **とをらふ**＝通過する（とほる＝通る）ではなく、ゆらゆらと揺れることをいう。
(3) **水の江の浦の島子**＝水の江（水江）は地名とみなしているらしい。原文は「浦島子」とあって「浦島の子」とも読める。

（4）**海界**＝地上と海神の世界とのあいだには境があると考えていた。
（5）**わたつみ**＝ワタツミは、「ワタ（海）ツ（格助詞「～の」）ミ（神格をあらわす接尾語）」で、「海の神」をいうが、その神の住む世界をもさすようになる。海底にあると考えていたらしい。
（6）**老もせず死にもせずして**＝漢語「不老不死」の翻訳語である。神仙思想に基づいているとみてよい。
（7）**世の中の愚人**＝浦島子の行為に対する、歌い手の感想が挿入されている。
（8）**篋**＝36行目の「玉篋」と同じ。「玉手箱」という呼称はお伽草子『浦島太郎』以降にしか登場しない。タマ（玉）はほめ言葉。クシゲは「クシ（櫛）ケ（笥）」で櫛などを入れる化粧箱のこと。
（9）**三歳の間**＝異界では三年間だったのに、地上では垣も壊れ家も滅んでしまうほどの時間が経っていたというのである。こういう場合の滞在期間は三年がふつう。
（10）**ゆなゆなは**＝他に用例の見出せない言葉。前後の意味から考えて「のちのちには」というニュアンスをもつのだろう。
（11）**家地**＝家の建っていたところの意味で、歌い手のいる現在から見ている。冒頭の4行と対応して、現在にもどる。
（12）**反歌**＝長歌のうしろに、心情を述べたり、内容をまとめたりして添えられる短歌をいう。
（13）**剣刀**＝「な（己＝汝）」を修飾する比喩表現（枕詞）。剣や太刀には「ナ＝刃」（刀の「な」も刃の意味、カタナは片刃である）があるので、ツルギや太刀の「刃」のような「な＝汝」というかたちで、同音の連想から「汝＝な」を導き出す表現である。古代の表現には、こうした音によって繋いでゆく比喩表現が多い。
（14）**おそやこの君**＝「おそや」は「愚かなことよ」といった意味。「この君」は、長歌18行目「世の中の　愚人」と呼応して浦島子をさす。

二つの時間のオーバーラップ

高橋連虫麻呂は、伝説や物語を題材にした叙事的な長歌を作るのが得意なことから、伝説歌人と呼ばれています。「水の江の浦の島子を詠める一首」もそのひとつですが、この長歌は構成がとても凝っています。

物語の語り手、それは虫麻呂という作者ではなく、物語を進行させてゆく作中人物ですが、その人物が、長歌の導入部分で、大阪湾の住吉の岸に座って、春ののどかな日に、波の向こうに浮かぶ釣り船を眺めています。そのときが現在ということになります。そして、その語り手が、ゆらゆらと揺れる船を眺めているうちに催眠術にでもかかったように、「昔」の世界に入り込んでゆきます。それが4行目までで、続く5行目からは、過去の世界すなわち浦島子の物語世界が広がります。そして最後の部分でふたたび、現在にもどります。まるでタイム・トリップしたような構成になっているのです。しかも、現在から過去へ、過去から現在への転換が、二つの時間をオーバーラップさせるようにしてかぶさっているのです。こうした手法は映画などでよくありますね。夢を見ているようにして過去の世界へ入っていき、また目覚めて現在へ戻ってくるというような、なかなかしゃれた作りになっているのです。物語の世界が切り取られて、額縁の中にはめこまれた絵のようになっているとでも言えばわかるでしょうか。

3行目の「とをらふ見れば」というところに注目してみましょう。これはそのまま旧かなを無視して読むと「通っていくのを見ると」というふうに訳してしまいそうになりますが、「とをらふ」というのは「通る」という意味ではありません。「通る」だったら「とほらふ」にならないといけませんが、ここでは「とをる」なので、たわんでいる、撓っているという意味です。その「とをらふ見れば」というのは、現代語に訳すと波の上でゆらゆら揺れているのを見ると、という意味になります。岸から遠くの小舟を眺めている様子がうまくとらえられています。そしてこれは、糸を通した五十円玉がゆらゆら揺れているのを見つめていると催眠状態に入ってしまう、あれと同じです。揺れるものに目を凝らしていて、ある瞬間に、すとんと別世界に入っていく、まさにそのような感覚です。

虫麻呂は、一種の心理学的な効果をうまく使って、春ののどかな日に、海辺で釣り船がゆらゆらと波間に揺れているのを見ているという場面設定から、自然に過去の物語世界へと読み手を導いていくわけです。物語の作り方として非常にうまいですよね。

偶然の出会い

5行目から45行目までは、五七調の長歌のリズムでずっと物語が語られていきます。

お話としては、古代の浦島子物語の基本的な構造、地上の時間と異界の時間との違いを描いています。この歌でも浦島子（浦の島子）は釣りをしていますが、亀を釣りあげたというエピソードは出てきません。あまりに釣りに夢中になりすぎて、どんどん沖の方へ漕いでいってしまった。そうしたらこちらの世界とワタツミの世界との境界である「海界（うなさか）」を過ぎてしまって、そこで神のおとめに出会います。

これは、人間の領域である海を越えて、神の領域へと入り込んでいったことを表わしています。「海界」はその境界です。そこで神のおとめに偶然に出会うのですが、古代における恋や結婚の物語では、男と女とは偶然に出会ってひと目ぼれすると、そのまま結ばれるというのがパターンです。ここでも二人はその場で結ばれます。

万葉集では、なぜ亀が出てこないのかというと、この作品は、散文ではなく韻律をもつ歌であるというところに理由があるように思われます。やはり歌には歌にふさわしい題材や表現があって、比較的自由度の高い散文とは違うのです。亀が出てきてその亀が女に変身して二人は恋に落ちたというようなかたちは、歌の表現にふさわしくない、それよりも、きれいな男と美しい女が偶然に出会って恋に落ちたというほうが歌らしいのです。そのために、散文ではかならず語られている亀から女への変身モチーフが、虫麻呂の長歌では抜け落ちてしまうのです。

わたつみの神の宮と常世の国

偶然に出会って結ばれた二人は常世へ行き、わたつみの神の宮で暮らすわけですが、ここには二つの世界が入り交じっています。常世の国というのは前節で説明したとおり、永遠の世界として水平線の彼方にあるユートピアです。一方、ワタツミというのは「海の神」を意味します。そのワタツミ（海の神）が住んでいるところが「わたつみの宮」です。海幸彦と山幸彦の神話で、山幸彦が釣り針を捜しにでかけるのがワタツミの宮で、古事記では、シホツチという海流を司る神に教えられて海の底へ潜っていくと、「わたつみの宮」があったと語られています。呼吸はどうするのかというような問題も生じますが、ウミサチ・ヤマサチの神話では、それはまったく意識されていません。また、常世は常世の「国」と言いますが、ワタツミの場合はワタツミの「国」という言い方はしません。クニ（国）というのはもともと大地といった意味をもっており、常世の国は大地として認識されていますが、ワタツミには大地というイメージがないということになります。

このように説明すると、「わたつみの神の宮」と「常世の国」とではまったく別の世界ですが、虫麻呂の長歌では、その二つの世界が同じものとして歌われています。「常世の国」は水平線の彼方にあって、ユートピア的な性格が濃厚だということは前節で述べたとおりです。常世の国はワタツミ（海の神）が支配する世界というよりは、もっとモダンなユートピア、中国伝来の神仙思想とともに入ってきた不老不死のユートピアである蓬萊山と、性格としてはほとんど重なっているといえましょう。

高橋連虫麻呂の中で、神仙的な「常世の国」と神話的な古さをもつ「わたつみの神の宮」とが混じってしまった、あるいは、ほんとうなら散文の浦島子物語で使われている言葉に従って「蓬萊山」としなければならないのに、歌表現であるために、漢語である「蓬萊山」を避けて、従来からある「常世の国」や「わたつみの神の宮」という世界に翻訳したのかもしれません。

ふたりの男女は常世の国あるいはわたつみの神の宮に入って、蜜月(みつげつ)を過ごすことになります。そこで強調されているのが、「老もせず死にもせずして　永き世にありけるものを」です。そこは老いることも死ぬこともない世界でした。この表現は、漢語として輸入された「不老不死」の翻訳語です。あるいは虫麻呂は、漢文で書かれた浦島子物語を読みながら、この歌を創っているのかもしれません。

なぜ不老不死と語られるかといえば、そこには流れる時間がないと考えられているからです。人間に不老不死という状態がもたらされるためには、流れてゆく時間を止める必要があります。時間が流れてゆくから私たちは歳をとってしまうのです。時間が止まっていれば、私たちもそのままの状態で止まっていることができます。それがいいことかどうかは別ですが。

ところが17、18行目で、そういう永遠の世界に生きていられたのに、人間はバカだよね、帰りたいなんて言い出してというかたちで、突然、作中の語り手が登場して浦島子の行動を批判します。しばらく家に帰って父母に会いたいと言う浦島子を、「世の中の愚人」と呼びます。それでも、愚かな人間である浦島子は、永遠の世界を後に地上にもどってしまうのです。

玉篋と超時間

浦島子が地上への帰還を申し出ると、送り出す女は箱を渡して、こちらの世界に帰ってきたいのならば、この箱を開けてはダメですよというのは、私たちもよく知っている展開です。この箱は昔話では「玉手箱」と呼ばれますが、古代では「たまくしげ（玉篋・玉匣）」と呼ばれます。「玉」はきれいとか立派なという意味のほめ言葉で、「くしげ（篋）」というのは「櫛＋笥（け）」、すなわち化粧箱のことです。

じつは、先ほどふれた丹後半島の伊根町の宇良神社の宝物資料室には、浦島さんが持ち帰ったという玉手箱があって、拝観を申し込めば見せてもらえます。あまり大きな声では言えませんが、どうみても室町（むろまち）時代か江戸（えど）時代頃の蒔絵（まきえ）の箱で、お姫様か金持ちの娘が使っていた化粧箱のようでした。

その玉篋には、開けてはいけないという、「見るな」と同じタブーがついています。

もちろん、「開けるな」と言われたら開けなければいけません。それが物語のお決まりですから。そして、結末は明らかです。

ここでは具体的に何百年経ったというかたちでは表現されていないのですが、これも歌言葉の問題でしょう。超時間の経過については、「家ゆ出でて　三歳の間に」とあって、異界で過ごした時間は三年だったのに、地上に帰ってきたら、33行目に「垣もなく　家滅せめやと」とあるとおり、垣根もなくなり、家も跡形なく消え失せていたと語られています。おそらく、ここでの時間経過は数十年といった単位ではないでしょうね。私が住んでいるプレハブ住宅では三十年ももたないかもしれませんが、ふつう、家というのは百年や二百年は当たり前にもつはずです。ですから、家が跡形もないというのは、数百年の時間が経過しているということを表わしているわけです。

ちなみに、昔話の場合は、浦島太郎が龍宮城に滞在した期間は三年ではなく二、三日とか一週間とか、比較的短い期間になっています。なぜかというと、子ども向けの昔話の場合には、教科書の浦島さんなども同じですが、龍宮城ですることといえば、飲めや歌えの宴会と魚たちの演じる芸能の鑑賞しかないわけです。毎日毎日それだけで三年も過ごしたとしたら、あまりにも退屈で気が変になってしまいます。ですから、滞在期間は短いのです。それに対して、古代や中世の物語では滞在期間はすべて三年です。「三」という数字は短いことを表わすわけですが、二、三日や一週間とは違って、それなりの期間ではあります。それだけの滞在が可能なのは、浦島子とおとめとのあいだには夫婦生活というか、性的な関係があるからです。それゆえに、まあ三年くらいは我慢できるということになります。

浦島子は、跡形もなくなってしまった家が、箱を開けたら出てくるのではないかと思って玉篋を開けます。もちろん開けるのは最初からのお約束ですが、箱を開けると白い雲が出てきて、常世のほうに棚引いていった。それをみた浦島子は、立ち上がって追いかけ叫びながら袖を振り、地面にころげ廻りながら足ずりをしたとあります。この行為がどういう意味をもつかというと、ただ単に驚いているというのではありません。ここに描かれているのは、「魂呼ばい」といって、死者の魂を呼びもどすための儀礼的な行為なのです。

人が死ぬのは、肉体から魂が遊離してしまうためだと、古代の人びとは考えていました。ですから、古代では死に直面すると、死者の名前を呼んだりしながら、離れていく魂を引き戻そうとする儀礼がいろいろなかたちで行われました。それが、この歌の「叫ぶ」とか「袖を振る」といった行為です。袖を振るのは別れの表現だと思う人も多いでしょうが、もとは、魂を招き寄せるための行為です。シャーマンは、スカーフのような領巾（比礼）を首にかけていて、神や魂を寄せようとする時には、それを振ります。

ここで、叫んだり袖を振ったりするのは、箱から出ていった白い雲が、浦島子の魂だと考えられているからです。また次の、ころげ廻るという動作は、「匍匐礼」という、死者を悼むための儀礼的な所作を表わしています。戦争映画などに出てくる匍匐前進の匍匐と同じで、地面に腹這うことを匍匐といいます。死者のために腹這いになって哭き悲しむというのが匍匐礼です。「足ずりする」というのも同じ行為なので、39行と40行に歌われているのは、離れてしまった魂を呼び寄せようとするさまざまな所作だということになります。

消滅する肉体

浦島子はなぜそのような所作をしなければならないのかというと、玉篋から出た白い雲が己れの魂であり、それが常世のほうへ行ってしまうというのは、自分の死を意味するからです。浦島子にはそれがわかったのでしょう。そのために、なんとかして魂を呼びもどそうとしたけれども、雲は棚引いて流れていってしまった。そうすると、たちまちのうちに心が消え失せてしまったというのです。つまり、浦島子は意識を無くしてしまった。そして、若々しかった肌はたちまちのうちに皺くちゃになってしまい、真っ黒だった髪の毛は瞬くまにまっ白になってしまいます。このあたりの描写はなかなか見事です。まるでフィルムの早回しのように、たちまちのうちに浦島子の肉体は変化してしまうわけです。それは、今まで箱の中で守られていた浦島子の魂が、流れる時間の中にむき出しで曝されてしまったからです。

ここには、瞬間的な、時間による風化作用が語られています。浦島子の肉体は、常世の国の無時間と地上世界における流れる時間とのはざまに置かれ、その両者の時間のズレを解消するために、一気に変化してしまうしかなかったのです。異界の三年が地上の三百年であると語られるように、地上では、常世の国の百倍のスピードで時間が過ぎているのです。その二つの世界のまったく異なる時間観念の両方に身を置いた浦島子の宿命が、ここには凝縮されているのです。

こうした時間差があっても、魂が玉篋に入ったままであれば、肉体の風化や消滅は免れたはずです。それは、魂さえ密封状態になって外気に触れさえしなければ、肉体も穢れ古びることはないからです。古代において、人間が死ぬのは、魂が衰弱したり、肉体から離脱したりするためだと考えられていました。魂が、空気などに触れて劣化するために、人は病気になり、老いて死ぬのだと考えていたのです。だから、つねに魂を清めていないといけないと考えるわけです。禊ぎや祓いという宗教的な浄化儀礼が重んじられるのは、肉体や精神に付着した穢れを、浄化したり除去したりすることが必要だと考えていたからです。

現実の世界にもどった浦島子の魂は、玉篋の中に入れられ、完全な密封状態に置かれていました。そのために時間の歪(ひず)みからも護(まも)られていたのですが、蓋を開けたとたんに外気に触れ、魂は三百年もの長い時間を一挙に浴びてしまったということになります。そのために、「ゆなゆなは　気(いき)さへ絶えて」と歌われているとおり、呼吸が止まり、そのまま死んでしまうのです。

浦島子の肉体を襲ったこの変化は、おそらく瞬間的に降りかかったのだと考えられます。とてもこわい話ですが、まるでSF映画をみているような気になります。たとえば、スタンリー・キューブリックの名作『2001年宇宙の旅』の中で、宇宙飛行士がタイム・カプセルの中に入っていると、そのカプセルが壊れて、一瞬のうちに老衰し消滅してしまうという場面がありました。浦島子の死は、そうしたSF的なシーンを彷彿(ほうふつ)とさせます。

浦島子物語の作者

浦島子物語は、ここで読んだ長歌をはじめ、さまざまな表現形態をとって伝えられています。おそらく日本文学の中ではもっとも長い歴史をもつ文学作品だといえるでしょう。古代では、漢文や韻律的な長歌で、中世には、美しい挿絵の入った短編物語や説話として、江戸時代になるとお伽草子や絵本が出版されて、多くの読者を獲得することになります。近代になると、子ども向けの童話や絵本や教科書として再生産されます。古代と近代とではテーマもすっかり変わってしまいますが、大きな骨組みは変わりません。

このように、浦島子（浦島太郎）の物語は、時代の要請に応じてさまざまに変化しながら、古代から現代までずっと生き続けてきました。それは、この物語が異界と地上との時間の違いを語るという哲学的な主題と、ちょっとエロティックな恋物語という、二つの異なった要素を巧みにミックスした、興味深い物語だったからではないかと思います。

はじめにもふれましたが、この物語は、民間伝承として語られていたのではなく、元は創作小説であり、元ネタは中国の神仙伝奇小説だと私は考えています。中国でも神仙思想を元にした短編小説は六朝期（三〜六世紀）にいろいろと書かれています。男が川を遡って山に入っていくと桃源郷があり、そこにいた美しい女と恋に落ちるが、現実の世界に戻ってきたら長い時間が経っていたというような、浦島子の話とよく似た内容で語られています。

そのユートピア物語を創った伊預部馬養という人物は、丹後国風土記（逸文）の中に名前が出てくるのですが、七世紀の終わり頃に実在した知識人です。馬養は、神仙思想などにも詳しいインテリで、律令や歴史書の編纂に関与した官僚で、皇太子の教育係もしていました。浦島子物語は、当時もっともすぐれた文人であった伊預部馬養という人物が、七世紀の終わり頃に書き上げた創作小説が元になっています。先に読んだ日本書紀の最後に、「語は、別巻に在り」と書かれていましたが、じつはその「別巻」は、伊預部馬養が書いた作品だったのです。そして、馬養の書いた作品は、当時の知識人にもてはやされ、万葉集長歌の作者である高橋連虫麻呂も、馬養の浦島子物語を読み、その小説を元にして長歌を作りました。

虫麻呂の長歌がとてもモダンな作られかたをしているのは、参考にしたのがモダンな恋愛小説だったからだというのも理由の一つではないかと思います。特定の土地で語られていた土着の伝説というのではなく、きちんとした元の物語があって、それを脇に置いて浦島子の長歌は作られている、そうでなければ、こんな洒落(しゃれ)た歌はなかなか生まれないのではないでしょうか。

ずいぶん長いお話になってしまいました。浦島子物語については、このあたりで終わりにしたいと思います。もっとも代表的な古代の浦島子物語にふれないのは、怠慢だと言われかねません。それは丹後国風土記逸文の浦島子の物語ですが、この物語はかなりの長編で、今から物語を紹介して解説を加えてゆくと、それだけで相当の分量を必要とします。浦島子の物語に興味をもってくださった方は、どうぞ、拙著『浦島太郎の文学史』をお読みください。

四　地獄に行った欲張り――田中真人広虫女

日本で最初に編纂された仏教説話集・日本霊異記は、平安時代に入ったばかりの九世紀初頭、弘仁年間（八一〇～八二四年）には成立していたと考えられています。この書物は薬師寺の僧であった景戒が編纂したものです。景戒は薬師寺の僧ですが、もとは私度僧（自度僧とも）でした。奈良時代は、お坊さんになるには公認が必要だったのですが、自分の意志で修行を続ける人も大勢いました。そういう人たちを「私度」とか「自度」とか呼んでいます。景戒も元はそうした私度僧の一人だったのですが、晩年になって薬師寺の僧に任用されます。

その景戒が、全国のあちこちに伝えられていた三宝（仏・法・僧）にかかわる話、仏教的・教訓的な話一一六話を、三巻の書物に編んだのが日本霊異記です。正式な書名は『日本国現報善悪霊異記』といいます。現報というのは「この世での報い」という意味です。日本国の中で起こった現世における善行や悪行の報いに関する不思議な出来事をまとめた書物というのが書名の意味です。収められている多くの話が、こんな悪いことをしたからこんなにひどい現報を受けたというような内容になっています。

当時は、仏教がまだ一般の人びとに広く受け容れられていたわけではありませんから、来世がどうこうとか地獄がどうこうとかと説いても、よくわからない。それよりは、現実の世界で受ける報いを説いたほうが切実でよくわかるわけです。たとえば、お坊さんの悪口をいったら口が歪んだとか、馬をこき使ったうえに役に立たなくなると殺すという残虐な扱いをしていた男が、熱湯を覗き込んだら自分の目玉が熱湯の中に落ちてしまったとか、そういうむちゃくちゃな現報がいろいろと語られています。日本霊異記とはそのような書物ですが、読んでいくと、仏教的な教えと在来の神話や伝承における物語世界とが混じりあっていて、とてもおもしろい話がたくさんあります。仏教を広めるために創作されたというよりは、以前から伝えられていた話に、仏教的な色付けをして語るということが多かったのではないかと考えられます。中国の仏教説話集から借りた話などもあります。

書物の成立は平安時代に入った九世紀初頭ですが、収められている話のほとんどは、奈良時代を舞台に語られています。おそらく八世紀、古いものは七世紀頃から語られていた各種の伝承を、編者の景戒が説教の題材などとして集成し、末尾に仏教的な「評」をつけて整理したものと考えられます。評というのは、仏教の教えに基づいた景戒のコメントです。

半牛半女

ここで紹介する話は、強欲のために地獄に堕ちた女の話です。地獄というのは、仏教の流入とともに入ってきた新しい観念で、今までにみてきた異界とはかなり違うといわなければなりません。まずは、読んでみましょう。

『日本霊異記』下巻・第二十六

「非道なことを強いて、貸し付けたものを徴収し、たくさんの利息を取って、この世で悪死の報いを受けた縁」

田中真人広虫女[1]は、讃岐国美貴郡[2]の長官である外従六位上小屋県主宮手[3]の妻であった。八人の子を産み、裕福で財産も多く[4]、馬や牛・奴婢・稲銭・田畠などの資産をもっていた。ところがこの女は、生まれつき信仰心がなく、けちんぼで欲が深くて人に恵み与えようなどという心はまったくもっていなかった。

そればかりか、酒に水を加えて量をふやして売り、たくさんの利益をあげていた。ものを貸し付けると

（1）**田中真人広虫女**＝この話の主人公で、小屋県主宮手の妻。夫と苗字が違うのは、律令制度では、結婚しても夫婦は別姓だからである。

（2）**讃岐国美貴郡**＝現在の香川県木田郡三木町からさぬき市のあたり。

（3）**外従六位上小屋県主宮手**＝「外」位は地方豪族に対して与えられる位階。一種の称号のような性格をもつ。小屋が苗字、県主が朝廷から与えられた姓、

きには小さな升を用い、返済を取り立てる日には大きな升で受け取って利ざやを稼いでいた。また、種籾を貸し付けるときには小さな秤を用い、秋に返済させるときには大きな秤で収めさせた。[5]

その利息の取り立てはまことに酷いものであった。道理などというものはかけらもなく、あるときには十倍にして取り立て、ひどいときには百倍にして返済させた。貸し付けを人から強引に絞り取り、満足するということがなかった。そのために、たくさんの人が苦しみ、家を棄てて逃亡し、他国にさすらうさまは、まことにひどいもので、これほどに過酷なところはないというありさまであった。

その広虫女が、宝亀七(七七六)年の六月一日[6]に病床に伏して何日も過ぎた。そして、七月二十日になって、広虫女は、夫の宮手と八人の息子たちを枕元に呼び集めて、自分の見た夢の様子を語った。

「わたしは、閻魔さま[7]の宮殿に召し出され、三つの

宮手が名前。郡の長官を「大領」といい、多くの場合、その土地の豪族の中から選ばれる。経済的にも政治的にもそれぞれの土地の実権を握っている。

(4) **裕福で財産も多く、……**=女性が結婚するとき、父親から財産を与えられる場合があり、奴隷などをもっている例が戸籍にも出てくる。

(5) **種籾を貸し付ける**=「出挙」という。公の貸し付けを「公出挙」、個人が行う貸し付けを「私出挙」という。律令に定められた利率は「倍」までであった。

(6) **宝亀七年の六月一日**=このように年月日が詳細に記されるのは、事実譚の通例。固有名詞や日時などを詳細に語ることで事実性を高める手法である。

(7) **閻魔さま**=地獄の管理人

罪状を示されました。一つは、お寺の品物(8)を流用して返却しなかった罪です。二つめは、酒を売るときにたくさんの水を加えて多額の代金を取った罪です。三つめは、二種類の升と秤とを用いて、人に貸し付けるときには七分目しかないものを用い、取り立てるときには十二分目の升や秤を用いた罪です。閻魔さまは、『こうした罪状によって召し出したのだ。お前は現報を受けなければならない。今こそお前にその現報を示そう(9)』とおっしゃいました」

そのように夢のさまを語ったかとおもうと、広虫女はその日のうちに死んでしまった。

家族の者たちは、死後七日を過ぎるまで火葬にせず(10)に遺体を安置し、僧や修行者たち三十二人を招き集め、九日間の法要を発願（ほつがん）して、冥福を祈り続けた。すると、死んで七日目の夕方、広虫女はふたたび蘇（よみが）えって、棺（ひつぎ）の蓋（ふた）がひとりでに開いた。そこで、人びとが棺の中を覗いてみたところ、今までに嗅（か）いだこ

で、人間の生前の行為を判断して罪の軽重を判断する。

(8) **お寺の品物**＝大領など郡司（郡の役人で、土地の豪族から選ばれる）層が初期の仏教信者になることが多く、財力があるので自ら寺（私寺という）を建てて信仰したりする。この場合の寺の財物は、私寺として小屋一族が建てた寺に自ら寄進したものをいうのであろう。そのために、寺のものと自分のものとをあまり区別していないのかもしれない。しかし、そうした私寺であっても、寺の物を使い込むのは罪とされたのだ。

(9) **夢のさま**＝日本霊異記には地獄に行く話（冥界訪問譚）が多く、その様子を「夢」として語るのがパターンになっている。

(10) **火葬にせずに**＝魂が戻るためには肉体が必要なので、火葬をしばらく停止するのである。同様の説話は、日本霊異記の冥界訪問譚にいくつか例がある。

ともないひどい臭いがした。

その姿はというと、腰から上のほうはすっかり牛[11]になっており、額には四寸ほどの角が生えていた。二本の手は牛の足のようになり、爪は二つに裂けて牛の蹄（ひづめ）によく似ていた。腰から下のほうは人の姿のままであった。ご飯を食べるのをいやがって草を食べ、食べ終わると反芻（はんすう）した。裸のままで衣を身につけようともせず、糞まみれの土の上に横たわっていた。

あちこちの人びと[12]が急いで走り集まり、不思議そうに眺め、見物人が途切れることはなかった。夫の宮手と息子や娘たちは、恥じて嘆き苦しみ、その体を大地になげうち、一生懸命に発願し祈った。広虫女の犯した罪の償（つぐな）いをしようとして、宮手が建立した三木の寺に、家の中にあったさまざまな財物を寄進し、都の東大寺[13]には牛七十頭、馬三十四、開墾した田二十町、稲四千束を寄進したほか、他人に貸し

（11）**牛**＝罪を犯した者は、仏罰として牛にさせられるのである。ご飯を食べてすぐ横になると牛になるよという戒めも、おそらくお寺での説経に起源があるのだろう。

（12）**あちこちの人びと……**＝見たり聞いたりして噂を広める人びとが説話には必要である。一種の証人と言ってよく、それが事実性を高めている。

（13）**東大寺**＝奈良の東大寺の開眼は天平勝宝四（七五二）年

付けていたものについては、返済をすべて免除した。

讃岐国の役人や郡の役人たちが広虫女の姿を見学し、朝廷に報告書を提出しようとしていたちょうどその頃、蘇生してから五日を過ぎて死んだ。郡のうちはもちろん国中の人びと、見聞した人びとはあまりの出来事に嘆き悲しんだことであった。

広虫女は、[14]因果応報をわきまえず、道理がなく義理もなかった。あらためて知ったことよ、これは非道の現報、無義の悪報であるということを。現報でさえこれほど恐ろしいもの、いわんや来世における後報はいかばかりでありましょうや。経典に説いている通りである。「物を借りて返済しないときには、牛馬になって償うことになる、云々」と。

負債のある人は奴隷のごとく、貸し主は主君のごとし。借りている人は雉のごとく、貸し主は鷹のごとし。その通りだが、物を貸し付けているからといって、道理を外れて取り立てたりすれば、牛馬に身

で、この事件はその二十四年後の出来事として語られている。東大寺の記録によれば、地方豪族は莫大な財産を東大寺に寄進している。それは、仏教への帰依を示す行為であるとともに、そうした寄進によって位階（注(3)に記した「外位」など）を手に入れることができたからである。

(14) **広虫女は、……**＝以下二つの段落は、編者である景戒の「評」である。景戒は、各話ごとに経典を引用したりしながらそれぞれの出来事に対して仏教的なコメントを付ける。

を変えて、貸している人にこき使われることになる。
それだから、道理をわきまえずに取り立てるようなことをしてはいけない。

人間の罪と地獄

異界という点からこの話を読むと、ここに至ってはじめて仏教的な地獄という観念が登場し、人間の罪を裁く閻魔(えんま)さまが登場します。原文には「閻羅(えんら)王」とありますが、これが閻魔さまのことです。そして閻魔さまが死後の人間を裁き、生前の行いによって人間の来世を判断するわけです。今まで読んできた異界とはまったく違う、個々の人間の生前の行いによって行き先が決まる世界が示されるのです。

仏教によってはじめて、人間としての倫理的な生活規範が示されるという点で、この種の話は、じつはとても重要なのではないかと思います。ことに、因果応報という観念は、共同体のものでも、家や一族のものでもなく、「個体」の問題です。つまり、個人の問題として、罪の犯しや生活態度が取り上げられるようになるわけで、それは、私たちの先祖にとっては、大きな戸惑いをもって受け入れられたのではないでしょうか。なぜなら、それ以前の日本列島に生きた人びとには、まったく存在しない考え方だったからです。

悪いことをすると、それはほとんどが仏教にとっての悪事ということですが、個人が罰せられるのです。しかも、現在の問題としてなら、ある程度理解できるでしょうが、来世にも繋がるし、生まれ変わってこの世に顕れてくるときにも影響するというのですから、想像すらできないことだったといったほうがよいでしょう。

そのために、理解しやすい現報が強調されることになったのです。そしてもう一つ、地獄というのは、古代の人びとにとって、罪という概念を理解しやすくする世界だったかもしれません。悪いことをすれば地獄でひどい目に遭うというのは、想像しやすいからです。霊異記説話では、その地獄のさまを語るのに、「夢」という設定で語られることが多いのです。この話もそうなっています。

この話では、地獄がどういう場所かということは明確に語られていません。時代が下ると、この種の話は、地獄で火責めにあったとか、針の山で苦しめられたとか、焼いた鉄の棒を抱かされたとか、さまざまな責め苦が具体的に描かれます。ここに引いた説話の場合は、いったん死んだと思ったら、それは地獄の閻魔さまに裁判を受けていたもので、七日後に生き返ってきた。それは、半牛半人という恐ろしい姿で生まれ変わるという報いでした。現世で受ける報いが、閻魔さまのくだした罰だというところが、後世の仏教説話に現れてくる地獄の責め苦を語る話とは違っています。

その牛ですが、日本霊異記の中には、悪いことをすると牛になるというエピソードがたくさんあります。皆さんも子どもの頃に、「ご飯を食べてすぐに横になると牛になるよ」と言われたことがあると思いますが、「牛になる」というのは、太っちゃうよというような忠告ではなく、仏罰なのです。食事してすぐ寝転がるなんて、そんな怠けたことをしていると、来世には人にこき使われる牛になってしまうよという、仏教的な戒めなんですね。当時の牛は重い荷物を運んだり、畑を耕したりする重要な労働力ですから、牛になるというのは大変に辛(つら)いことだったわけです。

慳貪という罪悪

この物語の主人公、田中真人広虫女という女の罪は、けちんぼで欲が深いことに起因するわけですが、「けちんぼで欲が深」いと訳した部分は、原文では「慳貪(けんどん)」という言葉で表わされています。慳貪というのは「けちんぼ」という意味です。たとえば、昔話「花咲か爺」の江戸時代に出版された絵本を見ると、二人のおじいさんが着ている着物には紋がついていて、正直じいさんの着物には「㊣」と書いてあるんですね。それが正直者のトレードマークです。それに対して、意地悪じいさんのトレードマークは、○(まる)の中にひらがなの「け」という字が書いてあって、それは「けんどん(慳貪)」の「け」なのです(左頁、参照)。この「慳貪」という言葉も説経から出た言葉で、けちんぼで意地悪な主人公を象徴する言葉になりました。

田中真人広虫女という女は、典型的な「慳貪」だったわけです。日本霊異記が書物になったのは九世紀初頭ですが、この話が語りだされたのは、八世紀、奈良時代でしょう。本文中に宝亀七（七七六）年と事実めかした年号が出てきますが、このあたりも説話っぽいですね。嘘くさい話をするときには年月日をわざとはっきりさせるというようなことがありますから、出てくる年が事実だとはいえません。ただ、八世紀後半を舞台にして、こうした欲ぼけした人間が語られていくというのは、おそらく時代状況を反映していたということはできるでしょう。

正直爺と慳貪爺（江戸の絵本・赤本）　着物の紋の(け)は「けんどん（慳貪）」、㊣は「正直」をあらわしている（『枯木に花咲せ親仁』国立国会図書館蔵）。

　この話が本当か嘘かということは別にして、奈良時代というのは経済活動が活発な、消費経済の真っ只中にありました。これは、和同開珎が鋳造されて銭が流通し、各地に市が開かれて交易が盛んになるといったことと呼応しています。それはとうぜん、平城京という都市の成立ともかかわっています。この話の舞台は讃岐国ですが、当時は地方においても規模は小さいものの同様な状況があったものと考えられます。そうした経済活動を引っ張っていたのが、ここに登場する郡司を代表とした地方豪族層だったわけです。ひょっとしたらバブルに浮かれていた今は昔の日本列島と同じかもしれません。

社会の風潮として、金がすべてというような考え方が蔓延していたから、こういう話がリアリティをもって受け入れられるという側面があったのでしょう。酒に水を加えて量をふやして売り、種籾を貸し付ける時には小さい秤を用い、返済させる時には大きな秤で収めさせるといったところは大げさに聞こえますが、すべてが嘘っぱちだとは言い切れません。

当時、種籾の貸し付けのことを「出挙」といい、注（5）にも書いたように、「公出挙」と「私出挙」というのがありました。「公出挙」は朝廷が行う公的な貸し付けのことで、「私出挙」は金持ちが勝手に行う個人の貸し付けです。そして、その契約は当事者間の話し合いに任されており、一応、公出挙も私出挙も利息は年利一〇〇％までは許されていました。一升の種籾を借りて収穫したら二升返さなければならないというのが、律令の決まりでした。

讃岐国美貴郡というのは、今の香川県さぬき市から三木町のあたりです。そこの小屋県主という豪族のところに、田中真人という一族の娘が嫁いだのですね。こちらもおそらく豪族だったのでしょう。当時は女性の財産も認められています。実家から奴隷を連れていったりすれば、それが女の財産として認められる。だから馬や牛や奴婢をたくさん持っていたと語るのは、夫の財産ではなく、妻自身の財産だったとみてよいでしょう。当時の夫婦は別産で、別姓です。戸籍などからみて、ここに語られていることは、ある程度信じてよさそうです。

その欲深い女が地獄の閻魔さまに呼び出され、現報として半牛半人にされてしまった。ここに描かれる地獄は、それ以前の異界とはまったく違う、人間の行いによって行き先が決められる世界です。その点からいえば、ある種「公平」な世界です。それまでは、死んだら誰でも、行く世界は同じでした。共同体ごとに別の異界が幻想されていたとしても、おなじところに住んでいる人はおなじところに行ったはずです。それが人によって違うというのは、じつはとても重要なことだったのではないかと思います。

仏教の浸透と心

仏教というのは「心」を問題にします。それが宗教というものでしょう。「行い」と言ってもいいのですが、とにかく「個体」「個人」の行動や信仰心に規制されている。そして、心はみな一緒ではなく、ひとりずつ違うという個人の意識をもっている。新しい異界として人びとの前に提示された地獄は、個人とか個体の意識の芽生えにも影響を与えたということができます。

さらに付け加えておけば、個人や個体の意識の芽生えに影響を与えたもう一つが、「律令」です。口分田というのは、六歳になったら、男は一人につき二反（女は三分の二）の田を与えられるというように、個人個人に対して与えられるわけです。実際は家で共同管理するとしても、与えられるのは個人に対してなのです。ですから律令を作って戸籍を作るという政治的な行為と、仏教の個人の意識を強調していくという観念が入ってくることで、日本列島に住む人びとの考え方が大きく変わったはずです。

ただし、誤解しないでほしいのは、ここでいう個体とか個人とかいうのは、あくまでもひとりひとりの存在といったことであって、自我とか個我とかいった近代西欧的な認識を言っているのではありません。

この話には、三木の寺が出てきますが、これもまた八世紀の社会をよく表わしています。この時代、大和朝廷は各国に国分寺と国分尼寺を造り、中央に東大寺を造りました。仏教は国家宗教となり、その中心に東大寺と各国の官寺が置かれたわけです。つまり公の寺を全国に造営しました。しかしそれ以外に、私寺と呼ばれる、一族や個人が建立する寺も各地にたくさん造られていきました。それらを建立したのは土着豪族たち、ことにこの話に登場する郡司層だったのです。小屋県主という一族も、財力と権力にものを言わせて三木の寺を造ったのでしょう。おそらく、地方への仏教の浸透を支えたのは、政治的経済的な実権を握る、これら郡司層だったのです。

宮手という男は、奈良の東大寺に多くの財物を寄進したとありますが、実際に東大寺の私財帳には、地方豪族からの、稲何千束といった寄進が数多く記録されています。こうした寄進によって位階が上がるのです。最初のところで、主人公の夫の名前に「外従六位上」と位階が書かれていましたが、この位階は、そうした寄進によって与えられたものと考えられます。「外」という字のない「従六位上」という位階は、朝廷に仕えている役人や貴族たちに与えられるのですが、郡司層などの地方豪族には「外」という字を付けた「外位（げい）」という位階が与えられました。これはいわば名誉官位のようなものです。

「外」がついていない官位だと、位ごとに位禄（いろく）という俸給が決まっていました。そして、位に応じた役職が割り振られます。しかし、外位には俸給はありません。それでも肩書きが欲しいという人はたくさんいたわけです。財力を持つ地方豪族にとって、必要なのは名誉でした。そういう場合に、東大寺などに財物を寄進して位階をもらうというようなことが行われたのです。そうした語り方をみても、この話はきわめて巧みに、八世紀の社会状況を伝えているといえるでしょう。

五　旅をしなかった男――くらもちの皇子

神話や説話に描かれている異界について、黄泉の国、常世の国、蓬莱山、ワタツミの宮、そして地獄というふうに眺めてきました。それぞれの異界ごとに特徴があり、人はそうした異界に取り巻かれて、この地上世界に生きていました。異界があるからこそ、今、ここに生きることが保証されます。なぜ人は生まれ、そして死ぬのか、死後世界はどうなっているのか、なぜ人の寿命は限られているのか、地獄には行きたくない、とさまざまな観念や思いが語られています

異界は、古代に生きる人びとにとって生きる支えだと言うことができるのですが、一方で、異界はたしかに存在したのでしょうか。蓬莱山に行く浦島子の物語などを読んでいると、そうそう能天気に、古代の人びとは異界を信じていたとは言えなくなります。「昔の人間だからといって馬鹿にするな」と言われそうな気もします。ほんとうにあったのかなかったのかとか、信じていたのかいなかったのかとか、黒白をつけるようなかたちの、裏か表かといった二者択一的な選択をすることはとても困難ではないかと思います。今の時代でも、神を信じている人もいない人もいるわけですし、

異界を信じる人も信じない人もいます。その比率は違うとしても、古代でもそれは同じだったのではないか、私にはそう思えるのです。

しかし、そうでありながら、異界はいつも自分たちの世界のまわりにあった、それが古代だったということなのでしょうか。

蓬莱山とくらもちの皇子

ひとつの結論を出そうとは思いませんし、出せるとも思えません。だから、とてもあいまいなかたちでこの章を終えなければならないのですが、最後にひとつ、今までお話しした神話や説話からは時代が下って新しくなりますが、九世紀の終わり頃にかな散文によって書かれた竹取物語を読んでおきたいと思います。

竹取物語のお話は、みなさんよくご存じでしょう。ここで紹介するのは、五人の求婚者のうちの一人、くらもちの皇子と呼ばれる貴公子が、かぐや姫から課された難題「蓬莱の玉の枝」を採りに、蓬莱山へ行くという物語です。その全体は長いので、必要な部分を紹介しながら話を進めます。興味をおもちの方は、竹取物語を手元に置いてお読みください。

物語の発端で、五人の貴公子がかぐや姫に求婚したところ、結婚の条件として一人一人に難題が出されます。それはいずれも現実には存在しない品物を採ってくるというもので、それを果たせたらかぐや姫と結婚できるというわけです。失敗して命を落とす者まで出る始末です。

そのなかで、くらもちの皇子は、「蓬莱の玉の枝」を採ってくるようにと言われます。その枝は、絶海の孤島である蓬莱山に生えていて、幹が銀で枝が金でできているというのですが、くらもちの皇子は、その枝を探しに行くと嘘をついて、鍛冶屋を頼んで贋物を作らせようとします。玉の枝は蓬莱山にしかないのですが、くらもちの皇子は、蓬莱山なんてところに行けるわけはないじゃないかと考えるタイプの、きわめて合理的な思考をする人物です。最初のところに「心たばかりある人」と書かれていて、はかりごとを巡らすのがうまい人、要するにずるい奴ということになりますが、言い方を変えれば、合理精神の持ち主です。そして彼は「庫持」と言われる通りお金はあるので、この世に無い物なら作ってしまえばいいと、当代きっての匠たちを頼んで、人知れぬ山中に家を建てて竈を作り、姫が言った通りの玉の枝を作らせます。

大うそ話

そして三年後、作った枝をもって、まさに今、蓬莱山から帰ってきましたというふりをして、かぐや姫の家へ行き、玉の枝を渡します。そうすると、贋物と見破れないかぐや姫はもう駄目かと弱気になり、竹取の翁は大喜びで皇子を家に迎え入れると、気の早いことに二人のために布団を準備しはじめます。そして、こんなにすばらしい枝はどのようなところにあったのですかと皇子に尋ねるわけです。

するとこ皇子は、待っていましたとばかりに、次のような冒険譚を滔々と語り出します。ここは、私の拙い現代語訳よりも、原文をそのまま味わっていただいたほうが、言葉のおもしろさがよく伝わるはずです。それほどむずかしい文章でもありません。

『竹取物語』

一昨々年の如月の十日ごろ(1)に、難波より船に乗りて、海の中に出でて、行かむ方も知らず覚えしかど、「思ふこと成らで(2)、世の中に生きて何かせむ」と思ひしかば、ただ空しき風(3)にまかせて歩く。「命死なば、いかがはせむ(4)。生きてあらむかぎり、かく歩きて、蓬萊といふらむ山に遭ふや」と、海に漕ぎ漂ひ歩きて、わが国の内をば離れて、歩きまかりしに、ある時は、浪荒れつつ、海の底にも入りぬべく(5)、ある時には、風につけて知らぬ国に吹き寄せられて、鬼のやうなるもの出で来て、殺さむとしき。ある時

(1) **一昨々年の如月の十日ごろ**＝「さきおととし」は「さをととし」のこと。二月十日ごろというかたちで、詳しい日付を入れるのは、本当らしく語ろうとするときのパターン。

(2) **思ふこと成らで**＝願いごとが成就しないでは。願いごとというのは、かぐや姫との結婚をいう。

(3) **空しき風**＝あてどない風。どの方角に行けばいいのかもわからないということ。

(4) **命死なば、いかがはせむ**＝死んだらどうしようか、ええ

には、来し方行く末も知らず、海にまぎれむとしき。ある時には、糧尽きて、草の根を食ひ物としき。ある時は、言はむかたなくむくつけげなるもの(6)出で来て、食ひかからむとしき。ある時には、海の貝を取りて、命を継ぐ。

旅の空に、助け給ふべき人もなき所に、いろいろの病をして、行く方そらも覚えず(7)、船の行くにまかせて、海に漂ひて、五百日といふ辰の時ばかりに(8)、海の中にはつかに(9)山見ゆ。船のうちをなむ、せめて(10)見る。海の上に漂へる山、いと大きにてあり。その山のさま、高く麗しく、「これや、わが求むる山ならむ」と思ひて、さすがに怖ろしく覚えて、山のめぐりをさしめぐらして、二、三日ばかり見ありくに、天人の装ひしたる女、山の中より出できて、白銀の金鋺を持ちて、水を汲み歩く。これを見て、船より下りて「この山の名を何とか申す」と問ふ。女、答へていはく、「これは、蓬萊の山なり」と答ふ。こ

い、ままよ。
(5) **海の底にも入りぬべく**＝もうちょっとで、海の底に飲み込まれそうになり、の意。
(6) **むくつけげなるもの**＝不気味な感じのするもの。
(7) **行く方そらも覚えず**＝行こうとする方向さえもわからず、の意。
(8) **辰の時ばかりに**＝午前八時ごろに。
(9) **はつかに**＝わずかに。
(10) **せめて**＝こぞって、みんなで、の意。

れを聞くに、嬉しきことかぎりなし。この女「かくのたまふは誰そ(11)」と問ふ。「わが名はうかんるり(12)」と言ひて、ふと山の中に入りぬ。

その山、見るに、さらに登るべきやうなし。その山のそばひら(13)をめぐれば、世の中になき花の木ども立てり。黄金・白銀・瑠璃色の水、山より流れ出でたり。その中に、この取りて持ちまうで来たりしは、いと悪かりしかども、「のたまひしに違はましかば(14)」とて、この花を折りてまうで来たるなり。

山は、かぎりなくおもしろし。世にたとふべきにあらざりしかど、この枝を折りてしかば、さらに心もとなくて、船に乗りて、追風吹きて、四百余日(15)になむ、まうで来にし。大願力にや。難波より、昨日なむ、都にまうで来つる。さらに潮に濡れたる衣をだに脱ぎ替へなで(16)なむ、こちまうで来つる。

お気づきになったでしょうか。最初のほうは、文末が「〜しき、〜しき」というふ

(11) **かくのたまふは誰そ**＝このようにおっしゃるのは誰ですか、と女が聞いたのである。
(12) **わが名はうかんるり**＝前の問いとのつながりが悪いが、名前を聞かれたのでわたし（男）が答えると、女が「わが名は、……」と答えた、というふうにつながっているとみるのがよいだろう。「うかんるり」は、さもそれらしい感じのする名前である。
(13) **そばひら**＝ふもとのあたり。
(14) **のたまひしに違はましかば**＝かぐや姫がお命じになった品にいちばん近かったので。
(15) **四百余日**＝行くのに五百日、帰りは四百余日で、合計すると、こっそり隠れて玉の枝を作らせていた三年間になるという塩梅である。
(16) **脱ぎ替へなで**＝脱ぎ替えもしないで、の意。ずっと竈のある建物に籠もっていたので、着物は汗と垢でよごれている。

うになっています。「き」という助動詞は、自分の体験を回想するときに用いる過去の助動詞です。伝聞をあらわす「けり」とは違います。あくまでも、自分の体験として語られるので、迫真性があります。そして、第二段落の「旅の空に、……」以降では、回想ではなく、文末が現在形になります。まさに、今の体験として語られてゆきます。くらもちの皇子自身が自分の語りに酔ってしまい、過去が現在へと乗り移ってしまうのです。

構造的にも、じつに巧みな語り口です。そして、ここでくらもちの皇子によって語られているのは、蓬萊山往還の大うそ話です。古事記のタヂマモリは、常世の国に行って帰ってきたわけですし、浦島子も蓬萊山を往還しました。ところがここでは、その旅のさまが、まっ赤なウソ話として語られます。それがまた、じつに巧みな語りになっていて、嵐にあったり、怪物に飲まれそうになったりというふうに、ワクワクドキドキの冒険を延々と語るのです。まさに「騙り」です。食べ物がなくなって貝をとって食べたり藻を採ったり、そして、もうだめかと思ったころに、ようやく島影が見えてきた。それが難波から船出して「五百日といふ辰の時」だったと言います。ウソ話だからこそ、ほんとうらしく出発した日時や、到着した時間などを詳細に語るのですが、とても楽しめる読み物になっています。

とにかく五百日めの辰の時、朝の八時ごろですが、海の向こうに山が見えて、これかなと思ったけれども、そのまま上陸したら怪物に遭遇するかもしれないので、船で島の周りを巡っていたら、二、三日後に天女のような女が顕れて、金のお椀で水を汲んでいた。そこでようやく船から降りて女に近づいて山の名前を聞きます。くらもちの皇子の用心深い性格がよく表われているウソ話です。女は、蓬萊の山だと答える。そして、自分の名前を聞かれたので答えると、女はみずから「わが名は、うかんるり」と言って山の中に入ってしまう。

そこで、この島にまちがいないというので探してみると、見たこともない宝物がいっぱい生えていた。そして、かぐや姫が採ってくるようにと言った玉の枝は、その中では一番みすぼらしいものだったけれども、これが姫が命じた品だろうと思って持ってきました。それで帰りはまあ、わりと楽に四百日あまりで、船出した難波の港に帰り着くことができました。そして、きのう都にもどり、その足でこちらに伺いました、――くらもちの皇子はそのように語って冒険譚を締めくくります。これには、かぐや姫も竹取の翁も信じないわけにはいきません。

行かない異界

こうしたウソ話が物語の中に堂々と語られているのは、とても興味深いことです。おそらく、このような話の背後には、今までお話ししてきた、神話的な異界訪問譚がさまざまにあり、現実には、遣唐使などがしょっちゅう大陸に渡っていたという事実があります。中国や朝鮮との間には商人が往来していたようで、そのことは竹取物語にも出てきます。遣唐使の中には、遭難してフィリピンのほうまで流されたなどという記録が残っていたりします。そうした遣唐使や商人たちの苦労話が背景にあって、くらもちの皇子のウソ話も、ほんとうらしく語られるのだと思います。あの有名な鑑真(がんじん)というお坊さんも、日本に渡ろうとして五回の失敗を経験し、両目の視力を失うなどの苦難の末にようやく渡航して唐招提寺(とうしょうだいじ)を開きます。その鑑真の旅の苦難は『唐大和上東征伝(とうだいわじょうとうせいでん)』という書物に伝えられています。こうした現実の旅やら神話や物語に描かれた異界訪問譚やらをもとにして、くらもちの皇子は滔々とした大ウソ話をでっち上げていくわけです。

竹取の翁は、そのウソ話にまんまと乗せられ有頂天になってしまいます。一方のかぐや姫もウソを見破れずに、もう駄目かと諦(あきら)めかけたところに、どんでん返しが待っています。それがまた非常に馬鹿馬鹿しい理由なのですが、くらもちの皇子が、雇っていた鍛冶匠たちに禄(ろく)(賞与)を与えていなかった、それで彼らは、お嫁さんになるというかぐや姫のところに禄を求めてやってきたというのです。自分たちが作った玉の枝をかぐや姫のところに持っていくというのを聞いて、くらもちの皇子からお金をもらえなかった代わりにかぐや姫からもらいたいと直訴します。

くらもちの皇子にとっては、いよいよかぐや姫を手に入れてはじめての夜をともに過ごそうというその直前に、邪魔者は出現します。すっかり嘘がばれたくらもちの皇子は、いたたまれなくなってすごすご退散しますが、怒りはおさまりません。かぐや姫に禄をもらって喜んで帰ろうとした職人たちを待ちかまえていて、こてんぱんにやっつけて血まみれにしてしまいます。なんともひどい男ですが、たいそうよくできた物語です。

それにしても、この物語は、異界とは何かということを象徴的に語っているように思えます。くらもちの皇子は、蓬萊山なんてあるわけがないじゃないか、あるいはあったとしても簡単に行けるところじゃないだろうと考えて、嘘の蓬萊山往還の物語を作り上げてしまいます。そういう意味で、くらもちの皇子の物語は、異界を否定する物語です。しかし、竹取物語という作品は、全体の構造は異界物語になっているのです。かぐや姫は月の都のお姫さまで、罪を犯したために地上に降ろされるという設定になっているのですから。

地上というのは、異界の住人にとっては牢屋(ろうや)みたいなもので、竹取物語というのは、月の都のお姫さまが、穢れた地上に降りてきて暮らしているあいだの物語、だから、罪が果てたかぐや姫は、満月の夜に月の都へもどって行きます。そのように考えると、異界物語であり、神と人との交流の物語でありながら、一方で異界は完全に否定されている、そうした二重構造の中に竹取物語という作品は存在します。九世紀末頃に成立したと考えられていますが、当時の知識人たちがもっていた異界観といったものが、きわめてリアルに描かれているといえるのではないかと思います。

一方では異界なんてありゃしないよという意識をもちながら、一方で、かぐや姫は月から来たという異界幻想を語っている。そういう二重性の中に異界はあったのだと考えると、それは、いつの時代も変わらないのではないかと思えるのです。私たちが生きる現代においても、同じようなかたちで異界は存在するのではないでしょうか。

第2章

女と男／男と女

ある男を仲立ち（媒）として、天皇オホサザキ（大雀命、仁徳天皇）から求婚されたメドリ（女鳥王）という女性がいました。仲立ちとなった男ハヤブサワケ（速総別王）も天皇も女も、みな父親は同じキョウダイで、母親はそれぞれ違っていました（一二二頁、系図2参照）。兄妹でも、母親が違えば古代では結婚できたのです。そして、腹違いの兄から求婚された女はどうしたかというと、皇后（正妻）がとても嫉妬深く、ほかの女を天皇に近づけようとしないのを知っていたので、天皇とは結婚したくない、あなたと結婚したいと、仲立ちとして訪れたほうの腹違いの兄ハヤブサワケに伝えました。

天皇の求婚を拒む女性は他にもいますし、べつにめずらしいことではありません。しかし、天皇はいやだがあなたと結婚したいと仲立ちの男に告白するというのは、なかなか肝の据わった女性です。それで、逆「求婚」された男もその気になって恋愛関係に入ります。そうとは知らない天皇が、あるとき、女の家に出かけていくと、女は機織りをしています。こういう場合は恋人に着せるための布を織っているのがふつうですから、天皇は、だれに着せる衣を織っているのかと歌でたずねます。すると女は、ハヤブサさまのお召し物よと歌を返したのでした。

たぶん、天皇はあなたのためにと答えてくれると思っていたはずですが、出てきた名前は、仲立ちを頼んだ異母兄弟の名前でした。おそらくびっくりしたでしょうが、

天皇は引き下がります。そこでカッとならないのはさすが天皇という気がしますが、そのあと女が、

ひばりは　あめにかける　　ヒバリは　大空をかけめぐる
たかゆくや　はやぶさわけ　　高々と飛ぶ　ハヤブサよ
さざきとらさね　　ミソサザイなんぞはひとひねり

と歌ったというのを人伝てに聞きます。そこで、さすがの天皇も堪忍袋の緒が切れて、軍隊を派遣します。天皇の名オホサザキのサザキはスズメ目の小鳥ミソサザイ、一方のハヤブサワケは猛禽のハヤブサです。二男一女の恋物語が、すべて鳥の名をもつ登場人物によって展開します。

天皇に軍隊をさし向けられたメドリとハヤブサワケの二人は、ヤマトから東に向かって伊勢(いせ)のほうに逃げてゆきます。三輪(みわ)山の南麓(なんろく)の海柘榴市(つばいち)から、泊瀬(はつせ)の谷を東へ東へと向かい、山をいくつも越した先には伊勢があります。のちに伊勢本街道と呼ばれる街道です。二人は逃げに逃げるのですが、宇陀(うだ)の蘇迩(そに)（現在の奈良県宇陀郡曽爾(そに)村）というところで、とうとう追ってきた軍隊につかまって殺されてしまいます。

この物語を読んでいると、むかし観たアメリカ映画『俺たちに明日はない』のボニ

ーとクライドを思い出してしまいます。最後に追手の警官に囲まれて蜂の巣にされて死んでしまう男女の逃亡劇と同じように、メドリとハヤブサワケの逃避行を応援したくなります。蘇迩を抜ければ伊勢の国に入ります。そのまままっすぐに東に進めば、太陽の昇る伊勢の海に出ることができるのです。しかし、国境を越える直前で、二人はつかまって殺されてしまいました。

　権力に歯向かう男女の、とうぜんの結末なのかもしれません。それはわかっていても、天皇の求婚を拒んで男と逃げたメドリには、ほんの一瞬でも幸せな時間をあげたかったと思ってしまいます。いや、山の中を必死で逃げるときこそが、二人には至福の時だったと言えるのでしょうか。

　この物語は、古事記（こじき）下巻の冒頭に登場する大君オホサザキ（仁徳（にんとく）天皇）のところに語られています。嫉妬深い后（きさき）はイハノヒメと言い、この事件には後日譚（たん）があります。皇后イハノヒメが、二人の討伐に赴いた軍人たちとその家族を招いて慰労会を開き、一人一人に酒を注いで廻（まわ）ります。そのとき、将軍の妻の腕に、殺されたメドリのタマクシロ（原文は玉釧）が巻かれているのに気づきます。タマクシロというのは、きれいな模様などが彫られたブレスレットで、金銀や南の海でとれるゴホウラという巻き貝、あるいは玉を連ねて造られていますが、そのメドリの玉釧が将軍の妻の腕に巻かれているのを見つけたイハノヒメは、すぐに将軍を呼び据えます。

【系図2】 メドリとハヤブサワケ 〔『古事記』中巻・ホムダワケ〕

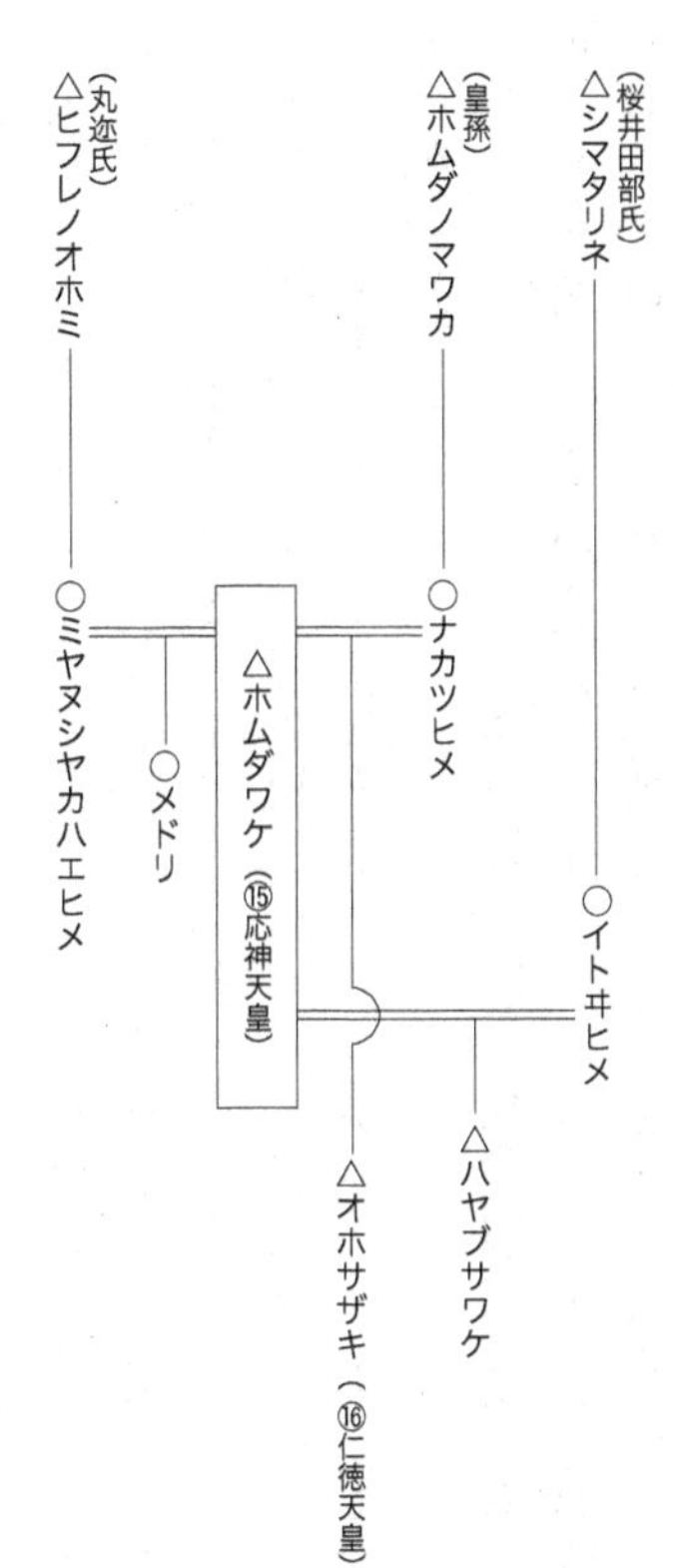

△=男
○=女

大君に礼を失したから二人が殺されるのは当然だった、しかし、臣下のお前が、メドリの手に巻かれた玉釧を、それもまだ肌も温かなうちに剝ぎ取って妻に与えるとは、と言うと将軍に死刑を申しつけたのでした。

夫であるオホサザキへの思いが強すぎるイハノヒメにとって、天皇の求婚を拒否して別の男と逃げたメドリがうらやましかったのでしょうか。オホサザキという五世紀の大君をめぐる女たちは、メドリもイハノヒメも存在感たっぷりに生きています。それに対して、ハヤブサワケもオホサザキも、なんだか男たちの影は薄くて、女に振りまわされているように見えてしまいます。殺したメドリの腕から玉釧を剝ぎ取ってきたという火事場泥棒のようなせこい男もいます。この伝承は、中国から律令制度が取り入れられて男の社会が確立する以前の、女たちがたくましく生きていた時代の物語なのかもしれません。

ここでは、そうした時代の、あるいは中国から律令制度が入ったあとの、女と男の、男と女の物語のいくつかを読んでみます。いわゆるロマンチックな恋物語ではなくて、どちらかというと、グロテスクな話であったり、疑う男の物語だったり、かわいそうな女の話だったりするのですが、どの話を読んでも、女性たちはたくましく健気に生きています。

一　桜の女神と岩石の姉——呪詛する父

まずは、男のエゴイズムを見せつけるような神話から読んでみましょう。ここからは、古代における男と女の、ひとつのあり方を見いだすことができるはずです。そしてまた、結婚というものがどのようなものであったかということもわかります。

ニニギの求婚

日本神話の中でもっとも有名な兄弟、ウミサチビコ（海幸彦）とヤマサチビコ（山幸彦）は、高天（たかま）の原から降りてきたアマテラスの孫ニニギと山の神オホヤマツミの娘コノハナノサクヤビメとの結婚によって誕生します。日本書紀（にほんしょき）にも載せられている神話ですが、ここで紹介するのは古事記です。

『古事記』上巻・木の花の女神と岩石の女神

高天の原から地上に降りたアマツヒコヒコホノニニギ(1)は、あるとき、笠沙（かささ）の岬(2)で美しい女に出逢った。

（1）アマツヒコヒコホノニニギ＝アマテラスの孫にあたる神で、タケミカヅチによって平定そこで、「だれのむすめか」と声をかけると、相手は、「オホヤマツミ[3]の娘で、名はカムアタツヒメ[4]、またの名をコノハナノサクヤビメと申します」と答えた。また重ねて、「そなたには兄弟はいるか[5]」と尋ねると、「わたくしには姉のイハナガヒメがいます」と答えるのだった。それを聞いたニニギが、「わたしは、そなたと結婚しようと思うが、どうだ」と言うと、「わたくしにはお返事することができません。わたくしの父オホヤマツミがお返事を申し上げるでしょう」と答えた。

そこでニニギが、その父オホヤマツミに嫁取りの使いを遣わしたところ、父はたいそう喜んで、姉むすめのイハナガヒメとともに、たくさんの嫁入りのための品[6]をもたせて、コノハナノサクヤビメをニニギの許に嫁がせたのである。

ところが、その姉はひどく醜い姿をしていたために、一目見て畏れを感じた[7]ニニギは、イハナガヒメ

された葦原の中つ国に降臨した。この神のひ孫にあたるのが初代天皇カムヤマトイハレビコ（神武）である。

（2）**笠沙の岬**＝薩摩半島の南西部に位置する野間岬（南さつま市笠沙町）あたりというが、神話上の地名であり、現在のどこであるかを特定する必要はない。笠沙という町名は神話からとったもので、もともとの地名として存在したわけではない。

（3）**オホヤマツミ**＝オホ（偉大な）＋ヤマ（山）＋ツ（格助詞「～の」の意）＋ミ（神格をあらわす接尾語）で、偉大な山の神の意味。この場合、たんに山を支配する神というよりは、ワタツミ（海の神）の対として大地（地上）を支配する神とみなすのがよい。

（4）**カムアタツヒメ**＝カム（神）＋アタ（地名）＋ツ（格助詞）＋ヒメ（姫）で、神聖なアタの女神の意。地名アタは、「阿多の君」（阿多の隼人と呼ば

を父の許に送り返し、妹のコノハナノサクヤビメだけを留めて一夜の契りを交わしたのだった。

するとオホヤマツミは、ニニギがイハナガヒメを返してきたのをたいそう恥じて、[8] 次のように申し伝えた。

「わたしが娘二人を並べて奉ったわけは、イハナガヒメをお使いになれば、天(あま)つ神の御子の命は、たとえ雪降り風吹くとも、いつまでも岩のごとくに、常(とこ)永久(とわ)に変わりなくいますはず、また、コノハナノサクヤビメをお使いになれば、木(こ)の花の咲き栄えるがごとくに栄えいますはずと、祈りをこめて娘たちを差し上げました。それを、このようにイハナガヒメを送り返して、ひとりコノハナノサクヤビメだけをお留めなされたからには、天つ神の御子のお命は、山に咲く木の花の、その花の咲くあいだだけのはかないものになってしまうでしょう」

それで、このときから今に至るまで、天皇たちの

れている）という豪族が支配する地域で、薩摩半島全体を含んでいたと考えられる。

（5）**そなたには兄弟はいるか**＝ふつう、古代婚姻譚では、男は相手の名を聞き、女は、「△△のむすめ、〇〇」というふうに、父親の名前と自分の名を答えることで、関係が成立する。キョウダイのことを聞くのは以下の展開を前提としたもので、一般的ではない。

（6）**たくさんの嫁入りのための品**＝いわゆる持参金のこと。

（7）**一目見て畏れを感じた**＝原文には「見畏(かしこ)みて」とある。カシコムは、相手の神的な力を畏怖すること。

（8）**恥じて**＝「恥」を感じることによって、それまでの関係が遮断されることについては本文で述べる。

お命は長くはなくなったのである。

古代婚姻譚

この神話の構造は、古代の伝承の中にたくさん出てくる「古代婚姻譚」のパターンによっています。古代婚姻譚というのは、少し前に流行(はや)っていたテレビのトレンディ・ドラマと同じで、「どこか素敵な場所で、かっこいい男ときれいな女が、偶然に出会って恋に落ちる(結婚する)」というかたちで語られます。

この神話でいえば「笠沙の岬」という場所、笠沙というのは鹿児島県の薩摩(さつま)半島の先端にある地名です。二〇〇五年十一月に合併して南さつま市になりましたが、元の地名でいうと川辺(かわなべ)郡笠沙町です。ただし、そのあたりが昔から笠沙と呼ばれていたわけではありません。行政地名としてはずいぶん新しく、大正十二(一九二三)年に誕生したものですが、ニニギノミコトは、高天の原から高千穂(たかちほ)というところに降りてきますから、天孫降臨の地が九州南部と考えられていたのは確かでしょう。笠沙という岬は、神が寄りつく、すばらしい場所ということになります。

そのきれいなところで、偶然に美しい女の子に出会い、恋に落ちるというかたちで物語は語られていきます。これが古代婚姻譚のパターンで、現代の純愛小説やテレビドラマに至るまで、物語の世界ではお決まりの語り口として定着しています。

ただし、この神話には付属品がついています。古代の婚姻譚ではふつう、男が「だれの娘か」と相手に声をかけます。それに対して女性は、相手の男を気に入れば、「誰だれの娘で、名前は何なに」と答えるのがお決まりです。ここでいえば、「オホヤマツミの娘で、名はカムアタツヒメ、またの名をコノハナノサクヤビメと申します」という部分ですね。ですからここまではパターン通りの展開で、コノハナノサクヤビメはニニギを気に入ったということになります。ふつうのお話であれば、それでめでたく二人は結ばれて幸せになったと語るわけですが、この話では続けて、「そなたには兄弟はいるか」と、ニニギがコノハナノサクヤビメに尋ねるのです。かなり意表を突いた質問で、ふつうの婚姻譚には出てきません。

このような展開になるのは、姉と妹というモチーフが重要な役割を果たしているからです。そのために、わざわざキョウダイのことを尋ねているのです。

野間半島（鹿児島県南さつま市笠沙町）　ニニギとコノハナノサクヤビメが出逢った笠沙の岬に比定されている。

ここでちょっと、このお話のヒロインの「カムアタツヒメ」という名前について説明しておきましょう。脚注と重なりますが、「カム」は神、神聖な、という褒め言葉です。「アタ」というのは九州南部の地名です。カムアタツヒメとは、「アタの地の神聖な女」という意味になります。地名を名前にもつ女性は、基本的にその地域の支配者の娘です。ですから彼女はアタ地方を支配する人物の娘ということになります。そして、こうした場合に、女性はシャーマン的な性格をもちますから、「アタを守る女神」という意味でもあるわけです。さらに付け加えれば、アタという一族は、いわゆる「ハヤト（隼人）」と呼ばれる人たちです。海洋民的な性格が強く、ウミサチビコの子孫と伝えられるのがアタ一族です。そういう海の民である隼人たちが、陸の民であるヤマサチビコにやっつけられて、服属させられるというのが、ウミサチ・ヤマサチ神話の基本的な構造です。

この神話は、隼人族が天皇家に服属する歴史を背景にもつ話ともいえますね。アタ地方を守る女神と結婚することで、天から降りてきた天つ神ニニギは、地上に拠点を作っていく。ある種の占領政策ということになります。この結婚の背後には、おそらく、そうした支配と服属の歴史が塗り込められているのです。

ただし、この結婚物語は、支配と服属というだけではなく、べつの側面をもっているのがおもしろいところです。いわゆる古代婚姻譚のパターンに沿って展開しながら、

【系図3】イハナガヒメとコノハナノサクヤビメ【『古事記』上巻】

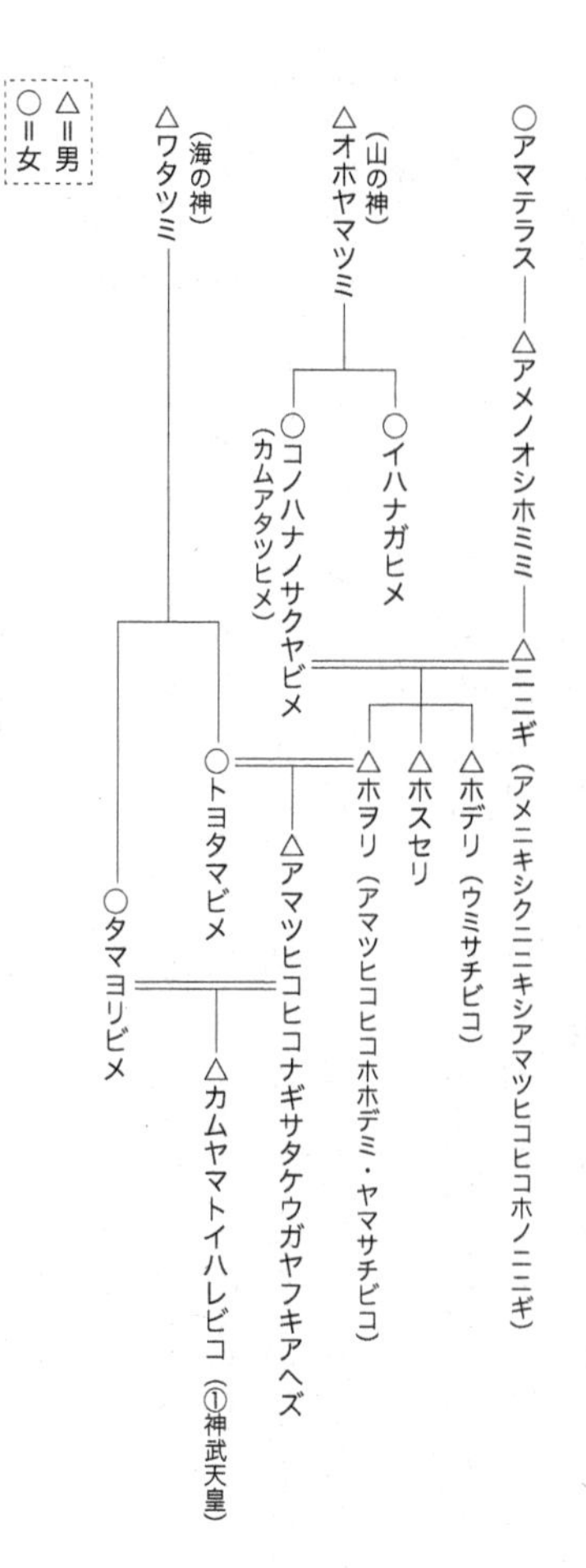

姉と妹との対比によって、もうひとつのテーマである、人間の寿命の起源が語られるのです。そしてそれは、カムアタツヒメというローカルな名前ではなく、コノハナノサクヤビメという別名のほうに象徴化されています。

木の花の女神

コノハナノサクヤビメという神名は、「木の花が咲く女神」という意味です。サクヤの「ヤ」はかぐや姫の「や」などと同じで、言葉を整えるために添えられているだけで、とくに意味はありません。木の花が咲く女神という、美しさを象徴する名前です。原文では「うるはしきをとめ（麗美人）」と書かれていますが、まさにその麗しさを象徴するのが「コノハナノサク」という言葉です。

ところが、その妹に対して、姉の名前はイハナガヒメです。原文には「石長比売」とあり、この神名を直訳すれば、「岩石のように長いお姫さま」という意味になります。このように、「木の花」と「岩石」というのが姉妹の名前になっていて、それがこの神話のポイントです。

ついでに主人公であるアマツヒコヒコホノニニギという名前についても説明しておきましょう。「アマツヒコ」というのは天空の男という意味、それに男を意味する「ヒコ」を重ねています。次の「ホ」は、稲穂の「穂」とかかわるのではないかと考えられており、「ニニギ」は、にぎにぎしいとか賑わいという意味と考えられます。そこから、ホノニニギは、稲穂の賑わいと解釈されることが多いのですが、その解釈が正しいかどうかはわかりません。この前後に登場する、天皇家の祖先に繋がる神々には「ホ」という言葉をもつ神が多いので、水田稲作の「穂」と結びつけて解釈されているだけです。

語源からみると、「ホ」というのは、もともと、こんもり盛りあがったもの、すばらしいものという意味で、いろんなものに対して使われる言葉です。稲穂もこんもりふくらんだすばらしいものだから「ホ」と呼ばれるのです。そういう意味では、この「ホ」を稲穂に限定することはできません。ニニギの子ヤマサチビコの本名は「ホヲリ（火遠理命）」と言いますが、火の中から生まれたという神話が語られているところからみて、「ホ」は炎のホです。「火」も、盛りあがってすばらしいものを意味します。

姉妹がそろって同じ男と結婚するというのは、古代ではよくあることです。とくに豪族などの場合、結婚というのは個人の問題ではなく家の問題になります。結婚は家と家、一族と一族との関係を成り立たせるためのものですから、複数の女性が一人の男に嫁ぐということは、関係性の強化という点で、重要な意味をもっていたのです。たとえば大海人皇子（天武天皇）を例にとると、彼は兄である中大兄皇子（天智天皇）の娘を、五、六人も妻（妃）にしています。

この神話では、「そなたと結婚しようと思うが、どうだ」とニニギが尋ねたのに対して、コノハナノサクヤビメは「わたくしにはお返事することができません。わたくしの父オホヤマツミがお返事を申し上げるでしょう」と答えます。これは結婚の許諾権が父親に委ねられているということを示しています。それは、娘の所有権が父親にあるということを意味しているわけで、この神話は父系継承をとる一族の結婚を語っているということができるでしょう。

ふつうの古代婚姻譚では、「誰それの娘〇〇です」というふうに、父の名と自分の名前を答えるのが一般的ですが、「父が返事をします」というような答え方はしません。自分の名前を名乗るということは、彼女も男を気に入ったということを表わし、その場で二人の関係は成立します。そして、そのまま結ばれると語られることが多く、そこからみると、男と女はわりと自由な感じで結びつきます。ところがこの神話では父親が現れ、しかもその後で、喜んだ父親は娘の結婚を許すと、たくさんの品物を添えて嫁に出します。原文では「百取の机代の物を持たしめて」とあって、これは、たくさん品物を台の上に載せてといった意味です。神への供え物を表現するときにもこういう言い方をするのですが、たくさんの財産をもたせて嫁にやるというのは、この結婚が父親に委ねられていることを意味しています。

高天の原から降りてきたニニギは、アマテラスの孫にあたります。そのニニギから三代あとが、初代天皇カムヤマトイハレビコ（神武）です。二十一世紀に入った今、男の後継ぎがいないために、「皇室典範」の改定が話題になっています。今時、そんなことが問題になるのは、天皇家というのは父系で、男の血筋を繋いでいく一族だからです。そうした父系としての天皇家の、地上に降りた最初の結婚が、父親の許諾によって果たされている。そういう点で、この神話は、まさに天皇家の登場によって、日本列島が父系社会になっていったことを象徴しているように読めます。

じつは、古代の神話や伝承には、母系的な継承をとっているのではないかと思われる事例がたくさんあります（三浦『平城京の家族たち—ゆらぐ親子の絆』角川ソフィア文庫、二〇一〇年）。もともと日本列島における血統は、男の血筋を継承して繋がっていたのではなく、女の系統、母系的な継承をとっていた可能性が強いのですが、この神話では父系の成立が語られています。この点についても注目しておきたい物語です。

バナナ・タイプ

あらためて、二人の姉妹の話を分析していきましょう。先ほど説明したように、コノハナノサクヤビメの姉の名、石長比売というのは、岩石のように長いお姫さまという意味ですが、いったい何が長いのかというと、時間の長さを象徴しています。コノハナノサクヤビメという名前が木の花の咲くあいだの短い時間を象徴しているのに対して、イハナガヒメは岩石のような永遠の時間を象徴しています。岩石の永遠性と木の花の短命とを対比しながら、神話は語られます。

そして、このパターンをもつ神話は、古事記や日本書紀に語られているだけではなくて、環太平洋一帯、とくに太平洋の南のほうに広く伝えられているということが、以前から明らかになっており、それらは、「バナナ・タイプ」と名付けられています。バナナというのは果物のバナナですが、たとえば、インドネシア中央（今はスラウェシという）のポソ地方で伝えられている神話は次のようなものです。

初め天と地との間は近く、人間は、創造神が縄に結んで天空から垂し下してくれる贈物によって命をつないでいたが、ある日、創造神は石を下した。われわれの最初の父母は、「この石をどうしたらよいのか？　何か他のものを下さい」と神に叫んだ。神は石を引き上げてバナナを代りに下して来た。われわれの最初の父母はしりよってバナナをたべた。すると天から声があって、「お前たちはバナナをえらんだから、お前たちの生命はバナナの生命のようになるだろう。バナナの木が子供をもつときには、親の木は死んでしまう。そのようにお前たちは死に、お前たちの子供たちがその地位を占めるだろう。もしお前たちが石をえらんだならば、お前たちの生命は石の生命のように不変不死であったろうに」
（大林太良『日本神話の起源』角川書店、一九七三年）

人間の存在を、植物と同じように、死んでまた生まれてくるととらえるお話で、第1章でお話しした「青人草」のモチーフとの共通性が窺えます。

妹のコノハナノサクヤビメは咲く花のように美しい女と語られていますが、姉のイハナガヒメは、原文に「甚凶醜きに因りて、見畏みて返し送り」と表現されています。「甚凶醜」というのは、ひどく醜いということですね。さらにその姿を見たニニギは、「畏みて」と語られています。カシコムという言葉は、たんに怖いというよりは、もっと大きな恐怖、人間ではないものに対する敬いとも怖れともつかない感情を表わす言葉です。ですからイハナガヒメを見て感じる怖れというのは、異常なといってよいほどの力をもつものに対する畏怖だといえばわかるでしょうか。イハナガヒメというのは、そういう恐ろしいまでの醜さをもった女性であり、その属性を象徴するのが、岩石のように長い寿命をもつことだというわけです。

ニニギは、イハナガヒメを父の許に返し、花のように短命なコノハナノサクヤビメだけを留めます。すると、姉妹の父オホヤマツミは、イハナガヒメを返されたのをたいそう恥じて、次のように言います。イハナガヒメを妻にしていれば、岩石のように永遠に生きることができ、コノハナノサクヤビメを使えば、花のごとくに繁栄する。両方を手に入れれば、永遠と繁栄のどちらも手に入れることができたはずなのに、姉イハナガヒメを返してしまったから、あなたたちは繁栄はするけれども限りある命をもつ存在、モータルな存在になってしまうだろう、と言います。この父親の言葉は「呪詛（じゅそ）」といっていいものです。そして、その呪詛が実現してしまうのですから、この言葉を発するオホヤマツミには、それだけの力があるということになります。

オホヤマツミの言葉の最後、「山に咲く木の花の、その花の咲くあいだだけのはかないものになってしまうでしょう」と訳した部分ですが、原文では「天つ神の御子（みこ）の御寿（みいのち）は、木の花の阿摩比能微坐（あまひのみいま）さむ」となっています。アマヒという語が音仮名で「阿摩比」と表記されていますが、意味がよくわかっていません。ほかに例のない言葉なのですが、おそらく前後の文脈から想像して、あいだ（間）という意味の「あはひ」がアマヒに訛（なま）ったのではないかと考えられます。それで、「木の花のあまひ」を「花の咲くあいだだけの」と訳しました。

サクラと呼ばれる花の象徴性

では、ここでいう「木の花」というのは、何の花をさしているのでしょうか。注釈書類では特定せず、無難なところで、いずれの花でもいいとされています。しかし私は、やはりここは「桜」でなければいけないのではないかと考えます。なぜかといえば、古代から、桜というのは華やかさと儚（はかな）さを象徴するのにもっともふさわしい花だからです。

ふつう、花といえば桜というイメージが生まれるのは平安時代以降のことだと、高等学校の古典の授業などでは教えられます。たしかに「花といえば桜」というイメージが定着したのは、平安以降の和歌世界によってだと思われます。一方、万葉集に桜を詠む歌は出てこないかというと、たくさん出てきます。季節を代表する花として、秋の萩に対して春の花は桜です。

一般的には、万葉集で春の花といえば梅と言われますが、梅はそもそも外来の観賞植物です。八世紀の貴族たちの庭園には梅の花が植えられて、梅の花の宴（うたげ）などが行われたりしていましたが、それほどポピュラーなものではなかったのです。むしろ、春の梅という認識は、八世紀においてはかなりモダンな、外来の美意識でした。

それに対して桜は、もっと一般的な花でした。もちろんここでいう桜はソメイヨシノのような華やかな桜ではなく、ヤマザクラです。春の山に咲く花の代表が桜でした。その桜の花に、短命と繁栄とを込めて、この神話は語られているのです。

神話の末尾、「それで、このときから今に至るまで、天皇たちのお命は長くはなくなったのである」とあります。原文では「故是（かれここ）を以ちて、今に至るまで、天皇命等（すめらみことたち）の御命（みいのち）は長くあらぬぞ」となっていて、「天皇命等」の寿命に限定されています。

同じ内容をもつ神話が日本書紀にもあります。日本書紀では正伝のほかにいくつかの異伝（「一書」という）を並べているのですが、第九段の一書の中のひとつに、「此（これ）、世の人の短折（いのちみじか）き縁（えに）なり」とあって、この神話が、「世の人」つまり人間一般の寿命が短いことの謂（いわ）れとして語られています。さきに引いたインドネシアのバナナ・タイプの話も人間の寿命を語る伝承ですから、この神話も、もとは人間一般の寿命を語る伝承だったとみるべきでしょう。

ところが、古事記では天皇の寿命に限定しているわけですが、その理由は、次のように説明できます。

第1章でお話ししたように、古事記では、人は「青人草」と呼ばれ、「青々とした人である草」とみなされていました。だから当然のこととして、人は枯れて死んでゆくと考えられていました。それに対して天皇は、最初から地上にいたのではなく、高天の原という神々の世界から降りてきた神の子、すなわち天（あま）つ神の子孫とされるわけです。べつの言い方をすれば、天皇は人ではなかったということになります。人は青人草であり、草だから枯れてゆくのは最初から決まっている、だから、ここであらためて人の寿命について語る必要はない。ここで語る必要があるのは、天から降りてきた神の子の寿命だと考えているのです。そこで、天皇たちの命も地上に降りてきて長くなったのだと語ることによって、天皇もまた時間に縛られた地上の生き物になることができたのです。そういう点でいえば、この神話は、天皇の人間宣言だということもできるのです。

ニニギ以降の天つ神の子孫は、桜の花のように短命になったとありますが、数百歳は生きていたようです。ニニギの子のホヲリ、別名はヤマサチビコですが、彼は五八〇歳で死んだと古事記にあります。天皇の年齢が、何を根拠に伝えられているかはわかりませんが、初代のカムヤマトイハレビコ（神武天皇）は一三七歳、それ以降にも百歳を超える天皇たちは何人もいますから、けっこう長寿です。いくら短命になったといっても、すぐに人にはなれず、人間と神との中間的な状態がしばらく続いたのかもしれません。しかし、地上に降りた天つ神もその子孫の天皇たちも、地上の存在は皆、死んでしまうわけですから、神としての永遠性を失くして人に近づいた、ということだけは確かに言えるでしょう。

父親の力

最後に一つ付け加えておきたいのは、父親の力についてです。この神話では、父親が結婚の許諾権をもっていました。それは、娘を守る力をもっているということでもあります。だからこそオホヤマツミは、娘のイハナガヒメが送り返されたことに対して、呪詛によって相手のニニギを呪うことができたのです。そこに父の力が示されているということは、父親の役割を考える際に大事なことだと思います。

また、オホヤマツミがたいそう恥じて、ニニギに仕返しをしたと語られていますが、この「恥」という言葉も、この話にとっては重要なポイントです。この場面の「恥」は、オホヤマツミが相手に何か失礼なことをして「恥じ」ているのではありません。オホヤマツミはよかれと思って娘を出したわけで、それは相手への最大級の敬意である。それに対する相手の仕打ちを「恥」と感じたわけです。

我々の感覚でいえば、恥をかかされて怒っているということになります。オホヤマツミは、ニニギが娘イハナガヒメを返したことをたいそう恥じた。それは、相手の行為によって「恥」をかかされたと感じたということであり、それに対して怒っているのです。ヤクザが、よくも俺に恥をかかせたなと言って怒るのと同じですね。自分の好意を無にされた、それをそのまま放っておいては恥になるということなのでしょう。

恥と日本人という問題に関して、多くの人のいろいろな見解があるようですが、古代の神話や伝承の中で「恥」という言葉が出てきたり、あることを「恥」と感じたりした場合、自分に「恥」をかかせた相手との関係を断絶させる必要があります。この神話でいえば、父親は、自分に恥をかかせた相手であるニニギとの関係を遮断する、その方法が呪詛でした。つまり自分が感じた「恥」をすすぐには、相手よりも強い力で、相手との関係を断ってしまわなければならないということになります。それが、仇討ち(かたきうち)のような行為にも繋がっているのかもしれません。

　ただし、ふつうの人間には、このようにして相手との関係を遮断する、あるいは相手を倒す力はありません。その場合はどうすればいいか。次に紹介する話は、そのあたりがテーマとして浮かび上がってきます。

二　返されるマトノヒメ——入水する女

　ここで取り上げるのは、ちょっとかわいそうなおとめの物語です。第1章に紹介した、常世の国に出かけたタヂマモリと同じ、イクメイリビコ（垂仁(すいにん)天皇）がヤマトを支配していた時代に起きた哀しい話です。

　イクメイリビコの最初の后は、サホビメという女性でした。この女性にはサホビコという兄がおり、サホビメがイクメイリビコの后になったとき、「夫であるイクメイリビコと、お前の兄である私と、どちらが愛(いと)しいか」と尋ねます。そして、サホビメが兄のほうが愛しいと答えると、サホビコは妹に短刀を渡し、「私とお前とで天下を支配しよう。だから天皇が寝ているときに刺し殺せ」と言います。サホビメは、夫であるイクメイリビコを刺そうとするのですが果たせず、計略は見破られてしまいます。それで、サホビコは殺され、妹サホビメもいっしょに死んでしまいます。

この悲劇伝承は、古事記にも日本書紀にも伝えられています。この伝承は、古代的な兄と妹との紐帯(ちゅうたい)を語る話とみることもできますし、兄妹相姦(そうかん)の物語として読むことも可能で、さまざまに論じられています。現代小説としては、氷室冴子(ひむろさえこ)さんの未完の長編『銀の海　金の大地』(集英社コバルト文庫、一九九二年〜)が、この伝承を題材にして書き継がれています。

[文庫版注]一九九六年に第11巻が出た『銀の海　金の大地』は長く中断したままになっていましたが、二〇〇八年六月に氷室さんが亡くなられたために続きを読むことはできなくなりました。とても残念です。なお、この小説については、「『銀の海　金の大地』と古事記」という論考を、「没後10年記念特集」として出た『文藝別冊　氷室冴子』(河出書房新社、二〇一八年)に書きました。氷室さんと『銀金』に興味をお持ちの方は、ぜひお読みください。

入水するマトノヒメ

サホビメは、大君イクメイリビコの軍隊に囲まれた兄の城で、ホムチワケという子を生み、その子を天皇に渡そうとします。ホムチワケを天皇の子とみてよいかどうかについては意見が分かれますが、私は天皇の子とみてよいと思っています。そのときサホビメは、子どもを養育する氏族を指定したうえで、自分が死んだのちには、タニハノヒコタタスミチノウシという豪族の娘がすばらしい女たちだから、その娘たちを、私のあとに後宮に入れてくださいと天皇に言い遺し、兄とともに死んでしまいます。

そのサホビメの言葉にしたがって入内した娘たちの一人が、ここに取り上げるマトノヒメという女性です。短いお話なので、原文の読み下し文と現代語訳とを並べて引いておきましょう。

『古事記』中巻・イクメイリビコイサチ（垂仁天皇）

又、其の后の白したまひし随に、美知能宇斯王(1)の女等、比婆須比売命(2)、次に弟比売命(2)、次に歌凝比売命、次に円野比売命、并せて四柱を喚上げたまひき。然あれども、比婆須比売命・弟比売命の二柱を留めて、其の弟王(3)二柱は、甚凶醜き(4)に因りて、本つ主に返し送りたまひき。是に円野比売、慚ぢて言はく、「同じ兄弟の中に、姿醜きを以ちて還されし事、

（1）美知能宇斯王＝タニハノヒコタタスミチノウシと呼ばれ、ワカヤマトネコヒコオホビビ（開化天皇）の子ヒコイマスが、オキナガノミヅヨリヒメを娶って生んだ子と古事記では伝えている。

（2）比婆須比売命・弟比売命＝古事記の系譜によれば、イクメイリビコはミチノウシの娘の

隣里に聞えむは、甚慚し[5]」といひて、山代国の相楽[6]に到る時、樹の枝に取り懸りて死なむと欲ひき。故、其地を号けて懸木と謂ふ。今[7]に相楽と云ふ。又、弟国[8]に到りし時、遂に峻しき淵[9]に堕ちて死にき。故、其地を号けて堕国と謂ふ。今に弟国と云ふなり。

【現代語訳】

亡くなった后サホビメが申し上げたとおりに、旦波国のミチノウシの娘たち、ヒバスヒメ、オトヒメ、ウタコリヒメ、マトノヒメの併せて四人の女たちを、イクメイリビコは召し上げました。ところが、ヒバスヒメとオトヒメの二人はそばに留め、年下の二人の娘は、たいそう醜い姿をしているというので、国許に送り返してしまいました。

それで、返されるのを恥じたマトノヒメは、「同じきょうだいの中で、姿が醜いという理由で返されたことが、近隣の人たちのうわさになるというのは、どれほど恥ずかしいことでしょう」と言って嘆き、

ヒバスヒメ・ヌバタノイリビメ・アザミノイリビメの三人を娶り、それぞれ子を生ませたとある。日本書紀の場合もほぼ同様に語られているが、返される女性と留められる女性に関して、いくつかの伝えがあったらしい。

(3) **其の弟王二柱**＝ウタコリヒメとマトノヒメということになるが、日本書紀には、竹野媛が返されたと伝えられ、伝承は一致しない。

(4) **甚凶醜き**＝前節でみたイハナガヒメの場合とまったくおなじ言葉で「甚凶醜」と表現されている。

(5) **慚し**＝前節の神話とおなじく「恥」がキーワードである。

(6) **山代国の相楽**＝現在の京都府相楽郡で、奈良県との県境にあり、木津川が流れている。

(7) **今……**＝こうした語呂合わせのような地名起源譚は古事記や風土記に多い。音声にこだわった名付けといえるだろう。

(8) **弟国**＝現在の京都府乙訓

国許に帰る街道の途中、山代国の相楽まで行ったとき、樹の枝にぶらさがって死のうとしました。そこで、その地を名付けて懸木と言うようになりました。今は、相楽と呼んでいます。

また、その地から弟国に到ったとき、とうとう深い淵に身を投げて死にました。そこで、その地を名付けて堕国と言いました。今は、弟国と呼んでいます。

郡大山崎町付近をいう。淀川沿いの、京都府と大阪府とが接するあたりである。

（9）**淵に堕ちて**＝女性の自殺を文学的に語ろうとする場合、入水がもっとも一般的である。水に流れる長い髪というのが美的なイメージを喚起させたものらしい。

返される女

とても残酷な話で、天皇に気に入られなかったために返された女性が、故郷に帰る道すがら、死に場所を求めてさまよう、近松門左衛門ふうに言えば、一種の道行きですね。ただ、近松の道行きは惚れた男と二人ですが、ここは独りだからよけいに哀れです。

マトノヒメの出身地は旦波、今でいう京都の丹後と丹波の総称です。ヤマトの地から山辺の道をずっと北に行って、奈良山を越えて山代国（山城とも。京都府の南部）に入り、そこからどんどんと北へ進んで、故郷の旦波国へ帰るわけです。ここで語られている相楽も弟国も、どちらも山代国にある地名で、物語はヤマトから旦波へ帰る、その道筋に沿って語られています。

旦波の出身とありますが、この伝承は、丹後と丹波を含んでおり、ずいぶん広い地域を指しています。だから、マトノヒメの故郷を特定することはできませんし、丹後・丹波地方には、古くからあちこちに豪族がいましたので、父親タニハノミチノウシから所在地を探るのもむずかしいようです。ちなみに、日本書紀の伝えによれば、帰されるのは竹野媛(たかのひめ)と言い、この女性は現在の京丹後(きょうたんご)市丹後町竹野(たかの)あたりの出身と考えられます。そこから考えると、マトノヒメも丹後半島北西部(旧、竹野郡)に縁(ゆかり)のある女性とみてよいのかもしれません。

お話はたいへん短くて骨組みだけしか伝えられていませんが、構造としてはさきほど読んだニニギの神話と同じです。一方は男に受け入れられ、一方は拒否される。しかも理由も同じで、姿が醜いからというのです。イハナガヒメの場合と使われている漢字まで同じで、「甚凶醜」と表記されています。ただし、この伝承では、イハナガヒメのように「見畏みて」という語はありません。なぜなら、マトノヒメは、イハナガヒメとは違って神ではないからです。「畏む」という言葉の有無によって、マトノヒメは普通の人間の女だということがわかるのです。話の構造は同じですが、大きく違うのはこの点です。

【系図4】マトノヒメ『古事記』中巻・イクメイリビコ

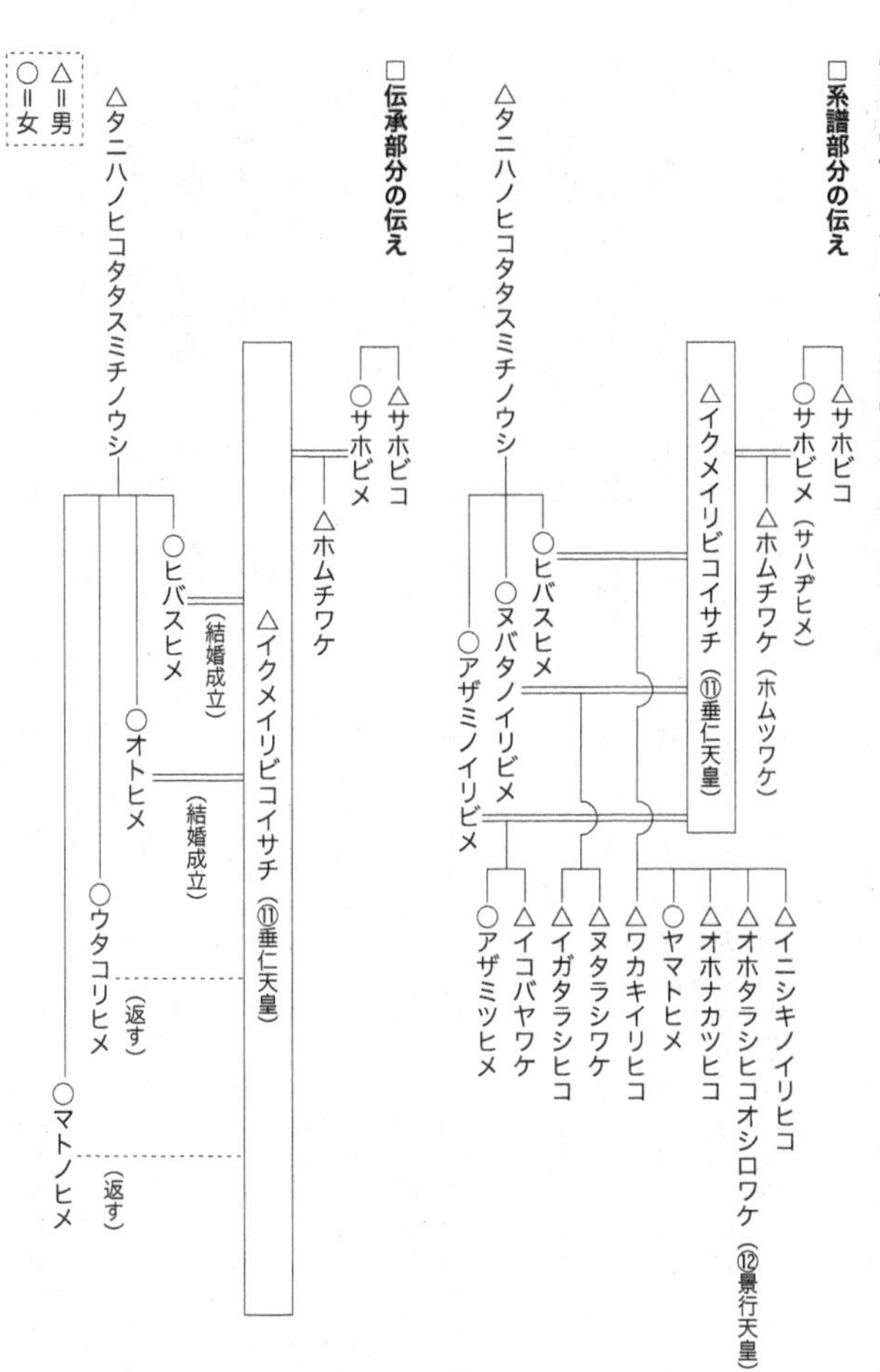

イハナガヒメの父オホヤマツミには神の力がありました。自分に恥をかかせた相手に、恥をすすぐことのできる力、呪詛する力をもっていました。ところがこのお話には、父親のミチノウシは登場しません。しかも「恥」を感じたのはマトノヒメ自身でした。彼女自身が返されたことを恥じてしまうわけです。

恥をかかせた相手との関係を遮断するにはどうすればいいか。本人に強い力があれば、相手をやっつけてしまうこともできます。ところがマトノヒメにはそんな力はないわけですから、相手との関係を断つためにはマトノヒメ自らが、こちらの世界からいなくなるしかありません。つまり、自殺することによって、相手との関係性を遮断するしかないということになります。それがマトノヒメにできる、恥をすすぐための唯一の選択だったのです。

選択肢がひとつしかないところに、マトノヒメの悲劇性がありました。もちろんそれは、権力者に翻弄(ほんろう)される女の悲劇という意味です。

姿が醜いという理由で返されたことではなく、それが近隣の「うわさ」になることに、マトノヒメは「恥」を感じました。そのために、故郷への帰り道は、死に場所を求める道行きにならざるをえないということになり、物語の悲劇性が際立ってくるのです。

古代において、男女関係が人びとの「うわさ」になるというのは、とくに女性の場合には耐えられないことでした。今でも、社内恋愛がばれて噂になったりすると、困るのは女性なのかもしれませんが、古代において、女性に浮いた噂がたつのは大変おそろしいことでした。万葉集の歌の中には「人目」とか「人言」という言葉が数十例も出てきます。人目を避ける、とか人言（人のうわさ）にならないように表に出さないと歌っています。ですから、この話のように、醜いから追い返されたなどという噂がたとうものなら、もう生きてはいけないと女性は感じてしまうのです。

古代の物語を読んでいくと、ヒロインは、コノハナノサクヤビメのような美しい女性に決まっています。ところが、この話は、美人ではない女性が物語のヒロインになっています。前節のイハナガヒメはヒロインとはいえませんが、ここのマトノヒメはヒロインです。その点でも、この話は、興味深い伝承だといえます。

天皇に仕える女

ミチノウシというのはタニハノヒコタタスミチノウシというのが正式な名前で、系譜では天皇と血筋がつながっていることになっていますが、旦波国の豪族です。当時、こういう形で、地方豪族の娘が天皇の妃になるという例はいくつも語られています。

天皇の結婚というのは、大きく分けると三つのタイプがあります。

天皇の血筋につながる人たち、たとえば前の天皇の娘、いわゆる皇女ですね、そうした天皇の血を引く女たちと結婚する場合がひとつ。それから、中央の大豪族、たとえば藤原氏、もっと古い時代だと葛城氏や蘇我氏など、天皇と拮抗するような大豪族の娘と天皇が結婚する場合がひとつ。これはパワーバランスのためですね。それからもうひとつが、地方豪族や下級貴族の娘と結婚する場合です。大きく分けると、この三つのタイプになりますが、その中で、もっとも重んじられるのは、前天皇の娘との結婚です。いうまでもなく、血統の良さが、後継ぎを決める場合には重要な要因になるからです。

天皇の結婚は、後継ぎを生むことが重要ですが、誰の子でも後継ぎになれるわけではありません。地方豪族の娘が生んだ子には、まず皇位はまわってきません。それが藤原氏など大豪族だと、娘が皇后になり、その子が次の天皇になるわけです。次の天皇になれるのは、母親が皇女か大豪族の娘か、そのどちらかですね。

七世紀以前だと、豪族の娘との間に生まれた子どもが次の天皇になるのはめずらしいことで、たいていは、天皇の血を引いた女の生んだ子が次の天皇になります。ここでは、一番年上のヒバスヒメが皇后になり、生まれた子オホタラシヒコが次の天皇になります。オホタラシヒコというのは、ヤマトタケルの父親である景行天皇のことですが、このように、地方豪族の生んだ子が後継者になるというのは、かなりめずらしいと言ってよいでしょう。

　この話のように、差し出された女を送り返すというのは、天皇にとっては大変危険なことでした。現実にはこんなことはしなかったはずです。むしろ、王というのは、あらゆるものを自分の中に抱え込まなければいけないわけですから、美しい女も美しくない女も、すべてを抱え込むことが必要です。それによって天皇は、すべての世界を支配できる。そう考えれば、ここに語られている話は、王の行為としてはふさわしくないのです。だから中国では、後宮に何千人という女たちを抱え込まなければならなかったわけです。それが世界を支配することであり、王の役割だからです。

三　娘を認知した天皇――他人のそら似

　五世紀後半に、オホハツセワカタケルという大君（後の呼称では雄略(ゆうりやく)天皇）がいました。中国の歴史書に、倭(わ)王「武(ぶ)」という名で登場する大君で、埼玉県行田(ぎょうだ)市にある稲荷山(いなりやま)古墳から出土した金象嵌(ぞうがん)された鉄剣の銘文にも名前が出てきます。ワカタケルは、西暦四七〇年代に実在した人物とみなして間違いないでしょう。

　歴史的にみれば、ワカタケルは、大王家が日本列島を武力によって制圧した時代を象徴する存在だということができるでしょう。ところが彼は、古事記や日本書紀では、いろんな女性と浮名を流すのですが、奇行とか蛮行とかのたぐいも多く、ちょっと間抜けなところもあります。もちろん、それらは伝承上のワカタケル像であって、現実に存在したワカタケルがどのような人物であったかということとは別に考えなければなりません。

一夜の交わり

ここに紹介するのは、后妃のうちの一人、童女君（おみなぎみ）という女性の生んだ子、春日大娘（かすがのおおいらつめ）皇女（別名を高橋皇女という）の出生にまつわるエピソードです。世の男たちの心情を象徴しているような話です。

『日本書紀』雄略天皇元年三月条

春日和珥臣深目（かすがのわにのおみふかめ）(1)の娘で、童女君（おみなぎみ）という妃（みめ）がいたが、この女は、もとは天皇のそばにお仕えする采女（うねめ）(2)であった。

ある時、天皇は、その童女君を一晩(3)だけ召して相手をさせたところ妊娠し、女の子を産んだ。ところ

（1）**春日和珥臣深目**＝春日も和珥も奈良盆地を本拠地とした豪族で、深目は名前。春日氏は、大和国添上郡（そうのかみのこおり）春日の郷（さと）（奈良市白毫寺（びゃくごうじ）町のあたり）を本拠とし、和珥（和邇・丸邇などとも表記）氏は、奈良盆地東部

が天皇は、その出生を疑って養育しようとしなかった。

女の子が歩きまわるほどに成長したある日、天皇は大殿(おおとの)にお出ましになり、そばに物部目大連(もののべのめのおおむらじ)[4]が侍っていた。その前の庭を、女の子が横切った。それを見た目大連が、「かわいい女の子だ。昔の人は、『なびとやはばに[5]』と言うが、この清らかな庭を、上品な感じで歩いている子は、どなたのお子であろうか」と、後ろに控えている臣下たちをふり返って語りかけた。

すると天皇が仰せになることには、「どうしてそのようなことを聞くのか」と。目大連は、「わたくしめが女の子の歩くさまを見るに、その姿は、たいそうよく天皇に似ておいでになります」とお答えした。

天皇は、「この子を見た者は、みな、お前とおなじことを言う。しかし、わたしは一晩召しただけな

（天理市和爾(わに)町あたり）を本拠とした豪族。和珥氏が北の春日に移って春日という氏を名乗ったと言われたりもするが、春日和珥という複姓をもつことから考えると、もともと別個の氏族であったものが、姻戚関係をもつか同盟関係を結ぶかして合体したのかもしれない。複姓は古代の氏族のあいだではしばしばみられ、豪族同士の合併のようなもの。

（2）**采女**＝大君（天皇）のそば仕えとして奉仕した女性の呼称。貴族や地方豪族などの娘や妹のうち、容姿のきれいな女性が選ばれるので、大君の子を身ごもることも多い。また、大君以外の男との恋愛関係が禁忌を犯した恋物語として伝えられることもしばしばあった。

（3）**一晩**＝一晩の交わりというのが、神話的にいえば神の子の誕生を語るパターンになっている。この話の場合も、ありえない妊娠として一晩の交わりを

のに孕んだのだ。これは、ふつうの女が娘を産むのとはちがっている。それで疑っているのだ」と仰せになる。すると目大連は、「それならば、一晩に何度お召しになったのですか」と尋ねると、「七回召した」と天皇は答えた。

大連が申し上げて、「この童女君は、清らかな体と心をもって、天皇のお召しに一夜お仕えしたのです。どうして、理由もなく疑いの心を抱かれて、清廉潔白な女を嫌われるのですか。わたくしが聞いたところでは、妊娠しやすい女というのは、身につけている褌が男の体にふれただけでも妊娠するものだということです。ましてや、一晩中お召しになった相手を、みだりに疑われるとは」と諫めた。

天皇は、大連に命じて、女の子を皇女として認知し、その母を妃としたのだった。

疑う男というパターン

強調している。

(4) **物部目大連**＝物部氏は石上神宮(天理市布留町)を祀る古代豪族で、軍事集団を統率して大君に仕えた一族であった。目は名前、大連は家柄をあらわす姓に大という尊称を付けた呼称。物部氏は、七世紀初頭に崇仏派の蘇我氏とのあいだで生じた対立によって没落するが、のちに石上氏として復活する。

(5) **なびとやはばに**＝意味不明、本文で説明する。

オオハツセワカタケルのエピソードとして語られていますが、おそらく男なら誰もが共通にもつある種の疑惑、「この子はほんとうに私の子なのか」という消しがたい疑念が根底にある話だろうと思います。これは、世界で一番有名な物語、キリスト誕生において、大工のヨゼフが感じた疑念と同じです。

先日、ある遺伝子研究者に聞いたのですが、アメリカの西海岸で生まれてくる子どもの遺伝子を調べると、およそ三〇％の子が、同棲（どうせい）する男性のものではない遺伝子をもって生まれてくるということでした。これがどこまで正確な数字であるかはわかりませんが、日本でも調べてみればあまり変わりはないのではないか、とその研究者は言っていました。

古代の神話や伝承にも、生まれてくる子を男が疑うという話はいくつかあります。たとえば第一節でとりあげたニニギとコノハナノサクヤビメの神話もそうです。引用した部分には、「一夜の契りを交わした」と語られていましたが（一二五頁、参照）、その後、物語がどのように展開するかというと、その一晩の交わりでコノハナノサクヤビメは妊娠します。それをニニギに伝えると、「一晩で妊娠するのはおかしい、俺の子どもではない」といってニニギは疑うのです。そこでコノハナノサクヤビメは疑いをはらすために、「もし天つ神の御子ならば、無事に生まれるでしょう」と言って戸も窓もない建物を作り、その中に入って出入口を土で塗り固めて密室にして、そこに火をつけ、燃え盛る建物の中で子どもを生んだのでした。それがウミサチビコ・ヤマサチビコの誕生です。つまりそうやって、自分が生む子どもがニニギの子であるということを証明したというのです。

ところが考えてみると、いくらそのようなかたちで証明されたとしても、ニニギの疑いが晴れたとは思えません。引田天功（ひきたてんこう）のイリュージョンのように、火の中から母親と子どもが無事に出てきたとしても、それ自体には驚きますが、だからといって男は、妻のアクロバチックな行為で生まれたのが、自分の子であると確信できるわけではありません。これは、父系＝男系というものが本質的に抱え込んでいる問題だということになります。逆に、母系＝女系なら何の問題も起こりません。

天皇家が父系であるというのは前にも書きましたが、男の血筋がほんとうに繋がっているのかどうか、とても危ういものだというのは、誰が考えても気づくことです。なぜなら、ある子が、ある男の子どもだということを保証するのは、ある種の契約関係、あるいは信頼関係に基づく以外にはないからです。反対に、女性にとっては、生んだ子どもが自分の子だというのは確信としてあるはずです。現実に、子どもは自分のお腹の中から出てくるわけですから、疑念を差しはさむ余地などないのです。ですから、父系のもつ一番の弱点が、この物語には語られているということになります。

そう考えると、この笑い話のようなお話は、きわめて深刻な問題を抱えています。

もちろん、それは男たちにとっての深刻な問題ということに過ぎませんが。

いくたび交わったか

お話としては一種の笑い話に仕立てられています。さらに、有能な臣下、物部目大連(もののべのめのおおむらじ)の忠告によって、天皇は自らの誤りに目覚めて娘を認知したという、めでたいお話でもあるわけで、目大連の功績譚にもなっています。

　ニニギも一夜の契りを交わしたと語られていますし、このお話でも天皇は一晩だけ召したとあります。「一夜孕み(ひとよばら)」と呼ばれたりしますが、どちらの話でも、一晩で妊娠するのはおかしいというのが、男たちの言い分です。オホハツセワカタケルは、「一晩召しただけなのに孕んだのだ。これは、ふつうの女が娘を産むのとはちがっている」と言っています。原文では、「然(しか)れども朕(われ)、一宵(ひとよ)与(あた)はして脹(はら)めり。女を産むこと常に殊なり」とあり、いつもと違うというわけです。ここから、「常」の状態というのは継続的な結婚関係の中で子どもが生まれること、それが普通の状態だと認識されているということが窺えます。それに対して、一晩で孕むというのは異常なことだというのです。しかし、別の言い方をすれば、一夜孕みというのは神との結婚、神の子の誕生を語るときの手法だともいえます。

　たとえば、誰ともわからない男が来て、それは神なのですが、女と交わって帰っていった。それによって女は妊娠して父のわからない子どもを孕んだというお話は、神話の中に何度か出てきます。昔話でいうと、「蛇婿入り」と名付けられた話が系統を継いでおり、同じかたちです。この系統の話は、あるとき、知らない男がやってきて女に求婚し、関係をもつというふうに語られます。そこで両親が男の正体を知ろうとして、訪れた男の衣の裾(すそ)に糸のついた針を刺せと娘に教えます。神話では、それによって男が神であることが判明し、女の生んだ子は神の子として一族の始祖になります。一方、昔話では、男が蛇だということがわかり、腹に宿った子を堕胎したと語られるのが一般的です。

この系統の神話や昔話については、本章の最後で改めて紹介しますが、これらの話では、基本的には一夜限りの交わりによって子どもが誕生します。そして、一夜限りだからこそ、神の子の誕生にふさわしいと考えられているのです。

この話においても、美しい女の子が誕生した背後には、神婚神話、すなわち女が神と交わって子どもを生むという、神話的なパターンを引き継いでいるというふうに説明することができるでしょう。ただし、ここではそれが現実的なかたちで説明されているのが興味深いところです。異常な交わりによる神の子の誕生を語るのではなく、もっと現実的に、一晩だけだが七回も召したというふうに、回数によって、一夜孕みの異常性が日常の結婚というかたちに置き換えられているのです。つまり、そのようにして疑惑を払拭しようとしているわけです。

ナビトヤハバニ

物部目大連が、庭を横切る女の子を見て、「かわいい女の子だ。昔の人は、『なびとやはばに』と言うが、……どなたのお子であろうか」と言っています。この「なびとやはばに」は、原文では音仮名で表記されていて、「古の人、云へること有り。娜毘騰耶皤麼珥」とあり、その下に「此の古語、未だ詳ならず」と、二行割の注記がついています。つまり日本書紀の編纂者も、この「なびとやはばに」という言葉の意味がわからなかったということを示しています。日本書紀の成立は養老四（七二〇）年ですが、すでにその当時には意味がわからなくなっていたのだが、諺のようにして、この句が伝えられていたということでしょう。

さて、どのような意味なのか、いくつかの解釈は示されていますが、明解は得られていません。たとえば、「なびと（汝人）」は「あなた」、「はばに」は「母似」として、「あなたは母似なのか」と解釈するのが一般的です。次の場面で目大連が、「歩く姿を見ていると天皇によく似ている」と言っているのですが、天皇は男ですから、「あなたは母似なのか」という諺があると言われても、天皇に似ているというのと、うまく対応しません。これが、「古の人は、娘というのは父親に似ると云っている」というのならば、理解しやすいのですが、母似ではつながりません。しかし、ほかに名案も浮かびません。そこが、この話を理解しづらくさせている原因のひとつでもあります。新編日本古典文学全集『日本書紀2』（小学館、一九九六年）の頭注も、「お前はお母さん似か」と訳した上で、「父親が誰か分からない場合に、子供に尋ねる言葉か」と説明しています。かならずしも納得できるわけではありませんが、「父親が誰か分からない」ときに尋ねる言葉が諺になるほど頻繁に使われるとしたら、それは古代の女と男との関係をよく示しているといえるのではないでしょうか。

男たちにとって、子どもの父親だという自覚をもつことは、むずかしいことです。強固な父系社会を作らないかぎり、女性に対して倫理観なり貞操観念なりを強要しても、男は安心できません。日本列島において、儒教的・律令的な制度を基盤とした古代律令国家が成立しなければ、天皇家を頂点とした父系社会は受け入れられなかったと考えられます。

女性の側から言えば、それ以前の社会では、もっと女性はのびやかだったはずですし、一人の男としか肉体関係がもてないなどという貞操観念は、おそらく存在しなかったでしょう。そうした社会では、ここで語られているような男の疑いは、当たり前だったかもしれません。だからこそ父系社会の成立とともに、女性に貞操という観念を強いる制度が、男たちによって作られていったはずです。ここに出てくる「なびとやはばに」という言葉は、それ以前の、母系優位な社会における男たちの疑いや不安を象徴する言葉だったのではないか、そのように私は考えています。

父系をどのように保証するか

後宮を作って、そこには「ただ一人の男」以外の男たちを入れない、それは中国の制度からきているわけですが、そうやって女たちを囲い込まないかぎり、「ただ一人の男」は、自分の血統というものを保証することができません。もっと疑い深くなれば、まわりに侍る男たちの生殖能力を除去して去勢してしまわないと安心できない。それが、いわゆる宦官制度です。ところが、日本の宮廷には宦官制度は導入されていません。ただ、後宮というのは、「ただ一人の男」＝天皇だけが入ることのできる女たちの世界として作られます。

しかし、女たちがいつも後宮に閉じ込められていたかというと、じつはそうでもなくて、わりと自由に出入りしていたし、天皇以外の男たちが入り込む余地もあったのではないかと思われます。たとえば、サホビメは、天皇の后でありながら兄と関係したと疑われてしまいますし、その息子のホムチワケは誰の子か、人びとの話題になったりもするのです。

天皇のそばには、「采女」という女たちが侍っています。貴族あるいは豪族の娘または妹で、美しい女を天皇のもとに差し出すことになっていて、それが采女と呼ばれる存在です。その采女は、天皇に差し出された女ですから、天皇以外の男と性関係をもつことはできません。禁を犯すと、男女ともに罰せられ、島流しになったりします。ところが、采女との恋は、歌の中や伝承世界にはさまざまなかたちで描かれています。天皇が功績のあった臣下に采女を下賜するということもたまにはありますが、隠れて恋をし、露顕しそうになった采女が入水するといった悲恋物語なども伝えられています。

タブーが強ければ強いほど、恋心も強くなるものです。采女に手を出すというのは、当時においてはもっとも危険でもっともスリリングな恋だったといえましょう。ですから、物語の題材としてはいちばん素敵な恋になるのだし、現実の恋愛としてもこの上なく心をときめかせるものだったのです。

天皇の女に手を出して、それが露顕すれば、厳しい処罰が待っています。そして、実際に自殺したり罰せられたりしている。しかし、その何十倍も、ばれない関係があったはずです。そう考えると、天皇の女たちも、それほど縛りつけられていたわけではないといえるのかもしれません。だからこそ、男はいつもおびえていなければいけないのです。最近の研究では、遺伝子の中のミトコンドリアDNAというのは、女のほうにしか受け継がれないということがわかっています。父系によって血を繋いでいくという制度自体が、生物学的にはきわめて不自然なのかもしれません。

ここで取り上げた話は、男性週刊誌ふうのエロチック・コントのような楽しい話でした。天皇についてのこうしたエピソードを、お固い印象のある日本書紀が載せているというのも興味深いことです。これが歴史だという認識があったのでしょうか。しかし、近代天皇制の中のエピソードとして、このような話がたとえ噂であったとしても、流れるということはありえないでしょうね、将来はわかりませんが。

天皇の側に立って言えば、一晩に七回も交わることのできる体力をもっていないと、王にはなれないということを語っています。王というのは、次々と女と交わって後継ぎを作っていかなければいけないわけですから、アザラシやセイウチと同様に、ハーレムを保つためには精力絶倫でないと務まりません。

四　松に変身したふたり——恥じる恋

前節で、あまり品のよくないお話を紹介してしまったので、ここでは、とびきりロマンチックな、海辺の恋物語を楽しむことにしましょう。

歌垣の夜に

常陸国風土記の香島郡に伝えられているお話です。香島は、今は鹿島と書く、あの鹿島コンビナートのある辺りです。その周辺の海岸に、童子女の松原と呼ばれるところがあって、そこは「歌垣」が行われる場所でした。「歌垣」というのは、若い男女が集まって歌を掛け合い、恋をするという祝祭の場で、男女が出逢う空間でした。常陸国風土記には、こうした歌垣の話がいくつも語られています。中でも有名なのは筑波山での歌垣ですが、ここに紹介するお話では、海辺を舞台にした歌垣が語られています。

『常陸国風土記』香島郡

昔、年若い少年と少女がいました。人びとが神のおとこ・神のおとめ[1]と呼ぶ、その少年の名は、那賀の寒田[2]の郎子、少女の名は、海上の安是[3]の嬢子と言いました。ふたりはともに容姿が端正で、その美しさは村里に輝きわたるほどでした。

うわさ[4]を聞いていたふたりは、たがいに逢いたい

（1）**神のおとこ・神のおとめ**＝この伝承の結末から、神になった男・神になった女と呼ばれていたのか。あるいは、神に仕える男・神に仕える女という意味で、人間としての恋を許されない男女をいうか。

（2）**那賀の寒田**＝常陸国（茨城県）の南端にある地名。

という思いをおさえることができないでいました。
しかし、逢えないままに月が経ち日を過ごしていたのですが、歌垣(5)の祭りの日、ふたりは偶然に出逢ったのです。そのとき、少年が歌いかけました。

いやぜるの(6)　あぜのこまつに
ゆふ(7)しでて　わをふりみゆも
あぜこしまはも

（いやぜるの　安是の子が手草の松の小枝に
木綿を垂らして　私をふり返って見たことよ
あの安是の子が舞っているよ）

少女がそれに答えて歌いました。

うしを(8)には　たたむといへど
なせのこが　やそしまがくり(9)
わをみさばしり(10)

（3）**海上の安是**＝下総国（千葉県）にある地名で、川を挟んで寒田と向かい合っている。一七三頁の地図、参照。
（4）**うわさ**＝古代の伝承や歌をみると、男女の関係はうわさ（人目（ひとめ）や人言（ひとごと）という）にならないことが必要だった。一方、うわさを聞いただけで恋に落ちるという伝承や歌もさまざまに伝えられている。うわさというのは神の言葉でもあった。
（5）**歌垣**＝若い男女が山や水辺に集まり、たがいに歌を掛け合ったりすること。そこは近隣の共同体から人びとが集まるところである。「かがひ」ともいう。
（6）**いやぜるの**＝安是という地名をほめる枕詞だが、意味はよくわからない。
（7）**ゆふ（木綿）**＝コウゾ（楮）の繊維を束ねたもので、神への捧げもの。
（8）**うしを**＝見つからないように隠れていることの比喩とし

（潮の中に　潜んで立とうと言ったけれど
いとしいあなたが　島々に隠れて
私を見つけて小走りに）

一目見て恋に落ちたふたりは、語らいたいと思い、人に知られるのをおそれ、歌垣の場から離れて、松の樹の下に隠れ、手をつなぎ膝を近づけて思いを伝え、苦しい心を語りあうのでした。そして、長く積もっていた恋のつらさが晴れ、あらたにあふれる恋の悦びのために自然に顔がほころびました。

季節は秋、[11] 木の葉には玉のような露が置き、涼しい秋風が吹く頃、空を渡る明るい月が照らすのは、鳴き飛ぶ鶴が向かう西の洲のあたり。松風が心地よい音を奏でるのは、渡りゆく雁の向かう東の山のあたり。もの静かな夕べに、岩から滲み出す清水は途切れることなく、ものさびしい夜ふけに霧がふたりを包みこむ。近くの山ではひらひらと紅葉が散り落

て潮の中に立つと歌っていると解釈した。

（9）**やそしまがくり**＝「八十島隠り」（たくさんの島のあいだに隠れて）で、見物人の陰に隠れていることをいう譬喩か。

（10）**わをみさばしり**＝「吾を見、さ走り」（私を見つけて小走りに）と解釈した。本文、参照。

（11）**季節は秋……**＝男女の恋を語る以下の描写は、四六駢儷体（四語と六語の漢字を用いた詩的表現）と呼ばれる中国六朝期の美文で表現されている。このようなかたちで自然を描く方法は、漢文によってもたらされた。本文、参照。

ちる林が見え、はるか遠くの海では蒼い波が磯の岩に打ちつける音が聞こえるばかり。今宵(こよい)の逢瀬、これにまさる楽しみなど思いつくこともできない。

　夢中になって恋の語らいの甘さに溺れてしまい、ふたりは、またたくまに時が過ぎ、夜が明けそうになっていたのにも気づきませんでした。とつぜん、ニワトリが鳴き、犬が吠えて、東の空が明るくなり、日が出る時刻になりました。その時、少年と少女はどうしていいかわからず、人に姿を見られるのを恥じて、そのまま松の樹になってしまったのです。

　少年の変身した松を奈美松(なみ)[12]と呼び、少女の変身した松を古津松(こつ)[12]と呼ぶようになりました。遠い昔に名付けたもので、今もかわらずに呼んでいます。

(12) **奈美松・古津松**＝奈美松は「な見松」（なは禁止で、見るなの松）の意味だろうが、古津松のほうは意味不明。あるいは、「クヅ（屑）松」で、触れてはいけないタブーの松をクヅ（コツ）と呼んで人を近づけないようにしたものか。

二つの文体と歌謡

夜が明けるとともに、松に変身してしまった少年と少女の物語です。この話は、もとは、歌垣の舞台となった香島地方の海辺で、土地の古老が伝えていたものでしょう。

それが筆録されて、常陸国風土記に載せられたと考えられます。ただし、後半の「季節は秋、……」ではじまる段落、この部分は、秋の夜の風景を描いているわけですが、他の部分と比べて、文体が違っています。おそらく、常陸国風土記に収める際に書き加えられたのではないかと考えられます。

原文を見ると、「季節は秋、……」の部分は、前後の部分とは違って美文調の漢文、四六駢儷(べんれい)体で書かれています。漢詩では、五言絶句とか七言律詩とか、五文字や七文字の言葉をつないで詩を作るのが基本的な形ですが、それとは別に、散文的な性格をもった美文というのがあって、そのひとつの様式が四六駢儷体です。これは四文字と六文字の連なりで文章を整えていく文体で、ここにみられる風景描写は、その四六駢儷体で叙述されています。このような文章は、漢文の素養がなければ書けません。おそらく、かなり巧みな漢文の使い手が書いたのでしょう。参考のために、原文を引用しておきます。

于時、玉露杪候、金風丁節、皎々桂月照處、唳鶴之西洲、颯々松颸吟處、度雁之東岵、山寂寞兮、巖泉舊、夜蕭條兮、烟霜新、近山自覽、黄葉散林之色、遙海唯聽、蒼波激磧之聲、茲宵于茲、樂莫之樂

[訓読] 時に、玉(たま)の露杪(つゆこぬれ)にやどる候(とき)、金(あき)の風(かぜ)丁(きをふきな)す節なり。皎々(あきら)けき桂月(つき)の照(て)ら

す処は、嗅く鶴が西洲なり。颯々げる松颸の吟ふ処は、度る雁が東岾なり。山は寂寞かにして、巌の泉旧り、夜は蕭条しくして、烟れる霜新なり。近き山には、自ら黄葉の林に散る色を覧、遥き海には、唯蒼波の磧に激つ声を聴くのみなり。茲宵茲に、楽しみこれより楽しきはなし。

はじめに紹介した現代語訳と比べてみればわかりますが、もとの文章では、流れるような自然描写によって、秋の夜の時間の移ろいが叙述されています。そして、ここに引いた風景描写は、もともとの伝承には存在せず、漢文的な知識を踏まえて、教養のある人が書き加えた部分でしょう。ですから、この伝承全体が、そのままのかたちで人びとの間で伝えられていたのではなく、ふたりの若い男女が偶然出会い、恋に落ちて、夜明けとともに松になるという筋立てが、香島地方で伝えられていた古伝承ではないかと考えられます。

伝承の中に挿入されている少年と少女がうたったという歌謡は、じつはよく意味がとれない部分があります。歌謡の表記は漢文ではなく、一字一音の万葉仮名で書かれていますが、区切りかたも含めてはっきりしません。最初の歌謡でいうと、「いやぜるの　あぜのこまつに」とあり、「いやぜる」は「あぜ」という地名にかかる枕詞ですが、そのイヤゼルがどういう意味なのかよくわかりません。また、アゼノコマツニという部分、私は、「安是の子が手草の松の小枝に」と訳しましたが、これを「あぜの、こまつに」と区切って「安是に生えている、小さな松に」ととる解釈もあります。

「ゆふ」というのは、コウゾの繊維をさらして作った糸を束ねたものです。今でも神職がお祓(はら)いをするときに振りまわす棒の先や、玉串(たまぐし)として奉納する榊(さかき)の枝に取り付けたりする白い糸、あれが「ゆふ」です。木綿を枝に垂らしたのが手草(たくさ)です。神社で巫女(みこ)さんが手にもつ小枝、笹とか鈴とかをもって巫女舞いをしますが、そうした採り物を手草と言います。彼女は、その手草を手にもっているわけですから、明らかに祭りの中で神の舞いを舞っている、神に仕える少女だということになります。その少女が私を振り返って見ているというわけです。末尾の「あぜこしまはも」は、「し」は強めの助詞、「まはも」は「舞はも」で、「安是子し舞はも（安是の子が舞っているよ）」と解釈しました。この句は「安是小島はも（安是の小島よ）」とみなす解釈もあります。

それに答える少女の歌にも、いろいろと解釈上の問題があります。潮の中に立っていようと言ったのだけれども、「なせ」というのは漢字を宛てれば「汝背」で、「いとしいあなた」ですが、そのあなたが八十島(やそしま)に隠れてとあります。「やそしま」はたくさんの島という意味ですから、この句は、何かの比喩(ひゆ)、おそらく祭りの場で、きれいな女の子たちが手草をもって舞っている。それを取り囲むように、たくさんの人が見物している。そのたくさんの人びとが周りを取り囲んで祭りをみているさまを、「八十島」と表現しているのではないかと思われます。その鈴なりの人びとに隠れて、舞っている自分のほうを見ている男を目にして、「わをみさばしり（吾を見、さ走り）」と歌った。私を見つけて「小走りに」近づいてくるというような意味です。べつの解釈では、「わを見さば、知り」と区切って、「私をごらんになったので、わかりました」、つまり私のほうをご覧になっていたので、私もあなたに気付きましたよという訳もあります。

ここに引かれた二首の歌は、はっきり解釈できないところがあります。わからないということが何を意味するかというと、それだけ古くから伝えられている歌だということを表わしています。一般的にみて、意味がわからないというのは、伝承の歴史が長いからだということになります。それとともに、これらの歌謡が、文字ではなく音声によって伝えられていたということも意味しています。そうした歌謡が挿入されていることによって、この伝承の中核部分の古さを説明できるのです。わからないということも、時には重要なメッセージになります。

那賀の寒田と海上の安是

主人公の男女について説明しておきましょう。まずはじめに、「神のおとこ・神のおとめ」と人びとに呼ばれているとあります。これは、話の結末から考えて、松に変

童子女の松原（茨城県神栖市波崎）　遺称地の海辺の松原が「童子女の松原公園」として整備されている。

身してしまったために、「神のおとこ・神のおとめ」と呼ばれるようになったと考えるのがよいと思います。

また、少年の名前は「那賀の寒田の郎子」、少女の名前は「海上の安是の嬢子」ともあります。那賀というのは地名で、常陸国那賀郡の那賀です。この伝承の舞台になっている童子女の松原があるのは香島郡で、その北にあるのが那賀郡です。そして、香島郡は、もとは那賀郡の一部でした。この点について、常陸国風土記香島郡の冒頭に次のような記事があります。

古老の曰へらく、難波の長柄の豊前の大朝に馭宇しめしし天皇のみ世、己酉の年に、大乙上中臣の□子、大乙下中臣部の兎子等、惣領高向の大夫に請ひて、下総国海上の国造の部内、軽野より以南の一里と、那賀の国造の部内、寒田より以北の五里とを割きて、別に神の郡を置きき。

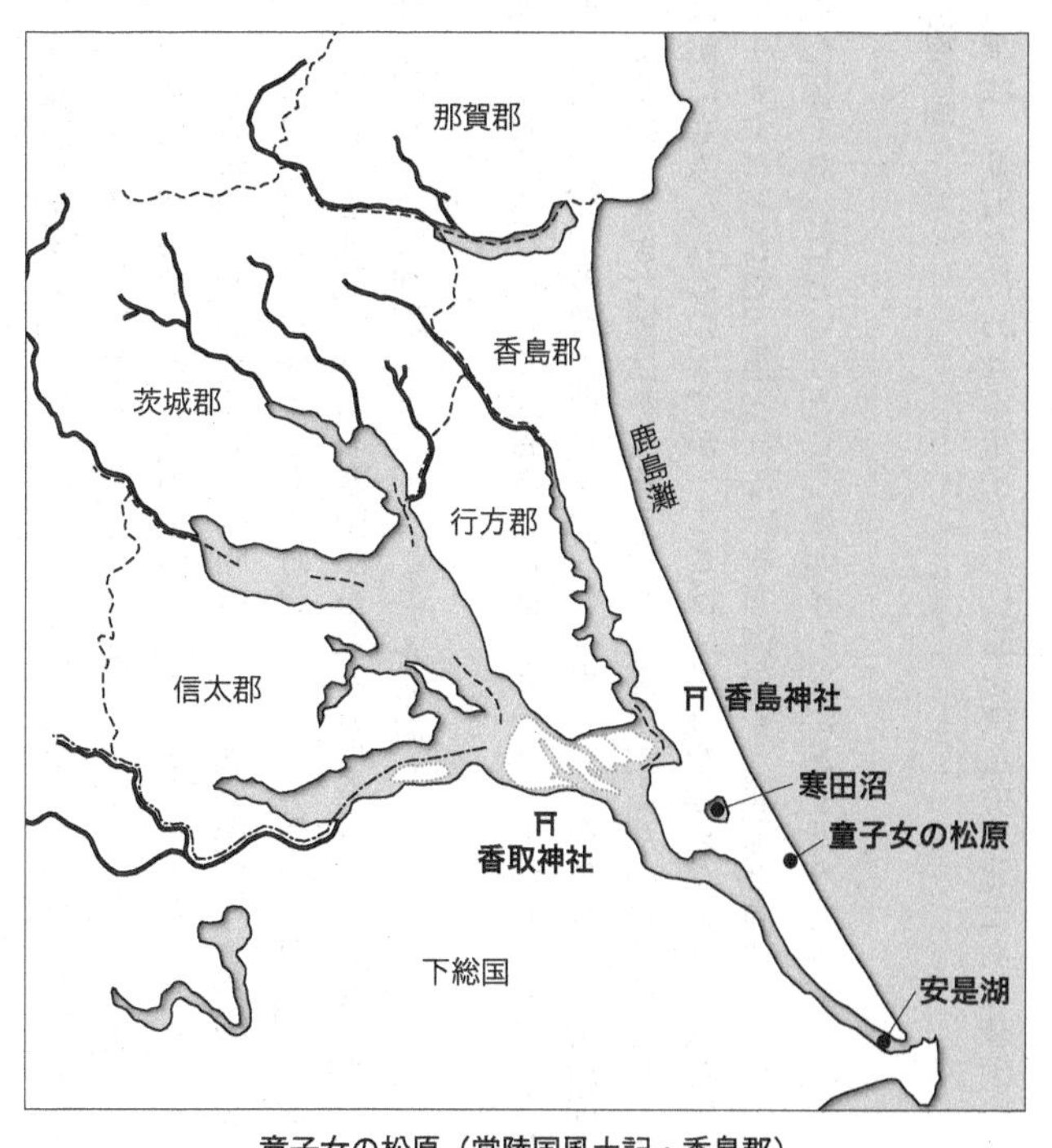

童子女の松原（常陸国風土記・香島郡）

【現代語訳】古老の言うことには、難波の長柄の豊前の宮で天下を支配なさった天皇（孝徳天皇のこと）の時代、己酉の年（大化五〈六四九〉年）に、香島の神の祭祀を司っていた大乙上中臣の□子（欠字がある）と大乙下中臣部の兎子らが、この地方を治めていた高向の大夫に願い出て、下総国において海上の国造が領有している地域のうちの軽野から南の一里と、常陸国において那賀の国造が領有する地域のうちの寒田から北の五里とを分割して、あたらしく香島の神を祀るための神郡（香島郡のこと）を設置した。

香島郡は比較的あたらしく設置された郡だということがわかります。那賀郡の五つの村（里）と、下総国の海上郡の一つの村（里）とをあわせて、香島郡を建てたのです。このように、大きな神社がある土地を、神を祀るための神郡として設置するという例はほかにもみられるのですが、ここは、国境を越えた大化の大合併だったということになります。そして、語られている恋物語も、建郡と同様、二つの国に跨がる国境を越えた恋であったというところにポイントがありそうです。

歌垣と通婚圏

この伝承は、歌垣が行われる童子女の松原を挟んで、北にある寒田に住んでいた少年と、南にある安是に住んでいた少女との恋物語です。そして、大化年代における香島郡の建郡以前は、この二つの土地は、那賀の国造と海上の国造が領有しており、まったく別の支配圏に属していたということになります。

このことは何を意味しているかというと、人びとは政治的な支配領域を越えて、もっと広い繋がりの中で行き来したり、交易したりしていたということです。そして、そのような交流の場として歌垣や市が存在し、物語の舞台になっていたのです。そこで語られていた恋物語であるというのが、この伝承を読み解くカギになります。おそらく、那賀氏と海上氏がそれぞれ領有していた、那賀郡と下総の海上郡とでは、普段はあまり交流はなかったのでしょう。それが、歌垣の場という日常とは別の空間で、ふだんは出会わない土地の男女が出会うことになったのです。

通婚圏という言葉を使いますと、通婚圏の外側の、ふだんは別の世界に住む男女が歌垣で出会って恋に落ちるというのは、古代の婚姻形態からするとタブー性を抱えています。それは、許されない恋だからです。シェークスピアの『ロミオとジュリエット』とか、ミュージカル映画『ウエスト・サイド物語』とかを想い出させるような、禁じられた恋というモチーフが、この物語を支えていたということになります。

男社会からみると、結婚というのは女を手に入れることで、それは財産を手に入れるということでもありました。またそれは、社会的な関係を作ることであり、ある種の交易だと考えてもいいでしょう。そして、通婚圏というものがありました。つまり、ここまでの範囲は自分たちが妻をめとることができる地域であり、その外側では結婚は成立しないといった、結婚相手を選ぶ範囲をもっていたのです。多くの場合、通婚圏は、経済的な交易圏と重なっていたと思われます。結婚関係をとり結ぶことは、ひとつの共同体と別の共同体とが緊密な関係性をもつことを意味します。ですから、通婚圏(交易圏)を異にする女性との婚姻は、社会的に許されないことだったのです。

この物語は、歌垣という祭りの場で、普通なら結婚することのできない二つの世界の男女が出会って、恋に落ちるという話です。そのために、夜明けとともに、この男女は消えてしまわなければならなかったのです。

メタモルフォーゼ

夜明けとともに松の木になるという幻想的な結末は、「禁じられた恋」という枠組み以上に、このお話をロマンチックにしています。たんにタブーを破った恋というだけではない、もうひとつの物語性がここにはあるように思われます。

人間にとって闇の世界と、明るくなった昼間の世界との境目である、夜と昼との狭間の時刻を「かはたれ時」、昼から夜への境目を「たそがれ時」と呼びます。「彼(か)は誰(たれ)」「誰(た)そ彼(かれ)」で、あの人はだれ(だあれあの人は)という意味、どちらも顔の見分けがつきにくい時刻をいいます。その夜と昼との境目の時刻に、この伝承では変身が起こっています。

たそがれ時にしても、かはたれ時にしても、それはとても危険な時刻であり、神と人とが入れ替わるときなのです。昔の人びとにとって、鬼が跋扈する、人が把握できない時間が夜で、人間が生活するのは昼でした。太陽が昇り、沈むまでの時間が人間のもの、夜は神々の時間というように、昼と夜というのは、人間にとってまったく違う二つの世界だったのです。そして、祭りの夜だけは、人間が神とともに過ごすときなのです。それが非日常の祭りだとみれば、なぜ祭りは夜に行われるのか、なぜ祭りの場で神と人が出会うのかがわかります。

ここでは、神から人への交替の時刻に、人から松への変身が生じているわけで、境目の時刻が、この物語の発想を支えています。この伝承には、メタモルフォーゼ、変身のことですが、それが可能な装置がそろっています。恋を語らっている男女が夜明けとともに松になってしまうというお話は、裏をかえせば、もともと明るい太陽の光のもとで存在していたのは二本の松だったのではないかという推測を浮かび上がらせます。そして、もうひとつの境目である「たそがれ時」、昼間から夜への境目の時刻については、このお話ではなにも語られていませんが、次のように考えることができます。

ある浜辺に二本の松の木が立っていて、夜になって祭りが始まるとともに松は若い男女に変じた。つまり、黄昏時にもメタモルフォーゼが起こっていたのではないか。神のおとこ・神のおとめというのは、松の木の精である。その二本の松の精が、夜のあいだ、神々の時間の中で美しい男と女に変身して恋を語らい、夜明けとともに、元の松の木にもどってゆく。たとえば映画でいうと、松と人間とがオーバーラップしながら交替する。ここに描かれているのは、美しい海辺で行われる祭りを舞台にした松の精の恋物語だということになります。

そして一方で、これを人間たちの物語世界と重ねていくと、通婚圏の外側にある男女が恋に落ちる、許されない悲恋物語として説明することも可能ですし、神に仕える巫女、人間の男は手を出すことのできない禁じられた女に恋をした男の物語という説明もできます。

大切なのは、そのどれが正しいかという、択一的な答えを出すことではないのです。この物語は、そうしたいくつもの層を抱え込みながら語られる話だった。そうした広がりをもっているという点で、この伝承は聴く人の想像力を刺激する、とても魅力的なお話になっているのではないでしょうか。

五　蛇に見そめられた女――愛欲の果てに

日本の神話や昔話の大きな特徴に、神と人とが結婚して「神の子」が誕生するという話が多いことがあげられます。その中でももっとも有名なのが、三輪山型神婚神話と名付けられた伝承です。三輪山というのは、オホモノヌシ（大物主神）のいます聖なる山で、奈良盆地の東南（奈良県桜井市）にあります。この山にいますオホモノヌシは、山から里に下りてくると、若い女と交わって子を孕ませます。古事記や日本書紀や風土記など、古代の文献に、さまざまなかたちで同様のパターンの話が載せられており、それらを三輪山型神婚神話と呼んでいます。赤い矢に変身して女の許を訪れることもあるので、丹塗矢型神婚神話という名前で呼ばれることもあります。

桑を摘む女

三輪山型神婚神話にはいろんなバリエーションがありますが、もともとは、女が神と交わり、生まれた神の子が、その一族の始祖になるという起源神話として語られます。そのパターンが人びとのあいだで語られるうちに、さまざまに変容していきます。

先にふれた昔話「蛇婿入り」は、三輪山型神婚神話の末裔に位置します。そして、伝承によっては、たいそうグロテスクな話に変容していく場合もあります。ここに紹介するのは、そうした中の一話で、日本霊異記に載せられている伝承です。

『日本霊異記』中巻・第四十一

「女人、大きなる蛇に婚せられ、薬の力によりて、命を全くすることを得る縁」

河内国の更荒郡の馬甘の里に(1)、裕福な家(2)があった。その家にはひとりの娘がいた。大炊天皇(3)の時代、天平宝字三（七五九）年の夏四月のこと、その娘は桑の木(4)に登って葉を摘んでいた。

そのとき、大きな蛇があらわれ、娘が登っている桑の木にまとわりついて登っていった。近くの道を歩いていた人が、気づいて娘に教えたところ、娘はかえって驚いて木から落ちた。すると、蛇もいっしょに落ちて娘にまとわり交わったので、娘は気を失って倒れてしまった。両親が気づいて、医者を頼んで呼びよせ、娘と蛇とを同じ戸板に乗せて家に連れ

（1）**河内国の更荒郡の馬甘の里**＝更荒郡は大阪府大東市・寝屋川市・四條畷市のあたりをいう。

（2）**裕福な家**＝神に見そめられるのは裕福な家の娘か美しい娘である。

（3）**大炊天皇**＝淳仁天皇のこと。天平宝字二（七五八）年八月に孝謙天皇の譲位をうけて即位するが、天平宝字八（七六四）年十月、皇位から降ろされ淡路島に幽閉された。このあたりの政治状況については、第4章五節で扱うつもりである。

（4）**桑の木**＝剪定しないと桑は巨木になる。

帰り、庭に置いた。

　医者は、黍(きび)の藁(わら)三束を準備して焼き、その灰を湯で溶いた汁(5)を三斗作り、煮つめて二斗にし、その中に猪の毛(6)を十把ほど切り刻んで混ぜ合わせた。そして、杭を庭に立てて、娘の頭と足とを逆さまにしてぶら下げて、その汁を娘の女陰の口に流し込んだ。汁は一斗ばかり入った。すると蛇は女陰から離れ出たので殺して棄てた。その蛇の子は白い色をした固まりで、まるで蛙の卵のようだった。汁に混ぜた猪の毛が蛇の子の体に刺さり、それが女陰から五升ほど出てきた。こんどは上の口から汁を二斗ほど入れると、蛇の子はみんな流れ出た。

　気を失っていた娘が目覚めて何か言った。両親が尋ねると、「わたしの心は夢を見ているようだった。今は正気にもどって元通りになった」と答えた。

　しかし、三年を経て、その娘はまた蛇に魅入られ交わって死んでしまった。娘は蛇に深い愛欲を抱く

(5) **灰を湯で溶いた汁**＝いわゆる灰汁(あく)である。灰汁は毒消しの力があるなどと考えられてさまざまなかたちで用いられる。
(6) **猪の毛**＝固くてゴワゴワした毛なので、胎内の蛇の子に刺さり、それで堕胎させようとしたのである。

ようになったのであり、死に際に、夫婦となった蛇と、蛇とのあいだに生まれた子とを恋いて、「わたしは死んでも、来世でかならずまた結婚しましょう」と言った。

そもそも、[7] 魂というのは、前世での行いの結果によってもたらされるものである。そのために、あるいは蛇・馬・牛・犬・鳥などに生まれ変わるのである。前世における悪い関係によっては、この世で蛇となって交わるということにもなる。あるいは、もっといやしい畜生になることもある。愛欲というものは一つではない。

(7) そもそも、……=以下は、編者である景戒(きょうかい)の評で、各話の末尾にこのようなコメント(評)が付けられる。この話では、「評」の後半部分は、説話の内容とあまりつながらないので省略した。

蛇と女との遭遇

男女の愛欲のひとつの姿が描かれているという点で、興味深い一話です。日本霊異記には、仏教の教えを説くための「評」がついています。そこに、仏教者としての景戒(きょうかい)の認識が示されているのですが、ここでは、その評のほとんどを省略しました。引用した最後の段落「そもそも、魂というのは、……」以下が景戒のコメントの一部で、いかにも仏教的な因果応報観、前世・現世・来世という三世観が強くあらわれています。

景戒にとっては重要な「評」ですが、現代の私たちが日本霊異記を読む場合、景戒の仏教的な認識よりも、語られている伝承そのものに興味をそそられます。人びとのあいだを伝わっていく噂話やゴシップは、どのように語られていくか、古代の人びとはどういうことに興味をもっていたか、そうした伝承の本質を、霊異記説話から窺い知ることができるからです。

この話には相当にえげつない、グロテスクな内容が含まれています。蛇と女が交わるというのは、私たちにとっては異常な出来事ですが、伝承の中では広く伝えられたモチーフです。記紀の神話や伝承には、神と人とが交わって神の子が誕生すると語られる神婚神話がいくつもあり、しかも多くの場合、神は蛇の姿をとって語られます。蛇と女の交わりは、神話的にみてもっとも普遍的な語り口ですが、蛇には男根に重ねられるセクシャルなイメージがつきまといます。それが世間話的な伝承の背後にも埋め込まれていて、それを視点としながら伝承は語られていきます。

舞台は河内国、現在の大阪府の南部ですね。発端の部分で、天平宝字三（七五九）年の夏四月とあって、年月をはっきり伝えています。こういうふうに、世間話というのは内容にリアリティを与えるために、新聞記事のような語り方をします。時や場所や主人公がはっきりわかっているほうが、本当らしくなります。ですから、実際にこういう出来事があったかどうかということとは関係なく、こうした手法で語るのが、この種の噂話のお決まりと考えるといいでしょう。

蛇と女は結ばれるわけですが、ここで女は、桑の木に登っています。桑の木は最近ではほとんどみかけませんが、養蚕が盛んなころはあちこちに桑畑がありました。私たちの知っている桑畑には、丈の低い桑の木が並んでいたものですが、もともと桑の木というのは剪定（せんてい）をしなければどんどん大きくなって、大木になるのです。ですから古代においては、桑の木は大木でした。葉を採るためには、このお話のように木に登っていかなければならなかったのです。また、養蚕は古代から変わらず女性の仕事でした。蚕を育て、糸を紡いで機を織る、それが女たちのもっとも大事な仕事でしたから、桑摘みも女たちの役割になります。ちなみに、桑の葉にかぎらず、植物の採集は、女性役割でいうと女性の仕事になっています。

木の上で、女は蛇と遭遇します。神話的な世界に近づけて解釈すれば、桑の木というのが神の寄りつく木であり、その神聖な場所で偶然に神＝蛇と女が出会うという語り口であると説明することができるかもしれません。ただし、この話で語られている内容は、そうした神話的な説明をはるかに超えています。

ゴシップの伝わり方

娘が蛇と交わってしまったことに気づいた両親は、医者を呼んで、「娘と蛇とを同じ戸板に乗せて家に連れ帰り、庭に置いた」とあります。これがこの話のおもしろいところでもあるのですが、家の中でこっそり処理するのではなく、庭で治療をしたというわけです。このあと行われる治療は、両親にとっては隠しておきたい、家の中に秘めておきたい出来事です。それが、人目を遮ることのできない庭で行われたと語られているのは、おそらく、その治療行為を見ている人たちの目を意識しているからだと思われます。

庭で行われている黒魔術のような治療が、人びとの目にさらされる。そして、そこで見聞した出来事が噂話となって世間に伝えられる。そうした、この話のできあがり方、流通の仕方を示しているのが、庭という空間なのではないでしょうか。ちなみに、両親が連れてきたのは医者と訳しましたが、原文では「薬師（くすし）」です。古代の薬師というのはいわゆる薬屋ではなく医者のことです。

薬師は、衆人環視の庭で、交わったまま離れない女と蛇とを引き離す治療を行います。まるで、非合法の堕胎治療のようにもみえます。当時、本当にこんなことをしていたとは考えられませんが、さももっともらしく、細部に至るまで語られています。この種の話では、リアリティを与えるために、こうした詳しさが必要なのです。

　実際に猪の毛というのは固いのですが、そういうごわごわした猪の毛を、黍の灰を湯で溶いた灰汁の中に入れて女の体の穴に流し込む。すると蛇の体や蛇の子にその毛がちくちくと刺さる。それで苦しくなった蛇は女の体から離れるという、なんだかリアリティのありすぎる説明です。灰汁はいろいろな効力がありますが、民間療法では解毒剤としても使われています。

　人間ではない男が孕ませた子を堕胎するという話としては、昔話「蛇婿入り」がよく知られています。最初は蛇だということを知らないまま、娘は男と交わって妊娠します。そこで、交わった男の正体を明らかにするために、親が娘に命じて、男の衣の裾に糸のついた針を付けさせ、その糸をたどって男の家を突き止めようとします。すると、糸は洞窟の中まで続いていて、男が蛇だということがわかるのですが、洞窟の中から「俺は鉄を刺されてしまったからもうすぐ死ぬが、女に子どもを孕ませてきたから子孫は繁栄する」という声が聞こえてくる。すると蛇の母親らしい声が聞こえて、「いや、人間というのは賢くて、子どもを孕ませても、菖蒲湯に入ったら堕りてしまうことを知っているから、お前の子どもは絶えてしまうはずだ」と言うんですね。それを洞窟の外で聞いていた女の母親が、これはいいことを聞いたと家に帰り、娘を菖蒲湯に入れ、お腹に宿った蛇の子を堕ろしてしまいます。

　このように語られるのが、いくつかのタイプがある「蛇婿入り」のうちの、「蛇婿入り──苧環型」と名付けられた昔話のパターンです。苧環というのは糸巻のことです。この昔話では、当事者である蛇から、鉄に弱いという弱点や堕胎の方法などの知恵を仕入れています。その堕胎方法については、昔話には霊異記説話のような具体性はなくて、菖蒲湯に入ればいいとか、菊酒を飲めばいいとか、とてもあっさりした内容ですませています。

ところが、世間話や噂話の世界では、それでは許されないところがあります。堕胎そのものがクローズアップされて、徹底的にグロテスクに語られていく、それがこの種のお話の特徴だと言うことができます。さらにそれは、庭で治療するといった「覗き見」可能な語り方をすることで、噂の拡散を保証しようとするわけです。

この話を、編者の景戒は、愛欲というのは前世からの因縁であり、恐ろしいものだという教訓として、仏教的に説こうとします。ところが、この話を聞いて世間一般の人びとが興味をもつのは、医者が行う治療行為のグロテスクさであったり、吊るされた女の異様さであったりするわけです。

お話の結末には、治療によって娘はいったん目覚めたが、その後ふたたび蛇にとりつかれて、死んでしまったと語られています。景戒が付けたこの話のタイトルは、「女人、大きなる蛇に婚せられ、薬の力によりて、命を全くすることを得る縁」となっていますが、その題名とは逆に、治療の効果というのは三年しかもたず、女はやはり蛇との関係を絶てなかったと語っています。それが、噂話を伝える人びとの恐怖感であり、好奇心だということができます。

民間伝承のリアリティ

こうした語り方は、民間伝承にはしばしば登場します。たとえば柳田国男（やなぎたくにお）『遠野物語』の中にも、河童（かっぱ）に魅入られた女の話があります。川のそばにある家の娘が、川べりにうずくまってにこにこしている。両親が不思議だなあと思っていると、女のもとに毎晩男が通ってきているのがわかる。そのうち河童だという噂がたち、両親や親戚（しんせき）の者が見届けようとするが、金縛りに遭ったりしてどうにもできない。そのうちに娘は妊娠して子どもを生んだのだが、生まれた子の手には水搔（か）きが付いている。噂が広まるのを怖れた娘の父親が、生まれた子を包丁で刻んで壺（つぼ）に入れて庭の隅に埋めてしまった。娘の母も同じ体験をしており、何代もの因縁をもつらしい（五五話）という、そのような話です。この話の読解については、『村落伝承論』（五柳書院、一九八七年。増補新版、青土社、二〇一四年）という拙著をご覧ください。

人ではないものに魅入られてしまった女たちは、もとにもどることが出来ないままに命を失ってしまうとか、何代にもわたる因縁をもつとか、そのような思いが、人びとのあいだに怖れとして浸透していたのではないかと思われます。そしてそれは、別の言い方をすれば女性のもつ神秘性というかたちで伝えられたりもします。

この章では、子どもの出産がいろいろなかたちで語られていましたが、子どもを生む母胎の神秘性、性的な交わりのもつ不可思議さが、このような話を生み出していくのでしょうか。こうした話を語り継いでいくのは男たちですが、その背後には、男たちの抱く怖れや不安や驚きが籠められているのではないかと考えています。

医者が使った黍のワラ三束に猪の毛、これらの品物にどのような薬効があるかはわかりませんが、この話では、それらの品物が語りにリアリティを与えています。お話の世界では、そうしたリアリティがとても大切です。また、ずいぶんいかがわしい医者が登場しました。無免許営業を続ける堕胎医か、黒魔術を使う呪術師のようです。しかもその男が、庭で、女を裸にして逆さまにぶら下げるというのは、なんとも奇妙な図柄です。日本霊異記という作品は仏教説話集ですが、こうしたグロテスクなお話が他にもいろいろ出てきます。


この章では、甘い恋の話をするつもりが、とんでもない話題になってしまいました。ただ、そうなってしまったのは、私の品性の問題ではなく、伝承の本質であるというふうに考えていただく必要があります。昔話「蛇婿入り」系統の話は、どうしても卑猥でエロチックな話になりやすいのです。次の章にも、この系統の伝承が出てくるはずです。また、神の子誕生を語る神話も、変形すると、卑猥でグロテスクな話になってしまいます。だからといって、神と女とが交わって神の子が生まれるという、神話の基本にある神婚神話が消えてしまうかというと、そうではありません。

神聖な話も、卑猥な伝承も、幾重にも絡み合いながら語られていく、そこに伝承世界の無秩序さというか、自在さがあります。放っておくと、どんどんいろんな話を生み出してしまうエネルギーが、お話の世界を支えているのです。

第3章

エロ・グロ・ナンセンス

古代の伝承を読んでいると、卑猥(ひわい)な話だとか、気分が悪くなるような話だとか、ばかばかしい話だとか、そのような話がけっこう目につきます。おそらくお話というのはいつの時代も、そうした猥雑さに囲まれて語られているのでしょう。現代でいえば、週刊誌のゴシップや、事件のまわりでヒソヒソと語り伝えられる噂話、インターネット掲示板の書き込みなどに似ていると言えるかもしれません。そういう世界を抱えこみながら、お話は人びとのあいだを走り続け、それが人を元気づけているのではないかと思います。

第1章で紹介した起源神話は、自分たちはなぜ生きているのかとか、どのようにして世界はできたかというような、今ある根拠を保証するために語られます。あるいはまた、自分たちが生きていく上での知恵や教え、教訓的な性格をもったお話の世界も存在します。そして、その対極には、あまりに品がなくて笑い飛ばすしかない話や、人を傷つけてしまう悪意に満ちた話も語られているのです。

そうした伝承世界の多様性を紹介するために、ここではいくつかのお話を取り上げてみようと思います。一見、グロテスクな感じがしたり、ばかばかしいと笑ってしまうような話だったりするのですが、その背後に、思いもかけずシリアスな現実が浮かび上がってきたりもします。

一　殉死はなかったか――埴輪の起源

しばらく前、愛する人のために死ねるかというようなキャッチコピーが、テレビで流れていたように記憶しています。なんだかうつくしい言葉で、つい「はい」と言ってしまいそうですが、ほんとうに同意していいのでしょうか。あるいは、その裏にはおそろしい魂胆が隠されているのではないでしょうか。愛する人のために死ぬというのは、どういうことなのでしょうか。ここではまずはじめに、殉死と埴輪(はにわ)の起源を伝える話から取り上げていこうと思います。

埴輪を立てる

近ごろ、作られた当時のままに復元し、全面に丸石を敷きつめた古墳をあちこちで見かけます。そうした古墳の周囲には、たくさんの埴輪が立てられています。その埴輪がなぜ立てられるようになったのかという謂(いわ)れが、日本書紀(にほんしょき)の活目入彦(いくめいりびこ)(垂仁(すいにん)天皇)の時代の出来事として語られています。

『日本書紀』垂仁天皇二十八年条&三十二年条

二十八年冬十月五日、天皇の同母の弟である倭彦命(1)が薨去なされた。

十一月二日、倭彦命を身狭の桃花鳥坂(2)に葬りまつった。その時に、亡き命のそば近くでお仕えしていた者を集め、ことごとくに生きたまま陵の周りに埋め立てた。彼らは何日か経っても死なず、昼も夜も泣き呻いていた。そして遂には死んで朽ちはてると、犬や鳥が死臭につられて集まり来たり、その腐った肉をむさぼり食った。

天皇は、埋め立てられた者たちの泣き呻く声をお聞きになり、悲しみ心を痛めていらっしゃった。そして、大臣や高官たちに命じて、「いかに、生きているときに寵愛されたといえども、それを理由に死者に殉わせるというのは、たいそう痛ましい行為である。それが古より続く風習だからといって、よくないことにどうして従う必要があるだろうか。今よ

（1）**同母の弟である倭彦命**＝母は、第十代御間城入彦（崇神）天皇の皇后で、大彦命の娘、御間城姫である。同母の兄弟姉妹は、ことに親密な関係に置かれる。

（2）**身狭の桃花鳥坂**＝奈良県橿原市鳥屋町に倭彦命のものと伝える墓がある。身狭は奈良県橿原市見瀬町（近鉄橿原神宮前駅の南から岡寺駅にわたる地）のあたりで、倭彦命の墓からは東にずれるが、もとはもっと広い範囲を身狭と呼んだか。ミセはムサの訛りという。なお、桃花鳥はトキ（鴇）のことで、古くはツキと言った。

り以後、皆で相談し、殉い死ぬというようなことは止めさせよ」と仰せになった。

三十二年秋七月六日、皇后の日葉酢媛命[3]が薨去なされた。さまざまな儀礼が続き、埋葬の日も近づいたある日、天皇は大臣や高官たちに詔して、「死んだ人に従わせるという風習は、先だっての倭彦命のおりに、良くないことだと知った。直面しているこの度の埋葬は、どのようにすればよいか」と仰せになった。

すると、野見宿禰[4]が進み出て、「まことに、君王の陵墓に生きた人を埋め立てるというのは、よいことではございません。そのような風習を、後の世に伝えることなどできましょうや。願わくば、今すぐによい方法を相談して奏上申しあげますので、ご猶予をいただきたい」と申し上げた。そして、すぐさま宿禰は出身地である出雲国に使者を派遣して、出

（3）**日葉酢媛命**＝丹波道主王の娘で、母は丹波の河上の摩須郎女という。反乱を起こした兄・狭穂彦とともに、后である狭穂姫が死んだのちに、丹波国から召し入れられた。

（4）**野見宿禰**＝墳墓に立てる埴輪や土器を制作し、葬送に携わる職能集団・土師氏の祖と伝えられる人物。出雲国（島根県東部）の出身と伝えられ、当麻蹶速という力持ちと天皇の前で捔力をして蹶速を蹴り殺してしまったという逸話が、日本書紀の垂仁七年七月七日条に載せられている。

雲国の土部[5]百人を上京させ、みずから土部らを指図して、赤土を掘り、人や馬、およびさまざまな物のかたちに造りあげ、天皇に献り、「今よりのちは、この土で作った埴の物を、生きている人の代わりに陵墓に立て並べて、後の世の仕来りといたしましょう」と申し上げた。

天皇は、その建言を聞いてたいそうお喜びになり、野見宿禰に向かい、「お前が考えた方法は、まことに朕が心にかなっている」と仰せになった。そこで、その土で作った物を、はじめて日葉酢媛命のお墓に立てた。そして、この土の物を名付けて埴輪[6]ということにした。また、立て物とも呼んでいる。そこで天皇は命令を発布なさり、「今より以後は、陵墓にはかならず、この土の物を樹てよ。人を傷つけ従わせてはならない」と仰せになったのである。

天皇は、厚く野見宿禰の功績をお誉めになり、あわせて埴輪を作るための土地をお与えになり、すぐ

(5) 土部＝土師に同じ。注(4)参照。

(6) **埴輪**＝古墳の墳丘または周囲に並べられる素焼きの土製品。壺形埴輪・円筒埴輪・形象埴輪などがあり、形象埴輪は、家・器材・動物・人物などさまざまな種類の埴輪に分類されている。考古学的にいえば、人の形を模したものが埴輪の起源とは認められないようである。

さま土部の職に任命なさった。そのために、元の姓を改めて、土部臣と呼ぶようになった。これが、土部連らが代々、天皇の葬送の儀礼をつかさどることになった謂れである。いわゆる野見宿禰は、この土部連らの始祖である。

復元された五色塚古墳（神戸市垂水区） 墳頂の周囲には埴輪が立ち並んでいる。

殉死の風習

前半に紹介したのは、日本書紀の垂仁二十八年条の記事です。まず十月に、天皇の同母弟である倭彦という人物が死んだという記事があり、そのひと月後に、身狭の桃花鳥坂というところのお墓に葬ったという記事が続きます。

その十一月二日の記事に語られているのは、いわゆる「殉死」と呼ばれる風習です。権力を持つ者や高貴な者たちが死ぬと、死者に殉じて死ぬ。そういう風習がここには描かれています。この記事をもとに、手塚治虫が『火の鳥　第三

部 ヤマト編』の中で、墓に埋め立てられた人びとを印象的に描いていたのを想い出します。大王や権力者が死ぬと、寵愛されていた家来や女たち、あるいは馬などの動物が王とともに葬られる、そういうことが行われていたと、この記事は伝えています。たとえば近代のことになりますが、明治天皇が死んだときに、乃木希典があとを追って死んだ、あれなどもひとつの殉死ということができるでしょう。身分的な上下関係を無視していえば、殉死は現代においても起こります。たとえば、好きな歌手が自殺したのを悲しんで、ファンがあとを追って死ぬというのなども、広い意味では殉死ということになります。

古代において、王に捧げられる殉死が実際にあったのかどうかは、しばしば議論になります。多くの場合、「そんな残酷なことはしないはずだ」とか、「日本人に限ってそんなことをするはずがない」というような発言になります。しかし、そういう考え方は、前提が間違っているということを認識したうえで、ここに引いた記事を読むことが大事です。

世界中で、人間は誰もそんな残酷なことはしないというのが事実であれば、日本にも殉死はなかったといえるでしょう。しかし、世界中で、殉死や生贄はあるけれど、日本に限っては存在しないというような論理は成り立たないということだけは確認しておく必要があります。良きにつけ悪しきにつけ、日本や日本人だけを特別なものとみなすことはできないからです。中南米のインカで、殉死や生贄が行われていたのが事実なら、同じモンゴロイドが住む古代の日本列島でも、生贄や殉死はあったとみるのが自然です。

本論に入る前に確認しておきたいのですが、私は、この話に登場する活目入彦（垂仁天皇）が実在していたとか、この記事は、事実としてあった出来事であるとか、そのように断言したいのではありません。あくまでも、お話です。しかし、その背後には、なんらかの事実性といったものが見いだせるはずだと考えています。おそらく、王のために捧げられた人間は、間違いなくいたということが、こうした資料から考えられるのではないか。初めから、こんな残酷なことは事実ではない、証拠がどこにあるのだというような決めつけは避けたいと思っています。

では、その事実性はどのようにして証明できるのか。それはとてもむずかしい問題です。たとえば、三世紀から四世紀あたりの前方後円墳、あるいは五世紀に作られた巨大古墳でも、権力者が葬られた古墳の周りには、陪塚（ばいちょう）と呼ばれる小さなお墓があります。それらは、王や権力者に仕えていた者たちの墓だろうと考えられていますが、葬られているのが殉死した（殉死させられた）者たちであるかどうか、その証明はできません。かりに人骨が出てきたとしても、それが王に従って死んだ人であるということを確かめる方法はないのです。

馬の殉殺

動物についていえば、最近の考古学研究の中で、殉殺され殉葬された馬がいるということは、ほぼ明らかになっています。環境考古学や動物考古学が専門の松井章さんの『環境考古学への招待』（岩波新書、二〇〇五年）という、たいそう興味ぶかい本があります。その本によると、馬の骨は太いために、日本のアルカリ性土壌でも溶けずに残ることが多いそうで、古墳のまわりで馬の骨が出土することがしばしばあるようです。その馬の骨や鞍などの遺物を検証していくと、王のために殺され埋められたと考えられる骨があり、松井さんはそれを殉殺と呼んでいます。馬は自分から死ぬことはありませんからね。

どうして殉殺されたとわかるかというと、骨の埋まり方にポイントがあります。まず穴を掘って、そのそばに生きた馬を立てて首を一気に切り落とし、そのまま穴の中に落とし込む。そういうかたちで葬られたとしか考えられない埋まり方をしている馬の骨が見つかっているというのです。胴体の骨はそのまままきれいに馬の形をして残っているのに、首から上の頭の骨が、尻のほうに転がっている。それは、生きたままの馬を立たせておいて首を切り落としたために、頭骨が後ろのほうへ飛んだにちがいない。そして、このような葬り方をするのは、王の死、支配者の死とともに、その愛馬が捧げられたためではないかというのが、松井章さんの解釈です。

　人間の場合は、墓の周りに生きたまま埋められるというようなことがあったとしても、それを証明する手だては、今のところありません。もし行われていたとしても、人の骨は溶けてなくなっているでしょう。また、土から外に出ている上半身は、二十八年の記事にもあるように、肉は犬やカラスにつつかれ、骨もどこかへ運ばれてしまうでしょうから、痕跡はまったく残りません。しかし、証拠がないから人間の殉死は行われていなかったと言えるかどうか。単純に、日本人はそんな残酷なことはしないというだけでは、殉死を否定することはできないのです。

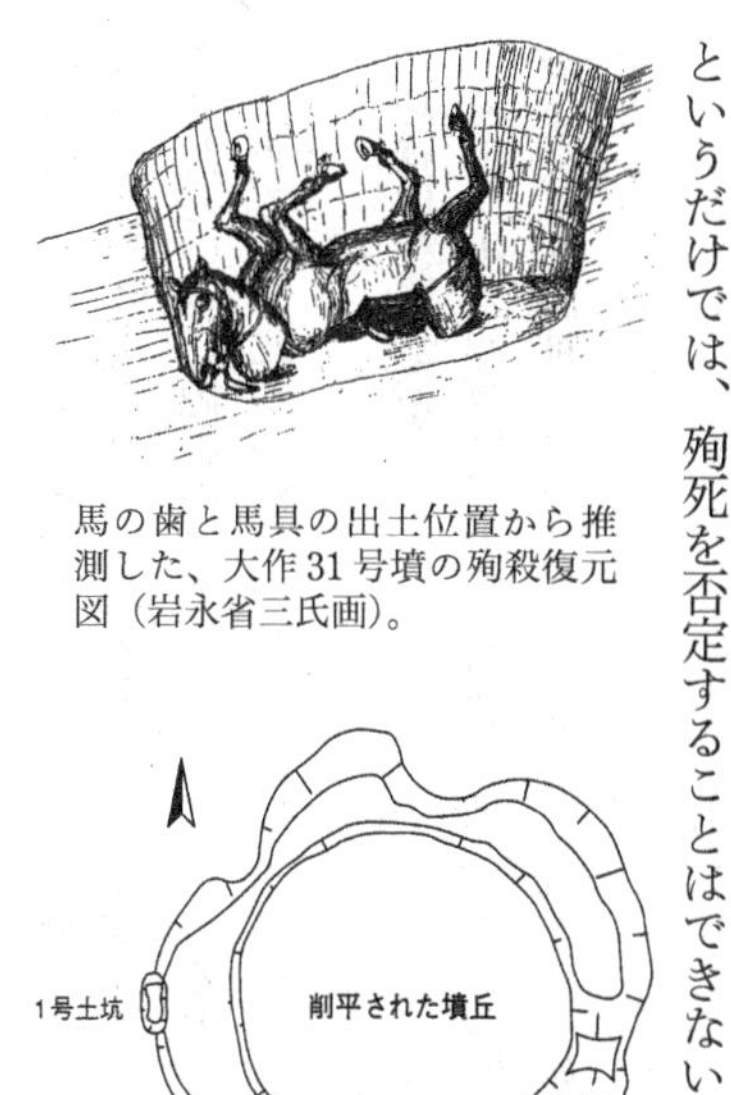

馬の歯と馬具の出土位置から推測した、大作31号墳の殉殺復元図（岩永省三氏画）。

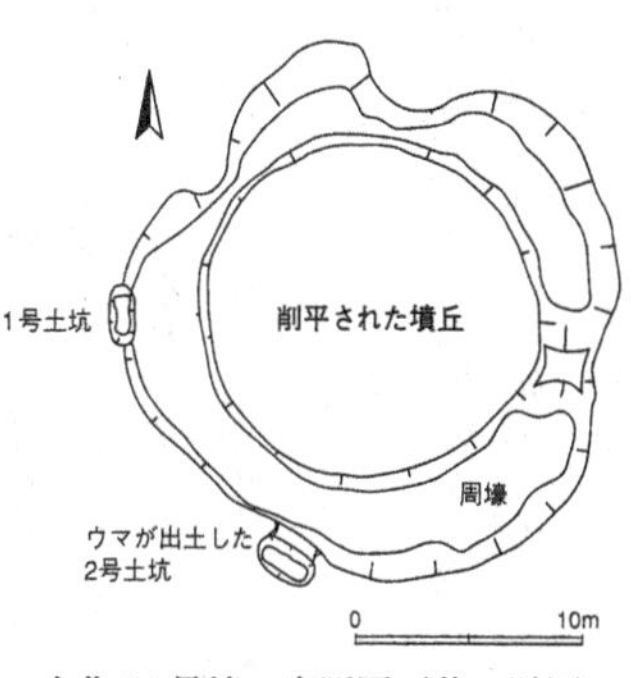

大作31号墳の実測図（共に財団法人千葉県文化財センター提供）。

もちろん、ここで紹介した話は、王の死に人を従わせるという事実があったということを証明するものでもありません。この話は、昔はそうだったが、ある時からやめさせたという起源譚のパターンになっているのです。それが、四年後の、殉死の風習をやめることになったという、垂仁三十二年七月条の記事と繋がっています。

埴輪の起源と歴史

三十二年の記事は、古墳の周りに立てられる埴輪が、なぜ作られるようになったのかという起源神話になっています。それを作り始めたのが、野見宿禰という人物だったというわけです。

野見宿禰は、相撲の起源にもかかわっている人物で、古代ではけっこうな有名人です。野見宿禰と当麻蹶速が、天皇の前で相撲をしたと日本書紀にあって、野見宿禰が蹶速を蹴り殺してしまった、それが相撲の起源であると伝えられています（垂仁七年七月条）。

土部というのは赤土を使ってさまざまな土器を作る一族、ことに葬送のための土器を作るというのが、土師（土部）氏のもともとの職能でした。ここではその埴輪作りの起源が、始祖である野見宿禰の功績として語られています。ですから、この話は、土師という一族が自分たちの功績、自分たちはいかに大切な仕事をしているかという功績を強調するために語り継いでいる神話だと考えることができます。土師氏はこの話を自分たちの由緒、謂れを語る伝えとして、代々に語り継いでおり、それがこのようなかたちで日本書紀に載せられているのです。

弟の倭彦が死に、殉死する人びとをたくさん埋めたてて、苦しみながら死んでいくのを見た天皇は心を痛めたという話が二十八年にあり、その四年後に、后の日葉酢媛が没して、殉死をどうするかということが問題になります。そこで野見宿禰が、人や馬の形を赤土で作り、生きた人間や動物の代わりに立てることによって、従来行われてきた殉死という残酷な風習をやめようと建言をして、天皇に受け入れられました。

二十八年と三十二年と、二つの出来事を並べて読んでみると、本当にそういう理由で埴輪は作られるようになったのではないかと思ってしまいます。しかし、実際に埴輪の歴史を考えると、ここにあるような理由で作られ始めたわけではないようです。考古学の埴輪研究史によれば、埴輪はもともと円筒型埴輪と呼ばれる、円い筒型の土管のような埴輪が作られており、そこから次第に動物やら人間やらの埴輪に発展していったと考えられています。人間の姿をしたさまざまな埴輪が発掘されていますが、それらは、埴輪の歴史の中では比較的新しいものだというのが、埴輪研究の一般的な見解です。従って、殉死をやめさせるために埴輪を作るようになったとは言えません。しかし、だから殉死はなかったという結論が出せるわけでもありません。

埴輪の歴史としては、もともと円筒埴輪が作られ、それは捧げ物を載せる台として使われたとか、古墳を固めるために使われたという説明がなされるわけですが、埴輪自体の起源としてはそうであったとしても、その埴輪がある段階から人や馬の形象をとっていく、そこに殉死という行為が繋がっているかもしれないわけです。死後の、死者の世界を豊かにしたり守ったりするために、人や動物の埴輪が置かれるということであれば、それはある意味で殉死という習俗とどこかで響きあっているという可能性も否定できなくなります。

日本書紀の記述では、垂仁二十八年の殉死の記事と、三十二年の埴輪を立てる記事の二つは、繋がっているわけではありません。編年体の歴史書ですから、そのあいだには別の記事が入っています。しかし、この二つの記事が関連づけられているのは間違いありません。その点から言えば、人びとのあいだでは、殉死と埴輪とが繋がりをもって認識されていたと考えてよいでしょう。また、殉死という行為がつい最近の出来事として、現実に行われていた、あるいは今も行われているといった認識が、こうした記事を伝える人びとの間にはあったのかもしれません。

殉死はあったか、なかったか

古代において殉死があったか、なかったかという点に関しては、今もさまざまに議論されています。殉死に関していちばん古い例でいいますと、有名な『魏志倭人伝』(三国志・魏志・東夷伝・倭人条)の中に卑弥呼が死んだという記事があります。その際に、大きな塚を作り、そこに徇葬(殉葬)するものが「奴婢百余人」であったと出てきます。卑弥呼のために奴婢(男奴隷と女奴隷)が百人以上殉葬されたというのです。ただし、注釈書類では、考古学的に確かめられないからこの記事には疑問があるとされています。たしかに、そのような大量の殉死、百人もの人間を一人の王の死に従わせるということが実際にあったかどうかはわかりませんし、それを証明することもできません。しかし、事実ではないとも言い切れないのです。

六四五年に生じた大化の改新の折に出された詔の中に、「薄葬令」と呼ばれる命令があります。お葬式を簡略にしなさいというお触れですが、その薄葬令には、要約して紹介すると、「およそ人が死ぬときに、自分で首をくくって死者に従ったり、だれかを絞め殺して死者のために従わせたり、無理に死者の馬を殉死させたり、死者のためにたくさんの宝物を墓に埋めたり、死者のために髪を切ったり、股を刺して偲びごと(誄)を述べるなどの旧俗(古い習慣)はすべて断めなさい」(日本書紀、大化二〈六四六〉年三月条)と記されています。

ところがこうした薄葬令の記事も、中国の法令を下敷きにしたもので、実際にそういう出来事があったわけではないと説明する歴史学者がけっこういるわけです。しかし、そのような否定のし方はエスノセントリズムな発想に思えてなりません。自分たちはそんな悪いことをするわけがないという自国愛といえばよいでしょうか。そんな考え方をするのは、戦前までかと思っていましたが、最近の言論界でも、この種の発想が大手を振って闊歩しているのには驚いてしまいます。愛国心が必要かどうかの議論はひとまずおいて言うのですが、そんなふうに考えるのは、けっして愛国心があるということではないはずです。

殉死について言えば、自分たちはやさしいからそんなことはしないというような、個体の心に基準を置いて考えるのではなく、制度の問題、国家の問題、あるいは権力の問題として考えなければなりません。支配者にとって、使っている人間や動物はどういう存在かというふうに考えたとき、そう簡単に、事例が存在しないから殉死はなかった、そんな残酷なことは行われていなかったとは、だれも言えないだろうと思うのです。

ほかに事例を出しますと、播磨国風土記の餝磨郡貽和里（兵庫県姫路市飾磨区のあたり）には、「馬墓の池」というところがあります。伝承によれば、オホハツセワカタケル（雄略天皇）の時代に、尾張の連の先祖である長日子という男がいて、その人物は、たいそうよく仕える「婢と馬」をもっていた。「婢」というのは女奴隷ですが、長日子が臨終を迎えて自分の子どもに遺言して、「私が死んだあと、私に仕えていた者たちは皆、葬ることは私と同じにしなさい」と言います。原文には「皆葬准吾」とあります。それで息子は、長日子の遺言に従って墓を作り、第一に長日子の墓、第二によく仕えた女奴隷の墓、第三に馬の墓を作った。それで併せて三つの墓があるのだと播磨国風土記に記されています。

これはあくまでも伝承ですから、実際に主人が死ぬときに仕えていた婢と愛馬が殉殺されたかどうかはわかりませんが、地方豪族層のひとつのあり方は窺えるのではないかと思います。そして、このように殉死をみてくると、時代が下っても同じようなことは行われていたに違いないと思わされます。それは無理やり殉死させるというよりは、殉死したいと思わせてしまう、臣下の側に、主君のために自らの命を絶つ、主君に殉じるのは美しいことだと思わせてしまう、そのような社会が作られていたのではないかと思うからです。そうした発想は、時代や民族を問わず、封建的な社会の中ではしばしば起こりえたのではないか。乃木希典のように自分の意志でという場合もあるでしょうし、道連れのようなかたちで無理やり殺されてしまう場合もあった、そういうふうにして殉死あるいは殉殺はずっと続いていたのではないか。今も共感されている忠臣蔵の四十七士も、一種の殉死ですよね。

殉死という行為が、美しき死とされた時代は確かにありました。自分が忠誠を尽くした人のために喜んで死んでゆくこと、それがひとつの美しい最期だという観念がどんどん肥大して、それが美しい物語を紡いでゆく。一九四五年に終わった戦争でも、そのようなかたちで死んでいった若者はたくさんいたわけです。彼らは、国家のために、天皇のために、そうでなければ両親や妻子のために死んでいきました。これもまた、ひとつの美しい物語に仕立てられた殉死だったということができるでしょう。

現代において、会社のために働き、過労のために死んでしまう、それもある意味では殉死なのかもしれません。それがすばらしい生き方、サラリーマンの理想の生き方だと考えられていた時代が、つい最近まであったわけですから、昔むかしに、王のために命を投げ出してしまうという出来事が現実に起こっていたとしても、ちっとも不思議ではない、むしろ当たり前ではないかと私には思えるのです。

中国の皇帝陵に埋められていた兵馬俑(へいばよう)、あれは始皇帝(しこうてい)のための死後世界だといいます。皇帝の死後のために地下に大宮殿を造って、そこに等身大の人形を何千体も並べ立てる。そういう死後世界を作ることと、人物や器物の埴輪が立てられている理由が同じといえるかどうかはわかりません。ただ、まったく影響がないかというとそんなことはないでしょう。時代的には兵馬俑のほうがずっと古いわけですから、なんらかの影響はあるだろうと思われます。

第1章で紹介したタヂマモリの話、あれを殉死といってよいかどうかは検討の余地がありますが、日本書紀の伝えのように「自死」とすれば、かたちとしてはタヂマモリも殉死だということになります。また、大津皇子が死んだ時、日本書紀には、妃であった山辺皇女が髪を乱し、素足で走って夫のもとに駆けつけ、処刑された大津に殉じた、人びとはそのさまを見て、皆泣いたという記事があります。大津皇子事件は第4章で取り上げますが、この山辺皇女の記事について、中国の歴史書に同様の文章があるために、それを借りているだけではないかと歴史家たちは言っています。たしかにこの記事の描きかたは借り物だとしても、皇女の殉死そのものを否定できるわけではありません。

夫の死に際して、妻が殉じるという記事は、ほかにも出てきます。『令集解』に、この書物は律令（法律）の注釈書ですが、「信濃国の俗に、夫死すれば、すなはち婦を以ちて殉となす。もしこの類あらば、正すに礼教を以ちてす〔信濃国俗。夫死者即以婦為殉。若有此類者。正之以礼教〕」という記事があります。信濃国の習俗として、夫が死んだ場合に妻が殉死する（させられる）という習いがあるが、よくよく教え導いてすみやかにやめさせなさい、というわけです。

この記事が事実か、それとも噂に過ぎないのかを確かめる手立てはありません。ただ、家父長制が強固な社会であれば、王や主君に殉ずる臣下や奴婢と同じようなかたちで、男のために従う女の殉死・殉殺がありえたということは容易に想像できます。妻もまた、男の所有物なのですから。しつこいようですが、日本人はそんな残酷なことはしないというような発想だけはやめて、事実はどこにあったのかを冷静に判断しようとする思考力を養う必要があるのではないか、私はそう思っています。

最後に付け加えておくと、歴史学者の平林章仁（ひらばやしあきひと）氏が、殉死は存在したという立場から、「殉死・殉葬・人身御供」（『三輪山の古代史』白水社、二〇〇〇年六月）という、すぐれた論考を発表しています。ぜひ読んでみてください。

［文庫版注］本節の内容は、雑誌に発表した「殉死と埴輪」という拙稿を踏まえて書きました。この論文は、考古学者の大塚初重（おおつかはつしげ）氏が編集した『史話日本の古代四　巨大古墳を造る』（作品社、二〇〇三年）に再掲載されたので、考古学関係者の目にもふれたと思いますが、特段の反応はありませんでした。殉死に関しては「人間鉄骨論」という続稿があり、どちらも『古代研究　列島の神話・文化・言語』（青土社、二〇一二年）に収めました（「人間鉄骨論」は「人、鉄柱となる」と改題）。また、本節で取り上げた野見宿禰という人物については、『出雲神話論』（講談社、二〇一九年）の「むすびに」で取り上げています。お読みいただければ幸いです。

二　天皇の秘かな楽しみ――殺人の快楽

社会を震撼させる事件が、これでもかこれでもかと起こる現代は、猟奇的な殺人事件にも事欠きません。そして、そこに現代の病巣を見出そうとして、社会学者や心理学者はあれこれと、もっともらしい分析をしてみせます。そのたびに私たちは、こんなにもおそろしい現代社会を作ってしまったことを、みずからの所業として恐れ怯えるのです。

しかし、こうした猟奇事件は、なにも現代にだけ起こる特異な現象ではありません。古代の文献をみても、ちょっと目を逸らしたくなるような出来事が語られていたりするからです。しかも、ここで紹介する事件の下手人は天皇です。天皇も人間ですから、たまには狂ってしまったとしても驚くことではありません。

木に登らせて矢を射る

ヲハツセワカサザキ、漢風諡号では武烈と呼ばれる天皇は、六世紀初頭の大君です。日本書紀では、天皇に即位する前には、恋敵との歌謡による応酬や、その恋敵である鮪という男がヲハツセワカサザキの軍隊に殺されたのを嘆く影媛の歌謡を載せるなど、物語的な性格が濃厚です。ところが、即位後の記事は、以下に紹介するのがすべてで、それ以外には何も記されていません。そして、伝えられている記事のほとんどが、狂っているとしか言いようのない、変態的な出来事です。

編年体の性格上、外交関係の記事に挟まれるようにして猟奇的な記事が並んでいるために、よけいに本当らしくみえてしまいます。しかも、何年何月にこういうことがあったと、まさに歴史記事として淡々と記述されており、読んでいるとそれもまた恐怖感を増幅させます。まずは読んでみましょう。

『日本書紀』小泊瀬稚鷦鷯（武烈）天皇

元年春三月二日　春日娘女を立てて皇后となされた。

［娘女の父はわかっていない］この年、太歳(1)は己卯であった。

二年秋九月　孕んでいる婦人の腹を割いて、その胎児のさまをご覧になった。

三年冬十月　人の生爪を剝がして、芋を掘らせなさった。

（1）太歳＝木星のことで、毎年一定の方角に宿るとされ、それがいわゆる「干支」に当たる。日本書紀では、歴代天皇の元年紀の末尾に、その年の干支を記す。「己卯」を信じると、即位年は西暦四九九年にあたる。

十一月　大伴室屋大連に命じて、「信濃国の男たちを召し出して、城のかたちを水派の邑に作れ」と仰せになった。そこで、その地を城上という。

この月　百済の意多郎[2]が死んだ。高田の丘のあたりに葬った。

四年夏四月　人の頭髪を抜いて梢に登らせておいて、その樹の根元を斬り倒して、登っている人を落として殺すのを快楽とされた。

この歳　百済の末多王[3]、その行いが無道で、臣下や人民に暴虐のかぎりを尽くした。人びとは末多王を見かぎり、島王[4]を立てた。これが武寧王である。（百済の書物『百済新撰』を引用した割注記事は省略した）

五年夏六月　人を、池の堤の排水口に伏せて潜らせた。その排水口の樋を通って外に流れ出てくるのを待ち構えて、三つ刃の矛[5]で刺し殺すのを快楽とされた。

（2）**百済の意多郎**＝百済国の使者として来朝し、そのまま人質のようなかたちで留め置かれていた人物か。

（3）**百済の末多王**＝『三国史記』によれば、文周王の弟の昆支の子で、第二十四代百済王・東城王のこと。在位期間は西暦四七九～五〇一年。

（4）**島王**＝伝えにより、東城王（末多王）の子とも、腹違いの兄ともいう。東城王を継いで第二十五代の百済王となり、武寧王と呼ばれる。在位期間は、五〇一年～五二三年である。百済国と倭国とは緊密な同盟関係にあった。

（5）**三つ刃の矛**＝先端が三叉になった長い柄のついた矛（「槍」状の武器）である。

六年秋九月一日　詔して、「国を伝える政は、後継ぎの子を立てるのが重要である。ところが、私には後継ぎがいない。何をもってわが名を伝えようか。しばらくは、以前の天皇の旧例(6)にならい、小泊瀬舎人を設置して、わが代の名とし、万年にも忘れられないようにせよ」と仰せになった。

冬十月　百済国が麻那君を派遣して、貢ぎ物を奉ってきた。天皇は、長い年月に渡り、百済からの貢ぎ物が途絶えていたとお思いになり、使者を国にお帰しにならなかった(7)。

七年春二月　人を樹に登らせておいて、弓で射落としてお笑いになった。

夏四月　百済王は、斯我君(8)を派遣して貢ぎ物を奉ってきた。別に書状を携えており、「先に貢ぎ物を奉った折の使者、麻那は、百済国王の一族の者ではありませんでした。そこで、ここに謹んで斯我を遣わして、貴国の朝廷にお仕えいたさせます」

(6) 旧例＝大君は、后や御子たちの経済的バックボーンの役割を果たす土地を確保し、后や御子の名を付けて呼んだ。それを名代・子代という。

(7) 使者を国にお帰しにならなかった＝注(2)の意多郎とおなじく、人質として留め置かれたのであろう。

(8) 斯我君＝ほかに出てこないが、下文に従えば百済の王族である。百済王の子が大和に滞在するという例は、ほかにも何人か見られる。

と記されていた。朝廷に留まった斯我には子が生まれ、法師君と名付けた。これが、倭君の祖(9)である。

八年春三月　女を裸にして、平らな板の上に座らせておき、雌雄の馬を引き出し、女の前で交わらせた。そして女の陰部を調べて、濡れている者は殺し、濡れていない者は身分を貶めて官婢(10)とし、これを、無上の楽しみとなされた。

この頃のこと、池を築造し庭園を作って鳥や獣を放し飼いにした。そうして狩りを好み、犬を走らせ、馬と競わせなさった。その園池に出入りする時を選ばず、大風や大雨でも止めようとされなかった。ご自分の衣は暖かにして、人びとが凍えることはお忘れになり、おいしい食事をむさぼり、天下が飢えるのはお忘れになった。

たくさんの道化の芸人や俳優たち(11)を集めて、華やかな音楽を奏でさせ、奇矯な戯れごとを行い、淫

(9) **倭君の祖**＝のちの「和朝臣」のことで、『新撰姓氏録』によれば、この一族は、百済の武寧王の末裔だと伝えている。第五十代桓武天皇（七八一年即位）の母・高野新笠はこの一族の出身である。

(10) **官婢**＝朝廷の所有する奴隷。奴は男の奴隷、婢は女の奴隷をいう。

(11) **道化の芸人や俳優たち**＝原文に「侏儒・倡優」とあり、宮廷に仕える芸人たちをいう。天武紀などにも記事がみえる。

らな声をあげ、昼となく夜となく、宮人たちと酒に溺れ、上等な錦の織物を蓆にされていた。また、綾や白い絹など贅沢なものを身につけている者たちも多かった。

冬十二月八日　天皇は、列城宮(12)に崩御なされた。

(12) 列城宮＝奈良県桜井市初瀬の地にあったと伝える宮殿。

歴史と記録

網羅的に掲げましたが、百済との外交関係の記事に関しては、まさにこの時代の東アジア情勢を背景にしているとしか思えません。島王と呼ばれる武寧王の記事などは中国の歴史書の中にもちゃんと出てきます。多少のタイムラグはありますが、それも一年か二年あるかないかといった程度です。武烈四年は、西暦に換算すると五〇二年に相当するのですが、ここにある島王を立てたというのは、実際には五〇一年のことで、日本書紀の記述とは一年のずれがあることがわかります。歴史的にいうとヲハツセワカサザキの時代は、六世紀の始まりの時期、ちょうど西暦五〇〇年に入ったばかりですが、この時代になると歴史的な背景は、かなり確かではないかと考えられます。

ところが、武烈天皇の記事は、リアリティのある外交関係の記事を除くと、あとは目を背けたくなるような出来事ばかりが並んでいます。見ての通り、変態的な記事が次々と出てくるわけです。戦前に出版された日本書紀のテキスト類では、武烈の記事には検閲が入っており、猟奇的な記事は削除されていました。たしかに、戦前にこうした記事を国民に読ませるわけにはいかなかったでしょうね。

前節の殉死も同じですが、こうした話に関しては、どうしてもエスノセントリズム的な発言が出てきてしまいます。たとえば、もっとも最新の成果を示す、小学館の新編日本古典文学全集『日本書紀』の注釈では、「謚号の『武烈』のごとく、暴君として著名。ただし、仁徳天皇の皇統がこの武烈天皇で断絶することから、聖帝の末裔は暴君という中国思想に基づき、その暴君ぶりを漢籍によって潤色したとする見方が一般的である」と記述しています（第二巻、二六八頁頭注、一九九六年）。そして、ほとんどの研究者が、武烈天皇の記事については、同様の認識に立って、漢籍の記述を真似たものだと考えています。

王権の血筋

まずは、五世紀の王権について、おさらいをしておきます。二一九頁の系図を見ながら確認してください。

ホムダワケ（応神（おうじん））・オホサザキ（仁徳（にんとく））から始まる王朝が、四世紀末から五世紀の初めに、難波（なにわ）を中心に成立しました。それ以前の王権が奈良盆地の東南のほう、三輪（みわ）

山麓のあたりを中心にしていたのに対して、大阪湾沿岸に勢力をもつ王権が権力を掌握したのです。それが応神・仁徳王朝とか河内（難波）王朝とか呼ばれる王権で、五世紀の日本列島の中心部を掌握し、オホサザキの息子や孫たちの時代へと続きます。

　五世紀後半になると、オホサザキの息子の一人、ヲアサツマワクゴノスクネ（允恭）の子オホハツセワカタケル（雄略）が登場します。彼はすでにヤマトの朝倉の地（奈良県桜井市）に宮殿を営んでいますし、勢力圏はずいぶん広がって、東のほうは関東平野にまで及んでいたようです。有名な、埼玉県行田市の稲荷山古墳から出土した鉄剣にはワカタケルという名前が出てきますね。そこには「辛亥年」という干支年が彫られています。辛亥年は西暦四七一年にあたり、オホハツセワカタケルが五世紀後半に実在した大君であることは間違いなさそうです。ホムダワケ・オホサザキからワカタケルの時代まで、四世紀末から五世紀の終わり頃までが河内王朝の全盛期で、大阪湾沿岸には巨大な前方後円墳が造られました。

　その河内王朝の末尾に位置するのが、ワカタケルのあとを継いだ息子のシラカノオホヤマトネコ（清寧）でした。ところがこの天皇には子どもが生まれず、皇位はオホサザキの長子オホエノイザホワケ（履中）の孫にあたるオケ・ヲケの兄弟に移ります。二人の父イチノヘノオシハは、ワカタケルに殺された人物です。そして即位したヲケ（顕宗）にも子がなく、次に即位した兄オケ（仁賢）の子が、ここで取り上げたヲハツ

【系図5】河内王朝の系図『古事記』中・下巻

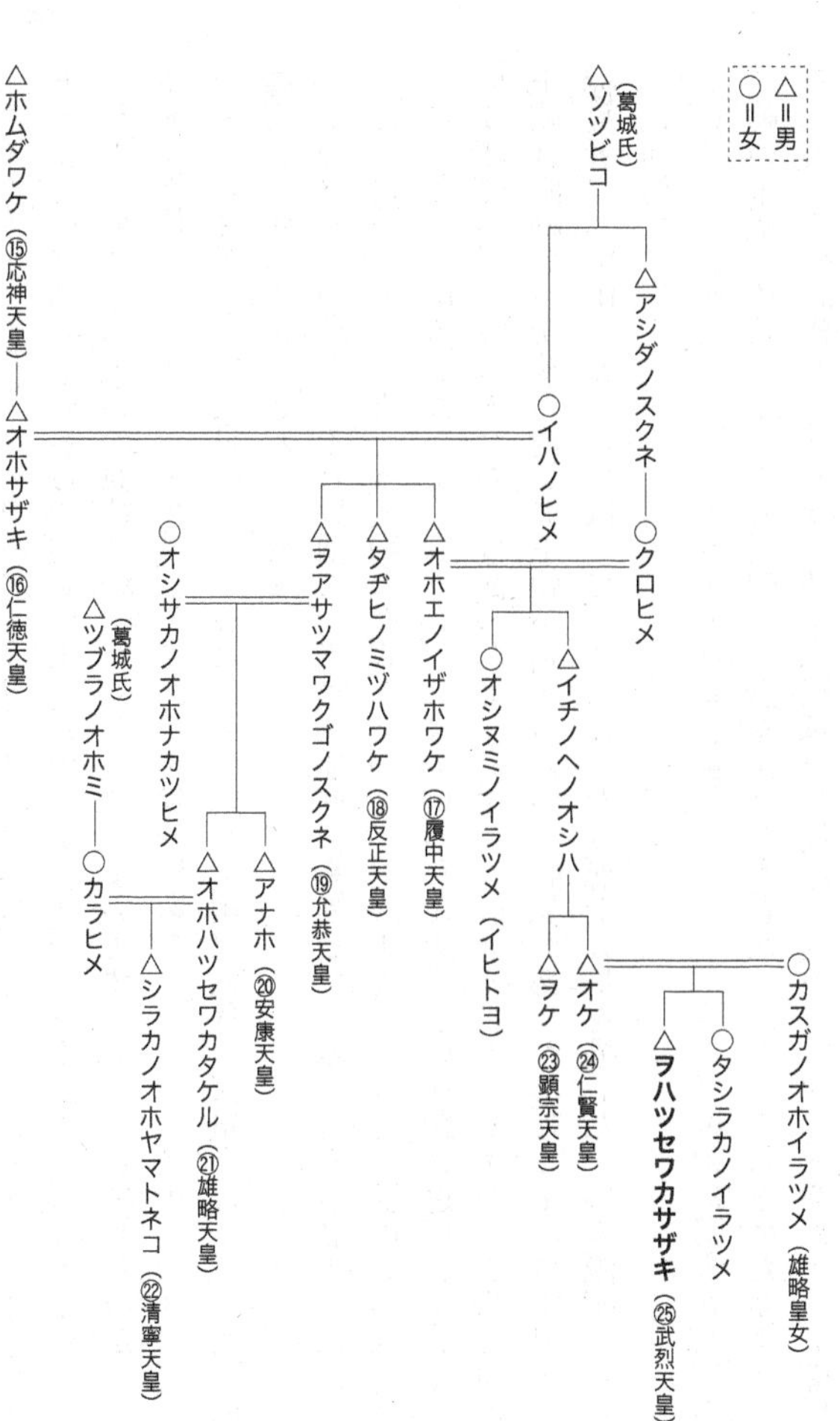

セワカサザキ（武烈）ということになります。ところが、この奇行の主ヲハツセワカサザキには父の名もわからない后は出てきますが（元年三月条）、子どもは生まれなかったようで、河内王朝の血統は続かなくなってしまいます。そこに登場したのが、ヲホド（継体）で、オケの皇女で、ワカサザキの姉にあたるタシラカノイラツメのもとに入り婿するかたちで結婚し、ワカサザキを継いで第二六代の天皇となりました。西暦五〇七年のこととされています。

このヲホドの前で、それ以前の大王家の血筋は断絶していると考える歴史家はたくさんいます。ヲホドという人物の介入によって、それまでの王権とは別の血が入り込んでいるのは間違いないでしょうし、ここでいったん天皇家の血統は途切れているという認識が、古代の人たちにもあったようです。ヲハツセワカサザキのところで河内王朝は断絶し、次から新しい王朝が始まるという認識があったからこそ、日本書紀の編纂者は、中国の歴史書に倣って、このような凶悪な天皇を描いたという説明もたしかに可能です。

いずれにしても、ヲハツセワカサザキ（武烈）というのは、五世紀に繁栄した河内王朝の末尾に位置して、その王朝の終焉を告げる大君だったということになります。そして、その時代というのは、神話・伝承の時代から歴史の時代へと突入する、境目の時でした。なお、古事記には、この天皇の名前と系譜はでてきますが、日本書紀に載せられた記事はまったく伝えられていません。このことからも、時代はすでに伝承の時代から歴史の時代へと移行したと言えるでしょう。

悪逆天皇の出現

天皇の漢字二字の呼称である漢風諡号は、奈良時代の終わり頃にできたもので、武烈とか雄略、仁徳という、私たちがふつうに使う呼び名は古代には存在していません。ですから当時の普通の呼び方は、武烈天皇でいうとヲハツセワカサザキ、日本書紀の表記では小泊瀬稚鷦鷯、これが悪逆王の呼び名です。そして、この名前ですが、天皇の名前に興味をもっている人にはわかると思いますが、雄略という五世紀末の代表的な王の名はオホハツセ（大泊瀬）ワカタケルと呼ばれ、泊瀬はヤマトの地名です。その大きな泊瀬に対してこの人物はヲハツセ、小さな泊瀬と呼ばれているわけです。さらに下のほうのワカサザキは、仁徳天皇の本名オホサザキ（大鷦鷯、古事記では大雀）と対をなしています。サザキというのはすずめの仲間の小鳥ミソサザイのことです。

ヲハツセワカサザキ（小泊瀬稚鷦鷯）というのは、河内王朝の有名な大君二人の名前、雄略のオホハツセと仁徳のオホサザキとを組み合わせ、それをどちらも小さくしたものです。オホ（大）に対してヲ（小）やワカ（稚）は、弟や子どもに使います。そして、武烈がこのような名前で呼ばれるということ自体、五世紀初頭のオホサザキから始まり、五世紀末のオホハツセワカタケルで終焉を迎える河内王朝の没落を象徴する名前だというふうにみなすことができます。

そのためもあって、この人物の実在を疑う立場もあります。しかし、六世紀初頭という時代は、日本書紀が成立した養老四（七二〇）年からみて、ほんの二百年ほど前なのです。現在の私たちにとって二百年前といったら一八〇〇年の初頭、江戸時代の後期、もうすぐ幕末といってもいいような頃にあたります。近藤勇が生まれたのは一八三四年ですから、私たちにとっての近藤勇とか坂本龍馬とかにあたるのが、日本書紀の編纂者にとってのヲハツセワカタケルだとみれば、その距離の近さに驚くでしょう。じつは、その程度の過去でしかないのです。

つまり、歴史という視点で考えれば、ついさっきといってもかまわないような時代の出来事が、ここには記述されているのです。そういう立場で眺めると、ここに描かれている猟奇的な事件群も、これらは中国の歴史書の記述を借りて記述したもので、書かれていることは、みな嘘ですよと言ってしまっていいものかどうか、私には疑問が残ります。もちろん、だからといってここに書かれていることが本当にあったのかというと、それもわかりません。私の研究対象は伝承研究ですから、ここも伝承論的にいえば、言葉で伝えられたものはたとえ歴史であったとしても、それは「お話」でしかないという立場に立ちます。事実か否かを決めるのは私の研究ではありません。

ウソだと言いたい心理

しかし、ここに記述されている出来事（お話）の背後には、事実などまったく存在しないと決めつけてしまうのもおかしなことです。これはお話です、中国の記事を借りて書いたフィクションですから、日本ではこんなことは起こっていませんと言い切ることが妥当かというと、歴史研究でも伝承研究でも、それほど簡単に結論は出せないのではないかと思います。

ここに書かれている出来事が事実か否かは別にして、「このようなことをした王がいた」というふうに伝えられた王がいた、というのは間違いない事実です。少なくとも、このような性倒錯傾向のある凶暴な王が存在したという「お話」が伝えられていることは否定できません。そこから議論は出発しなければならないわけです。

人は、自分たちの国にはこんな残酷なことをする人間などいない、それがまして天皇であれば、そんなことをするはずはないと思い込もうとする、そういう人びとが一部にいます。だから、これは事実ではなく、中国の歴史書の手法を借りて、ありもしない悪逆天皇を作り上げたのだと説明しようとするのです。しかし、その説明はおそらく間違っています。この記事は、文献を手許（てもと）に置いて、それを見ながら右から左へと写したというものではないでしょう。人びとにとって、王というのはいつも凶暴な鷹の爪を隠しているのだといった認識があって、だからこそ、このような恐ろしい出来事が噂として走り回るのではないかと思います。

一方、唯一の権力者である王の側から言えば、こうしたことぐらい、しようと思えばできないことではないわけです。もちろん、しようと思うかどうか、思っても実行するかどうかは、ここでは問いません。妊婦のお腹を割いて胎児を見たとか、生爪をはがして芋を掘らせたとか、頭の毛を全部抜いて木の上に登らせ、木を切り倒して落ちるのを見て楽しんだとか、書かれていることは、どれもこれも、なさそうだけれども、「あるかもしれない」という恐ろしさをもっています。木の上に登っている人を弓で下から射落としたとか、あっても不思議じゃないと思わせるところが、こういう話の「お話」らしいところでしょう。そして、だれかが想像できる程度の行為は、なかったと考えるほうがむずかしいのではないかと、現代の猟奇的事件を思い浮かべながら、私は考えてしまいます。

妊婦の腹を割く話

最初の例でいいますと、お腹を割いて胎児を見たというエピソードは、シチュエーションはまったく違うのですが、日本書紀の雄略天皇のところにも出てきます。栲幡（たくはた）皇女という女性がいて、伊勢（いせ）斎宮をしているのですが、廬城部連武彦（いおきべのむらじたけひこ）という男と恋仲になりました。伊勢斎宮として神に仕える巫女ですから、人間の男との関係は許されません。その二人の関係を別の男が讒言（密告）します。すると、その噂を聞いた武彦の父親が、そんな噂が朝廷に知られたら自分たち一族が危なくなるというので、息子の武彦を殺してしまいます。結局、それでも天皇が知るところとなり、栲幡皇女を尋問するのですが、皇女は潔白だと答えます。そして皇女は、神鏡、神の鏡と書いてあるので伊勢神宮に祀られている神宝の鏡ということになりますが、その鏡をもって五十鈴川の上流に走り込みます。伊勢神宮のほとりを流れているのが五十鈴川ですが、その上流に入ったまま行方不明になってしまう。神鏡をもったままなので大騒ぎで捜したが見つからない。そうすると真っ暗闇の夜中に川上に虹がたって、それがまるで蛇のように見えたと記されています。そこで、虹のたっているところを掘ってみたら神鏡が出てきた。そこからあまり離れていないところに栲幡皇女の死体もあった。鏡を埋めて自分は自殺したらしいのです。

これだけなら禁じられた恋に落ちた女の話で、なんということもない話ですが、そのあとに、日本書紀では、「割きて観るに、腹の中に物ありて水の如く、水の中に石あり」と書かれています。自殺した皇女の腹を割いてみたら、お腹の中には物があって、まるで水みたいだった。その水の中に石ころが入っていたというのです。なんだか羊水の中に浮かぶ初期の胎児のようですが、ここでは、それによって二人の無実が証明されます。

誰が皇女の腹を割いたのかは書かれていないのですが、逃げた皇女を捜させたのは「天皇」とあるので、ここも天皇が腹を割かせたとみるのが文脈としては当たっているると思います。あるいは武彦の父親が割かせたのかもしれませんが、相手が皇女なのでそれが可能だったかどうか。武彦の父親は枳莒喩（きこゆ）という名前ですが、「これに由りて、子の罪を雪（きよ）むること得たり」と書かれています。すなわち息子の武彦は斎宮を犯していないということが証明されたというわけです。そして、罪もない自分の息子を殺したことを悔いて、密告した男を殺そうとしたという記事が後ろに続いています。

これは日本書紀の雄略三年四月条の記事です。男女が密通をしたという噂がたち、男は殺され、女は鏡をもって逃げるという一大スキャンダルに発展しました。密通があったかどうかを証明するために、自殺した女の腹を割いてみたという記事が、平気で歴史書に出てくるのです。お腹を割いたというのは、子を宿しているかどうかを調べるためとしか考えられません。そのために、死者ではあるとしても簡単にお腹を割いてしまう。もちろん、それが事実かどうかと言い出したら、これもまたきりがないわけですが、歴史書にそういう記述があるとすれば、同じように妊婦の腹を割いて胎児のさまを見てみたいと思う天皇や権力者が一人ぐらいいても、いっこうに不思議ではないと私には思えてしまいます。

権力と暴力

おそらく、権力をもつというのはこういうことではないでしょうか。中国の歴史書に似たような暴虐記事があるから、これはそれを模倣しているだけで、我らが天皇はそんなことはなさらなかったと、目くじらを立てて否定する必要はないのではないかと思います。そもそも中国の歴史書をそのままここに写す必然性もないし、もちろんそっくりそのまま写しているわけでもありません。おそらく、ここに描かれている通りではなくても、これに近い出来事はあったのではないか、六世紀の歴史の中にあった一つの事実のかけらみたいなものが、こういう記事の中に見いだせるのだと思って読んでいったほうが、現代の社会を考えるうえでも有効ではないかと思うのです。

ヲハツセワカサザキ（武烈）という天皇は特殊で、日本書紀の他の天皇に関する記事の中にも、ここまで残虐なことをしたというような記述はありません。突然、言うことを聞かない臣下を殺してしまうというようなことはあったとしても、殺しを楽しむような記事はめずらしく、まるで古代の「バトル・ロワイアル」といった感じです。もしなんでも病名を付けたがる心理学者に、この記事を読んでもらって、行動分析をしてもらうとおもしろい結果が出るかもしれません。

先ほどもちょっと触れましたが、これがすべて事実かどうかはわかりません。もしかしたら、過去のいろいろな王たちがやってきたことを、河内王朝の最後に位置するワカサザキの記事としてまとめて記述してしまったということだって十分にあり得ることです。もし、こういう出来事をゼロから空想して作り上げ、わざわざそれを歴史書に記述した人がいたとしたら、それはそれで異常な神経の持ち主です。ですから、すべてではないとしても、これに類するような出来事は実際にあったと考えたほうが、私にとっては自然です。

さて、こういう残虐で卑猥な話は苦手という人には、次のお話で楽しんでいただきましょう。

三　大きな神と小さな神——くさい話

後味の悪い事件を取り上げたので、口直しをしましょう。つぎに読むのは神さまをめぐる他愛(たわい)もない笑い話です。章題の通り、ナンセンスな、ばかばかしい話なので笑い飛ばしていただければと思います。ただ、少しばかり下品です。

運ばれた赤土

播磨国風土記の神前郡聖岡の里に伝えられた伝承で、地名の謂れを説明する起源譚になっています。短い伝承なので、原文の読み下しと現代語訳とを並べてみましょう。

『播磨国風土記』神前郡

聖岡の里(1)　土は下の下。聖岡と号くる所以は、昔、大汝命と小比古尼命(2)と相争ひて、のりたまひしく、「聖の荷を担ひて遠く行くと、屎下らずして遠く行くと、此の二つの事、何れか能く為む」と。大汝命のりたまひしく、「我は屎下らずして行かむ」と。小比古尼命のりたまひしく、「我は聖の荷を持ちて行かむ」と。かく相争ひて行でましき。数日逕て、大汝命のりたまひしく、「我は行きあへず」とのりたまひて、即て坐て、屎下りたまひき。その時、小比古尼命、咲ひてのりたまひしく、「然苦し」と。亦、其の聖を此の岡に擲ちましき。故、聖岡と号く。

(1) **聖岡の里**＝兵庫県神崎郡神河町から朝来市生野町のあたりという。ハニというのは埴輪のハニで赤土のこと。土の等級については本文で説明する。
(2) **大汝命と小比古尼命**＝古事記にも大きな神と小さな神として対で登場する。

又、屎下りたまひし時、小竹、其の屎を弾き上げて、衣に行ねき。故、波自加の村(3)と号く。

其の堲と屎とは、石と成りて、今に亡せず。

【現代語訳】 堲岡の里　土の等級は下の下　堲岡と名付けた理由はこういうわけだ。

むかし、大男のオホナムヂという神と小さな体のスクナヒコネという神とが競争をして、どちらからともなく、「堲の荷物を担いで遠くまで行くのと、糞を我慢して遠くまで行くのと、この二つのことは、どっちが遠くまで行けるだろうか」と言い出した。そして、オホナムヂは「俺は糞を我慢して行くのがいい」と言い、スクナヒコネは「では、私は堲を担いで行こう」と言うと、たがいに競争して歩きだした。

何日か過ぎて、大男の神オホナムヂは、「俺はもう我慢できない」と言うやいなや、そこにしゃがみこんで糞をした。それを見た小さなスクナヒコネは、笑いながら、「そうよ、こっちも苦しいよ」と言ったかと思うと、担いでいた堲をこの岡に投げ捨てた。それで、ここを堲岡と名付けた。

また、オホナムヂがしゃがんで糞をしたときに、笹がその糞を弾き上げて、オホナムヂの衣に跳ね飛んだ。それで、その地を波自加の村と名付けたのである。

（3）**波自加の村**＝神崎郡市川町のあたりという。

そのときの聖と糞とは石になって、今もちゃんと残っている。

国作りをする神

この話に登場する大男と小人、オホナムヂとスクナヒコネ（他の文献ではスクナヒコナとも）は、古事記では国作りの神、国土を作った英雄神としてたいそう有名な神です。とくにオホナムヂはスサノヲの六世の孫とされ、地上世界を最初に統一した神です。彼は、出雲国風土記でも「国作らしし大神」という称号を与えられ、国作りをした偉大な神として崇められています。

ところが、播磨国風土記に登場するオホナムヂという神は、いちおう、国作りの神ではありますが、ちょっと滑稽な、人びとのあいだで笑いの種になるような神様として語られています。それが民間伝承らしくてとてもおもしろいところです。ここに語られているのは、播磨国風土記に語られる典型的なオホナムヂとみてよいでしょう。

大男の話というと、ダイダラ坊とかダイダラボッチという名前を聞いたことがあるかもしれません。民間伝承には、大男が山や池を作ったという話があちこちで語られています。たとえば、新宿から西に向かう京王線の「代田橋」駅や小田急線の「世田谷代田」駅の「代田」という駅名は、このダイダラ坊からきています。今は住宅地になっているようですが、代田橋の近くにはダイダラ坊の足跡だという池があったと柳田国男が「ダイダラ坊の足跡」に書いています（『一目小僧その他』所収）。ほかにもダイダラ坊が置いていった土が山になったとか、彼が残した大きな足跡やおしっこの跡が、日本列島のあちこちに今も伝えられています。

こうした大男の伝承は播磨国風土記以外の風土記にも残っていますが、ダイダラ坊とかダイダラボッチという呼び方は出てきません。常陸国風土記では、むかし、岡の上に座って前に広がる海辺からハマグリをほじり出して食べている大きな男がいた。その貝殻が積もりに積もって岡になったので、大櫛の岡と名付けたというお話があります（那賀郡）。これは今、大串貝塚（茨城県水戸市塩崎町）と呼ばれる縄文貝塚のことで、その起源譚として語られています。ハマグリを砂の中からほじり出すのをクジルという、そのクジルからオホクシ（大櫛・大串）という地名が出ています。

ふつうの民間伝承だと、大男のオホナムヂが土を運んでいたのだが、土を担いでいた畚の綱が切れたり、天秤棒が折れたりして土を運べなくなって、ここに荷物を置いていったと語ります。ところがここに引いた話では、たんに国作りをする大男の神が土を運んでいたというのではなく、我慢競争という場面を設定します。そして、その競争で、重い土を運ぶはずの力持ちの大男が糞を我慢すると言い出し、仕方がないので、相棒のちっちゃな神スクナヒコネが、大きくて重い赤土を担いで行くことになったと語ります。

このように、大男と小人の競争譚に仕立てあげ、その本来的な役割を逆転させるというのが、この伝承のおもしろいところです。結果は当然、強い者が勝つのではなくて、ちっちゃくて弱い者が勝つわけで、そうなるのが笑い話の常道ということになります。ところがこの話では、小さい者が大きい者をやっつけてしまうというだけの競争譚に留まらず、じつにばかばかしく下品でナンセンスな競争になっています。そこに、民間伝承らしい笑いの要素があると言えるでしょう。私たちの間でも、酒を飲みながら下ネタ話で盛り上がることがあります。おならだとか排泄物の話が笑いの種になるのは、千三百年前も今も、たいして変わらないのかもしれません。そして、こうした馬鹿っ話は笑い飛ばして楽しめばいいのであって、理屈をつけるなど野暮の骨頂です。

土地の肥沃状態

理屈はいりませんが、説明はいりますね。聖岡と呼ばれるのは、赤土の採れる岡だからですが、お話としては「どうしてここが赤土だらけなのか」ということを説明する起源神話が必要です。そして、どうしてここが赤土ばかりの痩せ地になってしまったのかということを、こういうふうなばかばかしい笑い話で説明しても、それはそれでかまわないというのが、神聖な神話とはいささか性格が違うところでしょう。

お話の最初に、「土は下の下」とありますが、播磨国風土記では、各里ごとに土の質を細かく分けて記録しています。上の上・上の中・上の下というふうに、上中下の三等級をそれぞれ三段階に区分して、全九段階で土の質を評価するのです。もちろん、上の上が一番よくて、下の下が一番悪いので、聖岡は土質が最悪だということになります。赤土というのは痩せ地ですから、腐葉土のたくさん混じった肥沃な黒土とは違い、痩せて農作物など何も作れない土地、それが聖岡です。だから、この土地の起源譚には、自嘲的とも思える笑いの要素が含まれてしまうのかもしれません。

このように、播磨国風土記が土の質を丹念に記録するのは、大和朝廷が風土記の編纂を命じたときに、土地の肥沃状態を記録するという項目が含まれていたからです。そのために、土の質をこのようなかたちで記しているわけです。土質は、それぞれの土地の生産力を知るための目安として重要です。その土地が痩せているか肥えているかで、稲などの収穫量がぜんぜん違いますから、土地の肥沃度を把握するというのは、農耕国家には欠かせないことでした。

もう一つ「里」について。当時は律令政府の決めた「五十戸一里」という行政単位がありました。五十戸を一つの里として、それがいちばん下の行政単位となります。「聖岡の里」がそれです。そういう行政村落があって、その隣りに「波自加の村」と呼ばれる村があります。この「村」という呼称は、行政的に作られた五十戸一里の

「里（行政村落）」に対して、自然村落を指していると思われます。

ふつう、集落というのは自然に人が集まってできるわけです。五十戸で一里というようなきっちりとした数量で、家や人が集まるわけはないので、まずは自然にできた村があり、その村をいくつか束ねて、律令政府は行政的に「里」を作っていくわけです。そうすると、どうしてもはみ出してしまう地域があって、そういうところが律令制度の中ではアマルベとかアマリベ（余部）と呼ばれます。ようするに、余ったところという意味ですね。今も各地にアマルベやアマリベという地名は残っています。

端っこの村

ここの「波自加（はじか）の村」も、五十戸一里に収まらない、いわば残り物の土地アマルベ（余部）をさす呼び名だと考えられます。というのは、この「波自加」という地名ですが、ハジは「はし（端）っこ」の意、カは場所を表わす言葉で、「波自加の村」というのは、「端っこ村」というような意味になります。

端っこの村というのは、お話の世界ではしばしば登場するモチーフです。たとえば『イソップ寓話（ぐうわ）集』の「都会のねずみと田舎のねずみ」ですとか、日本の昔話でいうと「馬鹿村話」のパターンですね。自分たちより山奥にある村の人間の無知を笑うのが、「馬鹿村話」です。たとえば、山から出てきた馬鹿村の父親と息子がいました。

息子が峠の上から町をみて、「わーすごい、日本って大きいんだね」と言うと、父親が、「こんなところで驚いてはいかん、日本はこの三倍はある」と言ったとか言わないとか、そういう類いの無知を笑う話群です。ほかにも、蚊帳の吊り方を知らなかったために、逆さに蚊帳を吊って、入ろうとして柱をよじ登って飛び込んだとか、多数者が少数者を馬鹿にするとかの話です。一種のいじめにもなるのですが、そういうお話と同じような性格が、波自加の村の伝承にはあるように思われます。

そもそも、端っこに位置するから「波自加」村と呼ばれること自体、かなり差別的な視線が加えられています。さらにお話としては、オホナムヂがしゃがんで糞をしたら、その糞が衣に撥ねた。糞が笹に弾かれたからハジカの村になったんだという、下品なオチがついていますよね。たんに赤土が運ばれてきてできたというだけではなく、そこにもう一つ落語の「下げ」のようなかたちで、ハジカのエピソードが付け加えられている。このように、端っこ村を馬鹿にしたようなかたちでお話を納めるのは、堲岡と波自加とが、中心と周縁というかたちでペアになっているからだと考えると理解しやすくなります。

そして最後に、今でも、スクナヒコネが運んだ赤土と、オホナムヂの糞とが、ちゃんと石になって残っているんだよというところもポイントです。柳田国男によれば、ある出来事にちなんだ記念物、証拠の品が今も残っているというのが、伝説を語るときの絶対条件でした（『口承文芸史考』その他）。事実を保証するためには、ここでも、証拠の品である石が、ちゃんと残っていなければならないのです。

大男の伝承というのは、おそらくどこにでも伝えられ、あちこちに広がっていたのでしょう。具体的にここからここへ伝わったというよりは、知らないうちにどんどん広がり伝わっていく。それがお話なのではないかと思います。

また、大男と小人というのも、世界中で語られるペアです。ハリウッド映画『スター・ウォーズ』の人気者、C－3POとR2－D2という二体のロボット・コンビもそうですが、こうした凸凹コンビというのは、昔も今も、お話を作りやすいキャラクターだったのではないでしょうか。

これ以上、屁理屈をこねる必要はありません。読んで楽しんでくださったら、次の話にいきましょうか。

四　鬼に喰われた子どもと娘——笑われる親

子どもや若い女性が惨殺されたり、誘拐されたりという痛ましい出来事は、今も大きな事件として新聞やテレビで報道されます。まるで現代の病巣のように事件は伝えられますが、いつの時代にもおなじような事件は起きています。柳田国男『遠野物語』（一九一〇年）には、「黄昏に女や子供の家の外に出て居る者はよく神隠しにあふことは他の国々と同じ」（八話）とあります。ある場合には、誘拐が「神隠し」と考えられて恐れられたりするわけです。これは古代でも変わりがありません。

ここでは、二つのおそろしい出来事を紹介します。どちらも鬼に喰われた話です。紹介する二つのうちのひとつは、鬼に喰われてしまった幼児の話、もうひとつは、若い女が鬼に喰われたという話です。鬼に喰われるという話は、時代が下ってもさまざまなかたちで語り継がれてゆきますが、その嚆矢ともいえる伝承です。

一つ目の鬼

出雲国大原郡阿用の郷の伝承で、出雲国風土記に載せられている短いお話です。内容もわかりやすいので、訓下し文のままで引用します。あとの解説で必要になるので、後ろに原文も添えておきます。

『出雲国風土記』大原郡
阿用の郷[1]　郡家の東南のかた一十三里八十歩[2]

（1）阿用の郷＝島根県雲南市

なり。古老の伝へて云へらく、昔、或人、此処に山田を佃りて守りき。その時、目一つの鬼来りて[3]、佃る人の男を食ひき。その時、男の父母、竹原の中に隠りて居りき。時に、竹の葉、動げり。その時、食はるる男、「動、動[4]」といひき。

　故、阿欲といふ。

【原文】阿用郷　郡家東南一十三里八十歩。古老伝云、昔、或人、此処山田佃而守之。尓時、目一鬼来而、食佃人之男。尓時、男之父母、竹原中隠而居之。時、竹葉動之。尓時、所食男云、動々。故云、阿欲。

【現代語訳】阿用の郷　郡役所から東南に十三里八十歩に位置している。古老が伝えて言うことには、昔、ある人が、この地に山田を作っていた。そのとき、一つ目の鬼がやってきて、田を作る人の幼い男子を喰ってしまった。そのとき、男の子の父母は、ちょうど田のわきの竹やぶの中に入っていたのだが、竹の葉がゆらゆらと揺らいでいた。それに気づいた男の子は、自分が鬼に捕まって喰われそうになっているにもかかわらず、「あよ、あよ」と言って両親に知らせようとした。

（旧、大原郡大東町）の阿用川流域のあたり。

（2）**郡家の東南のかた一十三里八十歩**＝出雲国風土記は、郡役所からの方位と距離によってそれぞれの土地を表示する。古代の一里は五三〇メートル余りなので、ここは、およそ七キロメートルほどの距離になる。

（3）**目一つの鬼**＝古代の文献に出る一目鬼の唯一の例。柳田国男『一つ目小僧その他』によれば、一つ目は鍛冶の神にかかわるという。

（4）**動、動**＝動いていることをあらわす擬態語で、地名アヨを考慮して、アヨ、アヨと訓読した。

それで、この地を阿欲と言うのである。

阿用とアヨアヨ

とても短いお話で、阿用という地名がなぜ付いたかという謂れが語られています。まずは、この話がどのように解釈されているかみてみましょう。

「動（あよ）、動（あよ）」というのは、原文では「所食男云、動々」とあって、「動」という漢字を重ねて書かれています。それをどう読むかというと、次の部分に、「故云、阿欲」とあり、「動」をアヨ（阿欲）と訓まないと、阿用（あよ）という地名の由来になりませんから、「動々」というのは「あよ、あよ」と訓読されるわけです。揺れるという意味を表わす動詞にアヨグという語があり、「アヨグ、アヨグ」と言おうとした幼児が、まわらない舌で必死に、「アヨ、アヨ」と言ったというわけです。

また、アヨを幼児語とみなす解釈もあります。「あ」とか「よ」とかいう言葉は「ああ、ああ」というような嘆声として、幼児の発した声で、父母が隠れているあたりの竹の葉が揺れ動いていたために、彼らが鬼に見つけられるのではないかとおそれ、幼いながらも「あよ、あよ」という精一杯の音を発して、両親に危険を知らせようとしたという解釈です。鬼に両親を見つけられまいとする男の子が、一種の擬態語のような声で、アヨ、アヨと必死に叫んでいる、最近の研究者にはこのように解釈する人が多いようです。

自分は鬼に喰われながら、両親を助けようとして声で教える健気な息子、その哀れな幼児の、感動的なお話として解釈されます。しかし、私はへそ曲がりなので、ほんとうにそうなのかと疑ってしまうのです。もしそういう孝行息子の話だとしたら、この男の子の両親は、自分たちの幼い子が鬼に喰われているのに竹藪の中に隠れていたということになります。息子が健気な親思いだと説明されればされるほど、なんと非情な両親だろうと思ってしまうのです。子どもを折檻で殺してしまう親より、もっとひどいじゃないかと思います。だから、この話は健気な息子を褒めたたえる話ではなくて、じつはもっと猥雑で滑稽な、ブラックな話と考えたほうが理解しやすいのではないかと、私は考えています。

さて、どう解釈するかというと、ある夫婦が、人里離れた高みに耕作地を持っていて、彼らはそこで一生懸命働いている。男の子はまだ小さくて、話の展開からすると乳幼児で、畑の脇の木蔭かどこかに、籠にでも入れて寝かされている、そういう状況でしょうか。そこに鬼がやってきて息子を喰おうとしたというわけです。

ここまでは、一般的な解釈と同じです。

ばか親

そこで親はどうしたかというのが問題です。原文では「竹原中隠而居之」とあります。ふつう注釈書では、「竹原の中に隠れて居りき」と訓読しています。そうすると、「竹藪の中に隠れていた」と解釈せざるをえなくなってしまうのですが、ここを「竹原の中に隠りて居りき」と訓むと、まったく別の解釈が可能になります。

「隠」という漢字は、「こもる」と「かくる」と、どちらでも訓めます。コモルというのは、狭い空間の中に入り込んでじっとしているといったニュアンスをもちます。そこで、「隠」をコモルと訓んでみると、まさに二人はベッドの中にでも入っているような感じで解釈できるということに気づきます。つまり、両親は竹原の中にこもって、ちょっと夫婦の秘め事でもしていたのではないか、と。そこへ鬼がやってきて、息子を見つけてむしゃむしゃと喰い始めた。息子は両親のこもる竹原のあたりが揺れているのを知って、要するに、両親がなにを致しているからですが、竹がゆらゆらと揺れているのを見て「アヨ、アヨ」と言ったのだけれど、両親は夢中でその知らせにも気づかず、息子をむざむざ鬼に喰わせてしまった。

この話は、両親の馬鹿さ加減を笑っているのではないか、私にはそう読んだほうが理解しやすいのです。そしてそう読むと、息子の健気な気持ちと、息子が喰われているのに気づかなかった両親の間抜けさとのバランスがとれて、わかりやすい話になります。

自分を見捨てて逃げ隠れてしまった両親を助けるために「動いているよ」と教え、自分は喰われていく献身的な息子の話として読もうとする一般的な解釈では、両親と息子との関係がしっくりしないと思うのです。それではお話のもつたくましさというか、ばかばかしさみたいなものがなさすぎるからです。ですから、この伝承のポイントとなる「アヨ（動）」という言葉に、ほんの少し卑猥な感じをもたせたほうが説明しやすくなるのではないか。お話というのは、そうしたちょっとした言葉のイメージによって支えられていくのです。そのことは、次のお話を読むとよくわかります。

つけ加えると、これは柳田国男が言い出したことですが、民俗学では、「一つ目の神」は、製鉄などにかかわると解釈されています（柳田『一つ目小僧その他』）。伝承世界の中では、一つ目の神様をまつる製鉄集団とか鍛冶屋とかが、しばしば語られます。しかし、この話を、そうした製鉄や砂鉄生産と結びつけていいのかどうかは判断できません。たとえば、製鉄族と農耕族との対立というような構造を見出してこの話を読もうとする人もいるのですが、そんなふうに読んでいいものかどうか、今のところは保留しておきたいと思います。しかし、ただの鬼ではなく、わざわざ「目一つの鬼」と語られるのはなぜかということは、考えてみる必要があるでしょうね。

つぎに引くのは、日本霊異記（にほんりょういき）に載せられている、鬼に喰われる娘の話です。猟奇殺人事件というふうな性格をもっていますが、この話には、噂話の本質がよくあらわれています。そこに注目しながら、読んでみましょう。

『日本霊異記』中巻・第三十三
「女人、悪鬼に点（し）められて食噉（くら）はるる縁」

聖武天皇の御世に、国中に広がった流行り歌(1)があった。

汝（なれ）をぞ嫁（よめ）に　欲しと誰（たれ）
菴知（あむち）のこむちの　万（よろづ）の子
南无南无（なむなむ）や　仙（ひじり）　さかもさかも
持ちすすり　法（のり）申し
山の知識　あましに　あましに

そのころ、大和国の十市（とおち）郡、菴知（あむち）の村(2)の東のほうに、たいそう裕福な家があった。姓（かばね）は、鏡作（かがみつくり）の造（みやつこ）(3)と言った。そこに、ひとりの娘がいた。名前

（1）流行り歌＝日本書紀で「童謡（わざうた）」と呼ばれているものと同じ。何かの事件を暗示するかのように歌われる流行り歌を、「わざうた」と呼ぶ。歌は神の声と考えられているのである。載せられた歌はわらべ歌のような印象があるが、歌詞の内容はよくわからない部分が多いので訳していない。日本書紀の「童謡」の中にも、まったく意味のとれない歌がある。わからないというのが神秘的で、神の声と解釈されやすかったのであろう。
（2）十市郡、菴知の村＝現在

は万の子といい、いまだ結婚しておらず、男と交わったこともなかった。容姿が端正であったために、高貴な家柄の男が求婚したが、拒んでばかりいてそのまま年月が過ぎていった。

そこに、ある男が現れて求婚し、つぎつぎと求婚の品を贈ってきた。高級な彩織りの絹が車三台分もあった。そのすばらしい品を見た女は有頂天になってしまい、そんなに急がなくてもよかったのに近づき親しみ、男の申し入れを受け入れて結婚を許し、女の寝屋で二人ははじめて交わることになった。

その晩のこと、娘の寝屋の中から声がして、「痛い」という声が三度ばかり聞こえた。それを聞いた娘の両親は、「はじめて男を許し、経験がないから痛がっているのだよ」と言って、そのままだまって寝ていた。

つぎの日の朝、娘に気をつかって遅くまで寝ていた母親が、いつまでも起きてこない娘の部屋の戸を

の奈良県天理市庵治町のあたり。
（3）**鏡作の造**＝祭具としての鏡を作る一族なので、このように神に魅入られるという説明も可能になるのだろう。鏡作氏の本拠地と考えられる鏡作神社が、奈良県磯城郡田原本町八尾にあり、注（2）の天理市庵治町から二、三キロ南に行ったところである。

叩いて起こしたけれども返事がない。おかしいと思って戸を開けてみると、そこには、ただ頭と一本の指(4)とが残されているばかりで、ほかはすっかり喰われてしまっていた。両親はそれを見てびっくりし、恐れ悲しんで泣き憂えた。求婚の品として男が贈ってきた綾織りの絹を見ると、それはみな、獣(けもの)の骨になっていた。その絹を載せてきた三台の車もまた、カラハジカミの木になって転がっていた。

四方八方の人びとが噂を聞いて集まり、そのありさまを見て、みな怪しいことだと不思議がった。残された娘の頭は、きれいな舶来の箱に入れ、初七日にあたる朝に、仏前に安置して精進の食事を準備して供養した。

不思議なことであるが、何か災いが起こるときには、その前兆(5)が先に現れるものである。あの流行り歌は、その前兆だったのであろう。あるいは人は、「神怪(しんげ)(6)」であると言い、あるいは「鬼啖(きたん)(7)」であると

(4) ただ頭と一本の指＝恐ろしい出来事であることを示すための証拠として、体の一部が残される。

(5) 前兆＝原文には「表」とあって「しるし」と訓読されている。

(6) 神怪＝神による不思議な仕業を畏れていう。

(7) 鬼啖＝鬼が食べること。

言った。振りかえって思うに、これは過去の怨みではないだろうか。

何はともあれ、奇異な出来事である。

流行り歌

お話自体は仏教説話というよりは、民間伝承の性格が濃厚な話です。まず最初に載せられた歌謡は、聖武(しょうむ)天皇の時代にあったという流行(はや)り歌です。この歌は「南无」とか「持」「仙」とか「法」「知識」というのはそのまま漢字があてられ、あとは一字一音の音仮名で表記されているのですが、意味がほとんどわかりません。一般的な解釈に従って表記しておきましたが、文意がとれないので現代語訳はあきらめました。意味がわからないから、何かを暗示する流行り歌になるのだと考えるのがよいと思います。解釈できないための負け惜しみのようですが、無理をして意味をとろうとしないほうがいいということです。日本書紀によく引かれる童謡(わざうた)も同じです。また、わらべ歌なども意味がわからないことが多く、「かごめかごめ」などもそうですが、意味はよくわからないままに人びとのあいだで口ずさまれ、歌い継がれていく、そういうものなのでしょう。

この話は、流行り歌と重ねながら語られています。じつはこの歌は、こういう恐ろしい出来事の前兆だったんだよというふうに語られているのですが、歌謡と結びつける必然性がどこまであるのか、それもよくわからないところです。日本霊異記の編者の景戒（きょうかい）にとって、この話を取り上げた眼目は、一番最後の「評」で説かれているように、こういう事件が起こるのは「過去の恨み」、前世の因縁であるという仏教的な解釈をすることでした。こういう恐ろしい出来事を、神の振るまいだとか、鬼が喰ったとか人びとは言うが、そうではなくて、これは過去の恨みによるものなんだと、仏教的に説明しようとしてるわけです。ところが、その説明が、お話全体に全然影響を与えていないというか、そもそも、眼目が話そのものから引き出されていない。それが霊異記説話のおもしろいところです。

神婚の変容と笑われる両親

語られている話は「蛇婿入り」と名付けられた昔話のひとつのバリエーションとみてよいでしょう。どこかから人間ではないものが女のもとを訪れ、女と交わるという、日本神話ではもっとも由緒正しい神話構造を受け継いで語られる話です。

「蛇婿入り」というと三輪山の神が有名ですが、神と女が結婚して神の子を生むという、神の子誕生の神話は数多く伝えられています。ところが昔話や民間伝承の世界になると、同じ構造をもつ話が、神の子の誕生を語るよりも、交わりそのものや、女が孕んだ子どもの堕胎へと興味のポイントを移していきます。堕胎に関しては、前章で別の霊異記説話を紹介しましたが（第2章五、参照）、ここで取り上げたのは交わりに興味を移した事例です。そのようにさまざまなバリエーションを生んでいくのが、神婚神話の様式です。

このお話も、典型的なパターンに乗っかっています。万の子という美しく高貴な女がいた。その女のところへ、見知らぬ男がやって来て交わる。神婚神話の様式をそのまま受け継ぎながら、ちょっとエロチックでグロテスクな話に変容してしまうところに、この種の話のポイントはあります。

そしてこれもまた、何も知らない両親を軽蔑し笑う話だと解釈すると、とてもわかりやすいのではないかと思います。「痛い、痛い」という言葉を誤解してしまった両親の馬鹿さ加減といいますか、娘がばりばりと喰われて「痛い、痛い」と言っているのに、初夜の痛みだ、はじめての交わりだから痛いんだよと言って、娘に気遣うつもりで息を殺して寝ていたのです。その両親の姿は、さきほどの出雲国風土記の話に登場した両親と重なります。息子は必死でアヨ、アヨと言っているのに、竹藪にこもっている両親を笑う話だと解釈しましたが、それと同じような笑いの要素が、この話にもあります。

朝になって娘の部屋を覗いてみたら、頭と指が一本、ころんと転がっていたという恐怖へのどんでん返しが待っています。立派な男が婿に来たと喜んでいたのに、そこで目にしたのは、娘のとんでもない姿だったのです。それまでどんな男が求婚しても拒んでいた女が、高価な贈り物攻勢をかけた男にころっと参ってしまうというあたりにも、両親と娘への皮肉が込められているのでしょう。

このように、もとは神聖なはずの神婚神話が、民間伝承の世界ではちょっと卑猥な笑い話として語られてしまうところに、お話の世界のたくましさがあると私は思っています。しかもこの話のよくできたところは、最後まで、鬼が姿を見せないことです。そして、鬼の姿はないけれども、娘は頭ひとつになって転がっている。男が贈った車三台分の彩織物はすべて獣の骨になり、載せてきた車も木の株に変わっている。まるでシンデレラを乗せたカボチャの馬車と同じですよね。そういうかたちで現実の世界を見せてしまうわけです。それなのに、鬼の姿は誰も見ていない。しかし、鬼が来たのは明らかで、何よりの証拠は転がる娘の頭と一本の指ばかりという、きわめてシュールで怖い話です。

そういう恐怖感やリアリティがあるにもかかわらず、なぜかクスッと笑ってしまうような話に横滑りしている。そして、その横滑りの原因が、両親のちょっとした勘違いだったというところが、お話の語り方として非常にうまいと感心するばかりです。

鬼に喰われる女

物語や説話には鬼に喰われる話は多く、中でも若い女性が鬼に喰われる話は、枚挙にいとまがないほどです。平安時代には、都に鬼が出没して女が喰われたなどという噂が歴史書に出ていたりしますし、それが人びとを恐怖に陥れるのもしばしばです。もちろん一方では、そんな話は「不根の妖語（根も葉もない噂）」だから信じるなとか、じつは男が女をかどわかして逃げたのを、鬼と伝えているに過ぎないとか、いろんなかたちで説明し直したり否定したりするのですが、それでも鬼に喰われる女がなくなることはありません。

女が鬼に喰われる話には、だから女は夜に出歩くなといった戒めも込められています。歴史書などには、そういう話を記したあとに、女は夜、外に出てはいけない、一人で出歩いてはいけないというようなことが書き添えてあったりします。鬼に喰われる女の話では、それがいちばん強いメッセージなのかもしれません。

「鬼」という言葉がいつごろからあるのかは、はっきりしません。隠という漢字がありますね、インとかオンとか訓まれますが、そのオンがオニ（鬼）という言葉になったという説もあったりして、「おに」とはどういう言葉だったのかということすらわからないのです。平安時代も終わりの、十一世紀頃に成立した今昔物語集には鬼がたくさん出てきますし、その頃には鬼のイメージもできあがってきます。

ここで紹介した二つの話に登場する古代の鬼は、まだ明確にイメージができあがっていなくて、なんだかわからないが恐ろしいものといった感じが濃厚です。それが次第に、地獄の閻魔（えんま）さまの使いと結びついて考えられるようになり、人間を地獄に連れて行くのが鬼だという考えが定着しはじめます。しかし、出雲国風土記の鬼には仏教的な観念はまるでなく、鬼の起源を仏教に求めることはできそうにありません。

喰われることの恐怖

喰われることの恐怖というのは、鬼のお話には欠かせません。どの話でも、鬼は人間を、ことに若い女や、肉がやわらかそうな子どもをむしゃむしゃと食べてしまいます。ただ殺されるのではないのです。だからこのお話のように、頭と指一本が残っているといった、いわば証拠としての残存部位が必要なのです。全部食べちゃったと語られると、それは神隠しかもしれないとか、誰かと駆け落ちでもしたのだという解釈が出てしまいます。それを避けるために、鬼に喰われた話では、必ず体の一部が残されるのです。それは喰われたことの証拠になります。また、それ以外の部位が消えてしまったことは、一滴の血もこぼさずに全部喰われてしまったという「鬼啖」への恐怖を増幅します。鬼のお話にはこうした恐怖感が共通しています。骨つきの生肉をむしゃむしゃ食べる鬼には、肉食動物のイメージが強いようです。

喰うこと、喰われることには、比喩的な意味もこめられているでしょう。女の子をものにするという意味で「喰う」という言い方をしますよね。昔話の「赤ずきん」などもそのように解釈されたりしますが、オオカミが赤ずきんちゃんを「食べちゃうぞ」と言う場合、それこそ物理的にむしゃむしゃ食べてしまう「喰う」と、男が女をものにするという隠喩としての「喰う」と、この二つのイメージが、どこかでつながっています。男が女をまさに食べちゃう、鬼にはそういうイメージがいつもつきまとっています。

だからこそ、これらの話に醸し出されてしまうセクシャルなイメージが、「喰う」という言葉とともに淫靡に語られていくのです。鬼に喰われるのは女性が多いのも、そのせいです。実際、男が鬼に喰われる話なんてほとんどありません。今昔物語集などに出てくる鬼も、男を殺すことは多いですが、喰わないんじゃないですかね。そう考えると、喰うという言葉からエロチックなイメージを消し去ることはできないということになります。

なんだかへんなところへ話が行ってしまいました。次に移りましょう。

五　修行僧に感応した吉祥天女――不浄の染み

生臭坊主と蔑むか、信仰心の厚い修行僧と讃えるか、とても微妙な位置にあるのではないかと思われる一人の僧にまつわる伝承です。かなりエロチックな幻想がかかわっているのですが、なんだか哀れな感じもします。

恋する修行僧

仏教説話集である日本霊異記には、倫理的で押しつけがましい教理ばかりが語られていると考えてしまいます。しかし、それはとんでもなく見当違いで、この説話集には、おもしろくて不謹慎な話も数多く載せられていて、興味が尽きません。

『日本霊異記』中巻・第十三
「愛欲を生じて吉祥天女の像に恋ひ、感応して奇しき表を示す縁」
和泉国泉郡[1]の血沼の山寺に、吉祥天女の塑像[2]があった。

(1) 泉郡＝大阪府泉大津市・岸和田市・和泉市のあたり。
(2) 塑像＝木で骨組みを作っ

聖武天皇[3]の御世に、信濃国の修行僧[4]が、この山寺にやってきて住み着いた。修行を続けているうちに、この天女の像に心を奪われて愛欲を生じ、心から恋して、四時間ごとのお勤めのたびに、「天女のような、顔のきれいな女性をわたしに与えてください」と願い続けた。

ある時、修行僧は、天女の像と交わっているという夢を見た。次の日、よく見ると、天女の像の裳のあたりに不浄が染みついている。行者はそれが自分の精液であることに気づいて、慙愧の心を生じ、「わたしは、よく似た女を願っただけだったのに、どうしておそれ多いことにも、天女みずからが交わってくださったのか」と申し上げた。

その出来事を恥じた行者は誰にも語らなかったが、その懺悔のことばを、弟子[5]がこっそり聞いていた。それ以来、その弟子は師に対して礼を失する振る舞いが多くなった。何も知らない行者は、弟子の

て縄や麻を巻き、その上に粘土を塗って作った仏像。

（3）**聖武天皇**＝文武天皇の子で、神亀元（七二四）年二月に即位し、天平感宝元（七四九）年七月に譲位した。霊異記説話の背景としてもっとも頻繁に語られる時代。仏教が広く浸透した時代である。

（4）**信濃国の修行僧**＝修行僧は原文には「優婆塞」とあり、在俗の男性の仏教信者をいう。半僧半俗で、この話以外にもしばしば登場し、遠くまで修行のために旅をしていたりする。

（5）**弟子**＝優婆塞に弟子がいるというのはいささか不審だが、経済力のある場合にはこういうことも可能なのかもしれない。

態度を責めて寺から追い出してしまった。

寺を追われて里に出た弟子は、師匠の悪口を言いふらし、天女との秘密をばらしてしまった。里人はそれを聞いて山寺へ行き、修行僧に事実を尋ねた。そして同時に、天女の像を見ると、噂のとおりに精液が染みて像は汚れていた。そのために修行僧は、隠し通すことができず、詳しくことの次第を白状したのだった。

まことに知ったことである。深く信じれば、[6] 仏は感応しないということがないということを。これはまことに奇異な出来事である。涅槃(ねはん)経に言われている通りである。「多淫の人は、絵に書かれた女にさえ欲情するものだ」とあるのは、まことにこのことを言うのである。

(6) 深く信じれば＝いかな景戒も、この話に仏教的な教義に添った「評」を付けるのには苦心したらしい。

修行者の宗教体験

この話も、最後に付いている景戒の「評(コメント)」が、話そのものと少しずれている感じがします。しかし、禁欲的な生活を続ける修行僧の体験としては、とてもよくわかるお話です。それゆえか、景戒の評の筆もいささか鈍いように感じます。

　聖武天皇の時代、八世紀の半ばを舞台として語られています。主人公は修行僧と訳しましたが、原文には「優婆塞」とあります。優婆塞というのは在俗の宗教者、まだ出家していない人のことです。半僧半俗とでもいいますか、半分は僧で半分は俗人の修行途中の人です。当時はそういう人たちがたくさんいて、諸国を放浪したり山寺にこもったりしながら修行を続けていました。

　奈良時代は、朝廷で公認されないと正式な僧にはなれません。それ以外の、私度僧とか自度僧とか呼ばれる、自分で出家した僧がたくさんいて、景戒も、もとはそうした自度の一人でした。そういう人たちが、優婆塞と呼ばれる人たちです。彼らは必死に修行して出家を目指しているわけです。そのために、たいそうきびしく禁欲的な生活を送っています。

　ここに登場する修行僧は信濃国の出身ですが、彼がやってきたのは、和泉国の血沼ですから、大阪の南のほうです。信濃国からずいぶん遠くまで、移動しながら修行していることがわかります。大阪湾沿岸のあたりは、有名な行基という宗教者の活動拠点があったところで、優婆塞の大きな集団が存在したと考えられます。そういう場所に、こうした修行者が集まって来て、山寺にこもって修行を続けていたのでしょう。

修行というのはただこもっているだけではなく、四時間ごとにお祈りを行わなければなりません。原文には「六時ごとに願ひていはく」とありますが、これは、「六時（ろくじ）の讃（さん）」と呼ばれるお祈りの決まりです。「六時の讃」というのは、一日二十四時間を六つに分割し、四時間ごとに定時のお勤めをすることを言います。

四時間ごとのお勤めでは、午前〇時、四時、八時、午後〇時、四時、八時というふうに、四時間ごとにお祈りを繰り返していきます。当然、睡眠時間も限られてしまいますし、分断されてしまいます。これは、肉体的にも精神的にもきびしい修行で、ほとんど眠ることもできずに意識が朦朧（もうろう）とした状態に入ってゆくことになります。そうやってお勤めを繰り返しているわけです。そこまで肉体と精神を痛めつけないと、おそらく神や仏には出会えないのです。

宗教体験には、いつもきびしい修行がつきまとっています。それを安易に体験しようとすると薬などを使うのでしょうが、薬を使わないで仏に会う、神に出会うという体験は、とにかく肉体と精神を徹底的に痛めつけることでしか始まりません。そういう状態で、男は修行を続けていました。

典型的な修行僧の姿が、ここには描かれています。だからこそ彼は仏に出会えたわけです。それが、吉祥天女（きつしょう）でした。この僧は、修行の中で仏に出会ったわけですから、その点では、とてもえらい修行僧だということになります。ただ、その出会いがちょっと問題だったというか、若気の至りと言うべきか、せっかく出会えたのにあまり自慢できるものではなかったのです。きびしい修行の中で、目の前にいます仏像の美しさに心を奪われ、六時の讃ごとに、天女のような顔のきれいな女を欲しいと祈り続けていたという、その俗っぽさもいじましくて憎めません。

仏像というのは、すごくエロチックですよね。とくに吉祥天女は、豊満な肉体を薄い衣でおおっていて、まるで裸婦像のような艶かしさがありますから、その像と四六時中向き合っているうちに欲情を催したとしても、それは責められないと、私などは同情してしまいます。若い男であれば、しごく健康的な精神と肉体をもっていると言ってもかまわないでしょう。

そしてここでは、修行僧の祈りが見事に届いて、彼は吉祥天女と交わることができたのです。味もそっけもない言いかたをすれば、この修行僧は夢精してしまったわけですよね。それが、仏像の裳のあたりに染みついた不浄として残ってしまった。その証拠のために、すべてが白日のもとにさらされてしまうのです。

証拠と証人

伝承の中で、語られている内容が事実になるためには、いくつかの様式にのっとる必要があります。そのひとつが「証拠」です。

お話というのは裁判と同じで、証拠がなければ事実性を保証されません。最後にものをいうのは証拠です。ここでは、仏像の裳に付いた染みが、男が漏らした不浄の証拠になって、修行僧と吉祥天女との交わりは間違いない事実になってしまいます。

その場合、もうひとつ重要なのは、証人がいるということです。この伝承では、弟子が、その出来事を見ていた。修行僧に弟子がいるというのは不自然ですが、その証人が、主人公である優婆塞の懺悔のことばをこっそり盗み聞きしていた。そんなことがあって以来、弟子は僧の言うことを聞かなくなり、怒った僧が弟子を追い出してしまう。そのために、弟子と優婆塞との関係はさらに悪化し、もっとも大事な秘密をばらされてしまう。今でも、政治家や有名人の元愛人が秘密をばらしてしまうというようなことが、週刊誌の話題になったりしますが、あれと同じです。金や縁の切れ目がすべてを壊してしまうわけです。そういうかたちで絶対にばれないはずの秘密が、表沙汰になって人びとのあいだに広がる、まさに噂の伝わり方のモデル・ケースがここにはみられます。

弟子が言うのですから、「あいつが言うんだから本当だ」と、話を聞いた人たちも信じてしまう。ほんとうは仏像にちょっと何かの汚れでも付いただけかもしれないのに、絶対に間違いない話として人びとのあいだに広がってしまう。その結果、この熱心な修行僧はあたかも破戒僧のようにおとしめられてしまいます。噂話の顚末としても、とてもよくできた話です。

　どのようにして、秘密が外へ出るかは、お話の世界ではとても重要なことです。だれがその話のニュース・ソースであるかということ、これは現在の週刊誌でも信憑性を左右します。ニュース・ソースの確かさによって、ゴシップ記事のリアリティは支えられているわけです。

話のリアリティ

　じつは、ここに語られている吉祥天女と精液の話は、なかなか評判を呼んだ話だったようです。その証拠に、この話のパロディと考えられる話が、鎌倉時代にできた『古本説話集』という仏教説話集に載せられています。この本は、ある個人の蔵書だったのが、昭和十八（一九四三）年になって世間に知られるようになりました。伝わっているのは一冊だけで、その本も表紙などが失われていて正式な書名もわからず、仮に『古本説話集』と呼ばれています。その中に、ここに引いた霊異記説話のパロディと思われる、次のような話が出てきます。

　ある男が吉祥天女の美しさに参ってしまって、必死に念じていたら吉祥天女もそれに感応してくれた、ここまでは霊異記の話と同じです。そして、『古本説話集』のほうでは、二人は夫婦になります。夫婦になって仲良く暮らしているのですが、あるとき男が別の女とねんごろになってしまう。すると、それを知った吉祥天女は怒って別れることになります。

その別れ際に、「これ年来のものなり」、すなわち「ずっとあなたからいただいていたものです」と言って、吉祥天女が、大きな桶二つに入った白い液を返してよこしたというのです。原文では「白きもの」と書かれているのですが、まさに男の精液です。今までにもらった白い液を別れ際に返していった、そういうお話になっています。

おそらく、この種の話は、禁欲的な生活を送る修行僧にとって共感できる部分をもっていたのでしょう。そういう点でいえば、この章で読んだ五つの話の中では、いちばん誠実でまともな話といえるのかもしれません。

最後の、「深く信じれば、仏は感応しないということがない」という景戒の評は微妙です。これぐらい深く信じれば仏は応えてくれると言っているわけですが、これが褒められる行為かどうか、お話としてのおもしろさと評とがずれています。これは、お話というのが、教訓性やら仏教の教えやらには縛られず、どんどんと独り歩きしてしまうものだということを、よく示しているようにみえます。

第4章　スクープされた事件

スキャンダラスな事件というのは、現代のようにマスメディアに乗って広がることはなくても、いつの時代も、またたくまに人びとのあいだを駆けめぐります。ほとんどの場合、いっとき噂になって人びとの耳目を引き寄せ、いつのまにやら消えてしまうわけですが、文字に記されて後世に生き残ってしまうこともあります。古事記や日本書紀に伝えられている話の中には、スクープされ語られていたらしい話がいくつもあります。ことに歴史時代になってからの日本書紀の記事には、そうした類いの事件が多いのではないかと思われます。ここでは、そうしたスキャンダラスな事件の語られ方について考察してみようと思います。

現代の歴史についても同じことが言えるわけですが、歴史的な事件として記されている出来事がすべて事実かといえば、そんなことはありえません。文字によって記録化されるということは、その時点ですでに何らかの物語化を受けています。いつの時代でも同じです。ただし、近代のように周辺の資料が多い場合には、それら周辺資料を分析しながら検証することで、ある程度の真実を摑みだすことは可能でしょう。ところが、周辺資料がほとんど存在しない古代の事件については、古事記や日本書紀に描かれていることがどこまで事実に近いのか、どれほど事実を反映しているのかということを判断するのは、とても困難です。

ただ、記述された出来事をていねいに読んでゆくと、そこに何かしらの物語性が顔を覗かせていたり、どのような視座から出来事を語っているかということが明らかになってきたりします。そこを糸口に、記述の深部に入り込んでゆけば、さまざまな情報をえることはできるはずです。

一　盲目の少年と潔い男——滅びの美学

私たちにとって、古事記に語られている伝承は神話的な出来事としてしか読めません。それぞれの伝承がいつ語り出されたかという点には問題があるとして、確実に千三百年以上は経っています。しかし、七世紀あるいは八世紀に生きた人びとにとっては、五世紀というのは、二、三百年しか経っていないのです。これらの伝承を記録しようとした人、あるいはこれらの伝承を語り継いでいた人びとにとってみれば、まさに眼前の出来事といってもいいような近い「過去」なのです。

マヨワという少年

最初に取り上げる事件は、古事記下巻の最後のほうに語られているマヨワという少年の物語です。古事記の下巻はオホサザキ（仁徳）から始まるわけですが、古事記の原伝承の出現を七世紀半ばとみると、五世紀後半を舞台としたマヨワの事件は、せいぜい百七、八十年くらい前の出来事ということになります。

『古事記』下巻・アナホ（安康天皇）　オホハツセワカタケル（雄略天皇）

御子アナホ[1]は、石上の穴穂の宮[2]にお住まいになって天の下を支配なされた。

アナホ天皇は、同母の弟であるオホハツセ王子[3]のために、坂本臣らの先祖にあたるネノオミをオホクサカ[4]のもとに派遣して、「あなたの妹ワカクサカを、オホハツセと結婚させたい。だから、奉りなさい」と言わせた。

使者が訪れるとオホクサカは喜び、四回も拝礼をしたのちに次のように申し上げた。

「あるいはもしや、そのようなご下命もあろうかと思っておりました。それで、妹を外に出すこともせず大切に育ててまいりました。この仰せはたいそう

（1）**アナホ**＝第二十代安康天皇のこと。ヲアサツマワクゴノスクネ（允恭天皇）の子で、父のあとを継いで即位したと伝えられる。

（2）**石上の穴穂の宮**＝奈良県天理市田町にあったと伝えられている。

（3）**オホハツセ王子**＝アナホの同母弟で、オホハツセワカタケル（のちの雄略天皇）という。アナホを継いで即位した。

（4）**オホクサカ**＝オホサザキ（仁徳天皇）が日向国のカミナガヒメに生ませた子ハタビノオホイラツコの別名。

おそれ多いことです。大君のご命令のままに妹を奉ります」

しかしながら、口先だけでお返事するのはひどく礼儀を失したことかと思い、すぐさま、感謝のしるしとして、押木の玉縵[5]と呼ばれる、黄金の木を立てた豪華な冠を、使者のネノオミに持たせて献上した。

ところが、その品物のあまりの立派さに目が眩んだネノオミは、感謝の品である押木の玉縵を盗み取り、天皇には、オホクサカの言葉をねじ曲げて、

「オホクサカ王は、天皇のご命令に従おうとせず、『自分の妹を、われら一族の下蓆になどできようか』と言って、太刀の柄を握り、斬りかかろうとなさるほどの怒りようでございました」と伝えたのであった。

ネノオミの言葉を信じた天皇はたいそう怒り、オホクサカを殺し、オホクサカの正妻であったナガタ

（５）**押木の玉縵**＝新羅王の墓などから出土する黄金で造られた王冠のようなものだろう。日本では、藤ノ木古墳（奈良県生駒郡斑鳩町）から同様の形状の金銅製の王冠が出土している。民俗学者の谷川健一は、この王冠は、ヤドリキの図案化であると述べている（『季刊東北学』第四号、二〇〇五年七月）。

ノオホイラツメ(6)を連れてきて、自分の皇后に据えた。

この事件ののち、天皇は神の教えを聞くための神牀(7)に居て、后のナガタノオホイラツメの膝を枕に昼寝(8)をしていた。そして后に、「そなたは、なにか思い悩むことはあるか」と問いかけた。すると答えて、「天皇の心からの思いやりをいただいておりますので、何も思い悩むことなどございません」と言うのだった。

さて、后ナガタノオホイラツメには、先の夫オホクサカとのあいだに生まれたマヨワという御子がいて、年は七歳であった。この御子が、まさにそのとき、神牀のある御殿の床下(9)に入って遊んでいた。ところが、天皇は、その年若い御子が御殿の下で遊んでいるのを知らずに、后に仰せになることには、

「わたしは、いつも思い悩むことがある。なにかというと、そなたの子マヨワが一人前の男に成長したあかつきに、わたしがその父を殺したということを

(6) **ナガタノオホイラツメ**＝古事記の系譜に従えば、アナホの同母妹ということになるが、この事件の前に同母兄妹相姦によって島流しになった皇太子カルノミコの伝承が語られており、いささか不審である。アナホとナガタノオホイラツメとを同母兄妹とする系譜に問題があるのかもしれない。ちなみに、日本書紀によれば、オホクサカの妻はナカシヒメと言い、オホエノイザホワケ（履中天皇）の皇女と伝えている。

(7) **神牀**＝神を迎えるために座る聖なる場所。天皇は、神の声を聞くシャーマンなので、神牀で神の声を聞こうとするのである。

(8) **膝を枕に昼寝**＝ひざ枕で寝るというのも、神の声を聞くための方法かもしれない。

(9) **床下**＝神牀のある建物は、高床式になっていたようだ。神社建築が高床であることとかかわるのではないか。

知ったならば、今度は反対にわたしを殺そうという悪い心が生じるのではないか」と。

その時、床下で遊んでいたマヨワの御子は、聞くとはなしにアナホの告白を聞いてしまった。そして、すぐさま暗い建物の中に入り、アナホ天皇が母ナガタノオホイラツメの膝を枕に寝ていらっしゃるのを窺うと、すぐにそばに置かれた太刀を手にとり、母の膝[10]の上に置かれた天皇の首を斬り落とし、臣下であるツブラオホミ[11]の屋敷に逃げ込んだのであった。

アナホ天皇のお年は、五十六歳である。墓は、菅原の伏見の岡にある。

さて、オホハツセ王子は、そのころは、成人前の童男(おぐな)[12]であった。

アナホ天皇が殺されたことを聞いて、腹立ちうらみ怒ったオホハツセは、兄のクロヒコのもとに行き、「人が、天皇を殺しました。どのようにいたしましょう」と言った。しかしながら、クロヒコは驚いた

(10) **母の膝**＝古事記には「天皇の御寝(みね)しませるを竊(ひそか)に伺ひて」と描かれているだけだが、ひざ枕で寝ているという直前の状況からすれば、アナホの頭はナガタノオホイラツメの膝の上にあったはずである。そう考えると、この場面はなかなか凄惨な状況をあらわす。

(11) **ツブラオホミ**＝五世紀の大豪族・葛城氏の頭領。葛城氏は奈良盆地西南部の葛城連山の東麓を中心に勢力を築いた。ホムダワケ（応神）・オホサザキ（仁徳）から始まる河内王朝を支えたのが葛城氏であろうと考えられている。

(12) **童男**＝少年という意味。ヤマトタケルも、クマソタケルに名を聞かれて、ヤマトヲグナと答えている。オホハツセワカタケルはヤマトタケルの後裔という性格をつよく漂わせている。

様子もなく、緊張感のかけらもなかった。それを見たオホハツセは、兄を罵って言うには、「一つには天皇であり、一つには我らの母を等しくする兄弟である。それなのに、頼むべき心もなく、自分の兄が殺されたのを聞いて驚きもせず、怠惰な心のままでいるのですか」と、そう言ったかと思うと、クロヒコの襟首を摑んで家の外に引き出し、太刀を抜いて斬り殺してしまった。

また次には、もうひとりの兄シロヒコのもとに到り、クロヒコに話したのと同じように様子を伝えると、怠惰な心をもつさまは、クロヒコと同じであった。それで、すぐさま襟首を握って家から引き出し、明日香の繁華街である小治田(13)まで連れて行って、穴を掘り、立ったままで生き埋めにした。するとシロヒコは、腰のあたりまで埋められたところで、恐ろしさのあまりに二つの目が飛び出したかと思うと、そのまま死んでしまった。

(13) 小治田＝飛鳥の地の中心。トヨミケカシキヤヒメ(推古天皇)の宮殿などがあった。そうした繁華街に連れていって処刑するというのは、みせしめ的な性格をもっているからであろう。

次には、軍隊を整えて、マヨワが逃げ込んだツブラオホミの屋敷を囲んだ。すると、相手も軍勢を仕立てて待ち受けて戦いを挑み、その射かける矢は沼に生えた葦のごとくに乱れ飛んだ。その中にオホハツセが姿をみせ、飛んでくる矢を払うために、矛を杖にして立ち、「わたしが声をかけたおとめは、あるいはこの家にいらっしゃるか」と仰せになった。すると、その声を聞いたツブラオホミはみずから外に出て、腰に佩いた太刀をはずし(14)、八回も拝謁すると申し上げた。

「先の日に声をかけていただいたわが娘カラヒメは家の中に居ります。五ヶ所の所有地(15)を副えて娘は差し上げましょう。しかしながら、わたくしの身はオホハツセの王子様にお仕えすることはできません。そのわけは、昔から今に至るまで、臣や連が御子の宮殿に隠れたということは聞いておりますが、御子が臣下の家に(16)お隠れになったなどということは、い

(14) **腰に佩いた太刀をはずし**＝反逆心がないことを示すためのふるまいである。

(15) **五ヶ所の所有地**＝父親は娘の経済的な援助者になるので、財産を分与して嫁がせるのである。

(16) **御子が臣下の家に**＝御子が臣下の家に隠れた例はないと述べているが、古事記の叙述をみると、直前に語られた伝承において、皇太子キナシノカルがオホマヘヲマヘノスクネという大臣の家に逃げ込んだと語っているので前例がないわけではない。ただしそこでは、即位する前のアナホの軍勢に屋敷を囲まれたオホマヘヲマヘノスクネは、逃げ込んできた御子を裏切り、捕まえてアナホに差し出してしまう。

まだ聞いておりません。それを考えてみますに、賤しいわたくしツブラオホミが力のかぎり戦ったところで、とても王子様に勝つことなどありえないでしょう。しかしながら、わたくしを頼みにして賤しい臣の家にお入りくだされたマヨワの御子は、たとえわたくしが死ぬとしても、見棄てることなどできません」

ツブラオホミはそう言うと、また太刀を身に佩いて家に帰り入ると、オホハツセの軍隊と戦った。そして、ついに[17]力尽き矢も尽きてしまったので、マヨワの御子に、「わたくしは、ひどい手傷を負ってしまいました。矢も、もはや尽き果てました。今はもう戦うことはできません、いかがいたしましょうか」と申し上げた。するとマヨワは答えて、「それならば、もうなすべき手立てはありません。今は、われを殺したまえ」と言うのだった。

そこで、ツブラオホミは手にした太刀で御子を刺

(17) **そして、ついに**＝以下に語られる場面は、ツブラオホミの邸のなかの出来事である。いわば密室の中での二人の行動と会話が語られている。その語り手や物語的な効果については、本文で詳述する。

し殺し、すぐさまおのれの首を切って死んだ。

五世紀の王権

オホサザキ（仁徳）が五世紀の初めに大阪湾沿岸を中心に日本列島中央部を制圧します。そのオホサザキの子供たち、オホエノイザホワケ（履中）、タヂヒノミヅハワケ（反正）、ヲアサツマワクゴノスクネ（允恭）の三兄弟が続けて跡を継ぎます。その跡を継いだのが、ヲアサツマワクゴノスクネの子どもたちです（二七五頁、系図6参照）。最初に後を継いだのが、この物語の前半部分の天皇であるアナホ（安康）です。この天皇には兄弟姉妹がたくさんいて、父ヲアサツマワクゴノスクネと后のオシサカノオホナカツヒメとのあいだに生まれた子どもが九人もいます。その中で長男は太子キナシノカルですが、彼は同母妹カルノオホイラツメ（ソトホシ）との兄妹相姦が発覚して逮捕され、伊予に島流しになると、あとを追ってきたソトホシと二人で心中してしまいます。

長男が失脚した後を受け継いだのがアナホでした。アナホには何も伝えはなく、オホクサカ殺しの物語が展開していくわけです。そして、ここで紹介した事件のうちの、前半の最後の部分、「アナホ天皇のお年は、五十六歳である。墓は、菅原の伏見の岡にある」という、ここまでがアナホの記事です。アナホという大王に関してはたったこれだけの記事があるだけです。アナホはオホクサカを殺害し、その妻であったナガタノオホイラツメを自分の后にしますが、立ち聞きによって、父オホクサカ殺しの首謀者を知った息子マヨワに、殺されてしまいます。ちなみに、歴代天皇の中で、在位中に殺された第一号がアナホです。

ナガタノオホイラツメですが、古事記の系譜によれば、彼女はアナホの同母姉と伝えられています。同母兄妹の結婚は、いかなる社会でもタブーです。古代の日本では、異母兄妹の結婚は許されていますが、同母兄妹の結婚は絶対に許されません。先ほどふれたように、この事件の直前には、キナシノカルとカルノオホイラツメとの関係が発覚し、流罪になって死んでしまいます。しかも、キナシノカルを捕まえて島流しにしたのはアナホ自身でした。そのアナホが、同母の姉であるナガタノオホイラツメをオホクサカから奪って后にしたというのです。この関係が事実かというと、きわめて疑わしいと思います。

日本書紀では、マヨワの母親(オホクサカの妻)は、アナホの叔父(おじ)にあたるオホエノイザホワケ(履中)の娘のナカシヒメであると伝えています。それだと、アナホとはいとこ同士ということになりますから、奪って妻にしても何ら問題にはなりません。ひょっとしたら、伝えに何らかの齟齬(そご)が生じたのかもしれませんが、古事記では同母の姉を自分の妻にしたという物語になっています。

【系図6】マヨワをめぐる系図【『古事記』中巻】

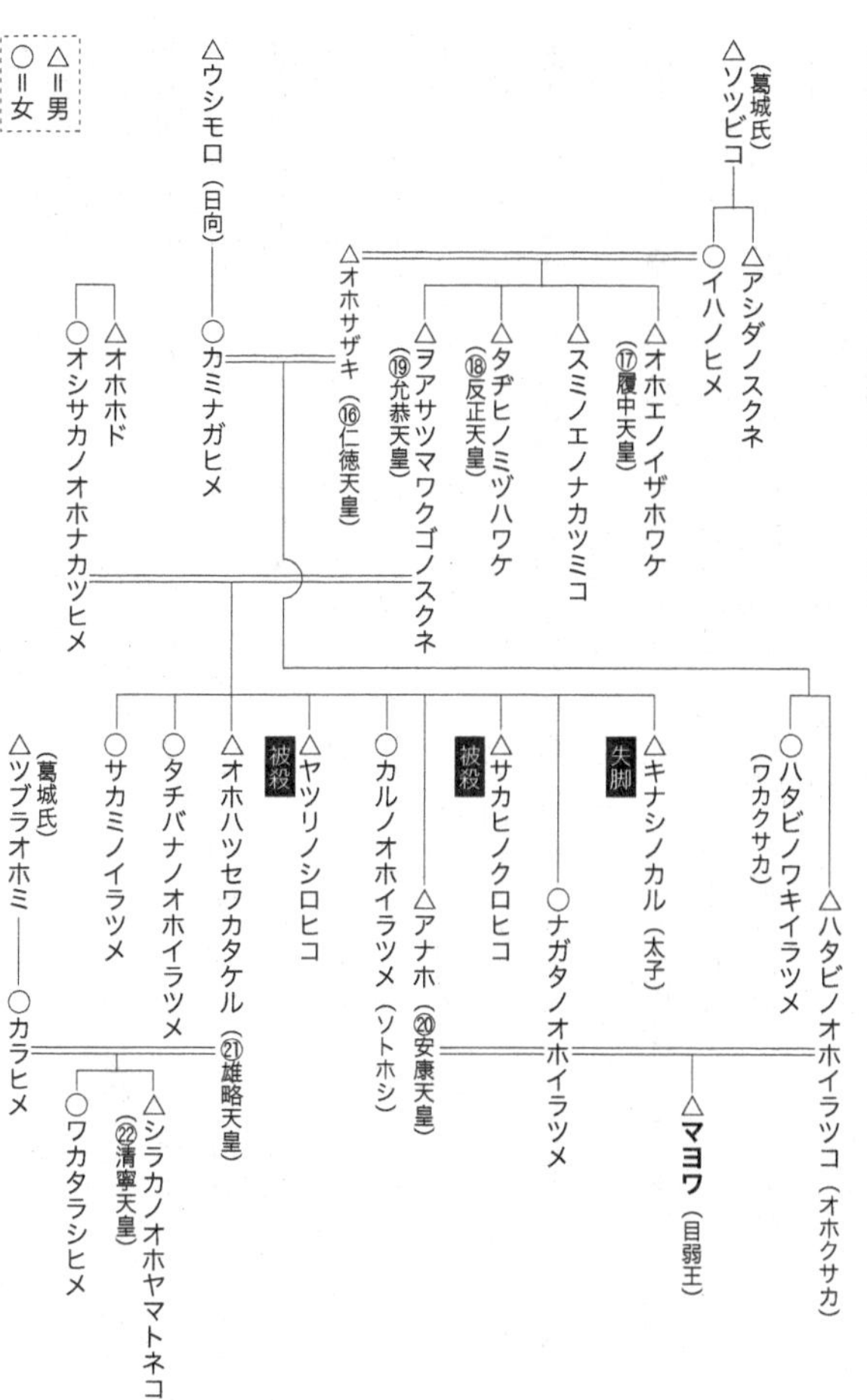

押木の玉鬘

物語はまず、即位したアナホが、同母弟オホハツセ（のちの雄略）のために、「あなたの妹ワカクサカを、オホハツセと結婚させたい」という使いを、オホクサカに送るところから始まります。このオホクサカという人物は、オホサザキの息子の一人です。地方豪族の娘であるカミナガヒメという女性とのあいだに生まれたのが、オホクサカとワカクサカ（ワカクサカべとも）という兄妹でした。オホクサカは母親の出自が良くないために皇位継承者にはなれませんが、先代の天皇の血を引く高貴な人物です。その妹ワカクサカをオホハツセの妃にするというのはよくわかる話です。

そのための使いとしてネノオミという人物が遣わされます。ところが、ネノオミは、あまりにも素晴らしい感謝の品物に目がくらみ、オホクサカの言葉をねじ曲げて讒言してしまうというところから物語は動いていきます。このように、ネノオミという邪な臣下の嘘を見抜けないというところに、アナホの不甲斐なさ、あるいは天皇としての資格のなさが語られていると見ることもできるでしょう。

ネノオミが横取りした品物は、「押木の玉鬘」と記されています。それがどういうものかは、はっきりわかってはいませんが、現代語訳と注（5）で説明したように、黄金の木を立てた豪華な冠だったと思われます。玉鬘というのは、硬玉の飾りなどがついた冠のことです。朝鮮半島の王の墓からは黄金製の豪華な冠がいくつも出土しています。立っている木に鳥が止まっていたり、石玉がぶらさがっていたり、きらびやかな装飾が施された黄金の冠です。

それとほぼ同じものが、日本では、一九八五年から八八年にかけて発掘調査が行われた藤ノ木古墳（奈良県生駒郡斑鳩町）で出土して、たいそう評判になりました。日本のものは金銅製ですが、そうした考古学の発掘事例からみて、押木の玉縵の形状や美しさは想像できます。それがあまりに素晴らしいので欲しくなってしまった。そのために、ネノオミは、オホクサカが妹を差しだすつもりはないとねじまげて伝え、その報告を信じた天皇はオホクサカを殺し、ナガタノオホイラツメを奪って自分の后にします。

金銅製冠 藤ノ木古墳出土（復元） 橿原考古学研究所附属博物館所蔵。

次の段落で描かれるのは、ナガタノオホイラツメを后にしたアナホが、神牀で昼寝をするシーンです。神牀というのは、神を迎えるための神聖な床という意味で、天皇が神の声を聞くための場所です。天皇の役割は、神の声を聞くシャーマンであり、その声を聞くための聖なる場所が神牀と呼ばれます。

神の声を聞く場所

神牀という聖なる空間で后の膝(ひざ)をまくらに昼寝をする、この伝承では昼寝とありますが、神牀はただの寝室ではありません。膝をまくらに昼寝をするというのは、神牀で神の声を聞くための一つの方法です。だから、オホクサカ殺しがマヨワにばれるのを怖(おそ)れているというアナホの告白を、神牀の床下で遊んでいたマヨワは聞くことができたのです。私たちには、ご都合主義のドラマのような展開にみえますが、神牀という空間での出来事だから、アナホの告白がマヨワには聞こえてしまうのです。

神牀のある建物は高床式になっています。いまも出雲(いずも)の神々の神殿は床が高くなっていますが、弥生(やよい)時代の高床式の建物、銅鐸(どうたく)などに描かれた高床式の建物は、おそらく神を迎える神殿でした。だからこそ、床下でマヨワが遊んでいられたのです。

マヨワという名前ですが、古事記では「目弱王」と表記されています。日本書紀では「眉輪王」とあるので、実際にマヨワは、目が弱いために「マヨワ＝目弱」という名が付いたのかどうかはわかりません。もともとの意味としては、日本書紀の表記にあるように眉(まゆ)の形が特異で、左右の眉が繋(つな)がっているとかの理由によって名付けられたのかもしれません。身体的な特徴によって名前が付けられることはよくあります。

【系図7】マヨワとハムレット　（注）★＝自死　×＝殺害

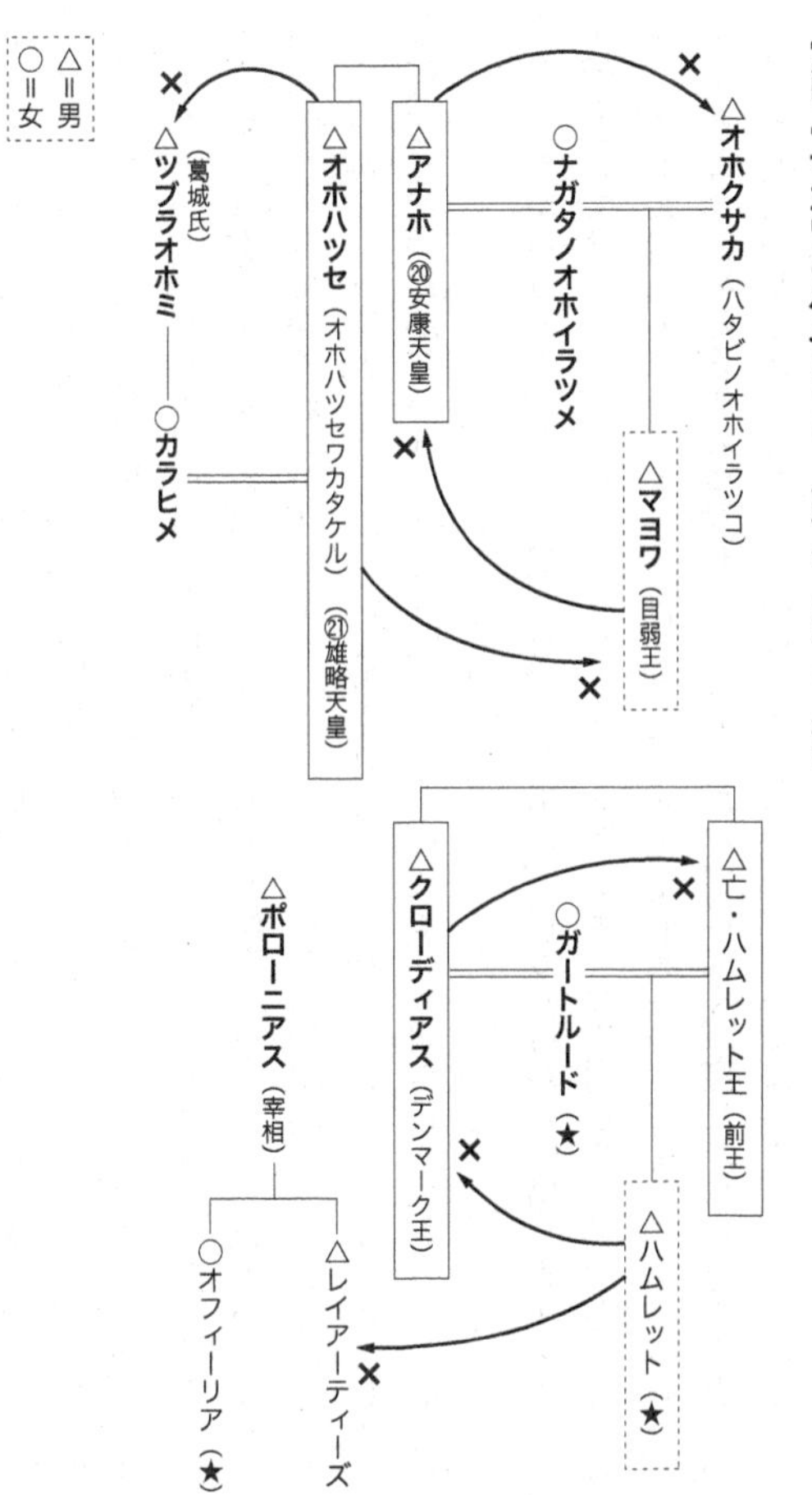

それを、古事記では「目弱」と表記します。マヨワという音が、「目が弱い」と解釈されたからです。一方、マヨワは床下にいて、皇后であり母親であるナガタノオホイラツメとアナホ天皇との会話を聞いてしまいます。それは、彼がシャーマン的な「聴く力」をもっていたからです。そのために、アナホの物語を語ったり聞いたりした人びとが、マヨワは目の見えない少年だったと考えるようになっていったとしても不思議ではありません。盲目だからこそ、耳の敏感な子供だったのだというふうに物語が解釈されてゆくわけです。そこに、マヨワに対する物語的な性格づけがあるのではないか。マヨワというのは、父を殺され母を奪われたかわいそうな少年として、事実はどうだったかということとは関係なく、物語として語られる。そのきっかけになったのが、「マヨワ／目弱」という名前だったのではないでしょうか。

マヨワからみると、自分の父親を殺した男が、自分の母親と結婚します。これは、設定としてはシェークスピアの『ハムレット』とまったく同じです。でありながら、この物語には『ハムレット』とはまた違ったおもしろさがあります。『ハムレット』のような、悩める青年の仇討ち物語というだけではなく、哀れな少年を護る男の物語という要素が組み込まれてくるからです。この点についてはあとでお話しします。

マヨワはアナホの告白を聞くとすぐに、神牀へ入っていってアナホを殺してしまいます。暗い建物の中にと訳しましたが、神牀というのは真っ暗闇であるのが普通です。

窓の無い空間だからです。少し時代は下りますが、聖徳太子（しょうとくたいし）がこもって夢を見たというエピソードに出てくる「夢殿（ゆめどの）」も、まったく窓の無い建物です。ああいう空間こそが、神を迎えるための場所だということができるわけです。

　マヨワはその中に入り、自分の母であるナガタノオホイラツメの膝をまくらに寝ているアナホ天皇の首を斬り落としてしまう。この部分、原文では、何も記述されていませんが、情景を想像してみると、実の母の膝の上に置かれた天皇の首を斬り落としてしまう少年がいる。当然、血まみれになり、斬り離されたアナホの首を抱える母親がそこにはいるという、かなり凄惨（せいさん）な場面が浮かびます。そのようにしてマヨワは父の仇を討つと、臣下であるツブラオホミの屋敷に逃げ込みます。そこまでだと、『ハムレット』と同じく、殺された父の仇討ちをする話ですが、この話はそれだけでは終わらず、後半部分に続いてゆきます。

潔い最期

　後半はアナホが殺された後の物語で、ここではアナホの弟である「童男（おぐな）」オホハツセワカタケルが登場します。オグナ（旧仮名ではヲグナ）とは、成人前の年若い少年のことを言います。古事記では二度しか出てこない言葉で、もうひとつはヤマトタケル伝承に出てきます。ヤマトタケルは、自らをヤマトヲグナと名乗っています。

ここに登場するオホハツセは、勇敢なというよりは、凶暴な少年です。アナホが殺されたことを、同母の兄であるサカヒノクロヒコとヤツリノシロヒコに告げますが、彼らが何もしようとしないのを怒って、クロヒコを斬り殺し、シロヒコは小治田に連れていって、わざわざそこで見せしめのように生き埋めにして殺すという残虐な振舞いに及びます。次いで、マヨワの逃げ込んだツブラオホミの屋敷を囲みます。そこでオホハツセとツブラオホミは対決します。

ツブラオホミは、御子が逃げてきて自分のところに身を寄せてくれた、それを裏切ることはできないと、豪族としての立場を語り、負け戦になるのは承知のうえで、オホハツセと戦って死んでしまいます。この主従の最期を語る場面は、原文では次のようになっています。読み下し文で引用してみます。

> 亦、軍を興して都夫良意富美が家を囲みたまひき。爾して、軍を興して待ち戦ひて、射出づる矢、葦の如く来散る。是に、大長谷王、矛を以ちて杖に為て、其の内に臨ひて詔らさく、「我が相言へる嬢子は、若し此の家に有らむや」と。
>
> 爾して、都夫良意富美、此の詔命を聞きて、自ら参出て、佩ける兵を解きて、八度拝みて白さく、「先の日、問ひ賜ひし女子、訶良比売は侍らむ。亦、五つ処の屯宅を副へて献らむ。然あれども、其の正身、参向はぬ所以は、往古より今時

まで、臣・連の王の宮に隠りますことは聞けど、未だ王子の臣が家に隠りますことを聞かず。是を以ちて思ふに、賤奴意富美は、力を竭して戦ふとも、更に勝つべきこと無けむ。然あれども、己れを恃みて、陋しき家に入り坐しし王子は、死にても棄てじ」と。

如此白して、亦、其の兵を取りて、還り入りて戦ひき。爾して、力窮き矢も尽きぬれば、其の王子に白さく、「僕は手悉傷ひぬ。矢も尽きぬ。今は戦ひ得じ。如何に」と。

其の王子答へて詔らさく、「然あらば、更に為べきこと無し。今は、吾を殺せ」と。故、刀を以ちて其の王子を刺し殺して、乃ち、己が頸を切りて死にき。

この部分の主人公は、御子マヨワというよりは、臣下ツブラオホミだと言ってよいでしょう。お話としていえば、前半部分は、マヨワという哀れな少年が、幼いながらも父を殺した相手を知って殺すという、勇敢な少年の仇討ち物語。後半は、その御子を護って権力者に立ち向かい、潔く死んでいった一人の男の物語、というかたちで語られているのです。

ツブラオホミという人物についていえば、奈良盆地の西南部、葛城連山のふもとあたりを中心にして栄えた葛城氏という大豪族の頭領です。その葛城氏は、五世紀の大王家を支えながら、最後は大王家と対立して滅んでいった一族と考えられます。その葛城という一族の潔い最期を語るのが、このお話だとみてよいでしょう。もちろん、ここに語られている出来事がどこまで歴史的事実をもとにしているかはわかりませんが、大王家との対立によって葛城という一族が滅んでいったのは、まず間違いないでしょう。その時、こうした物語が、葛城氏へのレクイエムのように語り出されたとみなすことができるわけです。

それでは、この物語を語ったのは誰か。語り手は、この伝承に対してどのような視線をもっているか。そのことは、主従二人の最期を語る場面を読むとわかります。戦いの場面をみると、ツブラオホミの屋敷の中の様子が描かれ、死に直面した主従の会話が語られます。そこから考えれば、この伝承の語り手は、葛城氏の屋敷の中に入り込んで二人の最期を看取っていると読めます。たとえば戦場にいる従軍記者のように、戦いの現場で、出来事を目撃している人物の視点で、物語は描写されています。ですから間違いなく、この物語は、滅んでゆくマヨワとツブラオホミの側に共感しながら語られていくのです。こうして、ひとつの事件はスクープされました。

古事記という作品が、天皇の物語、王権の側に立って語られる物語であったならば、おそらくこうした描き方はされなかったのではないでしょうか。滅ぼされる側に身を置いて語るという手法が、この事件を語る視点として選ばれているところに、古事記の性格があるのではないかと考えることができます。

日本書紀の場合

日本書紀の記事をみると、こちらでも事件は同じように語られています。そして日本書紀でもこの事件を悲劇的に描こうとする工夫は、さまざまになされています。

まず最初に安康天皇元年二月条の記事を引きますが、これはオホクサカがアナホに殺される場面です。ネノオミが讒言し、アナホが軍勢をさしむけてオホクサカを殺したという記事の直後に、次のような文章があります。

このとき、難波吉師日香蚊(なにわのきしひかか)とその子二人は、ともに大草香(おおくさか)皇子に仕えていた。三人は、讒言のために罪もない主君が殺されなさったのを悲しみ、父の日香蚊は王の首を抱き、二人の子はそれぞれ王の足をつかんで唱えて言うことには、「わが君は、罪無くしてお亡くなりになった、悲しいことよ。われら父子三人は、君の存命中ずっとお仕えいたしました。お亡くなりになる時に、従い殉(じゅん)じなければ臣(おみ)とは申せません」と。

すぐさま、自ら首を刎(は)ねて、主君の遺体のそばで死んだ。囲んでいた軍人たちは、みな涙を流して悲しんだ。

（『日本書紀』安康天皇元年二月条）

讒言によって殺されたオホクサカという主君を悼み、自分たちがいかに大切にされてきたかということを述べ、親子三人で殉死した臣下の話です。こうした忠義の臣下というのは、儒教的な観念においては重要ですから、日本書紀ではとくに強調して描かれます。そしてそのあと、マヨワが父の仇を討ち、大臣であるツブラオホミ（日本書紀の表記は円大臣）の許に逃げ込み、オホハツセの軍隊に囲まれた場面を、日本書紀では次のように描いています。

大臣（円大臣）は、庭に出で立ち、脚帯を求めた。すると、大臣の妻が脚帯を持って出てきて、悲しみ、心を痛めながら歌をうたった。

臣の子は　栲の袴を
七重をし　庭に立たして
脚帯撫だすも

臣下である夫は　栲の袴を
七重にも重ねて　庭にお立ちになって
脚帯をお撫でになっていることよ。

大臣は、戦いの装束を身につけ終えると、オホハツセの軍隊が構える軍門に進み出て、跪き拝謁して申し上げることには、「わたくしめは、いかように罰せられるとしても、ご命令に従うことはありません。古の人が、『いかにいやしい者であろうと、その志を奪うことはできない』と言うのは、まさにわたくしめに当てはまります。伏してお願い申し上げますことには、大王よ、どうぞ、わたくしめの娘、韓媛と葛城の家七か所とを奉り申し上げ、それによってわたくしめの罪の償いにすることをお許しください」と。

天皇はそれを許さず、火を縦って、大臣の屋敷を焼いてしまった。そのために、大臣と黒彦皇子と眉輪王は、みな焼き殺されてしまった。

その時に、坂合部連贄宿禰が、黒彦皇子の亡骸を抱いたまま焼き殺されてしまった。お仕えしていた舎人たちが焼かれた遺体を収容したが、とうとうお二人の骨を選り分けることができなかった。そこで、皇子と宿禰とを一つの棺に納めて、新漢の槻本の南の丘に合葬した［この墓は、奈良県御所市古瀬の水泥古墳と考えられている。隣接する大淀町今木にも黒彦皇子の墓は伝えられている］。

（『日本書紀』雄略天皇即位前紀条）

脚帯というのは、どちらも死語ですが、脚半あるいはゲートルのことです。袴の裾に巻いたり縛ったりして動きやすくします。まずは、戦さの支度をするために脚帯を出せというと、妻がもってきて歌を詠みます。こういうとき歌が出てくるのは、歌が心情を表現するものだからです。妻の心は、歌でなければ表わせないというわけです。そのようにして、うるわしい夫婦の愛情が語られていきます。

武装した円大臣は、オホハツセの前に出て、私は罪されたとしても命令に従うことはできない、賤しい男の志も奪うことはむずかしい、云々というのは、古事記のツブラオホミの場合と変わりありません。こちらのほうが少々饒舌すぎて、それが鼻につくという感じはしますが。ところが天皇は円大臣の申し出を許さず、あっさりと屋敷に火を放ち、皆、焼き殺してしまいました。これでは、勇敢に戦うことはできません。

古事記と日本書紀との違い

いろいろなことが言えると思いますが、実際にこういう事件があったとしたら、屋敷を囲んで火を付けて焼き殺してしまうというのが一番手っとり早い方法です。織田信長の戦法のようですね。そしてじつは、この時に焼き滅ぼされた葛城氏の屋敷ではないかと思われる建物跡が、二〇〇五年に発掘されて話題になりました。場所は、奈良県御所市の金剛山の中腹で、奈良盆地を見下ろす高台です。この遺跡から、「古墳時代中期前半の濠に囲まれた大型建物をはじめとする遺構」が見つかり、葛城氏の屋敷跡だろうと、発掘を担当した橿原考古学研究所が発表したのです。しかも興味深いことに、この遺跡は、「柱痕跡すべてに焼土が混じることから、火災にあって焼失した」とみられています（橿原考古学研究所現地説明会資料「御所市極楽寺ヒビキ遺跡の調査」二〇〇五年二月説明会資料は、橿原考古学研究所ＨＰの、http://www.kashikoken.jp/under_construction/wp-content/uploads/2017/06/200502_gokurakuji.pdf で読むことができます）。

これらの建物が造られた時期は、古墳時代中期前半（五世紀前半）ですから、焼けた時期もツブラオホミ（円大臣）が滅ぼされた五世紀後半と齟齬しません。間違いなく、事実としては、日本書紀に描かれているように、焼き滅ぼされたのでしょう。古事記のように、潔く戦って御子のために死んだなどという経緯は、日本書紀の立場からすれば、書かないほうがよいのです。屋敷の中で何が行われていたかということはどうでもよくて、天皇が秩序を回復して平和な国にしたということを語れば、天皇の歴史、国家の歴史としては十分だからです。

にもかかわらず古事記のように語るところに、歴史が物語化されてゆくおもしろさがあると言えるでしょう。

古事記のクロヒコはオホハツセに殺されてしまいますが、日本書紀ではオホハツセに尋問され、マヨワとともに大臣の屋敷に逃げ込みます。そのうえ、日本書紀では最後に、坂合部連贄宿禰（さかいべのむらじにえのすくね）という人物が出てきて、皇子を抱いていっしょに焼き殺されたと語ります。この皇子というのはクロヒコのことです。クロヒコというのは日本書紀では坂合黒彦皇子という名前ですが、坂合とあるのは、坂合部という一族がこの皇子の養育氏族だからです。

坂合部連贄宿禰にとって、自分たちが育てた皇子がクロヒコ（黒彦）で、そのために黒彦を守ろうとして焼け死んだ。ここでも、まさに忠臣が語られるわけです。皇子を抱いたまま焼け死んだので、遺骨がどちらのものか選り分けられない、それで二人の骨を一緒に棺に入れて葬ったとあります。同様のエピソードは他にも出てきて、忠臣を描くときのパターンですが、そのようにして儒教的な忠誠心を語ろうとしている、その点では、古事記も日本書紀も同じといえるでしょう。

ところが古事記の場合は、マヨワという哀れな御子と、御子を庇ったツブラオホミの潔さ、なんの利害もないが自分を頼ってきたから守ってやらなければという潔さが語られていました。それに対して、日本書紀のほうはもっと現実的です。火をつけて焼いてしまったわけですから、マヨワとツブラオホミの感動的な最期など描きようがありません。

また、日本書紀に出てくる坂合部連贄宿禰と黒彦皇子との関係は、養育氏族としての繋がりを引きずっています。しかも、マヨワ一人に焦点を絞って語ろうとした古事記に対して、日本書紀では、黒彦という人物が割り込んでしまったために、マヨワという主人公が途中で消えてしまい、何を語りたいのか焦点がぼやけてしまいました。

あるいは、マヨワやツブラオホミという滅びゆく者に焦点を絞りたくなかったのではないかと勘ぐってしまうほどです。

滅びゆく者へ

古事記と日本書紀とを読み比べてみると、ずいぶん内容に差があります。そして、さきほど述べたように、古事記のほうは、語り手の立場が明確なので、事件を語る視点にブレがありません。その視点は、敗れた者、マヨワと葛城氏の側にありました。物語の語り手は、おそらく葛城氏の側にいるのではないかと思えます。滅んでしまう側に語り手がいる、そういう手法でひとつの事件が語られているのが古事記であり、それが物語をおもしろくしているのです。歴史の語り方というのは、どこから描くかという、その視点の置き方によって、描かれる内容は大きく変わります。

たとえば平家物語をみても、おそらく物語を語る語り手は、滅んでいく側に身を置いて語っています。そのような視点に立つことによって、滅んだ者たちを鎮めることができるという認識があったのでしょう。語るという行為は、「魂」への働きかけだと考えていいと思います。それを鎮魂と呼んでもかまいませんが、死者に語りかけること、それがこのような出来事を語る意味なのではないか、そこに語りの本質があるのではないか、かなり古くさい観方かもしれませんが、私は語りをそのようにみなしています。そうした語りのあり方と、事件を歴史として書き残すという行為とでは、まったく違うのです。そのことは、古事記と日本書紀とを読み比べてみればよくわかるのではないでしょうか。

　マヨワは、なぜツブラオホミのところへ逃げたのか、理由はわかりません。名前からみても葛城氏が養育氏族だったとは認められず、母方の系統をたどっていっても葛城氏との関係はなさそうです。ツブラオホミのもとへ逃げ込むにはなんらかの理由があるだろうとは思いますが、ここでは何も語られていません。日本書紀にも、とくに関係を示す記述は出てきません。

　ツブラオホミの潔さという点についてですが、臣下の家に御子が逃げ込むなどはじめてだとありましたが、この点については先にふれた通り、キナシノカルの事件が直前に起こっています。ところが、物部という豪族の頭領オホマヘヲマヘノスクネの家に、キナシノカルは逃げ込みます。そこに、即位する前のアナホが軍隊を率いて攻めると、スクネは、逃げ込んできた皇子を捕らえて天皇に差し出してしまいます。それとはまったく正反対のかたちで、マヨワの話は語られているのです。ここには、ツブラオホミの行動を際立たせようという思惑がはたらいていると思います。

　物部氏というのは、奈良盆地の東側、三輪山の北、現在の天理市あたりを本拠地とした大豪族です。それに対して葛城氏というのは、奈良盆地の西南部、葛城連山のふもとあたりを本拠にもつ豪族です。その東西の大豪族が、こういうかたちで対照的に描かれていて、マヨワ伝承のほうは葛城氏の滅びの物語という性格を帯びている。もともと河内(かわち)王朝は、葛城氏と組んで成長し勢力を強めていった。葛城氏という勢力がなければ、オホサザキ以下の河内王朝はヤマトを制圧できなかったかもしれません。ところが、五世紀後半のオホハツセの宮殿はどこにあったかというと、三輪山の南を東に入った初瀬(はつせ)(泊瀬・長谷)でした。奈良盆地の東側まで進出したオホハツセにとって、葛城氏はすでに邪魔な存在であったのは明らかです。

古事記の下巻は五世紀の伝承が中心で、その内容は、血なまぐさい権力争いが多くみられます。そして、それらの伝承は歴史性を濃厚にもっていて、きっとこうした血なまぐさい争いを繰り広げながら、天皇家は日本列島の支配者になっていったのだろうと想像させます。その中で、ここに語られている悲劇的な物語が、滅びる側に寄り添って語られている。歴史を語るというのは、そういうことなのではないか。戦いにはいつも、こうした物語がついていなければならない。しかもそれは、負けたほうに寄り添って語られていくものだった。そこに語りの役割があるのは、平家物語をみてもよくわかります。そして一方の、勝ったほうの語りなど必要ないのです。

二　天と赤兄と知る——有間皇子の謀反

古事記に語られる物語は、五世紀末で終わります。系譜は七世紀初頭のトヨミケカシキヤヒメ（推古）まで続きますが、六世紀の大王たちの物語を古事記は伝えていません。

ここで紹介するのは、七世紀の物語です。この時代の物語を担当するのは、おもに日本書紀です。そして、それは物語というよりは歴史です。しかし、伝えられていることが事実かどうかはわかりません。ひとまず、歴史的な時代の物語とでも呼んでおきましょう。

日本書紀にはさまざまな事件が伝えられていて、どこまでが事実でどこからがフィクションであるかは別にして、実際に起きた出来事をもとに記録化されていると考えていいわけです、むろん記録にもさまざまなレベルがあるでしょうが、ここで取り上げるのは、有間皇子の謀反にかかわる伝えです。

有間皇子は、孝徳天皇の皇子で、「有馬」と表記されることもあります。父の孝徳天皇は、二度天皇として即位した女帝、皇極（斉明）天皇の同母弟に当たり、六四五年、大化の改新（乙巳の変）によって天皇に就きました。その大化の改新の首謀者である中大兄皇子と中臣鎌子（藤原鎌足）の傀儡政権とみなされています。そして、孝徳天皇が死んだあと、姉が二度目の天皇（斉明）に就きます。重祚といいますが、その斉明朝にクーデター未遂事件が起こりました。首謀者とされたのが有間皇子です。

陽狂す

いかに傀儡政権だったとしても父は天皇であり、その皇子ですから、有間は、皇位継承権をもつ有力な皇子でした。当時の皇位継承は、唯一の皇太子（日継ぎの皇子）が決まっているというわけではなく、継承権のある何人かの皇子たちの後ろ楯となる豪族の力関係によって決められるという状況にありました。そうした混沌とした権力争いを背景にもつ時代に起きた事件です。

まずは、当時の不穏な空気を伝える奇妙な記事から読んでみましょう。

『日本書紀』斉明天皇三（六五七）年九月条

有間皇子は深謀遠慮の人で、狂ったふりをした。(1)

そして、紀伊国の牟婁の湯(2)に出かけて病気の療養をする真似をして都にもどり、牟婁の風光をほめて、

（1）深謀遠慮の人で、狂ったふりをした＝原文を訓読すると、「性黠くして、陽狂す」とある。「黠し」は悪がしこい、「陽

「ほんの少しその地を見ただけで、病気は自然に治ってしまいました」と言った。天皇は、それを聞いてお悦びになり、自分も牟婁に出かけて景色を見たいとお思いになりました。

唐突に、有間皇子が「陽狂す（狂ったふりをした）」という記事が出てきます。そして、これが事件の引き金になっていくわけです。そういえば、ハムレットも身の危険を感じて狂ったふりをしていますね。有間も身の危険を感じていたのでしょうか、それとも、何か魂胆があったのでしょうか。少なくとも日本書紀の編纂者は、有間を下心のある人物と決めつけているように読めます。

最初に、「深謀遠慮の人で（性黠くして）」と記されています。こういう場面で、性格がさとくて狂ったふりをしたと書かれると、その「さとい」は、ずる賢いという意味になります。編年体による出来事の羅列をむねとする日本書紀では、こうした予断的な性格描写をするのはめずらしいのではないかと思いますが、これがあとあとの事件の伏線になっています。そしていうまでもなく、日本書紀の編纂者は国家の側から歴史を叙述しているわけです。

皇子は紀伊国の牟婁の湯に出かけます。白浜温泉と総称される名湯の中の湯崎温泉

狂す」は狂ったふりをすることをいう。

（2）**紀伊国の牟婁の湯**＝紀伊の湯ともいう。和歌山県西牟婁郡白浜町にある湯崎温泉のこと。明日香からの距離はおよそ一五〇キロ。

【系図8】有間皇子とその周辺【『日本書紀』】

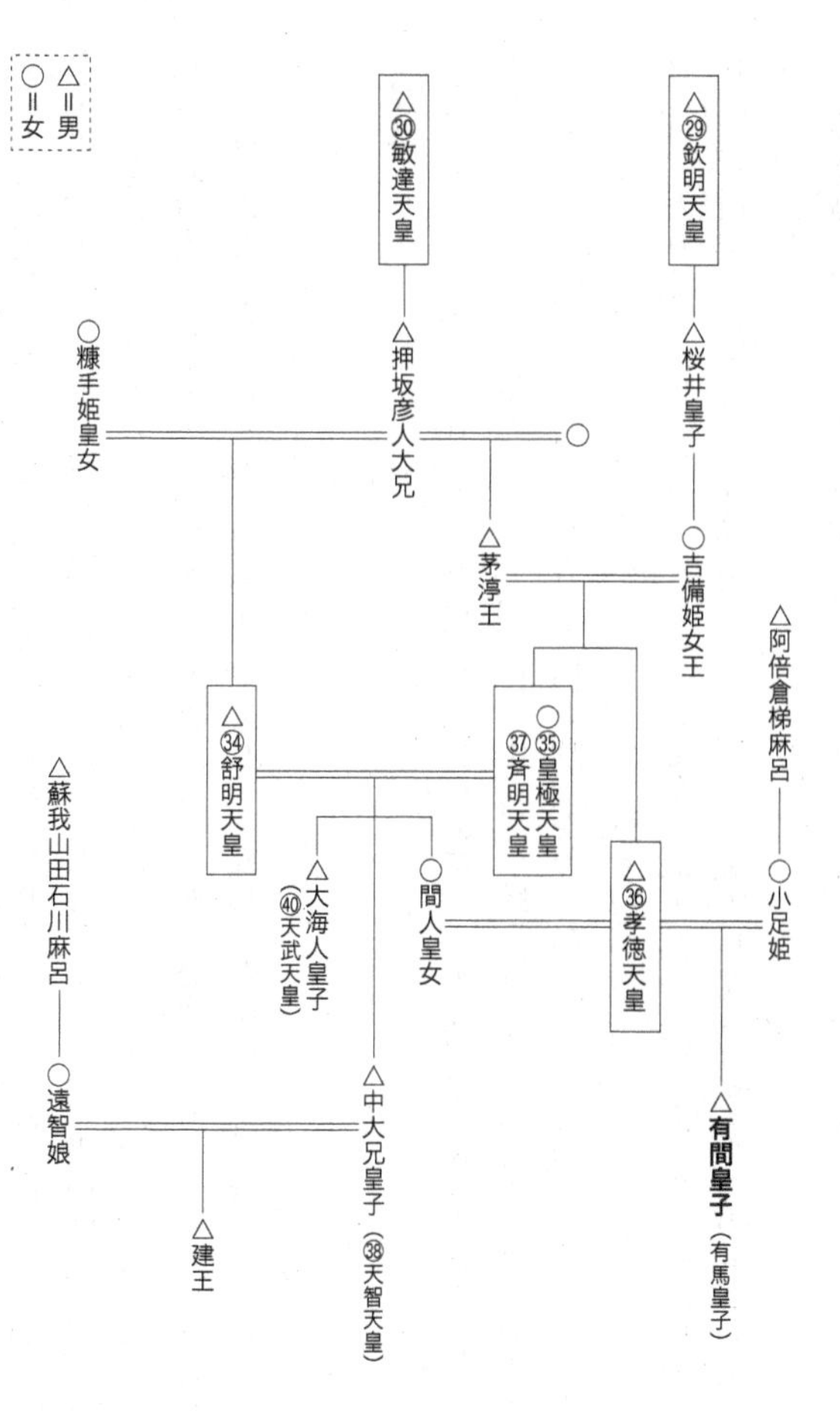

のことで、現在も七八度の熱湯が湧き出す源泉があります。ここは、古代から知られた温泉で、天皇たちもしばしば湯治に出かけるところです。その牟婁の湯に病気療養のふりをして出かけていったのです。有間皇子が狂ったふりをしたのは、おそらくなんらかの政治的な事件があってそれに巻き込まれたか、巻き込まれるのを避けるために逃げたのではないかと考えられます。もしそうなら、彼は周囲の状況がよく読めていたということになります。

謀議

次の年、斉明四（六五八）年五月、斉明天皇の孫、中大兄皇子の息子であった建王（たけるのみこ）が、わずか八歳で急死します。建王は、中大兄の跡を継ぐことのできる唯一の男子で、斉明は孫の死をとても悲しみ、哀悼の歌謡を作ったりしています。中大兄には大友（おおとも）皇子をはじめ、男子が何人かいますが、いずれも母親の出自がよくないので、皇位継承者になれる者はほかにはいなかったのです。建王のほうは、大豪族・蘇我（そが）氏の蘇我山田石川麻呂（やまだいしかわまろ）の娘である遠智娘（おちのいらつめ）が生んだ子で、鸕野（うの）皇女（持統（じとう）天皇）の同母の弟ですから、血筋はとてもいいのです。

その期待の星ともいえる建王が死んで、悲しみを癒（いや）すためだったのでしょうか、十月十五日から天皇以下、皇太子であった中大兄皇子などが揃って紀伊（牟婁）の湯へ出かけます。その旅の途中にも、斉明は孫の死を悼む歌をうたったりしています。そして、一行が紀伊の湯に滞在中に、事件は起こります。天皇が都を留守にするときには、「留守官」という都を守る役人が任命されるのですが、そのとき、留守官に任命されていたのは、蘇我臣赤兄という人物でした。日本書紀には、その時のクーデター未遂事件の顚末が次のように記されています。

『日本書紀』斉明天皇四（六五八）年十一月条

十一月三日に、留守官の蘇我赤兄の臣が有間皇子に語って言うことには、「天皇のなさる政事に、三つの誤りがあります。大きな倉庫を建てて、人民の財産を集め積んだことが、その一つです。長い溝を掘るために[1]国家の財物を浪費したことが、その二つめです。舟に石を載せて運び[2]、積み上げて丘を作ったのが、その三つめです」と。有間皇子は、その言葉を聞いて、赤兄が自分に心を寄せていることを知り、大いに喜び、「私の年齢は、はじめて戦をしかける時になったようだ」と答えた。

（1）**長い溝を掘るために**＝斉明二（六五六）年是歳条に、「水工をして渠を穿らしめ、香山の西より石上山に至る」とあり、人びとは「狂心の渠」といって非難したとある。この水路は、次にある石を運ぶためのものらしい。最近の発掘によって、ここに記されている土木事業が事実であったことが判明している。

五日に、有間皇子は、赤兄の家に行き、高楼に登って謀議をした。その時、肘をかけていた脇息の脚がひとりでに折れた。そのために、良くない兆だと思い、お互いに誓い合っただけで謀議を中止した。皇子は屋敷にもどって寝た。その夜中、赤兄は、物部朴井連鮪を派遣し、宮殿造営に携わる者たちを引き連れて、有間皇子の市経の屋敷(3)を包囲させた。すぐさま早馬の使いを天皇のもとに遣わしてご報告申し上げた。

九日に、有間皇子と守君大石・坂合部連薬・塩屋連鯯魚らを捕らえて、紀の湯に護送した。舎人の新田部米麻呂がお供をした。

ここに、皇太子である中大兄皇子が、みずから有間皇子に尋問して、「なにゆえに謀反など起こそうとしたのか」と問いかけた。すると、有間皇子は、「天と赤兄とだけが知っています。私は何も知りません」と答えた。

(2) **舟に石を載せて運び**＝斉明二年是歳条には、注(1)に記した記事に続けて、「舟二百隻を以ちて、石上山の石を載みて、流の順に宮の東の山に控引き、石を累ねて垣とす」とある。これに相当すると考えられる遺構の一部が、飛鳥池遺跡(奈良県高市郡明日香村)およびその南側の丘陵地で見つかっている。

(3) **市経の屋敷**＝場所は不明。

十一日に、丹比小沢連国襲を派遣して、有間皇子を藤白の坂[4]で絞首刑にした。この日、塩屋連鯯魚・舎人新田部連米麻呂を藤白坂で斬った。塩屋連鯯魚は殺される時に、「願わくば、右手で国の宝器を作らせてほしい[5]」と言った。守君大石を上毛野国に、坂合部連薬を尾張国に流した。

或る本に云うことには[6]、有間皇子と蘇我赤兄・塩屋連小戈・守君大石・坂合連薬は、ひねり文[7]を作り、それを取って謀反の成否を占ったという。

或る本に云うことには、有間皇子が、「まず宮殿を焼き、五百人の兵を使って一日二晩のあいだ牟婁の津を閉鎖し、急ぎ船軍で淡路国とのあいだを遮断し、牟婁を牢獄のように閉じ込めてしまえば、事は成しとげ易いだろう」と言った。それを或る人が諫めて、「よくありません。計略はそのように進んだとしても、徳がありません。今、皇子は年十九歳で、まだ成人に達してはいらっしゃらない。成人に至っ

(4) **藤白の坂**＝和歌山県海南市の下津町から藤白へ抜ける峠。

(5) **右手で国の宝器を作らせてほしい**＝意味がとれない。

(6) **或る本に云うことには**＝以下の部分は、日本書紀本文では二行書きの割注になっている。それ何種類もの書物があって、それらに事件の記録が載せられていたことがわかる。そうした記録類が、歴史書編纂の基礎資料として使われているらしい。

(7) **ひねり文**＝原文には「短籍」とあり、小さな紙片を何枚か準備し、そこに成否にかかわる文字を書いて、ねじって置く。そして、その中から一つを選んで占う籤であろう。籤というのは神の意志をたずねるための行為である。

て、徳というものを身につけられよ」と言った。別の日に、有間皇子と一人の判事[8]とが謀反の謀議をしていた時、皇子の脇息の脚が、理由もなくひとりでに折れた。それなのに謀（はかりごと）を止めず、ついには誅殺されてしまった、という。

(8) 判事＝訴訟の審理などを行う刑部省の役人。

フレームアップ

日本書紀は編年体で、年月日順に出来事が叙述されていくわけですが、ここには、十一月三日から十一日にかけて、ほぼ一週間ほどの出来事が並べられています。うしろには「或る本に云うことには」という記述がいくつか出てきますが、ここからは、いろいろな記録があったこと、記録ごとに事件についての伝えに違いがあることなどがわかります。それは、この事件が人びとの噂になる、たいそう有名な事件だったということを示しています。また、人びとのあいだで、有間皇子の事件がどのように伝えられていたか、人びとがこの事件をどのように受け止めていたかということも、教えてくれます。

順番に読んでいきますと、十一月三日、天皇たちが出かけた後の都で、蘇我臣赤兄が有間皇子に政策の誤り三点を指摘します。ここで語られている三点は、最近の考古学研究で事実と証明されつつある事業ばかりです。運河を掘って財物を浪費したとか、船で石を運ばせて丘を造ったとか、いずれも、明日香村と周辺地域の発掘調査によって証明されつつあります。斉明天皇の時代というのは、こうした土木工事が盛んに行われており、それは、新しい王宮や神仙思想の影響を受けたと考えられる施設を造るためでした。すでに旧聞に属しますが、二〇〇〇年には飛鳥池遺跡から亀形の石造物が出土して大きな話題になりました。あれも斉明天皇の時代の、水を使った大掛かりな施設の一部のようです。運河を造ったり丘を造ったりするなどの土木事業には批判が大きかったということがわかります。

それら斉明天皇の政策を挙げて、蘇我臣赤兄は悪政であると言ったわけです。それに対して有間皇子は、自分に心を寄せてくれていると考え、「私の年齢は、はじめて戦をしかける時になったようだ」と答えます。このときの有間皇子の年齢は、後半に出てくる「或る本」によれば十九歳だったとされています。律令によれば二十一歳からが成人男子とされていますから、少し足りませんが、もう一人前の男だということを宣言したというふうに読めます。

この赤兄の発言について、有間皇子をひっかけようとしたのではないかと歴史家の多くは考えています。斉明や中大兄がこぞって牟婁の湯に出かけたのも、有間皇子をひっかけるための策略だったのではないか、つまり中大兄と赤兄は結託していたので

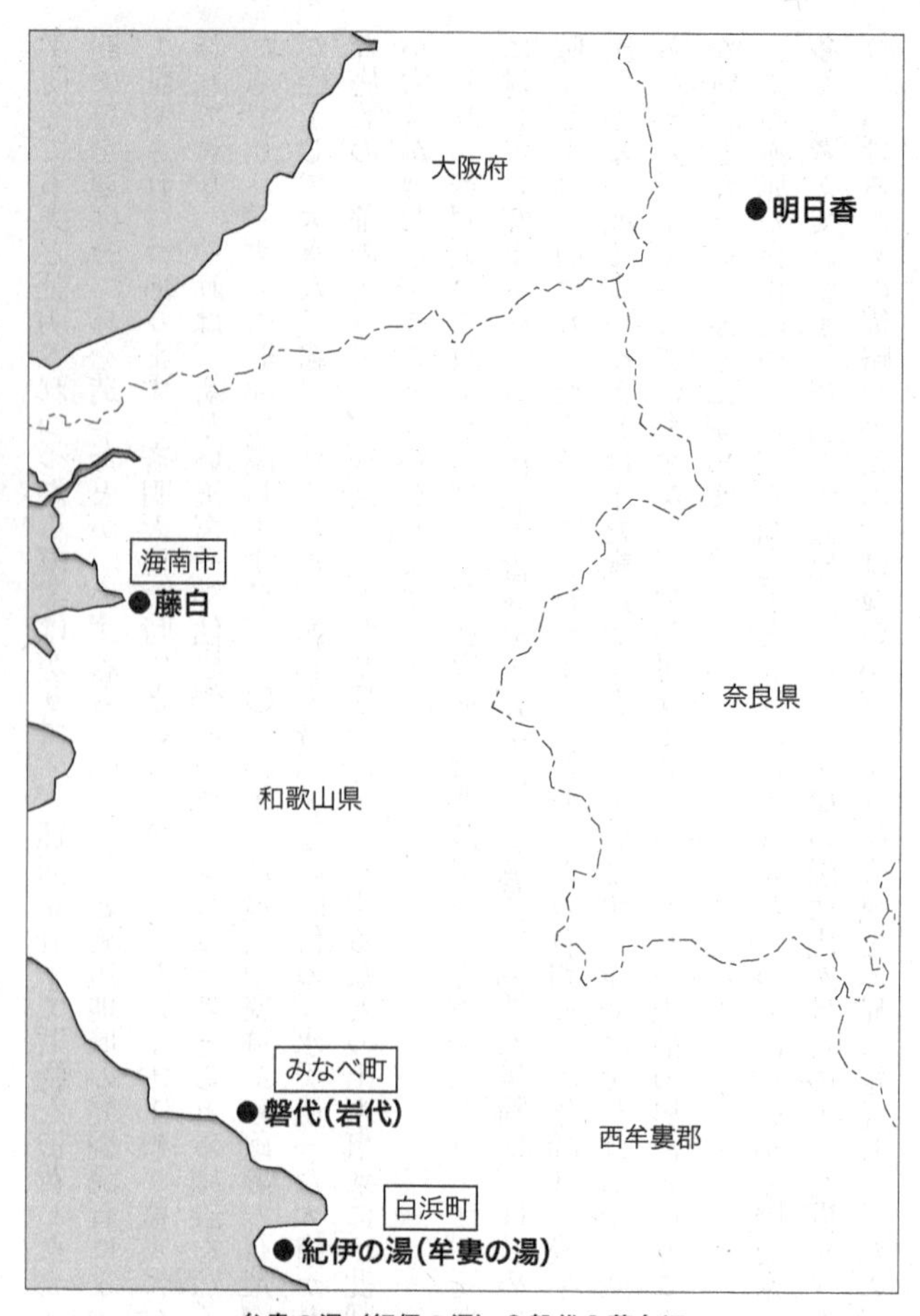

牟婁の湯（紀伊の湯）&磐代&藤白坂

はないかという解釈が有力です。それが事実かどうかはわかりませんが、舒明天皇と宝皇女（皇極・斉明天皇）とのあいだに生まれた中大兄皇子は、最有力の皇位継承者です。皇極天皇の跡を継ぐ最有力候補は中大兄でした。ところが、中大兄皇子は大化の改新を起こして蘇我氏を滅ぼしたクーデターの首謀者ですから、すぐに天皇になるのは好ましくないというので、孝徳や斉明（皇極の重祚）があいだをつなぐかたちで即位を遅らせていたと考えられています。そして、近い将来に実現するはずの中大兄の即位に際して、もっとも大きな障害になるのが有間皇子である、とみられていたというのも容易に想像できます。そこで、前天皇の皇子である有間を亡き者にしてしまえば、中大兄にとって障害はなくなると考えたというのは妥当な推測でしょう。

そういう状況で、有間皇子は蘇我臣赤兄の言葉にひっかかった。あるいは最初は赤兄も本当にそう思っていたのかもしれませんが、有間は、赤兄が自分に心を寄せているると思い込んでしまったわけです。

発覚と処刑

二日後の十一月五日、二人は高楼に登って謀議します。そして、これは有名なエピソードだったと思われますが、謀議の最中に脇息の脚が折れてしまい、縁起が悪いというので謀議を中断します。ところがその夜に有間皇子は屋敷を囲まれ、牟婁の湯に

牟婁の津（白浜漁港）　有間は牟婁の津を閉鎖して、淡路国との間を遮断しようと考えたと『日本書紀』は伝える。

使いが出されます。国家転覆をめざした謀反はもっとも重罪ですから、事実なら絞首されるというのは決まっています。

五日に捕らえられた有間皇子は、牟婁の湯に護送されますが、そのときに新田部米麻呂という舎人がお供をしたと書かれています。この舎人は、有間皇子の側仕えをしていたのでしょう。しかし、わざわざお供の舎人の名を記すのはなぜか、それは次の場面に関係しているようです。

なぜ謀反を起こそうとしたのかと聞く中大兄皇子に対して、有間は、「天と赤兄とだけが知っています。私は何も知りません（天と赤兄と知らむ。吾、全ら解らず）」と答えます。これは有名なせりふですが、こうした言葉が伝えられてゆくには、その聞き役、そして伝え手が必要です。そのために、お供をする側近、新田部米麻呂のような人物が登場するのです。前節の話では、滅びてゆく者に寄り添ったかたちで事件は語られると言いましたが、それと同じような役割を果たす人物が主人公の側にいるということに、こういう場面を読んでいると気づかされます。

訊問(じんもん)ののち、有間皇子は都に戻されます。牟婁の湯というのは都から紀(き)ノ川沿いに和歌山市のほうへ出て、海岸線を南下していったところにあるのですが、帰りの、牟婁の湯から海岸沿いを北へ上っていった、都への途中にあるのが藤白の坂というところです。そこで有間皇子は絞首刑に処されたと伝えています。連座した者のうちの二人も、そこで斬り殺されます。

牟婁の湯（和歌山県西牟婁郡白浜町）　今も78度の熱湯が湧き出す「行幸源泉」（道路下の塔のある建物）。

そのとき、塩屋連鯯魚という人物が殺される時に、「願わくば、右手で国の宝器(たからもの)を作らせてほしい」と言ったという部分がありますが、まったく意味がわからず、注釈書類もお手上げの状態です。古代の文献ですから理解できない部分があるのは当然ですが、わからないとなると余計に知りたくなります。しかし、ここはどうにもなりません。

あとの二人は流罪となって、事件は決着します。そしてこの後に、「或る本に云うことには」という記事が続きます。「ひねり文」

という占いをしたとか、有間皇子が提案したクーデターの方法について、徳がないと諫めた人物がいたとか、さまざまなエピソードが紹介されています。

おそらく事件の当初から、この事件は、有間皇子を消すために仕組まれたでっち上げだったのではないかという噂が流れていたのだと思います。でなければ、「天と赤兄とだけが知っています。私は何も知りません」というようなせりふが、人びとのあいだを流れることはなかったのではないでしょうか。少なくとも有間皇子の周辺では、そのように考えられていたのは間違いありません。

みずからの死を悼む歌

もうひとつ、この事件に関して重要な伝承があります。万葉集の巻二に収められた歌で、有間皇子が自ら詠んだ辞世歌です。自分の死をうたう辞世の歌は、後の時代にはたくさん出てきますが、万葉集ではめずらしいのです。辞世の歌を遺している人物は三人しかいません。一人はこの有間皇子で、もう一人が次に紹介する大津皇子、そしてもう一人が歌人の柿本人麻呂です。この三人しか「自傷」と題詞に書かれた歌を作った人物はいません。「自傷」というのは「自ら傷みて」と読まれ、自分の死を悲しんでという意味です。どの歌も本人が作ったかどうかは疑わしいとされ、物語性の強い歌だと考えられています。

『万葉集』巻二

「有間皇子の自ら傷みて松が枝を結べる歌二首」（一四一、一四二番歌）

磐代(1)の　浜松が枝を　　岩代の地の浜松の枝を
引き結び　真幸くあらば　　引き結び無事であったならば
また還り見む　　また還ってきて見よう。

家にあれば　笥(2)に盛る飯を　　家にいれば器に盛るご飯を
草枕　旅にしあれば　　草を枕の旅にいるので
椎の葉に盛る　　椎の葉に盛ることよ。

（1）**磐代**＝和歌山県日高郡みなべ町西岩代のあたり。紀伊（牟婁）の湯と藤白の坂との中間に位置する。
（2）**笥**＝椀や桶などの容器をいう。

磐代というのは紀伊（牟婁）の湯へ行く街道沿いにあるので、人びとが通る場所です。そのためもあって、後世の人たちが、この場所や事件を題材にして歌を詠んでいます。そうした歌を万葉集では「追和歌」と呼んでいますが、この事件に関しては追和歌がいくつも遺されています。おそらく、磐代（岩代）を通る官人たちは、ここが有間皇子の殺された場所だというので歌を作るわけです。それが死者を悼み、死者の魂を鎮めることになりました。

たとえば山上憶良（やまのうえのおくら）の追和歌（万葉集、巻二・一四五番歌）に、

天翔り（あまがけ）(1)　あり通ひつつ
見らめども　人こそ知らね
松は知るらむ

（1）天翔り＝原文は「鳥翔成」とあり、訓み方は諸説あって一定しない。中西進『万葉集全訳注原文付』（講談社文庫）に従う。

天空を翔り飛び通い続けながら（皇子の魂は）
見ているだろうが、人は知らないことよ。
きっと松は知っていることだろうよ。

という歌があります。一行目の、「あり通ひつつ」というのは、何が通い続けているのかについて議論がありますが、おそらく有間皇子の魂だと思います。彼の魂がいつもいつも通い続けているだろう。それを人は知らないけれど松は知っているよ、と有間皇子の魂に語りかけている、そこに鎮魂性があるわけですね。いつ作られたかは確定できませんが、持統四（六九〇）年九月の紀伊国行幸に従ったときの作だという見解が有力です（中西進『万葉集　全訳注原文付』講談社文庫）。それが正しいとすると、

事件から三十二年後に作られた歌だということになります。

そうやって人びとはこの土地を通るたびに、有間皇子に思いを馳せるのです。それはなぜかというと、誰もが有間皇子の死に対して、クーデター未遂事件に対して、ある種の疑わしさを感じていたからではないでしょうか。権力者に嵌められたのではないかという同情があったからこそ、こうして歌を詠んで魂を鎮めなければならないという思いが、七、八世紀の人びとにはあったのだと思います。

辞世歌の作者

有間皇子本人が詠んだ辞世歌も、後世の誰かが作った歌ではないかというのが万葉集の研究者のおおかたの見解です。「自傷（自ら傷み）」という言葉はほとんど例がなく、大津皇子も柿本人麻呂も、万葉集に辞世歌を遺している歌人は、その死に何か事情のある人たちです。また、日本書紀に「或る本」の伝えが引かれていることからわかる通り、事件についてはいろいろな噂が流れていたのです。そうした事情を考慮すれば、この歌も本人が作ったというよりは、悲劇の主人公として物語化されてゆく過程で生まれた歌だったのではないかと考えられます。そのように語ることが、有間皇子のように志なかばで死ななければならなかった人物の魂を鎮めるための、古代的な手法だったといえるのではないでしょうか。

実際に、謀反がでっちあげであったかどうかは、私たちには判断できませんし、事実であろうとでっちあげであろうと、どちらでもかまいません。歴史を振り返れば、七世紀の皇位継承に絡んで、こうした事件はしばしば起こりえたでしょうし、嵌められて殺された人間は他にもいたはずです。私たちにとっては、事件の真相がどうであったかということよりはむしろ、その事件がどのように語られてゆくかということのほうが重要なのではないかと思います。

有間皇子についていえば、日本書紀には、優れた人物だったとか、評判が良かったとかの記述はまったく見当たりません。それが、次節で取り上げる大津皇子とは違うところです。また、皇位継承の順位からみれば、圧倒的に中大兄皇子が優勢だったはずです。最初に引いた部分で、「深謀遠慮の人で、狂ったふりをした（性黠（ひととなりさと）くして、陽狂（いつはりたぶれ）す）」と書かれているのを見ると、日本書紀の編纂（へんさん）者は、野望をもつ人物として有間皇子をとらえていたようにみえます。朝廷の正史の編纂者ですから、王権の側に立っているのは当然ですが、それでもこのような描きかたは異例です。

編纂者が王権の側に立っていたとしても、志なかばで殺された人物は、いい人だったと褒めるのがふつうです。生きている者たちにとっては、死者との関係を円滑にする、あるいは恨みを回避するのは重要なことでした。だから、褒めたり慰めたりするのです。いかなる意味においても、鎮魂というのは生きている側の論理でしかありません。それは、恨みを残して死んだ人に対する畏れというふうに言うこともできるでしょう。

国家のほうは、なんとか早く鎮めて、事件を収束させようとするはずです。しかし、その外がわにいる人びとにとっては、事件の記憶はなかなか消えずに生き続けます。そして、事件が思い起こされるたびに、当事者の魂もよみがえってくるということになり、そのたびに、噂や歌が作られることになるのです。

三　継母に殺された継子——大津皇子事件

大津皇子をめぐる事件は、有間皇子の謀反よりも資料が多く、その中でさまざまなことが伝えられていますが、こちらもでっち上げで殺されたとみるのが有力です。有間皇子事件から二十八年後に起こりました。

大津皇子は大海人皇子（天武天皇）の息子の一人、母親は大田皇女といい、天智天皇の娘で、鸕野皇女（持統天皇）の同母の姉にあたります。その大田皇女と天武天皇とのあいだに生まれたのが大伯（大来）皇女と大津皇子という姉弟で、一方、鸕野皇女と天武天皇とのあいだには草壁皇子が生まれました。

この事件が起きたのは天武天皇が亡くなってすぐのことです。天武が朱鳥元（六八六）年九月九日に病没するとすぐに、皇后であった鸕野皇女が、「臨朝称制（臨時に政務を執ること）」します。正式な即位は四年後のことですが、推古・皇極（斉明）に続いて三人目の女帝の誕生です。そして、斉明天皇の時代に有間皇子事件が起き、持統天皇が称制してすぐに大津皇子のクーデターが起きたのです。女帝の時代というのは、次の天皇を決めるまでの過渡的な期間と考えれば、女帝が皇位にあるときにクーデターが発覚するのは当然とも言えるかもしれません。

そしてこの場合、持統は自分の息子である草壁皇子を皇位に就かせたかったので、人望があって頭もいい大津皇子が障害になると考えていたようです。この時、母である大田皇女がすでに亡くなっている大津皇子は、「みなし子」状態でした。それに対して、称制した皇后を母にもち皇太子の地位にあった草壁皇子が、もっとも皇位に近い皇子だったのは明らかです。それでも、母である鸕野皇女は安心できなかったのでしょうか。

謀反の発覚

日本書紀は、この事件について次のように伝えています。天武天皇が九月九日に没

【系図9】**大津皇子とその周辺**【『日本書紀』】（第39代弘文天皇は、明治三年に正式に天皇として加えられた）

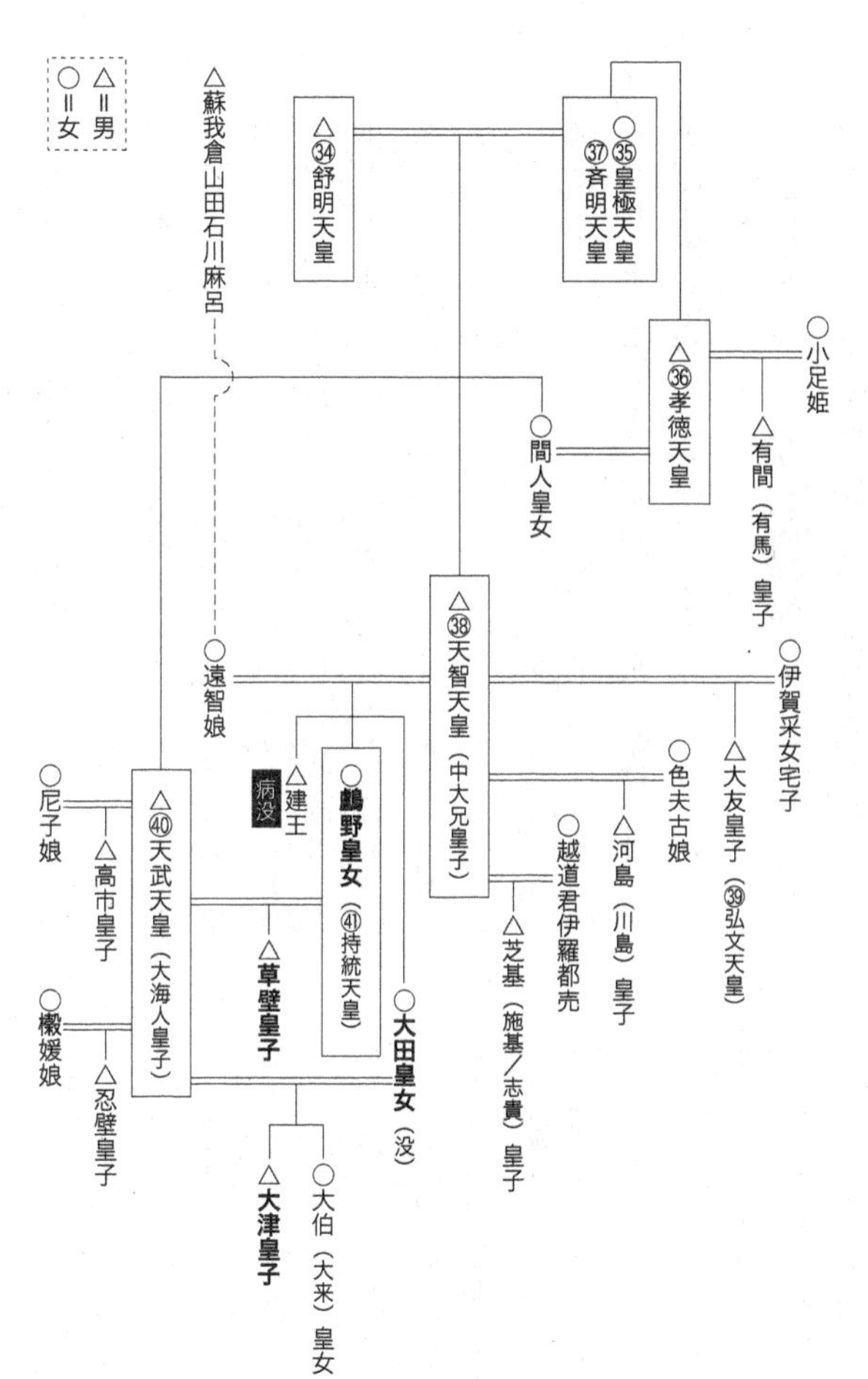

して、まだひと月も経っていませんでした。

『日本書紀』持統称制前紀、朱鳥元（六八六）年十月条

冬十月の二日に、皇子大津[1]の謀反が発覚した。皇子大津を逮捕し、併せて皇子大津に欺かれていた直広肆[2]八口朝臣音橿・小山下[3]壱岐連博徳と、大舎人中臣朝臣臣麻呂・巨勢朝臣多益須・新羅の沙門行心[4]、及び帳内[5]礪杵道作等、三十人あまりを捕えた。

三日に、皇子大津は訳語田の屋敷[6]で死を賜った。時に、年二十四であった。妃皇女山辺[7]は、髪を振り乱し、素足のままで訳語田の屋敷に駆けつけ、夫大津に殉じて死んだ[8]。そのさまを見た者は、皆すすり泣いた。

皇子大津は、天渟中原瀛真人天皇（天武）の第三子[9]である。容姿は高く際立ち、発する言辞はきわめて鋭く明晰である。天命開別天皇（天智）[10]によ

（1）**皇子大津**＝大津皇子と表記するのが通例で、このように逆に記すのは、大津が謀反人であるため。

（2）**直広肆**＝天武朝の冠位で、四十六階級のうちの第十六位。のちの位階の従五位下に相当。

（3）**小山下**＝天智朝の冠位で、のちの位階では従七位下に相当する。

（4）**沙門行心**＝沙門は僧のこと。新羅から渡来した行心が大津皇子と親しかったことは、懐風藻に載せられた大津皇子の「伝」に記す。

（5）**帳内**＝舎人のこと。天皇や皇子に仕える貴族や豪族の子弟。

（6）**訳語田の屋敷**＝奈良県桜井市戒重のあたりに大津の宮殿があった。

って愛された。成長するに至って分別があり、学才がひときわ優れていた。中でも文筆を好まれ得意とされた。わが国の詩賦（しふ）の隆盛は、大津から始まったものである。

　二十九日に、天皇は詔り（みことのり）して、「皇子大津は謀反を起こした。大津に騙された役人や帳内（とねり）はやむを得ないことであった。今は、皇子大津はすでに滅んだ。連座した者たちのうち、皇子大津のせいで罪にふれる者たちは、みな赦せ（ゆるせ）。ただし、礪杵道作は伊豆に流せ」と命じた。また、詔りして、「新羅の沙門行心は、皇子大津の謀反に加わったが、私としては罰するに忍びない。飛騨国の寺に移せ」と命じた。

天武の心配と吉野の誓い

　事件について記す日本書紀の記事はこれだけです。天武天皇が死んだのは朱鳥（あかみとり）元（六八六）年九月九日ですから、天武の死から二十日あまりしか経っていないときに、大津の謀反が発覚したというわけです。天武に仕えていた臣下たちの中には、天皇が

（7）**皇女山辺**＝天智天皇が蘇（そ）我赤兄（がのあかえ）の娘の常陸娘（ひたちのいらつめ）に生ませた皇女。
（8）**殉じて死んだ**＝殉死については、第3章で論じた。
（9）**第三子**＝懐風藻に「長子」。
（10）**天命開別天皇**＝天智天皇は、大津にとって母方の祖父。数え年五歳で母の大田皇女が没した大津は、天智の許で養育されたらしい。

案じていた通りになったと思った者も少なくないかもしれません。というのは、天武が即位して八年目の夏、吉野の宮（奈良県吉野郡吉野町宮滝にあった宮殿）に行幸し、自分の皇子および兄・天智の皇子の中の主だった皇子たちを集めて、次のような誓いの儀式を行っているのです。こちらもいっしょに読んでおきましょう。

『日本書紀』天武天皇八（六七九）年五月条

五月五日に、（天武天皇は）吉野の宮に行幸なされた。

六日に、天皇は、皇后と草壁皇子尊・大津皇子・高市皇子・河島皇子・忍壁皇子・芝基皇子(1)に詔りして、「わたしは今日、お前たちとともに、この吉野の宮の庭で誓いを立て、千年の後にも安泰であるようにしたいと思う。どうであるか」と尋ねた。皇子たちは、皆ともに答えて、「道理は明白でございます」と言った。

すぐさま草壁皇子尊が(2)、最初に天皇の前に進み出て誓いを立てて、「天神地祇および天皇よ、お聞き

(1) **草壁皇子尊・大津皇子・高市皇子・河島皇子・忍壁皇子・芝基皇子**＝この六名のうち、河島皇子と芝基皇子の二人は天智天皇の皇子である。日本書紀には天武の皇子の名が十名みえる。おそらく、この時点で皇位継承にかかわりうる有力な皇子がこの六名であったと考えられよう。

(2) **草壁皇子尊**＝六名の名前は年齢の順に記されているのではないかといわれているが、天

ください。わたしたち兄弟十人あまりの皇子は、それぞれ異なる母から生まれました。しかしながら、同母であろうと異母であろうと、ともに天皇のご命令にしたがい、助け合って反逆するようなことはいたしません。もし今から後、この盟約に従わないようなことがあれば、その身は亡び、子孫も絶えてしまうでしょう。決して忘れません、決して過ちを犯したりはいたしません」と申し上げた。控えていた五人の皇子たちも、順番におなじように盟約した。

最後に、天皇が、「わが息子たちよ、お前たちは、それぞれ別の腹に宿り生まれた。しかしながら、今からは同じ母から生まれた兄弟のように慈しもう」と仰せになった。すぐさま衣の襟を開き、六人の皇子たちを抱かれた。そして誓いを立てて、「もしこの盟約に違反するようなことがあれば、たちまちに我が身は滅びるであろう」とおっしゃった。皇后が誓いなさることもまた、天皇と同じであった。

武皇后である鸕野皇女（のちの持統天皇）が生んだ草壁皇子が最有力の皇子であったのは間違いがない。このあと、二年後の天武十（六八一）年二月に皇太子になった。

天皇が胸襟を開いて皇子たちを包み込むという、かなり大げさで芝居がかった儀式をしなければならなかったのも、将来に不安を抱いていたからに違いありません。そして、天武天皇が死んでまもない十月二日、はやくも大津皇子の謀反が発覚します。心配どおりに事は進みました。

唆される皇子

皇子の名前は「大津皇子」というように書くのがふつうですが、事件を伝える朱鳥元年の記事では「皇子大津」と書かれています。このように逆に書くのは、罪人だからだと思われます。しかし、同じく謀反を起こした有間皇子の場合は、皇子有間というような表記はされていませんでした。大津皇子のほうが、編纂者の見方はきびしいのでしょうか。

当時の人びとが大津皇子をどのように評価していたかということは、皇子大津という呼び方とは別だと考えなければならないでしょう。日本書紀の記事でも、大津皇子に対して、人びとがどういう思いを寄せていたかということは読み取れます。そのことに触れるのはちょっとあと回しにして、大津がなぜ謀反を起こそうとしたかという点について考えておきましょう。ただし、日本書紀には、そのあたりの事情はまったく記されていません。有間皇子の場合は蘇我赤兄に唆されるようにして謀議をしたというようなことが書かれていましたが、ここではなにも記されていないのです。また、どうして発覚したかということも、一切書かれていません。

そのあたりの事情を少しだけですが、知ることができる資料として、日本最古の漢詩集、懐風藻があります。その懐風藻の中に、大津皇子が作った漢詩が載せられているのですが、漢詩に添えられた「序」に、大津皇子の事蹟が簡略に紹介されています。

『懐風藻』大津皇子、四首

皇子は、浄御原の帝（天武天皇）の長子(1)である。その身体容貌は大きく立派で、その度量ははるかに高く包容力をお持ちである。幼年より学問を好み、博覧で巧みな文章をお作りになる。壮年に至り、武を愛し、力が強くすぐれた剣の使い手である。性格はすこぶる放蕩で決まりごとに束縛されることがない。身分のわけ隔てなく立派な人には礼をもって接している。このために、多くの人びとが心を寄せた。

その頃、新羅の僧で行心(2)という者がおり、天文や

(1) **長子**＝長男のこと。日本書紀の天武二（六七三）年正月条によれば、草壁皇子・大来皇女に次いで三番目に記されている。母は鸕野皇女（持統天皇）の同母姉の大田皇女で血筋も申し分がなく、皇太子となった草壁皇子に次ぐ位置にある。ただし、母の大田皇女は天智六（六六七）年に亡くなっている。ここに長子とするのは、大津皇子を高めようとする意図があるためか。

(2) **行心**＝日本書紀にも出て

占いに通じていた。その行心が皇子に告げて言うことには、「太子の顔かたちを見るに、あなたは臣下に居られる人相をなさってはいません。このまま長く下位にとどまられたのでは、おそらくは天命を全うすることはできないでありましょう」と。そして謀反を勧めた。皇子は行心に唆されて迷いの心を起こし、謀反を企ててしまった。

ああ惜しいことよ。その身に立派な才能を持ちながら、忠や孝によって生きることができず、行心のような悪僧と交わったばかりに、ついにこのような辱め[3]を受けて命を終えてしまった。昔の人が交遊関係に心を砕いたというのは、考えてみれば深い意味のあることであった。時に、年二十四。

おり、飛騨の寺に流されたとある。なお、続日本紀によれば、「流僧幸甚」(行心のこと)の子として「僧隆観」の名がみえる。隆観は、飛騨国の神馬を朝廷に献上したことが認められ、罪を免じて入京が許されたという(大宝二〈七〇二〉年四月条)。

(3) **このような辱め** = 謀反の罪で死罪になるということ。

大津は、顔かたちも頭もいい、申し分のない皇子で、性格は自由奔放、小さなことには拘らない人物だったと懐風藻には書かれています。そのうえ偉ぶったりもせず、臣下にも慕われていた。ところが新羅の僧行心、この人物は日本書紀でも謀反に連座した人物として名前が挙がっていましたが、その人相見の僧が謀反を勧め、その言葉に迷って、ついに謀反を起こしてしまったばかりに謀反などを起こしてしまったのだというようなことが書かれています。これを読むと、新羅の僧行心に唆され、その誘いにまんまと乗ってしまったのが事件のきっかけであったらしいということがわかります。もちろんこれは、懐風藻の解釈です。

日本書紀によれば、新羅僧のほかに側近の者たちが捕まります。十月二日のことです。そして三日、大津皇子は訳語田（おさた）の屋敷で処刑されます。二日に事件が発覚して、翌日にはもう処刑されているわけです。この処刑があまりに慌ただしいということもあって、事件はでっち上げではないかと考える人がたくさんいます。しかも、十月二十九日には、懐風藻に謀反を唆したとあった新羅僧行心を、罪するに忍びないといって飛驒国の寺に左遷するというかたちで、持統女帝は事件を終結させてしまいます。三十余人を逮捕したとありますが、結局、礪杵道作（ときのみちつくり）という側近が伊豆に流罪になったほかは、行心が左遷されておしまい、あとの連中はすべて無罪放免ということになりました。

噂される事件

たしかに、関係者の処分が非常に甘いのです。そのためにでっち上げ（フレームアップ）だという発言も出てきます。ただし、連座した人びとはみな許せというのは、この事件がでっち上げだったからとも、持統天皇の温情であったとも、どちらにでも解釈できます。おそらく女帝の温情というのが強調されて日本書紀の記事は成り立っているのでしょうが、その裏を考えると、持統の陰謀だったのではないかという疑惑を、私も抱いてしまいます。前節でとり上げた有間皇子の事件で、蘇我赤兄が有間皇子をひっかけたように、新羅僧行心が、持統女帝の差し金で大津をひっかけたという解釈もできないことはないわけです。ただし、行心は飛騨国に左遷されており、懐風藻の記事の下の注（2）に記したように、罪が解かれるのは息子の代になってからでした。

　謀反が発覚すれば、結果は死罪しかありません。即座に処刑してもいっこうにかまわないわけですが、そのとき、処刑に対して人びとがどのように感じたかというと、大津皇子に対する同情でした。それが物語を作っていきます。

　そのひとつが、日本書紀の十月三日に出てきた大津皇子の妻、山辺皇女の描き方です。この女性は天智天皇と常陸娘（ひたちのいらつめ）とのあいだに生まれた皇女ですが、常陸娘の父は、有間皇子を唆したとされる蘇我赤兄です。その山辺皇女が夫の処刑を知り、裸足で髪を振り乱して夫のもとに駆けつけ、殉じて死んだという、たいそう哀れを誘う描写がなされています。この描写は、中国の歴史書『後漢書（ごかんじょ）』の表現を借りたものだと、注釈書類は指摘しています。今でも、ゴシップ週刊誌などで同情的な描き方をしようとしたら、おそらくこういうふうに書くだろうなというような書きぶりです。その姿を見た人びとは皆すすり泣いたと、まるで見てきたように記述されています。日本書紀は朝廷の正史でありながら、謀反のかどで処刑された大津皇子の側に同情的な描き方をしているということがわかる記事です。

それにしてもふしぎな因縁のようなものを感じてしまうのは私だけでしょうか。謀反人の妻となった山辺皇女の祖父は、有間皇子を嵌めたのではないかとされる蘇我赤兄です。心ならずも時代に翻弄(ほんろう)された一族と言いたくなります。

それからもう一つ、山辺皇女の殉死に続いて三日の記事に記された大津皇子の「伝」ですが、歴史書の中で、謀反を起こした人物の評伝が記述されているというのはめずらしいことです。ふつうは皇子が死んでも「伝」などつきません。皇太子であった草壁皇子が死んだときにも、日本書紀には、「乙未(いつび)、皇太子草壁皇子尊薨(かむさ)ります」（持統三年四月）と書かれているだけで、彼がどれほどえらい人だったかなどという描写はいっさいありません。それが、大津皇子に関しては、謀反人でありながら、「（天武）天皇の第三子である。容姿は高く際立ち、発する言辞はきわめて鋭く明晰である」といった人となりから、「天命開別天皇によって愛された。成長するに至って分別があり、学才がひときわ優れていた。中でも文筆を好まれ得意とされた。わが国の詩賦の隆盛は、大津から始まったものである」と、その学才を最大限にもち上げています。このように罪人を褒めちぎるという異例なかたちからも、大津という人物が特別な存在であったということがわかると思います。

友の裏切り

事実がどこにあるかは別にして、大津皇子の物語化は進んでいったようです。そして、その中でもう一つ、クーデター計画の発覚には、天智天皇の皇子である河島(かわしま)皇子が関与していたという興味深い伝えがあります。この皇子は、吉野の誓いの場面にも登場していました。事件への関与を窺(うかが)わせるのは、懐風藻に載せられた河島皇子の漢詩につけられた「伝」です。そこには次のように記されています。

『懐風藻』河島皇子、一首

皇子は、淡海帝の第二子[1]である。志はおだやかで裕(ゆた)かで、度量も広くすぐれている。始めは大津皇子と逆らうことのない親友としての契りを結んでいたのだが、大津が謀反を企てているのを知るに及んで、河島は、すぐさま異変を密告した。朝廷はその忠誠心をほめたけれども、彼の朋友たち

（1）淡海帝の第二子＝日本書紀、天智七（六六八）年二月条によれば、母は色夫古娘(しこぶこのいらつめ)で、忍海造小竜(おしぬみのみやつこおたつ)の娘とある。小竜については他に記録がなく不明だが、身分が低く、その子の色夫古娘が生んだ河島皇子は皇位を継承できるほどの皇子ではなかったと考えられる。第二子とい

はその薄情なことを非難した。

この点について議論する人たちは、いまだその心情の厚薄を明らめることはできないままである。しかしながら私が思うことには、個人の心情を忘れて公に奉ずるということは、忠臣としてはもっとも正しいふるまいであり、主君や親に背いて友との交わりを厚くすることは、徳義に背いた行為と言うしかない。ただし、悪いことをしようとしている友に忠告し辞めさせることをせずに、謀反の道に走らせてしまったということは、私もまた多くの人と同様に河島の行為に疑いを抱いている。位は浄大参（じょうだいさん）(2)で終わった。時に、年三十五。

うのは生まれ順をいうのだろう。天武八（六七九）年五月条の吉野での盟約のところにも出てきた。

（2）**浄大参**＝天武朝における諸王たちの冠位の、十二階のうちの第九位にあたる。

河島皇子というのは非常に心の広い人で、はじめは大津皇子と親友の交わりを結んでいた。ところが大津が謀反を起こしたときに、朝廷に謀反を密告したというのです。そこで河島皇子に関して、国家に対する忠誠心は褒めるべきだが、友人としての情は薄い人だと非難されたと、ここには記されています。

公を重んじるべきか友情を守るべきかという問題について、人びとはさまざまに議論するけれども、どちらが正しいということは明らかにできない。公に仕えて国を守るというのは忠臣の勤めで、主君に背いて友情をとるのはやはり裏切り行為である。ただし、真の友なら謀反を諫めるための働きかけをするべきで、友人を罪に貶(おとし)めるようなこと、すなわち謀反を密告するという行為には私も納得がいかないと、懐風藻の編者は書いています。こうした考え方は、懐風藻の編者だけでなく、当時の一般的な見解だったのではないかと思います。大津皇子を密告したということについて、友としてこういう行為は褒められたものではないと噂されていたのでしょう。そして、このような記事が出てくること自体、大津という人物が、当時さまざまなかたちで語り継がれていたことを証明しているのではないかと思います。

おそらく、六八六年に事件が起きた当初から、日本書紀が完成する七二〇年までの三十数年間、大津皇子の身に起こった出来事と、それにかかわった新羅僧行心や河島皇子の行為については、さまざまな噂が広がり、あったこともなかったことも語り伝えられていたのでしょう。そしてその中では、大津皇子への同情がきわめて強かったというのは間違いありません。

万葉集にも、大津皇子に関する事件は描かれていて、そのひとつが同母の姉である大伯（大来）皇女との関係です。大伯皇女は、アマテラス（天照大神）が祀られている伊勢神宮に仕える斎宮でした。天皇の代ごとに、天皇の娘か妹が伊勢神宮の最高女巫としてアマテラスを祀るのですが、それが斎宮と呼ばれる女性です。先に姉と弟との関係では、姉が弟の庇護者になるパターンが多いというお話をしましたが、大津皇子に対する大伯皇女はその典型といえるかもしれません。

まずは、関連する歌を読んでおきましょう。

『万葉集』巻二・相聞

「大津皇子の、竊かに[1]伊勢の神宮に下りて上り来ましし時に、大伯皇女の作りませる御歌二首」（一〇五、一〇六番歌）

わが背子を　大和へ遣ると
さ夜深けて　暁露に
わが立ち濡れし

わたしのいとしいあの方を大和へ送り出すのに
夜が更けて暁におりる露に
わたしは立ち続けていたので濡れてしまいました。

二人行けど　行き過ぎ難き
秋山を　いかにか君が

二人で行っても越えるのが困難な
秋の山道をどのようにあなたは

独（ひと）り越ゆらむ　　　　　ひとりで越えていらっしゃるのでしょう。

（1）竊かに＝こっそりと。なにか思わせぶりな言い方である。

『万葉集』巻二・挽歌

「大津皇子の薨（かむあが）りましし後（のち）に、大来皇女の伊勢の斎宮（いつきのみや）（1）より京（みやこ）に上りし時に作りませる御歌二首」（一六三、一六四番歌）

神風の　伊勢の国にも　　　　神風の吹く伊勢の国に
あらましを　何しか来（き）けむ　　　　いればよかったものを、なぜ来てしまったのか。
君もあらなくに　　　　あなたもいらっしゃらないのに。

見まく欲（ほ）り　わがする君も　　　　お逢いしたいとわたくしが思うあなたも
あらなくに　何しか来けむ　　　　いらっしゃらないのに、なぜ来てしまったのか。
馬疲るるに　　　　馬だって疲れはててしまいますのに。

（1）伊勢の斎宮＝この斎宮は場所をあらわす。大津皇子が死んだからもどるというより、天武天皇が没して斎宮（巫女としての斎宮）の役割を終えたから都にもどったとみるべきであろう。

『万葉集』巻二・挽歌

「大津皇子の屍を葛城の二上山(1)に移し葬りし時(2)に、大来皇女の哀しび傷みて作りませる御歌二首」（一六五、一六六番歌）

うつそみの　人にあるわれや
明日よりは　二上山を
弟世とわが見む

この世の人であるわたくしは
明日からは弟の葬られた二上山を
弟としてわたくしは眺めましょう。

磯の上に　生ふる馬酔木を
手折らめど　見すべき君が
ありと言はなくに

磯の上に生えている馬酔木の枝を
手折ろうとするけれど見せたいあなたが
あるというわけではありませんのに。

（1）**葛城の二上山**＝奈良県葛城市當麻と大阪府南河内郡太子町との間にある山で、頂上に大津皇子の墓がある。

（2）**移し葬りし時**＝大津皇子は謀反人であり、墓などは造られなかったのではないか。ところが、何らかの事情で、境界の地である二上山に移葬されることになったらしい。

最初に引いた万葉集巻二・相聞の題詞には、大津皇子が「竊かに」伊勢神宮に下って上京しようとしたときに、大伯皇女がお作りになった御歌二首とあります。大津皇子がこっそり伊勢神宮にいる姉に会いに行き、その帰りを見送った姉が詠んだ歌というわけです。「竊かに」などという思わせぶりな言葉が題詞に入っているのも、おそらく事件とかかわらせて、謀反の相談に行ったのではないか、それとなく最後の挨拶(あいさつ)に行ったのではないかというような解釈を可能にします。事実はいかなるものかは別にして、「竊かに」という言葉が挟まれているところからみて、万葉集の編者が、そのように読ませようとしているのは間違いないでしょう。

朱鳥元（六八六）年の九月九日に天武天皇が死んで、十月二日に大津皇子は逮捕されるわけですから、その間の、ほんとうにわずかな期間に伊勢に行ったということになります。ちょうど露の降りる頃というわけで、季節的には合っているのですが、実際に大伯皇女が作った歌かどうかは疑わしいとされています。事件のあとで誰かが作った歌かもしれません。

次に掲げた歌は挽歌(ばんか)に分類されている歌で、大津が死んだのちに、大来皇女が都にもどってうたった歌二首と題詞にあります。どちらの歌も、「何しか来けむ（なぜ来てしまったのか）」、もうあなたはいないのにと、同じような内容をうたった歌です。

また同じ巻二の挽歌に分類された、大津が二上山に移葬されたときに詠んだ歌二首が、三番目に引用した歌です。二上山というのは葛城連山のなかのふたこぶ山で、当(たい)

麻寺のすぐ西にある山です。そこに大津を「移し葬」ったとありますから、もとは別の場所に葬られていたものを、二上山という大和国と河内国との、境界の山に葬り直したらしいのです。ただし、二上山に移葬される以前に、大津皇子がどこに埋葬されていたのかはわかりません。謀反人ですから、墓を造って葬るということが許されたかどうかもわかりません。

檜原神社から望む二上山

それをなぜ「移葬」したのかという点については、いくつか議論があります。有力な見解は、大津皇子が祟ったから、きちんとお墓を造って葬ったのではないかという説です。ふつう、罪人にはお墓など造らないものですが、何かの事情があって造り直したというわけです。ここに唐突に「移し葬りし」と出てきて、それが大和と河内との境界であるというのは、たしかに異常なことです。

想像をたくましくすれば、その祟りは、草壁皇子の病気とかかわるのではないかと思います。皇太子であり、持統がどうしても皇位を継がせたいと願った草壁は、持統三（六八九）年四月に、二十八歳で病没します。それは、大津皇子が処刑されてから二年半後のことでした。あるいはその前後の時期に、二上山への移葬は行われたのではないでしょうか。

二上山というのは、とくに大和とその西の世界との境ですから、守り神が祀られるところです（二上山のふもとには大坂の神が祀られている。第5章、四一〇頁参照）。悪いものが入ってくるのを防ぐ場所なので、そういうところに謀反人を祀ることによって防御の役割を与えるということになるのでしょうか。

歌の内容は、どちらも死者を悼む歌です。

磐余の池と鳴く鴨

大伯皇女の歌とは別に、万葉集の巻三の挽歌には、大津皇子自身が自分の死をうたった辞世歌があります。辞世歌を作ったのは、万葉集では三人しかいないということは、前にふれました（三〇八頁、参照）。その大津皇子の辞世歌は、次のような内容です。

『万葉集』巻三・挽歌
「大津皇子の被死らしめらえし時に、磐余の池(1)の般にして涕を流して作りませる御歌一首」（四一六番歌）

ももづたふ　磐余（いはれ）の池に　　百もの岩がつづく磐余の池で
鳴く鴨を　今日のみ見てや　　鳴いている鴨を今日を最期として眺めながら
雲隠りなむ　　わたしは雲に隠れてゆくのだろうか。
右は、藤原宮の朱鳥（あかみとり）元年冬十月なり。

（1）**磐余の池**＝奈良県桜井市にあった池。桜井市に池之内、橿原市に池尻などの地名が残っているが、池の正確な位置や大きさは不明。天の香具山の東北一帯に広がっていたという。

磐余の池は今は残っていませんが、大津皇子の屋敷のあった訳語田（おさた）はこの池からそれほど遠くはなさそうですから、鴨の声を聞く場所としてはふさわしいところだったのでしょう。そして、ここにうたわれている短歌とほとんど同じ内容の漢詩が、懐風藻に伝えられています。次のような詩です。

『懐風藻』五言、臨終。一絶
太陽が西に沈み、夕暮れを告げる鼓の音が(1)自分の短命を象徴している。
黄泉への道は客も主人もいない。この夕べ、私は家を離れて黄泉へと向かう。
【原文】金烏臨西舎　鼓声催短命（金烏西舎に臨（て）らひ　鼓声短命を催（うなが）す）

泉路無賓主　此夕離家向（泉路賓主無し　此の夕べ家を離（さか）りて向かふ）

（1）鼓の音＝日本書紀、斉明六（六六〇）年五月条に、皇太子（中大兄）がはじめて「漏剋（ろこく）」を造り、「民に時を知らしむ」とある。これは、奈良県明日香村にある水落遺跡がそれにあたると考えられている。一種の水時計で、鼓を用いて時刻を知らせていたらしい。

さきに紹介した短歌とほとんど同じ発想の漢詩です。

大津皇子という人物は、謀反の罪で死を賜ったわけですが、死に臨んで、その慌ただしい中で、わざわざ短歌と漢詩と、二種類の表現で自分の死をうたう辞世を残したということになります。しかも謀反が発覚した翌日に処刑されたと日本書紀にはありました。

　この二つの作品は、本人が作ったというよりは、事件が落着したあとで誰かが作ったのだろうと言われています。そのようにして、事件を伝える物語を作っていく人たちがいたのです。そして、そういう人たちには、大津皇子をめぐる事件について、有間皇子の場合よりも強く、でっち上げで殺されたという思いがあったのでしょう。それゆえに大津皇子は悲劇の主人公として作り上げられ、語られていったものと考えられます。

　もちろん、誰か特定の作者とか、創作集団とかを想定しているわけではありません。

事件を語り伝える人びとの間で、つぎつぎと噂が広がり増幅してゆく、それが古代の伝承を支えてゆくのです。そして、その過程で、河島皇子が友達を裏切ったとか、胡散臭い新羅の僧が唆しただとか、伊勢神宮にいた姉がいつも優しく弟を見守っていたとか、妻が悲しみのあまりに裸足で駆けつけて殉死したとか、大津皇子の死を盛り上げてゆく登場人物が何人も何人もまわりに配置され、私たちが今みるようなかたちになっていったのでしょう。

語り継がれる事件

大津皇子事件は、事件後三十年ほどの間に、さまざまなかたちで人びとのあいだを流れ続けていきました。それが日本書紀という朝廷の歴史書にまで影響を与えたようで、大津皇子に対する同情的な視線が窺えます。この事件を伝える記録や歌や詩は、語り手たちがどのようにして悲劇の主人公を作り上げていったかということがよくわかるという点で、興味深いものです。

では実際に、大津皇子はどのような人物だったのでしょうか。あるいは、事件の真相はどういうことだったのでしょうか。それらのことは、日本書紀を読んでも懐風藻を読んでも万葉集を読んでも、じつはまったくわかりません。

状況証拠からみれば、持統天皇が自分の息子である草壁皇子に皇位を継がせたくて、人望のあった大津皇子の謀反をでっち上げて殺した、というのが一番わかりやすい筋立てです。ただし、それが真実であったかどうか、あるいは実際のところ、大津皇子は権力への野望をもっていたのかいなかったのか、真相は何もわからないのです。

持統の実子である草壁皇子とは一歳違いです。草壁がひとつ年上です。しかも二人の母親は同母の姉妹で、どちらも天武の妃だったわけです。ですから、誰からも比較される立場にいたでしょうし、大田皇女が生きていれば、彼女が皇后になり、大津皇子が皇太子になったでしょう。

大津皇子という人物は人望が厚く有能だったようです。辞世とは別の漢詩も、何首か遺しています。それに対して対抗馬の草壁皇子は病弱だったと考えられていて、母親としては出来の悪い息子でも、実の子がかわいいというのは納得しやすいことです。ですから、この事件の構図はよくわかる、わかり過ぎるほどです。それゆえに、事実か否かはおいて、持統女帝が悪者になってしまうのは無理からぬことだという気がします。端的にいえば、この事件の構図は、継母(ままはは)による「継子いじめ」のパターンに乗っているのです。どう足掻(あが)いてみても、持統は性悪の継母役から抜け出すことはできなかったでしょう。

そんなに古くから、日本に継子いじめのパターンがあったのかという疑問をお持ちの方もいるでしょうから説明しておきます。もっとも有名な継子いじめの物語は、平安時代、十世紀後半に成立した『落窪物語』ですが、一夫多妻制の社会において、別の妻が生んだ子を、継母がいじめるという伝承が古くから存在します。古事記で初代天皇とされるカムヤマトイハレビコ（神武天皇）の后イスケヨリヒメと、別腹の子タギシミミとの関係なども、まさに継母と継子といっていいものです。ずいぶん前になりますが、『昔話にみる悪と欲望』（新曜社、一九九二年）という本を書いて、継子いじめ譚についてくわしく論じたことがあります。長く絶版になっていましたが、『増補新版　昔話にみる悪と欲望』（青土社、二〇一五年）として復刊されました。ぜひ読んでみてください。

しかし、それほどまでに持統がこだわった実子の草壁皇子は、大津皇子が処刑された二年半後に病気で没してしまいます。先ほどもふれたように、大津皇子の二上山への「移葬」は、草壁皇子の病気やその死が、大津皇子の「祟り」のせいだという解釈や噂が流れた可能性はじゅうぶんにあります。そのために、大津皇子の遺骨を二上山の上に移葬して、鎮まらない魂を鎮めようとした、これもまた間違いなく、当時流布していた一つの噂でありました。

四　額田王をめぐる二人の男——皇室スキャンダル

皆さんもよくご存じのヒロイン、額田王を取り上げます。時代は、大津皇子の事件よりも少し遡った、有間皇子の事件と大津皇子の事件との中間あたりに位置します。事件というよりはゴシップと言ったほうがいいかもしれません。

今も日本人は皇室関係のゴシップが好きなようですが、噂やゴシップの対象は、よく知られた影響力の大きな人物ほどおもしろい。しかもそのゴシップには、色恋沙汰が絡んでいたほうが楽しい。今からお話しするのは、その典型といってよさそうな事件です。

紫草のにほへる妹

登場人物は、額田王という女性と、彼女をめぐる二人の男です。しかも彼らは兄弟で、中大兄皇子と大海人皇子という当代随一の権力者でした。その二人が一人の女をめぐって争ったというわけですから、これほど興味をそそる話題はなかったでしょう。

ただし、彼らをめぐる出来事はよくわからない点が多く、推測を交えた解釈が横行しています。記録されている文献が少なく、それゆえにいろいろと勝手な想像が広がっていくわけです。

資料は少ないのですが、その中でよく知られているのは、次に引く万葉集の贈答歌でしょう。

『万葉集』巻一・雑歌（二〇、二一番歌）

天皇の(1)、蒲生野(2)に遊猟したまひし時に、額田王の作れる歌

あかねさす　紫野行き　　茜色がさしたむらさきの繁る野を歩き
標野行き　野守は見ずや　　禁足の野を行くと、野守に見られてしまいます。
君が袖振る　　あなたがわたくしに袖を振っているのを。

皇太子の答へませる御歌

紫草の　にほへる妹を　　むらさきのように美しく照り映えるあなたを
憎くあらば　人妻ゆゑに　　憎いと思うなら、あなたは人妻であるゆえに
われ恋ひめやも　　わたしは恋うたりしましょうや。

紀に曰はく、「天皇七年丁卯(3)の夏五月五日(4)に、蒲生野に縦猟したまふ。時に大皇弟(5)・諸王・内臣(6)と群臣、皆悉に従ふ」といへり。

（1）**天皇**＝天智天皇をさす。
（2）**蒲生野**＝滋賀県蒲生郡（竜王町・日野町）から東近江市にかけての、琵琶湖南東岸の野原をいう。
（3）**天皇七年**＝西暦六六八年。この前年三月に近江大津の宮に遷都した。
（4）**夏五月五日**＝宮廷では、端午の節句には、「薬猟り」という中国伝来の儀礼が華やかに行われた。男たちは鹿の角袋を捕り、女たちは薬草を摘んだ。
（5）**大皇弟**＝天智天皇の弟・大海人皇子をさす。皇太子であった。
（6）**内臣**＝中大兄とともに大化の改新（六四五年）を成功させた藤原鎌子（鎌足）のこと。

五月五日の薬猟り

万葉集の中でもとくに有名な歌です。巻一というのは雑歌、くさぐさの歌が集められているのですが、内容的には儀礼的な性格をもつものが多いと考えられています。

一首目の歌は、天皇が蒲生野に遊猟したときに、額田王の作った歌とあります。天皇とは、天智のことです。近江大津の宮（滋賀県大津市錦織）から蒲生野に遊猟した、その折の歌です。この遊猟については左注がついていて、天智七（六六八）年の五月五日、「薬猟り」が行われて、天皇以下宮廷の人びとがこぞって出かけたという説明があります。五月五日というのは端午の節句ですが、この日は古代の宮廷では薬猟りという行事が行われました。音読して薬猟ともいいます。男たちは鹿の角袋をとります。この時期は鹿の角袋が紫色にふくらんできている時期ですが、それが貴重な漢方薬の原料になります。女たちは薬草を摘みます。それが薬猟りで、宮廷の人びとは着飾って郊外の野原に出かけました。

薬猟りは、中国から入ってきた宮廷儀礼で、日本書紀の推古十九（六一一）年五月五日条に、菟田野（奈良県宇陀市）で薬猟りをしたという記事が初見です。それによれば、夜明け前に藤原の池のほとりに集合し、夜明けとともに出発、先導役の官人がいて、参加者は、それぞれの位階に合わせて決められた色の服や冠を身につけ、頭には髻花と呼ぶ髪飾りをつけていた。位の高い大徳や小徳はみな金の飾りをつけ、大仁や小仁は貂の尾の髪飾りをつけ、大礼より下の者たちは鳥の尾を飾りにしていた、と華やかな行列のさまが記述されています。

それ以来、毎年五月五日には宮廷において薬猟りが行われていたようです。そして、中大兄皇子が近江大津の宮に遷都した次の年に行われたのが、この歌の舞台になった天智七年の薬猟りだったわけです。日本書紀の天智七年五月五日条には、万葉集の左注に記されたのと同じ記事が出ています。そこで、額田王が詠んだのが「あかねさす」の歌でした。

「あかねさす」は紫にかかる枕詞で、あでやかな紫、その紫色の染料をとる植物ムラサキが栽培されている野を歩いている。「標野」というのは禁断の野で、誰も入れない占有された野という意味で、ここは紫野のことです。その紫野を歩きながら、野守が見るではありませんか、あなたが私に向かって思いを伝えようと袖を振っているのを、という歌です。この野守というのは、標野を守っている番人のことですが、じつはそれが天智天皇を指しているという解釈もあります。

紫というのはもっとも高貴な色で、その染料は、ムラサキという植物の根からとります。そのムラサキを栽培しているところ、あるいは自生しているところが紫野であり標野です。おそらく朝廷によって管理されていたのでしょう。

大海人皇子の返歌は、そのようにして採った高貴な紫色が照りかがやくようなあなたよ、というわけです。この「にほふ」ですが、現代語の「におう（匂）」が嗅覚をあらわすのとは違って、視覚的な美しさを表現する言葉、色がうつくしく照り映える状態を言います。

二首の贈答をどのように解釈するかというと、天智天皇の妃の一人である額田王をムラサキの生えた標野で見かけた大海人皇子が、額田王に袖を振った。額田王はそれを諫める歌を詠むが、それに対して大海人は、「あなたをいとしいと思っているからだよ」という返歌をしたというわけです。もしその通りだとすると、天皇の妃にちょっかいを出すという、一大スキャンダルの発生です。そこで、さまざまな解釈が飛び交うことになります。

歴史書の記録

よく知られた事件なので、資料も豊富だろうとお考えのかたもいるかもしれません。ところが、日本書紀をみても、額田王が天智の妃であったというような記事はどこにもありません。歴史書にある記事といえば、日本書紀の天武二（六七三）年二月条に后妃記事があって、鸕野（うの）皇女を皇后にしたとか、どの妃から生まれた子どもは誰とかが記されている、その后妃記事の最後のほうに、次のような一文があるだけです。

> 天皇、初め鏡王（かがみのおほきみ）の女、額田姫王（ぬかたのひめおほきみ）を娶（めと）り、十市（とをち）皇女を生む。［天皇は、初めに鏡王の娘の額田姫王を妻として十市皇女をお生みなされた］

額田王という名前が歴史書に出てくるのは、この一例だけです。あとは、万葉集に載せられた歌とその題詞や左注でしか額田王を見ることはできません。

天武（大海人皇子）は、壬申（じんしん）の乱（六七二年）に勝利した翌年の二月二十七日に飛鳥（あすか）浄御原宮（きよみはらのみや）で即位儀礼を行い、そのときに正妃（第一夫人）鸕野皇女を皇后にします。これがのちの持統天皇で、この皇后が生んだのが草壁皇子です。それに先だって、皇后の姉である大田皇女を妃として大伯（大来）皇女と大津皇子とが生まれたと、天武二年の皇妃記事には出ています。こうした后妃と皇子・皇女に関する記事はどの天皇の場合にも必要ですが、その最後のほうに、右に引いた記事が出てきます。

この記事によると、大海人皇子が最初に結婚した相手は額田姫王で、十市皇女という娘がいたことになります。この十市皇女は大友皇子（天智天皇の皇子）と結婚します。ところが壬申の乱が起こって、父・大海人と夫・大友とが戦うことになります。その壬申の乱で夫の大友皇子は戦死し、十市皇女は父の許にもどって暮らします。ところが、天武七（六七八）年四月、天皇が倉梯（くらはし）の河上（奈良県桜井市倉橋のあたり）に神を祀るための宮殿「斎宮（いわいのみや）」を建て、天皇以下の人びとがその宮に向かおうとしていた早朝、十市皇女はにわかに病気になって宮中で急死したと日本書紀は伝えています。そのために、斎宮への行幸は中止されるのですが、十市皇女の急死については、自殺だったと考える研究者もいます。

スキャンダルの発生

万葉集にもどります。額田王が、あなたがそんなふうに袖を振っていたら、人が見とがめるじゃないですかとうたったのに対して、皇太子であった大海人皇子、つまり額田王の前の夫ということになりますが、その前夫が、今は、天皇であり兄である中大兄の妻のひとりになっている額田王に対して、人妻であるお前に袖を振るのは、今

【系図10】額田王とその周辺【『日本書紀』】

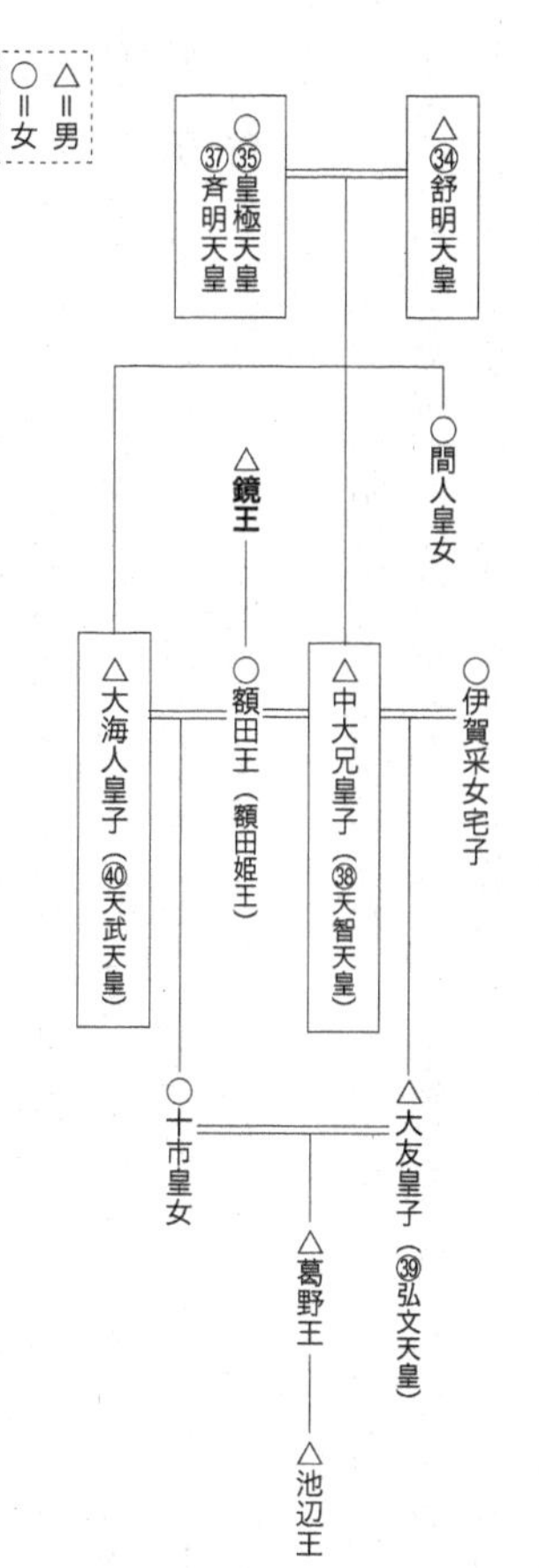

も憎からず思っているからだとうたい返します。

別れた男が前妻に未練があってちょっかいを出したのを見とがめられた、しかもそれが薬猟りという宮廷の華やかな儀礼の場であったということになると、恰好のスキャンダルになるのは間違いありません。しかし、もしこれが深刻な恋の歌だったとすると、どうしてそのような歌が人びとに知られ、万葉集に収められたかということが疑問になります。そのために、この贈答は深刻な恋の歌ではないとみなす人は多く、戯れ歌ではないかと考えるのが研究者のあいだでは通説になっています。その代表的な見解が、池田彌三郎と山本健吉の二人によって書かれた『萬葉百歌』(中公新書、一九六三年)の解釈です。

二人はそこで、この贈答歌は実際の恋をうたったものではなく、五月五日の端午の節句に行われる宴席、儀礼的な狩猟の後にはとうぜん宴が催されるわけですが、その場の座興として演じられた戯れ歌だろうと解釈するわけです。たとえば、宴の場において、大海人皇子が衆人を前にして舞いを舞った、その大海人皇子の舞いの手振りや姿を見た額田王が、からかって、「あかねさす紫野行き標野行き野守は見ずや君が袖振る」とうたったのに対して、皇太子が、「紫草のにほへる妹を憎くあらば人妻ゆゑにわれ恋ひめやも」としっぺ返しをしたのではないかというのが、池田さんと山本さんの解釈です。

あくまでも推測でしかありませんが、天智七（六六八）年の時点で、額田王はすでに四十歳を超えていただろうと考えられています。古代において四十歳の女性といえば、もう立派な老年です。そのいい歳をした女性に「紫草のにほへる妹」という、十代のおとめに対する呼びかけの言葉を用いながら歌を返すというところに、大海人の返歌の真骨頂があるというわけです。そこには宴の座興といった性格が濃厚に漂っているとしか考えられず、深刻な恋の歌とみなすことはできない、そして座興の歌だからこそ、宴に侍（はべ）る人びとの喝采（かっさい）を博したのだということになります。

こうした解釈は、深刻な恋の歌が人前に出てくることなどありえないと考えると、とても説得力があるのではないかと思いますし、宴の歌とみると状況も説明しやすくなります。そのために、現在ではほとんどの注釈書類は、宴席の戯れ歌として説明しています。井上靖（いのうえやすし）の小説『額田女王』（毎日新聞社、一九六九年）などによって世間に流布した深刻な恋、世紀のスキャンダルといった解釈とは百八十度ちがっています。そして私も、『萬葉百歌』の解釈は妥当だろうと思うのですが、この歌がなぜ人びとのあいだに伝えられ歌い継がれてきたか、その背景を考える必要があるのではないかと思っています。

まずは、この二首の贈答歌は、ほんとうに額田王と大海人皇子が作ったものであったのかどうかという問題があります。しかも「戯れ歌として作られた」という解釈はとてもわかりやすいのですが、戯れ歌だとしても、この歌の背後に見え隠れしているのは「人妻」への恋という「禁じられた恋」のイメージだというのは変わりがないはずです。そうした禁じられた恋が、額田王と大海人皇子とのあいだでうたわれたと伝えられるところに、宮廷のスキャンダルを支えている何かがあるのではないか。そこにはやはり、中大兄（天智）と大海人（天武）との、一人の女をめぐる恋のさや当てが、人びとのあいだで語り伝えられていたのではないか。そのように考えたほうが、こうした贈答歌が万葉集に残されている理由はわかりやすくなると思うのです。

二男一女の物語

もちろん、恋のさや当てや禁じられた恋が、事実であったか否かは問題ではありません。人びとのあいだに、噂として語られていたのではないかということです。ではなぜ、額田王をめぐってそのような噂話が出てくるのかというと、古代から現代まで、さまざまなバリエーションをもって語り続けられ、生産され続けてきた恋物語のパターンに乗っかりやすい存在であったということだと思います。

それは、二男一女（にんいちじょ）と名付けられたパターンです。二人の男が一人の女をめぐって争うというのが「二男一女」パターンですが、これは、現代の小説やドラマなどでもずっと続いています。二〇〇三年下半期に芥川（あくたがわ）賞をとった金原（かねはら）ひとみさんの『蛇にピアス』（集英社、二〇〇四年）が評判になりました。そこで取り上げられている小道具や趣向は現代的ですが、描かれているのは、典型的な二男一女の恋物語です。新し気にみえる小説も、じつは古代から続く強固なパターンに乗っかっているために、題材に違和感はあっても、物語としては安定感があって受け入れやすいのだというのが私の感想です。

二人の男が一人の女性をめぐって競争する話は、古代にもたくさんあります。そしてそのパターンに当てはめていくと、お話はわかりやすくて、単純でおもしろく作れるのです。そのために、当時もっとも権力のある中大兄と大海人という二人の兄弟が一人の女をめぐって争う、という物語が生み出されていったのではないでしょうか。ここに登場する歴史上の三人は、パターン通りの申し分のない主人公たちであり、ゴシップ好きの宮廷人にたいそう好まれたに違いありません。ですから、この贈答歌そのものを、額田王と大海人皇子の二人がほんとうに作ったのかどうか、とても疑わしいと私は思っています。

しかも、華やかな宮廷儀礼である薬猟りを恋の舞台に選んでいるというところにも、物語的な性格が感じられます。しつこいようですが、事実はどうだったかはわかりません。しかし、人びとの噂としては、間違いなく三人の貴人をめぐるゴシップが存在したのだと考えるべきです。池田さんと山本さんの座興説は魅力的な考え方ですが、宴の場の戯れ歌であり、それほど深刻な恋の歌ではないという解釈は、じつは考える方向がまちがっているのではないか、近ごろ、私はそのように考えるようになりました。

研究者の多くが、蒲生野での出来事が実際にあったのかなかったのかというところにこだわり過ぎているように思います。事実か否かにこだわり過ぎるから、正しく読めないのであって、この歌の解釈に必要なのは出来事があったかなかったかではなく、伝承や噂はどのように作られ伝えられるかということです。そして、噂は二男一女のパターンに乗って作られるのだと考えれば、ここで歌われているような出来事が、人びとのあいだでまことしやかに流布するというのは十分にありうるし、そのほうがお話としてはおもしろいのではないでしょうか。

おそらく、宮廷というところは、そうやって高貴な人びとのスキャンダルを抱え込みながら肥大化してゆく場だったのだと思います。しばしば登場する采女(うねめ)や宮女、舎人や役人たち、そうした人びとによって密(ひそ)やかに語り継がれ消費されてゆく物語の群れ、そのような話の種を育てる苗代が、宮廷という世界だったのです。平安時代の後宮が、多くのかな物語の名作を生み出した理由も同じです。

歴史は夜作られるというのはいささか意味が違いますが、物語や歴史はたしかに、夜の、ほのかな灯(とも)し火の下に集う人びとによって、作られ語られていたのです。だからこそ、かな物語が盛んに書かれた平安時代になると、紫式部(むらさきしきぶ)や清少納言(せいしょうなごん)といった後宮に仕える女性たちが物語の作者になってゆくわけです。それは古代からの宮廷という場の性格と共通します。まさに宮廷や後宮という世界は、ゴシップ好きや噂好きが集う世界であって、そこから物語作者が生まれてくるのは当然のことだったのです。

事実はわかるか

じつは、天智天皇と額田王が正式に結婚していたという記録はひとつもありません。さきほど説明したように、天皇が正式に即位すると、誰と結婚してどんな子をもうけたかという記事が、日本書紀には記されます。ところが天智の后妃記事の中には、額田王と結婚したという記録はありません。日本書紀に記録が残る后妃というのは、子どもが生まれた場合に限られます。天武天皇の記事に額田王の名前が出てくるのは、十市皇女という娘が生まれているからです。ですから名前が出てこないから結婚していないというわけではなく、額田王の場合も、天智と結婚はしたが、子は生まれなかったという説明は可能です。

さてそこで、弟と結婚していた額田王を、わざわざ奪い取るようにして結婚したのはなぜかということですが、額田王は、天智が明日香(あすか)の地から、近江国の大津宮に遷都するときに長歌をうたったりしていて、天智の後宮に仕えていたというのは間違いなさそうです。もちろん、それが性的な関係をもつ女の一人として仕えていたのか、ほかの役割を担う存在であったのか、くわしいことはわかりません。かりに結婚していたとしても、性的な役割を担うというよりは、歌を詠むという役割のほうが大きかったのかもしれません。歌というのは呪的（じゅてき）な力をもっていますから、マジカルな力をもつ歌を作ることができる存在が天智には必要だった、そのように考える研究者が多いのも納得できます。

実際に、額田王は船出のときの歌とか遷都するときの歌とか、歌の力が必要だと思われる場面で、儀礼的な歌を作っています。彼女はそうした「歌をつくる女」として、天智の宮廷に求められたのだと思います。

また、天智が死んだときの殯宮（ひんきゅう）挽歌を、額田王は作っています。額田王以外の人も、天智の死に際して挽歌を作っているのですが、素性も性別もわからない舎人吉年（とねりのきね）という人物を除くと、ほかは天智の皇后や妃たちです。そうした状況証拠を組み立ててゆくと、どういうかたちであったにせよ、額田王が天智のそばに侍る女の一人であったというのは動かないでしょう。

額田王は、はじめ大海人皇子（のちの天武）と結ばれ、十市皇女を生んだ。そして、後には天智の後宮に入り、呪的な力をもつ歌を作った。三人の関係として、ここまでは確かにあったのでしょう。それが、噂として人びとのあいだを流通すると、二男一女パターンに乗った恋のさや当てとして広がってゆくのです。その中で、「あかねさす」と「紫草の」の贈答歌は生み出されていったということになります。

　そのように考えてゆくと、この二人の贈答歌は、当人たちが作ったとはとても考えられません。噂好きの宮廷人たちの中で作られ広がることで、美しい恋物語を支えていったというのが正解だと、今、私は考えています。

五　道鏡の一物――女帝の恋

道鏡という男がいました。怪僧という言葉がぴったりの人物ではないかと思うのですが、正体はよくわかりません。どのような事情があったものか、時の女帝に取り入って、もう少しで天皇になるところまでいったと言われています。もし道鏡が天皇になっていたら、その後の日本はまったく変わっていたと思います。

　歴史に「もし」はないと歴史家は言いますし、その通りでしょうが、想像してみるのは自由です。もし、道鏡が天皇になって、その子孫が皇位を継いでいたら、おそらく近代天皇制は選択されなかったでしょう。それほどに、日本という国家の歴史にとって重要な位置に、道鏡という一人の僧が立ったときがあったのです。そして、それを遠くから眺めるギャラリーにとっては、日本の歴史などどうでもよかったわけで、彼らの関心は、もっぱら女帝と怪僧とのセックス・スキャンダルにありました。

歴史書に描かれた道鏡

まずは、道鏡騒動のあらましを、朝廷の正史、続日本紀によって確認しておくことにしましょう。以下、続日本紀の記事の中から、道鏡にかかわる記述を年表ふうに抜き出してみます。記事の一部は要約（［　］の部分）しますが、続日本紀に記録されているほぼすべてを取り上げてあります。

『続日本紀』天平宝字八（七六四）年～宝亀三（七七二）年

天平宝字八（七六四）年九月二十日

天皇（淳仁）の勅により、道鏡禅師を大臣禅師とした。職分・封戸[1]は大臣に準じる。

［十月九日　譲位していた孝謙太上天皇は、淳仁天皇を捕縛し廃帝として、淡路国の配所に幽閉した。そして、太上天皇が重祚[2]して称徳天皇が誕生する。

（1）**職分・封戸**＝左右大臣と同等の待遇を大臣禅師に与えるということ。とすれば、封戸は二千戸、職分田は三十町である。

（2）**重祚**＝一度退位した天皇がふたたび即位することをいう。

流された淳仁は、次の年、天平神護元（七六五）年十月二十二日　配所から脱走するも捕まり、翌二十三日に死ぬ(3)」

天平神護元（七六五）年十月二十九日
天皇は紀伊国への行幸の帰りに河内国の弓削（ゆげ）の行宮（かりみや）(4)に至る。

同年閏（うるう）十月二日
弓削の行宮に滞在する天皇は勅を発し、道鏡を太政大臣（だいじょう）禅師に任じた。同時に、文武百官に詔して太政大臣禅師を拝賀させた。

天平神護二（七六六）年十月二十日
隅寺（すみでら）(5)の毘沙門（びしゃもん）像から美麗な仏舎利（ぶっしゃり）が出現した。法花寺（ほうけじ）(6)に安置するために大々的なイベントを挙行し行列を行った。その時に勅あり、これは道鏡の教えの賜物であり、法王の位を授ける、と。

神護景雲元（七六七）年三月二十日
法王宮職（ほうおうぐうしき）(7)を置き、従三位（じゅさんみ）高麗朝臣（こまのあそみ）福信（ふくしん）を長官とし

（3）**翌二十三日に死ぬ**＝次の日というのは、暗殺されたか自殺したかのどちらかだろう。
（4）**弓削の行宮**＝河内国の弓削の地が道鏡の出身地だという。行宮の場所は、現在の大阪府八尾市のあたりかという。
（5）**隅寺**＝奈良市法華寺町にある海龍王寺のこと。
（6）**法花寺**＝法華寺のこと。奈良市法華寺中町にあり、もと藤原不比等（ふひと）の邸宅を光明皇后が発願して総国分尼寺として建立したと伝える。隅寺と法華寺との距離は直線で一五〇メートルほどで隣接している。
（7）**法王宮職**＝法王の職務を行うための役所。ちなみに、中宮職や東宮職の長官は、従四位下相当の官職であり、それに比べると法王宮職は破格の待遇である。

た。

神護景雲二（七六八）年二月十八日

道鏡の弟である弓削浄人を大納言に任ずる。

同年十二月四日

さきに毘沙門天の像から出現した仏舎利は、山階寺(8)の僧・基真が、道鏡のために捏造したということが発覚し、基真は飛騨国に流される。

神護景雲三（七六九）年正月三日

法王道鏡は西宮の前殿において大臣以下の拝賀を受けた。

同年七月十日

この日初めて法王宮職の印を用いた。(9)

同年九月二十五日

これより前、道鏡の息のかかった大宰府の役人が、宇佐の八幡神(10)が、道鏡を皇位に就かせたならば天下太平になるだろうという神託を下したと言ってきた。それを聞いた道鏡は大いに喜んだ。天皇は和気

(8) **山階寺**＝奈良市登大路町にある興福寺のこと。天智八年に山城国に建てられた山階寺が移った。

(9) **印を用いた**＝道鏡が政治事項の決裁を行っていたことを示す。天皇と同等の権力を持っていたということになるだろう。

(10) **宇佐の八幡神**＝大分県宇佐市南宇佐に鎮座する宇佐神宮のこと。現在の祭神は、八幡大神（応神天皇）、比売大神、神功皇后の三神である。

(11) **和気清麻呂**＝備前国（岡山県西部）出身の政治家で、延暦十八（七九九）年、六十七歳

清麻呂(11)を召して、昨夜の夢に八幡神が顕れ、事情を法均(12)に伝えたいと言っているので、そなたが代わりに行って神の言葉を聞いてくるようにと言った。そこで道鏡は清麻呂に、大神は私の即位を告げようとしていると言う。清麻呂は宇佐神宮に行き神託を聞くと、神は、「わが朝廷は開闢以来、君と臣下との関係は決まっている。臣下をもって君にすることは未だかつてなかった。天つ日嗣(13)はかならず天皇の身内から選びなさい。無道の人はすぐに掃除しなさい」と告げた。都にもどって神の教えの通りに報告すると、道鏡は大いに怒り、清麻呂の本官を解き、因幡国(14)の員外の次官にし、それでも怒りは収まらなかったのか、赴任する前に官位を剥奪して大隅国(15)に島流しにした。また、姉の法均は還俗させて備後国(16)に流した。

同年十月十七日

天皇は由義宮(17)に行幸し、しばらく滞在する。(18)

で没。流された大隅国からもどされて以降、水利工事や平安京造営などに功績があった。宇佐八幡宮への使いの一件をみても、そうとうの気骨があったことがわかる。

(12) **法均**＝清麻呂の姉。そのために法均に代わって清麻呂が宇佐に行くことになったと考えられる。法均が病弱だったために清麻呂になったと、清麻呂が没した際の「伝」には記されている。

(13) **天つ日嗣**＝皇位継承のこと。

(14) **因幡国**＝鳥取県の東部。もっとも辺鄙なところであった。

(15) **大隅国**＝鹿児島県の東部で、最果ての隅っこの国という命名。

(16) **備後国**＝広島県の東部。

(17) **由義宮**＝注（4）の弓削の行宮のこと。

(18) **しばらく滞在する**＝十一月三日に天皇は都にもどったとある。

十月三十日

詔して、由義宮を西京とし、河内国を河内職とした。

宝亀元（七七〇）年二月二十七日

天皇は由義宮に行幸し、四月六日まで滞在する。

同年六月十日

天皇は由義宮に行幸してから体調がすぐれず、月を経た。そのために、左大臣・藤原永手と右大臣・吉備真備に、近衛・中衛などの防備のことを命じた。

同年八月四日

天皇が西宮の寝殿で没した。五十三歳であった。左大臣以下が協議して白壁王[19]を皇太子とした。

同年八月十七日

天皇の遺体を、高野の山陵[20]に葬った。道鏡法師は、梓の宮[21]に奉仕し、御陵の下に庵をむすんで留まった。亡き天皇は、由義宮に行幸してから不調を訴え、平城京にもどったが、それ以降百余日のあいだ、政務

(19) **白壁王**＝天智天皇の皇子・施基皇子の子で、光仁天皇のこと。天応元（七八一）年四月に息子の山部親王（桓武天皇）に譲位した。

(20) **高野の山陵**＝奈良市山陵町の佐紀盾列古墳群のなかの一つ。

(21) **梓の宮**＝棺を梓の木で作ったことから、天皇の陵墓をいう。

を執ることはなく、臣下たちの誰もが謁見できなかった。

同年八月二十一日

皇太子が命じることには、道鏡法師が天皇に取り入り、日増しにほしいままに振る舞ってきた。そしてついに、天皇の墓の土も乾かないうちに奸謀[22]が発覚した。悪事が顕れたのは神祇や社稷[23]が護り助けてくださったおかげである。しかし、先帝の厚恩を思うと法にしたがって刑罰[24]を加えることはできない。そこで、道鏡を下野国の造薬師寺の別当[25]に任命して遣わすことにした。そして、その日のうちに下野国に出発させた。

同年八月二十二日

道鏡の弟である弓削浄人と浄人の息子の広方・広田・広津を土左国[26]に流した。

同年九月六日

配流されていた和気清麻呂と法均とを、大隅国と備

(22) **奸謀**＝邪なはかりごと。
(23) **神祇や社稷**＝神祇も社稷も神のこと。稷は、キビのことで五穀の神をいう。
(24) **下野国**＝現在の栃木県。
(25) **造薬師寺の別当**＝下野国の薬師寺は栃木県下野市（旧、河内郡南河内町）にあり、七世紀末頃に、この地の豪族・下毛野朝臣古麻呂によって創建されたと考えられている。造薬師寺別当というのは、薬師寺の造営を管理する役人をいう。
(26) **土左国**＝現在の高知県。
(27) **内道場**＝宮中に置かれた修行場で、禅師というのは勅任による僧職者をいう。

後国から京にもどした。

宝亀三（七七二）年四月六日

造薬師寺別当の道鏡が死んだと下野国から報告があった。道鏡は弓削連の出身で、河内国の人である。梵語に堪能(27)で禅行の者として知られていた。このために内道場に加わり禅師となった。天平宝字五（七六一）年に保良(28)に孝謙太上天皇が行幸なさった時に看病して以来(29)、しだいに寵愛されるようになった。時の淳仁天皇は太上天皇を諫めて仲違いし、太上天皇は平城別宮(30)に移り住んでいた。天平宝字八（七六四）年に、恵美仲麻呂(31)が謀反のかどで誅伐されて、道鏡は太政大臣禅師となった。しばらくすると法王と崇めるようになり、天皇の輿に乗せるようになった。衣服や飲食も天皇への供御と同じとなり、政の大小を問わず、決裁を受けないものはなかった。弟の浄人は、法衣(32)の身分から八年のうちに従二位大納言となり、一門の者で五位以上に列せられた者が

（28）**保良**＝保良宮は確定されておらず、滋賀県大津市国分、甲賀市信楽町などの説がある。

（29）**看病して以来**＝道鏡と孝謙太上天皇の出逢いは、看病であったらしい。僧は、病気治療の力能をもっている。はじめて出会ったのが天平宝字五年なら、孝謙太上天皇の年齢は四十四歳である。道鏡の年齢は不明。

（30）**平城別宮**＝具体的な場所は不明。天平宝字六（七六二）年五月二十三日条には、行幸先で仲違いし、淳仁天皇は中宮院へ、孝謙太上天皇は法華寺へ入ったと伝えている。

（31）**恵美仲麻呂**＝藤原朝臣仲麻呂のことで、武智麻呂の子。恵美押勝ともいう。孝謙天皇に重用されていたが、道鏡の登場によって嫉み、天平宝字八（七六四）年九月、謀反を起こして塩焼王を立てて天皇とするも、追討軍に追われて近江に逃げ敗死する。

（32）**法衣**＝粗末な衣服のこと

男女併せると十人になった。（以下、省略）

で、庶人のことをいう。

阿倍内親王の立太子と即位

この時期は、仲麻呂（恵美押勝）や道鏡だけではなく、さまざまな事件によって宮廷が大混乱をきたしていた時代です。その元凶のひとつが、聖武天皇が娘の阿倍内親王を皇太子に立て（天平十〈七三八〉年）、そのまま即位させた（天平感宝元〈七四九〉年）ことにあったといえるのではないでしょうか。考謙天皇です。

もちろん、これ以前にも女性の天皇は存在しました。正式に即位した女帝の最初は推古天皇であり（五九二年即位）、六四二年には皇極天皇、そして皇極はいったん譲位しましたが、六五五年に重祚して斉明天皇が誕生します。それ以降も、持統天皇が、六八六年に称制し、六九〇年に正式に即位します。その後は、元明天皇（七〇七年に即位）・元正天皇（七一五年即位）と女帝が続き、聖武天皇に至ります。七、八世紀は女帝の時代と言ってよいほどで、阿倍内親王の立太子や即位も、とくに支障はないのではないかと思われるかもしれません。しかし、大きな問題がありました。

それ以前に即位した女帝のほとんどは、男性天皇の皇后であった女性でした。推古は敏達皇后、皇極（斉明）は舒明皇后、持統は天武皇后ですし、元明女帝は、天皇になるはずの草壁皇子（皇太子）の妃でした。また、元正（氷高内親王）は、天皇になった女性ではただ一人独身でしたが、弟である文武天皇の遺児、首皇子がすでに立太子儀礼をすませて皇太子になっていました。その皇太子、首皇子が幼少であったために、氷高内親王が中継ぎのかたちで即位したのです。元正天皇は、七一五年から七二四年まで九年間も天皇の位にありましたが、首皇子が成長すると位を譲り、聖武天皇が誕生しました。

元正天皇の即位は異例ではありましたが、それ以前の女帝たちと同様に、皇太子という地位には立っていません。ところが、聖武天皇は、自分の直前に天皇であった元正女帝をみていたからでしょうか、未婚の女性が天皇になることに矛盾を感じなかったようで、娘の阿倍内親王を皇太子に立て、自分の後継者に指名しました。もちろんこの決定には、藤原氏の影響力が大きかったのでしょう。阿倍内親王の母である光明皇后は、藤原不比等の娘でした。藤原氏にすれば、ほかの氏族の娘が生んだ男子が立太子するより都合がよかったのは当然です。

阿倍内親王の立太子、そして即位による孝謙天皇の誕生は、藤原氏以外の氏族には不評であり、不満が大きかったはずです。前天皇の皇后であった女性が天皇になったり、男子の皇太子が別に存在したうえで、中継ぎとして女帝が即位するのと、皇太子であった未婚の女性がエスカレーター式に天皇になるのとでは、まったく違うことなのです。つまり、阿倍内親王が孝謙天皇になった場合、その次の天皇をどうするかと

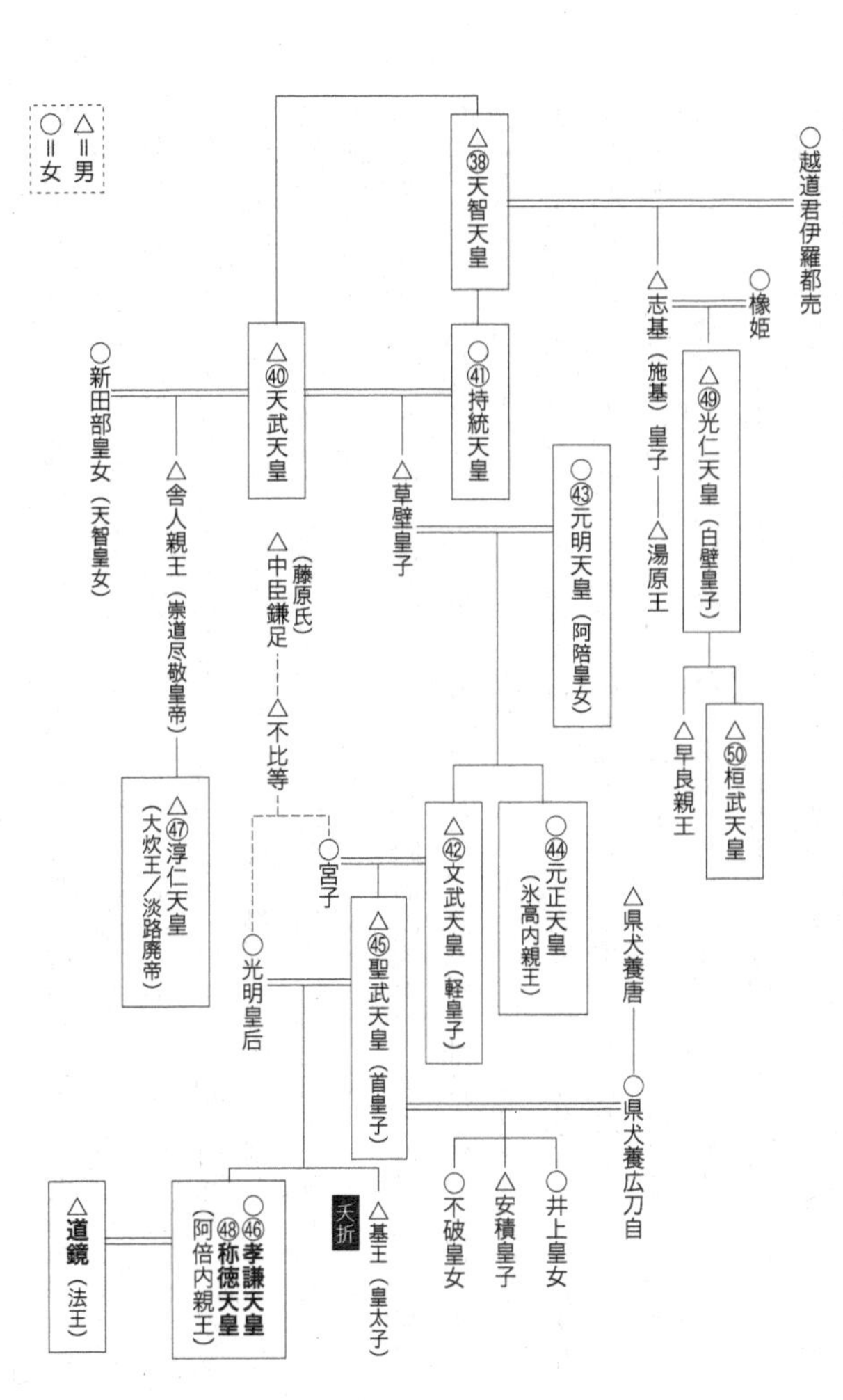

【系図11】称徳天皇とその周辺【『日本書紀』『続日本紀』】（○印を付けたのは女帝／第39代の天皇は、弘文天皇〈大友皇子〉である）

いうことがとうぜん大問題になります。直系ということを重んじれば、女帝がだれかと結婚して皇子を生む必要が生じます。その場合、孝謙（重祚して称徳）の夫はだれになるのか、そこで生まれた子どもを皇太子にし、そのまま天皇にしてよいのか。

八世紀の半ばに直面した皇位継承の大問題は、二十一世紀の冒頭に直面している皇位継承問題ととてもよく似ています。ただし、古代天皇制と近代天皇制とではまったく別のものだと私は考えているのですが、その問題に口を出すのはあと廻しにして、孝謙女帝問題について考えてゆくことにします。

おそらくそれだけが理由ではないでしょうが、阿倍内親王の立太子と即位が、脆弱になっていた八世紀の宮廷を大混乱に陥れました。孝謙女帝が即位して七年目、天平勝宝八（七五六）年五月に、譲位していた聖武太上天皇が亡くなります。そして、遺言によって道祖王が立太子の儀礼を行って皇太子になります。道祖王は、天武天皇が藤原鎌足の娘・五百重娘に生ませた新田部親王の子です。この立太子も、いろいろな議論の末になされたのでしょうが、次の年（天平宝字元年）の三月には、皇太子の道祖王が廃されて、大炊王が皇太子になります。こちらは、おなじく天武天皇の孫ですが、天智の娘の新田部皇女が生んだ舎人親王の子で、藤原氏の血は入っていません。皇親派の左大臣・橘諸兄と右大臣であった藤原豊成との確執、孝謙女帝に取り入った藤原仲麻呂（恵美押勝）との関係など、さまざまな政治情勢が交錯しているようで、私には整理しきれません。

ところが、皇親派勢力のシンボルだった橘諸兄が、大炊王が立太子する年の正月に没してしまい、藤原氏の勢力がますます大きくなります。そして、次の天平宝字二（七五八）年八月には、孝謙天皇が譲位して、皇太子であった大炊王が即位し、淳仁（じゅんにん）天皇が誕生します。

ところが、譲位した孝謙太上天皇と淳仁天皇はひどく不仲ですし、恵美押勝は専横を振るいます。おまけに、そのどさくさに乗じて道鏡が登場したために、孝謙太上天皇をめぐって押勝と道鏡とのさや当ても始まります。こうなると、朝廷は手がつけられない状態となり、恵美押勝は謀反に走って敗死します。それが天平宝字八（七六四）年九月のことでした。その恵美押勝と入れ替わるようにして権力を振るったのが道鏡でした。

道鏡と女帝

恵美押勝と孝謙天皇との間はどのようなものだったのでしょうか。道鏡の場合と同じような事情があったのでしょうか。といっても、道鏡と孝謙との関係も、じつは何もわからないのですが。

独身の女帝がいれば、野望の固まりのような男どもが近づいていくのは当然です。

権力を手中におさめるにはもっとも手っとり早いターゲットですから。もちろんそれは天皇が女だからというわけではありません。男の天皇にも有象無象の男や女が集まってくるのはとうぜんです。乱暴な言い方になりますが、そういう場合、男は適当に利用し、女は孕ませてしまえばいいのです。それが天皇の仕事ですから。

しかし、女帝の場合はそうはいきません。孕む肉体をもつのは自分自身ですし、もし身ごもりでもしたら、誰の子かということで大騒動になってしまうでしょう。男である天皇がだれかに子どもを生ませるのと、女性の天皇が自ら子を生むのとでは、まったく違うことなのです。そして、残念なことに、後者の例は、八代六人の女帝を数える古代天皇制の中で一度も生じていません。その後、江戸時代に二人の女性天皇が出ましたが、どちらも中継ぎですし、近代天皇制では女性天皇を認めていないので、起こるはずがありません。

ところで、孝謙太上天皇（重祚して称徳天皇）と道鏡とのあいだには、性的な関係はあったのでしょうか。続日本紀の記事を読むかぎり、あったのかなかったのか、何もわかりません。そして、そんなことはどうでもいいじゃないかと考える人も多いと思います。しかし、いい子ぶっているわけではありませんが、私もどっちでもいいと思っています。しかし、噂というのはそれではすみません。

出逢ったとき、すでに女性が四十歳を超えていたとしても、性的な関係があったとしないかぎり、スキャンダラスな噂にはならないのです。ここで確認しておきますが、四十歳を超えてというのは、現代のことではありません。古代において四十歳を過ぎた女性はすでに性の対象ではなくなっているはずです。でも、額田王の場合も同じでしたが、スキャンダルを作る者たちにとっては、年齢など障害にはならないようです。

同じ枕に情交する二人

続日本紀には何も語られていない称徳女帝と道鏡との関係ですが、日本霊異記にはしっかりと語られています。編者の景戒は僧ですから、道鏡に対してそれほど悪意はもっていなかったようです。しかし、一話だけ、二人の関係について取り上げている話があります。前後に別の事件が語られている長い話なので、道鏡にかかわる部分だけを抜き出して、以下に引用します。

『日本霊異記』下巻・第三十八
「災と善との表相まづ現れて、後にその災と善との答を被る縁」（部分）
また、同じ大后[1]がいました時に、天の下の国々で挙って歌われた流行り歌[2]があった。

法師らを　裙(3)着きたりと
な侮りそ
之が中に　腰帯・薦槌(4)
懸れるぞ
いや発つ時々　畏き卿や

坊主どもを　女のように裳をはいていると
侮ってはいけないよ
その中には　腰帯や薦槌が
ぶら下がっておりますぞ。
いきり立った時　いや恐ろしい方ですぞ。

また歌っていうことには、

わが黒みにそひ(5)
股に宿たまへ
人と成るまで

わが黒々としたところに寄り添って
股のあいだでおやすみなされ。
一人前にお成りになるまで。

このように歌われていた。女帝称徳天皇の時代、天平神護元（七六五）年(6)の年初に、弓削氏の僧・道鏡法師は、皇后と同じ枕に交わりをむすび、天下の政治を掌握し、天の下を治めました。この歌は、道鏡法師と皇后とが同じ枕に情交し、天下を支配したことに対する表荅(7)なのです。

また、同じ大后の時に、歌があって、

正に　木の本を相れば　　まさしく　木の根元の巨根を眺めると
大徳　食し肥れて　　道鏡様が　肥え膨らんだ
立ち来る　　一物をおっ立ててやってきなさるよ。

このように歌っていた。これ、まさに知ることよ、同じ時に、道鏡法師を法皇とし、鴨氏[8]の僧韻興[9]を法臣参議[10]として、天下の政治を掌握した表答であるということを。

（1）**同じ大后**＝前に聖武天皇と光明皇后の時代の話があり、それを受けるかたちで同じ大后（光明皇后）という書き出しになっている。
（2）**天の下の国々で挙って歌われた流行り歌**＝原文には「天の下の国挙りて、歌詠ひていはく」とある。何かの事件の発生を暗示する流行り歌を、日本書紀では「童謡」と呼ぶ。
（3）**裙**＝僧が腰に着けた衣（布）をいう。ふつうは裳を着けるのは女性なので、このような表現をするのである。
（4）**腰帯・薦槌**＝どちらも道鏡の一物の隠喩。
（5）**黒みにそひ**＝黒ずんだところ（股間）に添ってと訳したが、この歌については別の解釈もある。本文で述べる。
（6）**天平神護元年**＝この前年の十月に淳仁天皇が廃されて淡路に流され、孝謙太上天皇が重祚した（称徳天皇）。

（7）**表咎**＝何かの事件の前には、その事件を暗示する前兆が現れるものだというのが景戒の認識である。霊異記ではそうした前兆を「表咎」と表現している。
（8）**鴨氏**＝賀茂氏と同じ。もとは祭祀の家筋。
（9）**韻興**＝続日本紀には「円興」という名前で登場する。
（10）**法臣参議**＝続日本紀によれば、円興禅師に「法臣」を、基真禅師に「法参議大律師」を授けたとある（天平神護二年十月二十日）。法臣と法参議とを重ねたものか。僧籍（法）にありながら政治を行う大納言や参議の役割を兼ねるということだろう。

スキャンダルのゆくえ

最後に引いた三首目の歌ですが、私は前の二首に続けて卑猥な訳をつけましたが、別の解釈もあるようです。たとえば、「山林修行した木の根元から立ち上がり、充分な学識を養い大人物に成長して、政権をとりにやって来る」（小泉道校注、新潮日本古典集成『日本霊異記』）というような解釈がそれです。

それにしても、この記事は、続日本紀の内容とはずいぶん違います。仏教説話集がこのような猥雑な記事を載せていいのかどうか疑いますが、後世の仏教説話集でも、卑猥さや猥雑さは避けてはいません。おそらく、ひとときでも人びとのあいだで語り伝えられていたものを拾い上げると、こういうことになってしまうのでしょう。また、寺院において唱導に利用する場合に、こうした下ネタはけっこう好まれるということもあったのでしょう。

朝廷の正史として編纂された続日本紀の場合には、表向きの出来事を記述するというスタイルしか選択できませんが、日本霊異記を読むと、誰もが感じるであろうセックス・スキャンダルとして女帝と道鏡との関係は伝えられています。年増の独身女帝と脂ぎったイメージのある怪僧との関係を語るには、セックスしかないというのはよくわかります。

先に引用した続日本紀の宝亀三年四月の記事、道鏡が下野国で死んだときの「伝」に、女帝が病気になった際に道鏡が看病して以来二人は近づいたとあった、その記事から想像すれば、すぐれた知をもつ名僧と、高貴な女性との道ならぬ恋という純愛ドラマだって作れるはずです。それは、ドラマではなく、真実だったかもしれません。しかし、だれも、この二人にそのような純愛物語など欲していなかったのです。

有名税ということなのでしょうか、称徳と道鏡はスキャンダルの中に投げ込まれてしまいます。あるいは、そうなったのは、称徳と道鏡だからではなく、古代という時代には、純愛などという概念が存在しないということのほうが大きな理由かもしれません。

この八世紀の逸話を思い出すたびに、私は現代の女帝問題を重ねてしまいます。たいへん不謹慎だと言われるかもしれませんが、未婚の皇女を天皇として擁立しようと考える場合に、道鏡との結婚という比喩をはずして考えることはできないのです。それが、女性天皇の次にくるはずの、女系天皇の問題です。

そもそも、父系（男系）社会を象徴する装置として導入された近代天皇制が行き詰まったから、ここらで女帝を容認しょうというような、最近の女帝容認論に与することに私は反対です。そして、皇室典範を改定して女帝を認めたときに問題になるのは、その女帝の次の天皇をどうするかということです（中村生雄「『女性天皇』論が問うもの」『東北学』第六号、二〇〇二年四月）。つまり、女帝が結婚して子を生んだとき、その生まれた子を次の天皇として容認できるのかということが最大の問題になるのです。女帝の結婚相手はいわゆるふつうの男でしょうから、その、いわばどこの馬の骨ともわからないような男の精子を受け入れて生んだ子を、次の天皇として容認できるのかどうか、そこのところの議論なしには、女系天皇の誕生はむずかしいのではないかと私は考えます。

二〇〇五年まで、小泉内閣の有識者会議で女性天皇も女系天皇も認めるという方向で皇室典範の改定が議論されていました。しかし、そのあたりの問題を、皆さんはきっちりと認識なさっていたのでしょうか。道鏡事件を読んでいると、いつもそのようなことを考えてしまいます。二十一世紀の天皇制については、その必要性も含めて、きっちりとした議論がなされるべきでしょう。

［付記］原稿を渡して校正ゲラが上がってくるあいだの、ほんのわずかな期間に、皇室典範をめぐる議論はすっかり変化してしまいました。おそらく当分のあいだ、国会に新法案は提出されることはないでしょうし、女性・女系天皇の問題は先送りされそうです。いうまでもなく、秋篠宮（あきしののみや）妃の懐妊が理由です。二〇〇六年九月の出産時まで男か女かは調べないということですが、男子が生まれたら今後数十年、女子が生まれても今後数年のあいだは、皇室典範の改定議論は棚上げになるでしょう。

しかし、もし男子が生まれたら女性・女系天皇問題の議論は取りやめというのでは、それこそ、女性蔑視（べっし）もはなはだしいということにはならないのでしょうか。そして、ずっと先まで見通して言うなら、今回の議論の中断は、天皇制を今後も持続しようとする側には痛手だと思います。

文庫版追い書き

その後十五年を経過しましたが、天皇の後継ぎ問題はまったく進展がありません。何だかんだといいながら、国家の中枢部も愛国を自認する人たちも、天皇制などというものに対して大した関心を抱いてはいないのだと思われます。そうでなければ、もっと真剣な議論が行われているはずです。ただ私はひそかに、このまま忘れてしまえと念を込めていますが、さてどうなるでしょう（ごく最近、皇位継承に関する有識者会議が動き出したようですが、何らかの提案や提言を出そうという気概は感じられません）。

私の立場は不変で、ここにも書いたように、安易に男がいないなら女性になどという姑息なことは考えず、ここいらで近代天皇制を終息させる道を模索すべきだと主張しているのですが、きわめて少数派（少数にもならない？）の意見のようで、こちらもまったく進展はありません。

第5章

揺らぐ列島、疲弊する人びと

変化に富んだ山野河海をもつ美しい日本列島は、ひょっとしたら世界の諸地域のなかでもっとも危険な環境に置かれているのではないか。そもそも地球上に十数個しかないうちの、北米プレート・太平洋プレート・フィリピン海プレート・ユーラシアプレートと名付けられた四つのプレートがぶつかり合う上に私たちの暮らす列島は位置しており、地震が頻発し、時に津波が襲来し、火山が爆発するのは当然です。そして、その代償として豊富な温泉や美しい地形は与えられたわけです。また、南西諸島から西日本では毎年いくつもの台風が襲来して大きな被害をもたらし、日本海側の地域では偏西風が運ぶ湿った空気が大雪を降らせて身動きもかなわず、東北地方ではしばしば冷害による飢饉(ききん)が人びとを襲いました。

そうした地理的、気候的な条件によってもたらされる天変地異は、この列島に人びとが住み始めてからこのかた、変わりなく襲いかかってきたと考えられます。また、海彼(かいひ)から疫病がやってくることもありました。こちらは、外とのつながりが大きく影響することが、今回の新型コロナウイルス感染症(COVID-19)の世界的な大流行(パンデミック)をみればよくわかります。古代にあっても、ある時期から流行病は不可避の災厄として存在しました。

そのようななかで、私たちの先祖は、健気(けなげ)にそして強(したた)かに生きてきたのです。ここでは、そのほんの一端を、古代の文献のなかに眺めてみようと思います。

一　記憶される災厄

まずはじめに、もっとも危険な大地の上に住む私たちの先祖は、その天変地異の恐ろしさをどのように形象化しているでしょうか。神話のなかに窺える地震や津波の痕跡を探ってみたいと思います。

兄妹の結婚と津波

かといって、神話のなかに天変地異がそのまま描かれるということはありません。ただ、それらしい場面のいくつかに出くわすことはあります。たとえば、背後に津波の恐怖が埋め込まれているのではないかと思われる神話を取り上げてみましょう。

『古事記』上巻・イザナキとイザナミの結婚

イザナキ、イザナミのお二方は、そのオノゴロ島に天降りなされて、天の御柱(1)を見立て、八尋殿(2)を

(1) 天の御柱＝トーテム・ポールのような、世界の中心を象徴する柱。

見立てなされた。

　そして、イザナキは、その妹(いも)イザナミにお尋ねになった。

「お前の体はいかにできているのか」と。すると、答えて、「わたしの体は、成り成りして、成り合わない[3]ところがひとところあります」と、イザナミは言う。

　それを聞いたイザナキは、「わが身は、成り成りして、成り余って[3]いるところがひとところある。そこで、このわが身の[4]成り余っているところを、お前の成り合わないところに刺しふさいで、国土(くにつち)を生み成そうと思う。生むこと、いかに」と問うた。

　するとイザナミは、「それは、とても楽しそう」[5]とお答えになったので、イザナキは、「それならば、われとお前と、この天の御柱を行きめぐり、逢ったところで、ミトノマグハヒ[6]をなそうぞ」とおっしゃった。そして、そう言うて契(ちぎ)るとすぐに、「お前は

(2) **八尋殿**＝壮大な御殿。「見立て」とあり、実際に柱や御殿を建てたと考える必要はない。
(3) **成り合わない・成り余って**＝女陰と男根との比喩表現。
(4) **このわが身の……**＝以下の描写は性交の隠喩。日本書紀には、セキレイが尾を振っているのを見て交わる方法を知ったとある。
(5) **とても楽しそう**＝原文は「然善」とあり、「しか善(よ)けむ」などと訓む。イザナミの積極性がとてもうまく表現されている。
(6) **ミトノマグハヒ**＝原文は音仮名で「美斗能麻具波比」とある。ミトは、御門の意で女陰のこと。マグハヒは抱くことをいうマク（巻く、枕く）あるいは求婚する意のマグ（求）に由来する語。性交をあらわすもっとも美しい言葉。
(7) **秘め処**＝原文は「久美度(くみど)」で、「籠(こ)み処＝籠めるところ」の意。寝室と解する説もあるが、女陰をさすと解しておく。

右よりめぐり逢え、われは左よりめぐり逢おうぞ」
と言われた。

お二方の神は契り終えるとすぐに柱をめぐり、めぐり逢われたところで、イザナミが、まっさきに、「ああ、なんてすてきな殿がたよ」と言い、それに続けてイザナキが、「ああ、なんとすばらしいオトメなのだ」と言うた。

それぞれが言い終えたのちに、妹に告げて、「おなごが先に求めるのはよくないことよ」と言うた。しかし、そのまま秘め処(ど)[7]にまぐわいなされて生んだ子は、ヒルコ[8]。この子は葦船(あしぶね)に入れて流し棄てた。つぎに、アハ島[9]を生んだ。これもまた子の数には入れない。

(8) **ヒルコ**＝原文に「水蛭子」とあり、骨がなく、人や動物の体に吸盤で吸いついて血を吸うヒルのような子をいう。最初の男女が兄妹で、その二人の結婚によって人類が誕生したと語る神話（兄妹始祖神話）は世界的に語られるパターンであり、それが、タブーを犯した結婚であることによって、罰を受けたりふつうではない子が生まれたりすると語る例も多い。なお、ヒルコは、骨無しの子ではなく、「日ル（ルは古格の格助詞で「〜の」の意）子」で、太陽の子の意であるとみる説もあるが、こじつけに近い。

(9) **アハ島**＝原文「淡島」。出産の時の胞衣(えな)（胎児をつつむ膜や胎盤などで、後産という）のことかという。

引用した場面もそうですが、この神話は、今ではとても許されない差別的な表現や行為がいくつも出てきます。それが古代の一つの現実だということで了解していただきたいのですが、ここでは男性優位の思想によって、子生みの失敗が説明されます。

また、左を優位とする観念もみられますが、こうした考え方は、中国からもたらされた思想に基づいているというのがもっぱらの解釈で、二神の子生みの失敗は、元は別のかたちで語られていたとみるのが優勢です。それは何かというと、兄妹による結婚というタブー（禁忌）の侵犯にあったのではないかとみる考え方です。

最初の結婚が兄と妹とによって語られるのは世界的に例が多く、兄妹始祖神話と呼ばれます。世界の始まりを語る時、一対の男女によって大地や人間が生み成されたという語り方をすることが多く、その時、最初に登場する男女を兄と妹として語るというのが兄妹始祖神話です。しかし、どのような社会においても同母の兄妹婚はタブー（禁忌）とされます。なぜなら、兄妹婚を禁忌とすることによって、家族を超えた共同体が成り立つわけで、それが社会を成り立たせる大前提になりますから、神話に語られる始まりとしての兄妹の結婚も、当然のこととしてタブー性が抱え込まれてしまうのです（古橋信孝「兄妹婚の伝承」『神話・物語の文芸史』ぺりかん社、一九九二年）。

その結果、タブー侵犯の代償のようなかたちで、最初の子生みに失敗したという語りが生じます。ところが古事記（こじき）ではその原型的な理由を回避して、男尊女卑の思想を取り込んで語り直してしまいました。そうなっていったのは、兄妹婚の野蛮性を拒否しようとしたからではないでしょうか。そのために、今に伝えられているかたちの、女が先にものを言ったから失敗したのでやり直したという語り口が採用されます。その結果、立派な子（地上の島々）や神々が生まれることになったというわけです。

そうした兄妹の結婚というタブー性を解消しようとして、神話ではしばしば、なぜ兄妹が結婚しなければならなかったかという説明をします。兄と妹しかこの世には存在しなかったから仕方がなかったのだ、というかたちでタブー侵犯を納得させようとするわけです。アダムとイブとの結婚にもそうした要素がみられるのですが、南太平洋の諸地域をはじめ沖縄諸島において時にみられるのは、津波（あるいは洪水、油雨）による人類の絶滅です。

一つだけ、沖縄の民間伝承を引用してみます。「宮古島記事」（一七五二年、宮古島の役人が琉球王府に提出した報告文書）に、「多良間島立始めのはなし」と題して載せられている伝承です。多良間島（沖縄県宮古郡多良間村）は宮古島と石垣島とのあいだにあり、隆起サンゴ礁でできた平坦な島です。

上古に、伊地の按司という人と妹ふなさりやという二人が、仲筋村長底原という所へ行って畠仕事をしていると、突然南の方から大津波が押寄せてきて、見る間に村も家も波に打ち流されてしまいました。両人は是を見て高嶺という所に這い上り、兄妹の命を助け給へ（ママ）と天に祈誓していたが、島中総てのものが引き流された後に、兄妹だけが不思議に命を助かったので、両人夫婦の縁を結び、子孫繁栄

して島立の神となったと伝えている。（稲村賢敷『宮古島旧記並史歌集解』ぺりかん社、一九七七年。便宜的に句読点を付した）

津波のために兄と妹だけが残され、（他に方法がないので）二人は結婚して島を再建したという起源神話です。このかたちは奄美・沖縄方面の島々にいくつも伝えられているもので、洪水型兄妹始祖神話と呼ばれています。ここには何も語られていませんが、伝えによっては、ほかに人が残っていなかったのでという説明がつきます。

そうした原型的な伝承から、古事記のイザナキ・イザナミ神話では、洪水（津波）による人類の滅亡というモチーフ（要素）を欠落させたと考えられます。本来的にいえば最初の失敗は、兄妹婚による禁忌を侵したための犠牲として生じたと語られていたものが、古事記では、兄妹婚というモチーフを排除したために、女が先に言葉を発したから失敗したのだという男性優位を語る神話へと変貌を遂げました。

そのように読めば、津波というのは世界の秩序を根底から破壊するものであり、その破壊こそが、新たな世界を生みだすと認識されていたということがわかります。

暴風雨のようなスサノヲ

イザナミが死んだあと、イザナミを黄泉の国から連れ戻すことに失敗し、逃げ帰ったイザナキが、心身の禊ぎをします。そしてその最後に、アマテラス・ツクヨミ・スサノヲという貴い三柱の神を、左右の目と鼻から生み成します。喜んだイザナキは、アマテラスには高天の原、ツクヨミ（月の神）には夜の世界、スサノヲには海原の統治を命じますが、スサノヲだけは父イザナキの言葉に従わずに哭きさわいでいました。そして、スサノヲが妣の国・根の堅州の国に行きたいと言って哭いているのを知ったイザナキは、怒ってスサノヲを追い出します。するとスサノヲは、姉アマテラスに挨拶に行くといって高天の原に上ってゆきます。その、父の命令に従わずに哭きさわぐ場面と、高天の原に上ってゆく場面を、古事記では次のように描写しています。

『古事記』上巻・スサノヲ誕生

それぞれの神は父神の仰せのままにお治めになる中で、スサノヲだけは、おのれが委ねられた国を治めようとはせずに、あごひげが(1)長く長く伸びて胸の前あたりまで垂れるほどになっても、いつまでも哭きさわいでいた(2)。しかも、その泣くさまはというと、青々とした山は枯れ山のごとくに泣き枯らしてしまい、河や海の水はスサノヲの涙となってことごとく

（1）**あごひげが……**＝以下の描写は、長い年月の経過をいう時のパターン。
（2）**哭きさわいで**＝哭くという行為は、無秩序な世界を象徴する。

に泣き乾してしまうほど。そのために、蠢き出した悪しき神がみの音は、五月蠅のごとくに(3)隅々にまで満ち溢れ、あらゆる物のわざわい(4)が、ことごとくに起こり広がった。

(省略)

さて、父のもとから逐らわれたスサノヲは、「しからば、アマテラスさまにわけを申しあげてからおいとましようか」と言い、すぐさま天に参り上る時に、山や川はあまねく轟きわたり、国や地はことごとくに震れた。

(3) **五月蠅のごとくに**＝原文「如狭蠅（五月蠅なす）」は、たくさんのハエが梅雨時に充満してまがまがしい声をたてるさまで、恐ろしい状態が蔓延することの比喩（「うるさい」を「五月蠅い」と表記するのはこうした意味から）。

(4) **あらゆる物のわざわい**＝原文「万物之妖」。モノとは、恐ろしい力を秘めた正体不明の魑魅魍魎をいう。上の「悪しき神がみの声」と同じ。

スサノヲ（須佐之男命）は、タケハヤスサノヲ（建速須佐之男命）・ハヤスサノヲ（速須佐［之］男命）とも呼ばれますが、タケもハヤも威力のあることをいうほめ言葉で、スサノヲは「スサの男」を意味します。スサを地名（島根県出雲市佐田町須佐）とみなす説も根強くありますが、古事記には地名を背負った神というのはまったくと言っていいほど出てきません。しかも、スサノヲという神はローカルな地名を背負っているとみるよりは、国家の最高神アマテラスに対立する、横溢して抑制できない無秩序な力を秘めた荒々しい神として構想されているとみたほうがふさわしいように思います。

そのスサの意味ですが、スサブ（荒）・ススム（進）のスサやススと同根で、制御のきかない状態で前に進んでしまうことをいうとみなすのがよいでしょう（西郷信綱『古事記注釈』第一巻、平凡社、一九七五年）。引用した場面でもそうですが、スサノヲには荒ぶる神の性格が強く見られ、鼻から生まれたという誕生のさまからみると、暴風雨や台風のイメージを強くもっています。たとえばそれは、前半の山と川の秩序を混乱させてしまう様子とか、高天の原に上っていくさまを描写した「山や川はあまねく轟きわたり、国や地はことごとくに震れた」といった描写から想像できます。

三柱の神によって語られる神話は、もとは、日の神と月の神のあいだで語られる天体運行（なぜ太陽は昼に、月は夜に出るか）に関する起源神話だったと考えられます。ところが、そうした自然神である日の神が国家の支配神に変容していくなかで、月の神が脱落し、その代わりに荒ぶる自然神スサノヲが登場し、天皇家の祖先神としての至高神アマテラスと秩序の破壊神スサノヲとが対立する神話へと姿を変えて語られるようになったとみなすことができます。語られる神話というのは、基本の構造は一対一の対立によって組み立てられるという普遍的な性格をもつために、月の神は脱落せざるをえなかったのです。

ただ、そのような神話に変貌しても、荒ぶる自然神の側面を消すことはできなかったようで、スサノヲには荒れすさぶ暴風雨（台風）のイメージが付きまとうことになったのです。そして、その意味で、スサノヲの原郷が海の彼方にあるようにみえるのも、イザナキが「海原を支配せよ」とスサノヲに命じたのも、納得できることだと思えてきます。

火山の神としてのオホナムヂ

スサノヲの六代あとの子孫がオホクニヌシ（大国主神）だと古事記は伝えていますが、そのオホクニヌシにはほかに四つの名があります。そのなかで、もっとも重要な名がオホナムヂで、この名は神話のなかでは少年時代の名として語られています。オホとムヂはほめ言葉と神であることを示す接辞で、意味としては「ナ」に中心があります。そして、そのナを「大地」の意味ととるのが一般的で、オホクニヌシの「クニ（大地）」と対応する語であると説明できるのですが、益田勝実は、オホナムヂの「ナ」を「アナ」とみて、「大きな穴を持つ神、それは噴火口を擁する火山そのものの姿の神格化以外ではない」と述べて、オホナムヂを火山神ととらえています。その具体的な姿は、伯耆大山に求めるのがいいが、大山は有史時代に噴火記録はないから、地獄型の噴出する湯を「神の湯」とみなし、その噴出のさまがオホナムヂという神を形象化していると考えました（『火山列島の思想』筑摩書房、一九六八年）。

古事記の原文では、オホナムヂは「大穴牟遅神」と表記され、「ナ」は「穴」という漢字で表記されています。そのアナを益田は、火口のこととみなし、伯耆大山を重ねて考えようとするのですが、大山の噴火は早くに終息したと考えられているので、大地から湧出する「神の湯」を穴のイメージに重ねていきます。ただし、大山の噴火については異説もあるようで、古代の人びとの記憶のなかに、噴火とまでは呼べなくても、火山としての大山は存在したとも考えられます。その記憶が、出雲国風土記の「火の神岳」という呼称に遺っているとみなすこともできるでしょう。

日本書紀ではこの神は、大己貴神と表記され、また風土記を検索すると、出雲国風土記で（ヂは清濁両説あり）と訓読されています。

オホナムヂあるいはオホアナムヂは大穴持命（オホナモチ、オホアナモチ）、播磨国風土記では大汝命（オホナムヂ）、伊豆国風土記逸文では大己貴尊（オホナムヂ）、伊予国風土記逸文では大穴持命（オホナモチ、オホアナモチ）などとあり、「ナ」も「アナ」も両方が可能というしかありません。

私は、成長してオホ「クニ」ヌシになるのだから、オホ「ナ（大地）」ムヂがいいのではないかと思っているのですが、益田の言うアナ説も否定できない魅力があります。また、都合のいい折衷案のようになってしまいますが、火口こそが大地の力を象徴する場所だと考えれば、ナとアナは同じものと考えることができ、大地（ナ）の力がもっとも先端的に溢れる場所がアナ（火口）であり、そこは恐ろしい場所だったと理解することができるのかもしれません。

手塚治虫の漫画に『マグマ大使』という作品がありますが、アナととれば、オホアナムヂとはまさに、大地の底から派遣されたマグマ大使だということになります。手塚治虫が作り出したマグマ大使と同じように、天変地異にみられる恐るべき力は、恐れであるゆえに祈りの対象になります。その力に助けられるために、そしてその畏怖すべき力を鎮めるために、それらの力が神として形象化されるのだと考えれば、スサノヲやオホナ（アナ）ムヂの背後に、暴風雨や火山が潜んでいるとしても一向に不思議なことではありません。

ずっと奥底に潜められた痕跡しか掘り出せませんが、津波や台風（暴風雨）や火山は、このようなかたちで神話や神名のなかに見いだせます。そこに、蓄積された列島人たちの恐れの大きさが窺えるのではないでしょうか。

二　天武朝の非常事態――地震に魅入られる

天武(てんむ)天皇というと、壬申(じんしん)の乱をくぐり抜けて天皇になり、律令国家の礎を築いた偉大な天皇、あるいは、私は違うと主張していますが、古事記編纂(へんさん)の発案者として、また、正史・日本書紀や律令の撰録(せんろく)を命じたリーダーとして高く評価される天皇です。しかし、その天皇の時代は、この日本列島が地震に襲われ続け揺れ続けた時代であったということを、皆さんはご存じでしょうか。驚くほどに、地震が頻発した時代、それが天武朝でもあったのです。

ここでは、天武朝の地震と、それが人びとにどのように認識されていたかを考えてみたいと思います。

頻発する地震

ある時、日本書紀の天武天皇代の記事を読んでいて驚きました。地震の記事が頻出するからです。そこで、他の巻に地震はどの程度出てくるかを探してみたのですが、ほとんど見つかりません。調べ方に問題がないとは言えませんが、「地震」「地動」

「震動」などの漢字および「なゐふる」（地震をいう）という和語を検索した結果、天武紀以外で地震関連の記事が出てきたのは、以下の六例です。簡略に示します。

『日本書紀』天武紀以外の地震記事

○允恭五年七月十四日、地震（なゐふ）る(1)。
○武烈即位前紀（歌謡）「那為（なゐ）が震（よ）り来（こ）ば」とある。
○推古七（五九九）年四月二十七日、地動（なゐふ）りて、家屋がすべて倒壊した。すぐさま四方に命じて、「地震（なゐ）の神(2)」を祭らせた。
○皇極元（六四二）年十月八日、地震（なゐふ）り雨ふる。九日、地震る。この日の夜、地震り風が吹いた。二十四日の夜中、地震る。
○天智二（六六三）年三月、この春に、地震る。
○持統称制前紀、朱鳥元（六八六）年十一月十七日、地震る。

（1）**地震る**＝日本書紀は、地震のことは「地震」、時に「地動」と表記し、「なゐふる」という訓をつける。ナヰで地震を意味するとも、ナヰは大地の意味だともいう。フルは振るで揺れること。ほとんどの例がナヰフルの訓をもつことからみれば、ナヰのナは大地、ヰは「居る」の語根で、ナに付く接辞としてどっしりとした大地をあらわすか。

（2）**地震の神**＝特定の神がいたわけではないだろう。

天武の前に五例あります。ただし、武烈（ぶれつ）紀の場合は歌詞のなかに地震が出てくるので、地震が起こったわけではありません。また、天武の母である皇極（こうぎょく）元年には、地震が続いていますが、同じ月なので回数は一回とみなしました。推古（すいこ）七年の四方にあるという「地震の神」がいかなる神かは定かではありません。

それに対して天武朝はどうかというと、おそらくみなさん驚かれると思います。せっかくですから、そのすべてを掲げてみましょう。

『日本書紀』天武天皇巻の地震記事

○天武四（六七五）年十一月、是の月に大きに地動（なゐふ）る。

○天武六（六七七）年六月十四日、大きに震動（なゐふ）る。

○天武七（六七八）年十二月、是の月に、筑紫国、大きに地動る。地面が裂けた、その幅は六メートル（二丈）、長さは九キロ余り（三千余丈）。村々の百姓の家屋が数多く倒壊したり壊れたりした。この時に、一件の百姓家が岡の上にあり、地震によって岡が崩れて家が流され移動した。しかし、家はそのままで壊れなかった。家人は岡が崩れて家が動いたのを知らず、夜が明けて事実を知り、大いに驚いた。

○天武八（六七九）年十月十一日、地震る。

○天武八年十一月十四日、地震る。

○天武九（六八〇）年九月二十三日、地震る。
○天武十（六八一）年三月二十一日、地震る。
○天武十年六月二十四日、地震る。
○天武十年十月一日、日食があった。十八日、地震る。
○天武十一（六八二）年正月十九日、地動る。
○天武十一年三月七日、地震る。
○天武十一年七月十七日、地震る。
○天武十一年八月十二日、大きに地動る。十七日、また地震があった。
○天武十三（六八四）年十月十四日、午後八時になって、大きな地震があった。国中の男女が、叫び声を上げて逃げまどった。それとともに山が崩れ、河の水が溢れた。諸国の郡の官舎や百姓の倉や家、寺塔や神社が倒壊し、その数は数えきれない。そのために、人民および家畜が数多く死傷した。

この時、伊予の湯泉が埋もれて湯が出なくなった。土左の国の田苑一二〇〇ヘクタール（五十万頃あまり）が、海に沈んだ。古老が言うことには、「このような揺れは、未だかつて無かった」と。夕方、鼓のような鳴る声がして、東のほうから聞こえた。ある人が言うことには、「伊豆の島の西と北の二つの面が自然にふくらみ、九〇〇メートルほど（三百余丈）に広がり、一つの島になった。鼓のような音は、あるいは神がこの島を造る響きだったのではないか」と。

△天武十三年十一月三日、土左の国の司が報告することには、「（陸に）大きな潮が高く騰（あが）ってきて、海水が飄蕩（ただよ）った。このために、調を運搬する船がほとんど失われた」と。

〇天武十四（六八五）年十二月十日、西のほうから地震が起こった。

〇天武、朱鳥元（六八六）年正月十九日、地震る。

初めて記録された地震と津波

全部で十八回の地震が記録されています（十三年十一月の記事は前月の地震によって生じた津波に関する報告なので除外、十一年八月は二度の地震）。なお、五年十月に「物が綿のごとくに難波に零った」という記事があり、保立道久（ほたてみちひさ）氏は火山噴出物である可能性が高いことを示唆しますが（『歴史のなかの大地動乱』岩波新書、二〇一二年）、ここには含めていません。

天武の在位期間は、六七三（天武二）年二月二十七日の即位から、六八六（朱鳥元年）年九月九日まで、十三年六か月ですが、そのあいだに十八回もの地震が記録されるというのは異常です。日本書紀三十巻のうち、天武紀・下（第二十九巻、上は壬申の乱の記事）以外の地震記事は六例しかなく、天武を継いだ皇后・持統は十一年間の治世下に一回しか地震の記録はありません。天武天皇の時代だけに地震が集中するのですが、この異常さをどのように考えればいいのでしょうか。

歴史学者には、日本書紀の記事の信憑性を疑う傾向がつよくありますが、日本書紀も後半の記事は記録などに基づいており、それなりの信頼性はあるとみなすべきです。もし事実でないとすれば、なぜ天武朝だけにこれほど多くの地震が記録されるのか、その理由が説明できなくなってしまうでしょう。とくに、天武の血統を受け継いだ時代に編纂された日本書紀にとって、天武というのは始祖ともいうべき特別な天皇ですから、都合の悪い記事を載せるわけはないのです。それなのに地震記事がこれほど詳細に載せられているのは、確かな記録に基づいていると考える以外に説明のしようがありません。

その上でこの数量と内容をみると、ちょうどこの時期は日本列島を支えるプレートが活動期に入っていたのです。もちろん、天武の時代にはそんなことは知るよしもありませんから、人びとは異常な精神状態に置かれたことでしょう。しかし、そうした不安を日本書紀はまったく描こうとはしていません。淡々と地震を伝えているだけです。それが却って不気味でもあります。

ただ一か所、天武十一年八月の地震に関して、気になる記事が前後にいくつか置かれています。その点については後ほど考えることにして、まずは、この一連の地震について、地震学の知識に基づいて確認をしておきたいと思います。

二〇一一年の東日本大震災のあと、地震に関する知識を蓄積した私たちなら、天武十三年十月十四日夜に起きた地震は、南海トラフで生じたマグニチュード八を超える巨大地震に襲われたに違いないと気づくはずです。そして、数年前から続いていた地震は、その前触れであり、二年前の八月にはかなり大きな地震があり、十三年に本震があって、巨大津波が西日本の海岸を飲み込み、伊豆では三原山（おそらく）が大噴火したようです。情報の伝達が人間の移動に頼るしかない古代では、三週間後の土佐からの報告しか記録されていませんが、いくつもの噂が流れていたらしいことは、伊予の温泉の記事や、ある人の伊豆の島の情報などから想像できます。未曾有の揺れだったという古老の声を記録するなど、現代のニュース映像の街頭インタビューのようで妙にリアルです。

地震地質学を専攻する地震考古学者の寒川旭氏は、この地震は「プレート境界で発生した巨大地震」であり、「駿河湾から四国沖にかけての海底には、『南海トラフ』と呼ばれる細長い凹地」が続いており、時に「南海トラフでは地震規模がM8クラスの巨大地震」が発生するが、「トラフの西半分で発生する地震を『南海地震』、東半分で発生する地震を『東海地震』という」と説明した上で、次のように述べています。

一九四六（昭和二一）年の昭和南海地震では、近畿南部・四国を中心にした広い地域が激しく揺れ、太平洋沿岸に津波が押し寄せ、高知平野が沈んで、室戸半島は南ほど高くなるように隆起し、道後温泉の湯が止まった。このような南海地震の特徴は『日本書紀』の記述と一致しており、六八四年の地震は「白鳳南海地震」と呼ばれている。

（『地震の日本史　大地は何を語るのか［増補版］』中公新書、二〇一一年）

酒船石遺跡（奈良県明日香村）の丘陵斜面の石垣の崩落や、汁谷遺跡（兵庫県南あわじ市）の操業中の窯の崩壊など、この地震に関係すると思われる痕跡は各地の遺跡で見つかっていると、寒川氏は指摘しています。

地震ではないので取り上げませんでしたが、天武十四年三月条には、「この月に、灰、信濃の国に零り、草木がみな枯れた」という記事もあります。この年に、焼岳と浅間山が噴火したことも確認されています（山賀進『科学の目で見る日本列島の地震・津波・噴火の歴史』ベレ出版、二〇一六年）。

筑紫地震と滑り落ちた家

天武十三年に南海地震が起こる前の七年には、九州でも大きな地震が発生したことがわかります。この地震を、寒川氏は「筑紫地震」と呼んでいますが、福岡県久留米市の複数の遺跡において、西暦七〇〇年前後のものと考えられる地割れや断層、砂脈（地震による液状化により砂を含んだ水が噴き出した通り道）が発見されており、これを筑紫地震の痕跡だとしています。この地震に関しては、『豊後国風土記』日田郡の記事の中に、五馬山の崩壊と温泉の湧出も伝えられています（この記事を含め、風土記の地震や温泉記事に関しては、三浦「風土記博物誌」第一回、第二回［岩波書店、『図書』連載、二〇一八年二月、三月］参照）。

天武七年の筑紫地震の記事のなかで、文学研究者としてとても興味をそそられるのは、岡の上にあったという百姓家の逸話です。土砂崩れで家が流されたが、それに気づかなかった家人は夜明けになって驚いたという、あったかなかったかわからないような話です。じつは、この逸話とほとんど同じ構造の話が近代の三陸大津波に関して伝えられており、それを柳田国男が文章にしているのです。

その津波というのは、明治二十九年（一八九六年）に起こった明治三陸大津波のことで、「東京朝日新聞」に「豆手帖から」と題する連載をした折、「二十五箇年後」という題で発表した文章があります。唐桑浜（宮城県気仙沼市）という集落で聞いた話として載せられています（発表は一九二〇年八月）。

時刻はちやうど旧五月五日の、月がおはいりやつたばかりだつた。怖ろしい大雨であつたが、其でも節句の晩なので、人の家に往つて飲む者が多く、酔ひ倒れて還られぬ為に助かつたのも有れば、其為に助からなかつた者もあつた。総体に何を不幸の原因と決めてしまふことが出来なかつた。例へば山の麓に押潰されて居た家で、馬まで無事であつたのもある。二階に子供を寝させて置いて湯に入つて居た母親が、風呂桶のまゝ海に流されて裸で命を全うし、三日目に屋根を破つて入つて見ると、其児が疵も無く活きて居たと云ふやうな珍らしい話もある。死ぬまじくして死んだ例も固より多からうが、此方は却つて親身の者の外は、忘れて行くことが早いらしい。

併し大体に於て、話になるやうな話だけが、繰返されて濃厚に語り伝へられ、不立文字の記録は年々に其冊数を減じつゝあるかと思はれる。

(『雪国の春』所収)

こちらは、風呂桶に入ったままの母親が津波に流されたが無事に生還し、子どもも潰された家のなかで傷ひとつなく生きていたという話です。どこで生死が分かれるかわからないというのは、津波に関しては、二〇一一年の東日本大震災の記憶がまだ新鮮な私たちには納得しやすいことではないでしょうか。そして、奇跡的に生きていたという類(たぐい)の話のほうが人びとのあいだの伝えとしては遺りやすいという柳田の発言も、おそらくそうだろうと思わせます。なぜなら、痛ましい死が溢れるなかでは、ここにあるような、そして、天武七年の記事に記されたような「奇跡の生還」は、人びとの心を暖かくしてくれるものだと思うからです。こういう話こそ聞きたいという思いは、誰にも生じるのではないでしょうか。津波における理不尽な死やコロナ禍において生じた別れも伝えられない死を知った今、私たちはことさらにそのような感想を抱いてしまうのです。

ですから、天武七年の地滑りに遭いながら助かった一家の話も、無下に嘘だとは言い切れません。そして、こうした話が歴史書の一隅に収められる理由も、わかるような気がするのです。それよりも、私は、天武朝において、これだけ地震記事が連ねられながら、それに対して、編纂者が、あるいは地下(じげ)の人びとが、どのような感想を持ったかということがどこにも書かれていないのは、いささか異様なことに思えます。

なぜ天武朝なのか

正史『日本書』の発案者であり、壬申の乱を制して混乱した王朝を再統一したはずの聖帝の時代に、なぜこれほどにも地震が頻発したのか。そして、それを人びとはどのような思いで眺めていたのか、その辺りの事情を知るのがむずかしいのは、具体的な発言はおろか想定する材料になる情報さえほとんどないからです。

古代の災害に強い関心を示している歴史学者の保立道久氏は、中大兄のクーデターや大海人の反乱事件を踏まえて、この時代が「日本の国家史の中で大きな画期をなしている」ことを指摘した上で、「ただ、この時期の国家が、東北アジアを襲った「大動乱・温暖化・パンデミック」という自然条件に直面したことは、これまでの歴史学では十分に考慮されてはこなかった」と述べています（『歴史のなかの大地動乱』岩波新書、二〇一二年）。その上で、具体的な状況を論じてゆきます。

それはとても重要な作業だと思うのですが、では、その事実は天武の治政にどのような影響を与えたのか、天武という天皇の責任はどうとらえられていたのか、というような話題には保立氏も足を踏み込みません。もちろん、日本書紀には何も書かれてはいないし、考古学的な証拠が出てくることもないでしょう。だから踏み込めないのはよくわかるのですが、私はそここそを知りたいと思うのです。

現代の私たちなら、天武朝は、日本列島がちょうど地震の活動期に入っていたのだと考えるでしょう。しかし古代の人たちは、彼らの論理のなかで、地震の頻発する理由を考えたはずです。地震に限らず天変地異というのは、何らかの原因があって生じるものだと考えたに違いないからです。

単刀直入に言うと、天皇自身や天皇の治政に何らかの問題があるのではないかと認識していたのではないかということです。そしてそれは、古代の人びとにとってしごく当然の思考回路だと思うのです。あらゆる天災や災厄は天皇の治政や祭祀に問題があるから生じると、表向きには言えないとしても、そのような噂は世に溢れていたに違いありません。

考えてみれば、天武は、兄である天智天皇の没後、挙兵して大友皇子を倒して皇位に就きました。いわゆる壬申の乱（六七二年）ですが、この争乱は明らかに皇位簒奪のクーデターです。直系であるべき皇位が、先帝の願いとは違って弟に奪われたのですから。そして、そのようにして天武が皇位に就くやいなや、地震がしきりに起こったことに、人びとは何を感じ、どのように反応したのか。日本書紀のどこを探しても何も書かれてはいませんが、流言蜚語が渦巻いていたはずです。

それを日本書紀は、まったく無視したのでしょう。正史とはそのようなもので、歴史はどのようにでも作ることができます。それゆえに、地震の発生については事実として記述するが、その周辺の出来事については取り上げない、そのような対応がここでは選択されているとみて、まず間違いはありません。

ひとつだけ、私が気になったのは、天武十一年八月の記事です。この月には、十二日に大きな地震が、十七日にも地震がありました。地震の記事はそれだけですが、その前後に次のような記事が並んでいるのです。いずれも十一年八月のことです。

○三日、夕方に大きな星が東から西に渡った。
○五日、造法令殿（のりのふみつくるみあらか）の中に大きな虹がかかった。
○十一日、灌頂（かんちょう）の幡（はた）のような形をした火の色の物が、空に浮かび、北に流れた。あちこちの国で見え、ある人は、「越（こし）の海に入りぬ」と言った。また、白い気（しるし）が東の山に起こり、大きさは四囲（よいだき）ほどであった。
○十七日、また地震（なゐ）があった。この日の夜明けに虹が出て、天の中央にあって、太陽に向きあっていた。

日本書紀は編年体の歴史書なので、出来事を年月日順に並べていきます。そのために、前後の記事には原則として繋（つな）がりはないとみなければならないのですが、かといって、すべてがそうだというわけではありません。何か大きな事件が起きる場合には、その前に予兆としての出来事があると考えられているので、天体の運行や自然の営みのなかで生じる何かは、事件の予兆のようにして置かれることがしばしばあるのです。「童謡（わざうた）」と名付けられた意味不明の歌がはやったというような記事も日本書紀の後半にはよく出てきます。ですから、そうした記事が天武紀にないというのは、かえって不自然なのです。

ここに並べられている流星や虹や火球や白い気は、単なる自然現象として記録されているると見るよりは、二年後に起きた地震と津波の予兆として置かれているとみるのが、日本書紀の読み方としては妥当なのではないかと思えます。そして、そこには、天武の治政に対する史書編纂者たちの何らかのメッセージが込められているのかもしれません。たとえば、虹が太陽に向きあうとは、天皇に対する何かを暗示しているのかもしれません。そのように、表立っては口にできない何か、それがこれらの記事には潜んでいるようにもみえてきます。

東日本大震災以降に刊行された地震や津波に関する歴史関係の書物では、平安時代前期の貞観十一（八六九）年五月に発生した貞観地震と津波から説きはじめる論考を多く目にします。資料も豊富で場所も三陸であるために論じやすかったのだと思いますが、予見的なことを言えば、今後生じる可能性がもっとも高い南海地震・東海地震のモデルとしては、天武紀の諸記事と、それにかかわる考古学的な成果は重要な意味をもつのではないでしょうか。

そしてまた、文学の側の興味としては、言い伝えや噂がどのようにあったのか、天武という天皇がどのように認識されていたのか、というような視座も忘れるべきでないと思っています。あるいは、天武のことを、鬼神や疫病神のようにみなしていた人びともいたかもしれないのです。あるいはそれは、天智や大友の祟りだと感じた人もいたかもしれません。

文学ではありませんが、里中満智子さんの名作長編漫画『天上の虹　持統天皇物語』では、一連の地震や流星を取り上げて、人びとが「なにか変だぞ」「いまになにかおこるんじゃないか」と、おびえながら噂し合っている場面が描かれています（第30章「彗星」）。そこでは、「政変……とか」と言わせながら、天武の治政に踏み込むことはありませんが、こうした噂を聴くことのできる耳をもつことが、文学にはもっとも必要なセンスではないかと思いました。

三　流行病の発生

新型コロナウィルス（COVID-19）が、現代の人間をこれほど恐れさせるものだとは思いもしませんでした。あっという間に地球上のすべての地域に拡散し、有無を言わせぬ力で人びとを恐怖の渦に陥れ、外出するのもままならない社会になってしまいました。目に見えないものの恐怖を改めて感じます。

ただ人類史的には、そうした恐怖は何も今回の新型コロナウイルスの蔓延(まんえん)が初めての体験ではないというのは、よく知られていることです。天然痘にしろペストにしろ、あるいは麻疹(はしか)や梅毒にしろ、目に見えない恐怖は何度も人類を襲いました。そのなかで、今回のコロナウイルスが今までの流行病と違うのは、そのスピードではないでしょうか。地球上の移動時間が縮まったのに比例して、あるいはそれ以上のスピードで、ウイルスは世界に拡散したのです。

人は打つ手もなく、家に閉じ籠(こ)もり、はじめのうちは効果などないと言われていたマスクを着けて恐る恐る外を歩き、ワクチンが作られるのを待っていました。でき上がったワクチンですが、ウイルスが世界を駆けめぐったスピードに比べればなんと緩やかなこと。後期高齢者で基礎疾患もしっかり持った私は、先日ようやく接種を受けましたが、先の長くない私がと、かえって申し訳ない思いをしています。この様子では、希望するすべての人たちにワクチンが届けられるようになる頃には、もう別のウイルスが出現しているのではないかと思えるほど、世界は悲観的な状況に置かれています。

そのような現代に対して、古代の人びとは、どのようにして目に見えない流行病に立ち向かったのでしょう。

夢の教え

何か不都合なこと、恐ろしいことに直面すると、古代の人たちは神のしわざだと考えました。元来、神というのは恐ろしいものです。何かの原因によって神が怒ると、祟(たた)りというかたちで恐ろしい出来事を招来させますし、神自身がやって来て人びとに災厄をもたらすこともあります。流行病というのは、言うまでもなく後者のほうの神の顕れということになります。その怒りを解かない限り、不都合なことや恐ろしいことは収まらない。そのために、人びとは、神（疫病）を鎮めるためにさまざまな手段を講じます。それが最新のテクノロジーとしての祭祀だということになります。

どうすれば神の心をなだめられるか。神は油断ならない存在ですから、少しの粗相も許されません。細心の注意をはらって神の声を聴き、神の意志に寄り添おうとします。ここで取り上げる古代の新型ウイルス、それは天然痘です。

『古事記』中巻・ミマキイリヒコ（崇神天皇）

ミマキイリヒコ天皇の御世に、疫病(えやみ)[1]が頻りに起こり、今にも人民が死に尽きてしまいそうになった。

そこで天皇はそのさまを憂え嘆き、神牀(かむどこ)[2]にじっと座(すわ)り続けていた夜、オホモノヌシ[3]（大物主）の大神が、

（1）疫病＝伝染性の流行病をいう。おそらく天然痘であろう。その原因は、祟り神など神の仕業だと考えられていた。

（2）神牀＝シャーマンが神の声を聴くためにしつらえられた

御夢（みいめ）[4]の中に顕れて次のように告げた。

「これはわが御心（みこころ）であるぞ。そこで、オホタタネコ（意富多多泥古）をもちいて、わが前を祭らせたならば、神の気（け）は起こらず、国は安らかに平らかになるであろう」と。

そこで天皇は、早馬（はゆま）の使いを四方（よも）に分けて遣わし、オホタタネコという人を捜し求めた時、河内（かわち）の美努（みの）の村[5]でその人を見つけて、奉ってきた。それで大君が、「そなたは誰の子であるか」と問うと、「わたくしは、オホモノヌシの大神が、スヱツミミ（陶津耳命）の娘のイクタマヨリビメ（活玉依毘売）を妻として生んだ子、名はクシミカタ（櫛御方命）、その子イヒカタスミ（飯肩巣見命）、その子タケミカヅチ（建甕槌命）、その子、それがわたくしオホタタネコ[6]です」と答えた。

それを聞いた天皇はひどく喜び、「天の下は平らかになり、人民は栄えるであろう」と仰せになると、

特別の座。古代の天皇はシャーマンであり、神の教えを聞くことがもっとも重要であった。

（3）**オホモノヌシ**＝倭（やまと）の三輪山（奈良県桜井市）に鎮座する神で、しばしば祟り神として顕れる。オホモノヌシという名は、偉大なるモノの主という意で、直接的な呼称を避けた呼び名。

（4）**御夢**＝ユメは、古代ではイメ（イは睡眠、メは見るもの）という。現実の目で見るものに対して、眠っている時に見るものは神の教えとみなされる。

（5）**河内の美努の村**＝現在の大阪府八尾市辺りの地。三輪山の麓を流れる泊瀬川は大和川の支流で、その大和川流域に美努の村がある。川を通して交流があったのだろう。

（6）**オホタタネコ**＝神（みわ）の君、鴨の君らの祖として、三輪山の祭祀を司る一族の始祖。自らの系譜をオホモノヌシからはじまると語ることによって、祭祀者としての適格性を保証する。

すぐさま、オホタタネコを神主として、御諸山において オホミワ（意富美和）の大神(7)の前を斎き祭った。また、イカガシコヲ（伊迦賀色許男命）に仰せて、神に捧げ祀る供え物を盛るための八十もの平皿を作らせ、天つ神や国つ神の社を定めて祭った。また、宇陀の墨坂の神(8)に赤い色の楯と矛とを祭り、また大坂の神(8)に黒い色の楯と矛とを祭り、また坂の尾根の神、また河の瀬の神に、ことごとくに忘れ残すことなく、幣帛(9)をたてまつった。

それで、疫病の気配はすっかり鎮まり、国のうちは安らかに平らかになった。

(7) **オホミワの大神**＝オホモノヌシのこと。三輪山の麓に建つ大神神社は、本殿がなく（拝殿がある）、山を拝むかたちになっている。

(8) **宇陀の墨坂の神・大坂の神**＝奈良盆地の東端の宇陀の墨坂（奈良県宇陀市榛原萩原）と西端の大坂（奈良県香芝市逢坂）に祭られる神。

(9) **幣帛**＝神への捧げ物。

古代の天皇はシャーマンであり、神の教えを聞くことがもっとも重要な役割だと言ってよいほどです（三浦『改訂版　神話と歴史叙述』講談社学術文庫、二〇二〇年）。その方法は、身心を清浄にし、神牀と呼ばれる聖なる場に座り続けて、神が依りつくのを待つのです。具体的にはそれは、「夢＝寐＋目」というかたちで実現されます。ここに掲げた伝承には、そうした天皇の役割がよく示されています。

疫病が蔓延すると、それは王の治政がよくないのだということになるわけで、天皇はその対応を迫られます。まずは原因を突き止めなくては対処方法はわからないわけで、そこに出現するのが神の教えです。オホモノヌシというのは倭の土地神として敬われ恐れられる三輪山にいます神ですが、その山の麓に王宮を営む天皇にとってはやっかいな存在でもありました（三浦『古事記の神々　付古事記神名辞典』角川ソフィア文庫、二〇二〇年）。

オホモノヌシを祀る大神神社

ここでは、夢のなかに現れたオホモノヌシが、「わが御心」を明らかにし、その求めに応じることによって危機は克服されます。具体的には、祭祀者が決定することによって神は心を鎮めたということになります。

ここで付け加えておきますが、この伝承では、神である疫病は自らの意志で人を病に陥れているのではなく、オホモノヌシの力に操られて人を害しているというふうに語られています。つまり、優位なる力をもつカミと、人に災厄をもたらす劣位なるモノとに分化されているといえます。元は、人が制御できない力をもつものはすべてカミとして崇められ畏れられていたわけで、疫病もカミでした。それが祀られる神と遠ざけられるモノへと分かれることで、ここに語られるような、祭祀される神と排除される疫病という関係が生じたということになります。

流行病の蔓延

ミマキイリヒコというのは古事記や日本書紀によれば、第十代の天皇とされています。むろん、天皇という称号は七世紀の推古天皇の頃、あるいは天武朝に入ってから創出されたと考えられており、それ以前はオホキミ（大王／大君）と呼ばれていたわけですが、その倭の地に誕生した大王としては、ミマキイリヒコ辺りから実在性を認めることができるというのが、もっぱらの見解です。ただし、古事記や日本書紀に伝えられていることがらが事実だということにはなりません。したがって、ここに語られている疫病の蔓延に関しても、そのまま事実として受け入れるわけにはいきませんが、遠い昔の疫病の記憶が反映しているとみなすことは許されるでしょう。

時代としては、およそ二世紀後半から三世紀と考えられるでしょうか。それはいわゆる「魏志倭人伝（ぎしわじんでん）」にいう邪馬台（やまと）国があった時代と重なっています。そして、その舞台も重なります。ミマキイリヒコの宮は、「師木（しき）の水垣宮（みずがきのみや）」（日本書紀の「磯城（しき）の瑞籬（みづかき）

宮」も同じ）とされ、現在の奈良県桜井市金屋にあったといいます。山辺の道の南端、三輪山の南西の麓にあたります。

疫病と訳していますが、原文は「役病」で、エヤミと訓読されています。役は「疫」と音が通じるので借音として用いているだけで、「役病」は「疫病」と同じ意味です。「えやみ」という日本語は、流行病をいう言葉です。

日本書紀の崇神天皇五年条には、「国内に疾疫多く、民、死亡者有りて、且大半ぎなむとす」と記されています。また、六世紀半ばの欽明十三年十月条には、「国に疫気行りて、民、夭残（若死に）を致す」とあり、このときの疫病について、跡を継いだ敏達天皇のところに、「考天皇より陛下に及るまでに、疫疾流行りて、国の民、絶ゆべし」（十三年三月一日）という記事もあり、歴史的にみても相当重大な疫病が広がっていたことを窺わせます。

欽明天皇の時代というのは、仏教伝来という出来事からもわかるように、百済をはじめとして、朝鮮半島や中国との交流が活発に行われた時代です。それとともに疫病ももたらされ、人びとのあいだに蔓延するという状況が生じるわけで、その構造は、今回の新型コロナウイルス（COVID-19）の流行と同じとみても過言ではないでしょう。なお、「考天皇」の考という漢字は、亡き父を意味します（亡き母は「妣」）。

果たしてミマキイリヒコ（崇神天皇）の時代に疫病の流行が事実として起こったか

どうか、その判断はむずかしいところです。ただ、ヤマト国の時代と重なると考えれば、やはり海彼との交流のはじまった時代と位置づけることは可能で、いかなる種類の疫病かはわかりませんが、突然、人びとを苦しめることになったというのは十分に考えられることです。

古代に流行した疫病とは何かというと、もっとも一般的なものは天然痘だといわれています。天然痘ウイルスによる感染症ですから、新型コロナウイルスと同じようなもので、死因も肺の損傷を伴うことが多いようです。皮膚に膿を持った湿疹ができるので、疱瘡、痘瘡と呼ばれ、「もがさ」という日本語もよく知られています。皮膚に湿疹ができ「かさぶた」状になるところから、「面+笠」と呼ばれたものかと思い辞書を引くと、続日本紀には「裳瘡」という表記があり、「たちまちに流行するさまが、裳を引くようであることから」とか、「喪瘡」で「喪中のように家に閉じこもることから」と説明されていました（『日本国語大辞典』小学館）。「瘡」は傷あるいは「かさ（できもの）」をいうので、カサの語源は笠とみてよいと思うのですが、モの意味は不明です。しかし、オモ（面）のモととるのがいちばんわかりやすいと私は思うのですが、どうでしょう。

なお、天然痘の伝来に関しては、八世紀の大流行を最初とする説が有力なようですが、その時の天然痘については次節で取り上げることにします。

感染症対策と予防

オホモノヌシの要求に応(こた)えて、祭祀者オホタタネコを捜し出し祀(まつ)らせたとありますが、それだけでは疫病は鎮まらなかったようです。ある神を特別扱いしたのではほかの神が妬(ねた)んだりもするので、なかなか厄介なのです。そこで天皇は、イカガシコヲという男に命じて、すべての神々に捧(ささ)げ物を準備して祭らせます。それによって、すべての神々の怒りを鎮めなければならない、あるいは、怒りだすのを抑えなければならないと考えたのでしょう。感染症対策としては、とにかく捧げ物を供えて祭る以外に方法は無かったのです。

そうしてまた、それとは別に、宇陀(うだ)の墨坂(すみさか)の神と大坂の神とを選び、赤い盾・矛と黒い盾・矛を祭ったとあります。脚注に書いたように、倭からみて東の道を守る神と、西の道を守る神です。盾と矛は、攻撃の武器と防御の武器です。つまり、東西の出入り口を封鎖し出入りを監視するのです。赤と黒というのは、呪力(じゅりょく)の強い色と見なされています。こちらは予防あるいは防疫対策ということになります。当然、何らかのかたちで人間の出入りも制限されたでしょうから、こちらは予防対策としての実効性が期待できるのではないでしょうか。

外部との接点としての「坂」は、「境＝サカ」でもあります（三浦「交わる人と神

――境界としての〈坂〉」『改訂版　神話と歴史叙述』講談社学術文庫、二〇二〇年)。塞ぎ止める場所であるとともに出入り口であるという点で、なくてはならないところがもっとも危険な場所でもあるというのは、今回のコロナ騒動のなかでの空港閉鎖によって象徴的に示された通りです。

目に見えないモノに立ち向かうには、神に祈り続け、出入りを遮断する。それ以外に方策はない、それが古代でした。そう考えると、限られたワクチンを求めて大騒ぎをする現代も、古代と大して変わりはないのだなと、あらためて思った次第です。

四　国家中枢の壊滅――蔓延する「もがさ」

国家の危機管理がどうのこうのと言ったところで、地震予知などという言葉が存在する現代でも、防災グッズを備えることぐらいしかできないわけですから、古代では神に祈る以外に何の手立てもないというのは致し方のないところでしょうか。誤解のないように言っておきますが、福島第一原子力発電所の炉心溶融(メルトダウン)は天変地異ではなく人災なので、造った側に全責任があります。造るなら、どんな地震や津波があっても壊れないようにしておくべきですから、明らかに国家の危機管理の失敗です。
それに対して、東日本大震災や新型コロナウイルスの発生を防ぐのは無理ですから、生じたことに対する責任を云々することはできません。ただし、その後の処理に関しては、とうぜん責任は生じるわけで、その対応がうまく機能したかどうかは改めて検証し対処しなければなりません。しかし、あらゆる面で私たちの国は、それがうまくいっていないのではないでしょうか、残念なことに。

疫病大流行の兆し

その兆しは大宰府からもたらされました。続日本紀によれば、天平七（七三五）年八月十二日の聖武天皇の勅に次のようにあります。

聞くところによると、比日、大宰府に疫で死ぬ者が多いという。疫の気を救い療して、民の命を救おうと思う。

そこで天皇は、幣帛を大宰府管内の神社に奉り、人びとのために祈らせます。また、大宰府の観世音寺と管内の諸寺に命じて金剛般若経を読ませ、使者を派遣して疫病に罹患した民に物資を支給し薬湯を配ったとあります。また一方で、長門の国（山口県西半分）より東のほうの諸国の守もしくは介（長官あるいは次官）に命じて、斎戒沐浴して道饗祭を行わせました。

寺社に祈り、物資と薬を送り、九州から東に疫病が入り込まないように、山陽道諸国の国司たちに命じて道饗祭（恐ろしいものなどを防ぐための祭り）を行わせます。なかなか迅速な初期行動と言えるでしょう。都にまで疱瘡がやってくるのはどうしても避けなければなりません。

ところが、二十三日には、大宰府から嘆願がきて、「管内諸国の疫瘡が大いに広がり、百姓はほとんど病に倒れた。今年の貢調を留めたい」というので天皇は許します。税金（田租と調）が免除されたのです。

天平七年は農作物が不作だったのに加え、「夏より冬に至るまで、天下、豌豆瘡［俗に裳瘡という］を患い、若くて死ぬ者が多かった」（七年是年条）とあり、散々な年でした。

ここに「豌豆瘡」とあるのは、疱瘡のことです。「もがさ」という語もずいぶん早くからあったことがわかります。そして、この年の二月、三月の記事をみると、新羅使がやって来たり、入唐使が帰って来たり、海外との交流が頻繁に行われています。当然、流行病も船に乗ってやって来ます。八世紀というのはそういう時代だったということです。いや、前節でみたように、そういう時代はもうずいぶん前にはじまっていました。人口が十万人（一説）にもなろうかという平城京ができて四半世紀、いよいよ本物の世界都市が動き出したということです。

平城京への襲来

開けて天平八（七三六）年になり、裳瘡もひとまず小康状態を保っているようでした。十月の記事に、去年冬の疫瘡によって男も女も困窮し、農事もままならない大宰府管内の諸国に対して、田租の免除が行われています。表立った情報はないままに、天平九（七三七）年になりました。その正月二十九日の記事には、遣新羅使が京に入ったという記事があるのですが、そこには、大使であった阿倍朝臣継麻呂は津島（対馬）に着いて死んだ、副使の大伴宿禰三中は病気のために京に入ることができなかったとあります。天平八年四月に発遣されていた使者たちです。

平城京大極殿（復元）

　いささか不穏な幕開けになりました。この一行の旅については、万葉集の巻十五に往路の対馬までですが、一三五首もの歌が載せられていることで有名ですが、あるいは、より強力な天然痘の変異株をもって帰還したのかもしれません。数ヵ月後の平城京で、唐突な出来事があったと続日本紀は記しています。

○四月十七日、参議民部卿正三位藤原朝臣房前が薨した。法に従って大臣の葬儀で送ろうとしたが、その家は強く辞退して受け入れなかった。房前は贈太政大臣正一位不比等の第二子である。

○十九日、大宰府管内の諸国、疫瘡が流行して百姓が多く死ぬ。天皇は詔を出し、幣帛を管内の諸社に奉って祈らせた。また貧疫の家に物資を施し、湯薬を与えて療養させた。

藤原不比等の次男で、藤原北家の祖である房前の、唐突な死を記しています。その死因を伝えてはいませんが、間違いなく疱瘡に倒れたのでしょう。それゆえに、法に則った葬儀も房前の側で拒否したのです。今回の新型コロナウイルスに関する報道でも、死に目にも会えず葬儀もできないことが大きく取り上げられましたが、何かそれと通じる記事にみえて心が痛みます。それとともに、房前家の混乱も手にとるようにわかります。

それに続いて記された十九日の記事には、七年八月の対処法と同じことが行われたさまが記されています。ほかに策はないというところでしょう。

九州の疫病はずっと続いていたのです。そして、知らないうちに、少しずつ京に近づいていたのだということを教えています。続日本紀は、その辺りの経過については何も記していません。おそらく、もうずいぶん前に、ウイルスは平城京に入り、広く浸透していたのでしょう。最悪の事態が近づいたようです。

五月一日に日食があったと続日本紀は記します。ただし、新大系本の脚注によれば、この日食はユリウス歴六月三日に生じたが、奈良においては生じなかったとあります。それでも書いておかなければならない不穏さが感じられます。十九日には疫病と旱魃に関する天皇の詔が出て、自らの不徳をわびるとともに、物資の支給や大赦を行うことを宣言します。

狙い撃ちされた藤原氏

事態は好転するどころか、最悪の方向へと突入します。天平九年六月から八月にかけての続日本紀の記事を辿ると、悲惨な状況が続きます。以下、その出来事を、続日本紀の記事のままに、現代語に移しながら並べてみましょう。

『続日本紀』天平九年六月～八月、疫病関連記事

○六月一日、朝務を廃止した。百官官人が疫を患っているためである。
○十日、散位従四位下大宅朝臣大国が卒(1)した。
○十一日、大宰大弐従四位下小野朝臣老(2)が卒した。
○十八日、散位正四位下長田王が卒した。
○二十三日、中納言正三位多治比真人県守(3)が薨(1)した。左大臣正二位島の子である。
○七月五日、大倭・伊豆・若狭の三国の、飢えて疫める百姓に物資を支給した。散位従四位下大野王が卒した。
○十日、伊賀・駿河・長門の三国の、疫みて飢える民に物資を支給した。
○十三日、参議兵部卿正三位藤原朝臣麻呂(4)が薨した。贈太政大臣不比等の第四子である。
○十七日、散位従四位下百済王郎虞(5)が卒した。
○二十三日、天下に大赦を行った。天皇は詔りして言

（1）**卒・薨**＝三位以上の死を薨、四・五位の死を卒という。
（2）**小野朝臣老**＝大宰府の次官。帥であった大伴旅人や筑前守であった山上憶良らと在任期間が重なっている。長く大宰大弐の地位にあったらしい。「あをによし寧楽の京師は咲く花の薫ふがごとく今盛りなり」（万葉集、巻三・三二八）の作者としても知られている。
（3）**多治比真人県守**＝多治比は丹比とも。遣唐使として唐に滞在するなどの後、さまざまな役職を務めた奈良時代の政治家。
（4）**藤原朝臣麻呂**＝不比等の四男で、『歌経標式』の作者である藤原浜成の父。藤原京家の祖。
（5）**百済王郎虞**＝百済王の血を引く一族の子孫。その子の敬福は長く陸奥守を務め、東大寺

うことには、「比来、疫の気が多く発するために、神祇に祈祭するけれども、未だよいしるしを得ることができない。しかも現在、右大臣[6]の身体に病があり寝食もままならない。朕はそのために心を痛めている。そこで天下に大赦[7]を行い、その病苦を救おうと思う。（というので、天平九年七月二十二日夜明け以前の罪人の大赦を行うことを宣言する）

○二十五日、天皇の勅により、左大弁従三位橘宿禰諸兄[8]・右大弁正四位下紀朝臣男人を遣して、右大臣の第[9]に赴き、正一位を授け、左大臣に任命した。その日に武智麻呂は薨した。従四位下中臣朝臣名代らを遣して、喪事のことを監護させた。費用はすべて公費から支給した。武智麻呂は贈太政大臣不比等の第一子である。

○八月一日、中宮大夫兼右兵衛率正四位下橘宿禰佐為が卒した。

○二日、四畿内[10]と二監[11]および七道諸国に命じて、僧尼

盧舎那仏（大仏）建立の際に、管轄していた小田郡から出た黄金九百両を献上したことでよく知られている。

（6）**右大臣**＝藤原武智麻呂のことで、不比等の長男。没年五八。藤原南家の祖。

（7）**大赦**＝何か事件などが生じたとき、天皇が行う罪人の赦免。

（8）**橘宿禰諸兄**＝敏達天皇につながる血統をもち葛城王と名乗っていたが、のちに橘宿禰の姓を賜い臣籍降下した。藤原四兄弟の死没により、大納言から右大臣となって政務の中心に位置した。

（9）**第**＝邸のこと。

（10）**四畿内**＝大和・山城・摂津・河内の四か国。

（11）**二監**＝和泉・吉野のこと。

（12）**六斎日**＝仏教で、とくに忌み慎んで修行を行う日で、毎月の八日・十四日・十五日・二十三日・二十九日・三十日をさす。

に、清浄に沐浴して、一月の内に二、三度最勝王経を読ませた。また、月の六斎日(ろくさいにち)(12)には殺生を禁断させた。

○五日、参議式部卿(しきぶきょう)兼大宰帥(だざいのそち)正三位藤原朝臣宇合(うまかい)(13)が薨した。贈太政大臣不比等の第三子である。

国家の中枢部にいる貴族たちの死亡記事が並びます。天皇も、農民だとか下っ端役人のことなど気にかけている余裕はなくなっています。七月二十三日に発せられた詔は、右大臣である藤原武智麻呂の病気平癒に関するもので、一般の人びとにはまったく目も向けられていません。大赦も右大臣のために行われています。しかし、その甲斐(かい)もなく武智麻呂は死にます。その死の直前には使者を派遣して、正一位の位と左大臣の役職を与えていますが、その日のうちに亡くなったとあります(二十五日)。

目も当てられない状況に置かれたのは、権勢を誇った藤原一族で、四月に亡くなった次男の房前を皮切りに、七月には四男の麻呂(まろ)と長男の武智麻呂が、そしてついに八月には残っていた三男の宇合(うまかい)も没して、四兄弟全員が天然痘の犠牲になってしまったのです。

瞬く間の出来事で、防御のしようがなかったということでしょうか。それにしても、

(13) 藤原朝臣宇合＝藤原不比等の第三子で、常陸国守などを務めた。馬養とも。四兄弟のなかでは文学的な才能に優れ、懐風藻に漢詩六首、万葉集にも短歌六首を遺している。藤原式家の祖。

藤原鎌足、藤原不比等と続く家筋としては、なんともお粗末というしかありません。ただし、それで藤原氏が滅亡したなどということはなく、平安時代の繁栄を考えれば、犠牲は大きくはありましたが、その後の対応はしっかりしていたということになります。おそらく、この事件から何らかの教訓をえたに違いありません。

犠牲者の実態

さて、この疫病でどのくらいの人が亡くなったのでしょうか。坂上康俊氏によると、天平九年の公卿だけを数えれば半数以上が死んでおり、公出挙（各国による種籾の貸し付け）で種籾を借りながら返済できない人が五割近くもいる国があることを指摘します。しかし、果たしてそれほどの死者が全国規模で生じたかというと、そこまで多いとは考えられないと述べます（『平城京の時代　シリーズ日本古代史④』岩波新書、二〇一一年）。

氏の、「当時の日本の農村は、散村と呼ぶのが相応しい状態であったようで、流通・交流がよほど頻繁でなければ、疫病の爆発的な流行を招きにくいはず」という希望的な観測による発言です。たしかに理解できないわけではないですが、では当時の世界のなかでは有数の人口密集地であった平城京はどうだったのだと問うてみたくはなります。

というわけで、その数を推し量るのはむずかしいのですが、二割とか三割にあたる人びとが命を落とした可能性は否定できないのではないでしょうか。とすると、奈良時代の人口をおよそ四五〇万人として、九〇万から一三五万人が一気に亡くなったという計算になります。大雑把な推測でしかありませんが。

平城京で猛威をふるった疫病も、このあとはどうやら沈静化に向かっていったようです。続日本紀は九年の末尾に、「是の年の春、疫瘡が大いに広がった。はじめ、筑紫からやって来て、夏を経て秋に及んだ。公卿以下、天下の百姓が相継いで没した、その数を取り上げて数えることもできない。近い代よりこのかた、体験したことがない（原文「近代以来、未之有也」）」と記して巻十二を締めくくっていますが。謝罪もなく次の世代への教訓もない、なんだかむなしく出来事を並べてきたような気がしています。

五　貧困と逃亡――救いとしての山上憶良

天災に襲われ、疫病が蔓延するなかで、庶民はどのような暮らしをしていたのでしょう。この章のまとめをかねて考えてみたいと思います。古代の場合、遺された記録は天皇や貴族たちに関する情報が中心になってしまい、具体的な様子を窺うことのできる資料がほとんどないのは残念なことですが。

逃亡する農民

天然痘が大流行したあとの平城京あるいは日本列島はどうなったか、それを知る手がかりはほとんどないのですが、流行もどうやら下火になった九月二十二日付けで、聖武天皇は次のような詔を発しています。

『続日本紀』天平九（七三七）年九月二十二日、聖武天皇の詔

聞いていることには、臣家(1)が、稲を諸国に貯み蓄えて、百姓に出挙し(2)、利益を求めて取り引きを行なっている、と。無知なる愚民(3)は、後の苦しみを顧みず、安易に流されて食べ物を求め、農務に励むことも忘れて遂には乏困に追い詰められ、土地を離れて逃亡し、父子は離ればなれになり夫婦は別れてしまう。百姓の疲弊と困窮はこのためにますますひどく

(1) 臣家＝経済的に恵まれた貴族や豪族をいうのであろう。

(2) 出挙＝財物や種籾の貸付制度。出挙には各国が管理する公出挙と寺社や個人が行う私出挙がある。律令の規定によれば、財物や稲粟の出挙は、公出挙も私出挙も「任に私の契に依れ。官、理すること為ず」とあって個人間の契約に任されている。

なっている。まことにこれは、国司の指導が行き届いていないのが原因である。朕は、この事態をはなはだ愍んでいる。民を済う道が、このようであっていいわけがない。今より以後、（私出挙を）すべて禁止せよ。百姓を催し仕向けて、一途に産業に向かわせ、土地を失わないようにさせれば、かならず人は豊かになり家は繁栄するであろう。もしこの命令に違うことがあれば、違勅の罪[4]に基づき、その物はすべて没収せよ。また、国や郡の官人は即座に解任せよ。

農民が逃亡すること自体は和銅年間辺りからみられることで、その理由もさまざまに解釈されています。時代によって事情も違うでしょうが、この詔に出てくる「逃亡」の多くは疫病の流行に端を発するもので、「乏困」に追い詰められた人びとがたくさんいたと考えるのが妥当でしょう。そして、そこにつけ込んで暴利をむさぼろうとする輩がいるというのも、現代の状況とほとんど変わらず、苦笑するばかりです。身ぐるみ剥がされて土地を手放して逃げ出してしまうというのは、理解しやすい構

その利息は、六十日毎に計算され、八分の一以上の利息はだめで、四百八十日以上になっても「一倍」を超過してはいけない。返済できなければ労働で返せとある（「雑令」第十九・二十条）。私出挙の場合は、こうした条文が守られたとは思えない。

（3）**無知なる愚民**＝原文に「無知愚民」とある。天皇にとって庶民はこういう存在だ。

（4）**違勅の罪**＝律令の「職制律」第二十二条によると、詔書に対する職務違反は「徒二年」とあり、禁固二年に処された。

図ではないでしょうか。今回の新型コロナウイルスのために店を閉じるしかなかった飲食店や商店がどれほどあったか、古代に比べれば救済の手段は格段に多いはずの現代でさえこのありさまと考えれば、古代の人びとが被った窮乏は推して知るべしという状況だったのは申すまでもありません。

こうした詔が発せられるというのは、そうとうに悲惨な状況が現出していたからだというのは間違いありません。普段と変わらないなら、なにもこの時期にこうした具体的な詔が出るわけがないからです。決して豊かではない日々の暮らしが、一挙に崩壊したのだと思います。

貧者と窮者による問答

疫病に見舞われる直前の時期、この列島の農民たちの日常がいかなるものだったか、それを教えてくれる貴重な作品が万葉集に遺されています。よく知られている歌ですが、あらためて読んでみたいと思います。

『万葉集』巻五・八九二・八九三番、山上憶良作「貧窮（びんぐ）問答（もんだふ）の歌一首」

風雑（まじ）り　雨降る夜の　　風まじりの雨が降る夜

雨雑り　雪降る夜は　　雨に混じって雪が降る夜は

術もなく　寒くしあれば
堅塩を　取りつづしろひ
糟湯酒　うち啜ろひて
咳かひ　鼻びしびしに
しかとあらぬ　鬚かき撫でて
あれを措きて　人は在らじと
誇ろへど　寒くしあれば
麻衾　引き被り
布肩衣　有りのことごと
服襲へども　寒き夜すらを
われよりも　貧しき人の
父母は　飢ゑ寒からむ
妻子どもは　乞ふ乞ふ泣くらむ
この時は　如何にしつつか
汝が世は渡る
天地は　広しといへど
あが為は　狭くやなりぬる

なすすべもなく寒いので
固まった塩をちびちび嘗めながら
湯に溶いた糟酒をずずっと啜りながら
咳をしながら鼻水をずるずると
大して生えていない髭を撫でさすり
「俺を除いて男はいないさ」と
誇ってみるが寒くてたまらないので
麻のふとんを引きかぶり
肩当て布のありったけを
重ね着するけれど寒い夜を
我よりも貧しい人の
父や母はひもじく寒かろう
妻や子は欲しい欲しいと泣いていよう
こんな時にはどのようにしながら
お前さんは世渡りをなさっておいでか
天も地も広いとは言うけれど
わがためには狭くなっているのだろうか

日月（ひつき）は　明（あか）しといへど
あが為は　照りや給はぬ
人皆か　あのみやしかる
わくらばに　人とはあるを
人並みに　あれも作（な）れるを
綿も無き　布肩衣の
海松（みる）のごと　わわけ下がれる
襤褸（かかふ）のみ　肩にうち懸け
伏せ廬（いほ）の　曲げ廬の内に
直土（ひたつち）に　藁（わら）解き敷きて
父母は　枕の方（かた）に
妻子（めこ）どもは　足（あと）の方に
囲み居て　憂へ吟（さまよ）ひ
竈（かまど）には　火気（ほけ）ふき立てず
甑（こしき）には　蜘蛛（くも）の巣懸きて
飯炊（いひかし）く　事も忘れて
鵺鳥（ぬえどり）の　呻吟（のどよ）ひ居るに

日や月は明るく照らすとは言うけれど
わたしのためには照ってくださらないのか
人さま皆かそれとも私だけがそうなのか
かりそめにも人としてあるものを
人並みにはわたしも汗水たらしているというに
綿も入っていない肩当て布の
海松のごとくに破れて垂れた
ぼろきれだけを肩にひっかけ
つぶれた小屋のひん曲がった小屋の中で
地面にじかに藁を解き敷いて
父と母とは枕元のほうに
妻と子とは足元のほうに
取り囲みながら悲しみ嘆き
竈には煙を立てることもなく
蒸し器にはクモの巣が張るほどに
飯を炊くことも忘れて
トラツグミのようにうめいていると

いとのきて　短き物を
端截ると　云へるが如く
楚取る　里長が声は
寝屋戸まで　来立ち呼ばひぬ
かくばかり　術なきものか
世間の道

この上なく短い物の
端っこを切るとでも言うように
笞をもった里長のだみ声は
寝屋の戸口まで踏み込みわめき散らす
これほどまでになす術もないのか
世の中の道というのは

世間を　憂しとやさしと
思へども　飛び立ちかねつ
鳥にしあらねば

世の中をつらい恥ずかしいと
思うけれども飛び立つこともできない
鳥じゃないから

八世紀に生きた人のなかで、このように貧窮を題材にして「歌を詠んだ」のは憶良しかいません。天皇讃歌を大仰にうたってみたり、皇子の死を悼んだり、恋情を述べたり、旅先の風景を称賛したり、万葉集にはさまざまな種類の歌がありますが、私には憶良こそが八世紀を代表する歌人で、並ぶ人はほかにはいないと思っています。

憶良は下っ端ではあるとしても当時の貴族の一人であり、この長歌のなかに憶良自身の実生活がうたわれているわけではないでしょう。あるいは小さな頃の貧しい体験があったかもしれませんが、ここには、貧窮者の生活と家族とを見据える表現者としての憶良が、たしかに存在します。そのことが大事なのです。社会に向き合い、自分とは違う人たちをきちんと対象化して言葉に写す。そのようなことができる人が、この時代に生きていたことに、私は感嘆せざるをえません。

この歌は、天平四（七三二）年頃に作られたと考えられているので、天然痘が流行した天平七～九年の直前の時代です。しかも、天平四年までは筑前守として九州に赴任していたのですから、流行が数年ずれていれば九州で感染していた可能性はじゅうぶんにありました。実際に、大宰大弐（大宰府の次官）として赴任し憶良とも親交のあった小野老は、前節でみたように罹患して死亡しています。ただ、憶良は天平五年には亡くなっているので、天然痘の流行については知ることはありませんでした。したがって、ここにうたわれているのは、疫病以前の農民の暮らしです。

「貧窮問答歌」と題された長歌は、「貧者」と「窮者」との問答のかたちで大きく二段構成になっています。そして、「汝が世は渡る」までの前半の十七行には貧者の生活がうたわれます。そこには憶良自身の自画像的な部分がないとは言えないかもしれません。この歌をうたった頃の憶良は従五位下で、すでに筑前国守という役職は退いていたとしても、位禄（従五位下の給与）だけでも、田八町のほか、絹や綿や布が支給され、使用人二十人を与えられ、季禄（ボーナス）もありました。潤沢な生活が保証されています。

しかし、そうであったとしても重要なことは、憶良は、「貧」なる者の生活を思い描くことができたということです。前半の貧者の姿は、まるで自分の分身であるかのようです。寒さに震えながら、塩を舐(な)めつつ糟酒(かすざけ)をすすり、「あれ(吾)を措きて人は在らじ」とやせ我慢してみせるというところなど、まるで憶良に違いないと思わされてしまいます。

困窮する者たち

その憶良がここでうたいたいのは、「われよりも貧しき人」の暮らしぶりでした。一八行目「天地は　広しといへど」からはじまる後半の二十五行にうたわれるのが「窮者」の生活です。そして、ここには、父系(男系)による三世代同居を営む「拡大家族」である窮乏した農民の暮らしが表現されています。それはおそらく、八世紀の律令という制度が強いた家族関係であり、居住形態だったとみてよさそうです。

「戸籍」制度によって強いられた家父長制による父系家族は、それ以前の双系(そうけい)的な家族関係とは大きく変貌したものであっただろうというようなことは、『平城京の家族たち　ゆらぐ親子の絆』(角川ソフィア文庫、二〇一〇年)で論じたことがあります。憶良のうたう家族も含めて、七、八世紀の家族のありようについて考えたものです。

本章の副読本としてお読みいただければ幸いです。なお、双系というのは、父系でも母系でもありうる、比較的ゆるやかな規制の家族関係をさしています。

　里長が税金の取り立てにやってくるというところにも、まさに律令制下の農民たちの生活が反映しています。そして、反歌では、飛び立ちたいけれど鳥ではないので逃げられないとうたいます。逃亡する農民に寄り添って、その暮らしをうたおうとしたのが憶良という人物だったのです。

　そうした特異さをもつゆえに、中西進（なかにしすすむ）氏のいう憶良帰化人（渡来人）説を支持したいと思うのです。中西氏は、憶良は百済滅亡後の白村江（はくそんこう）の敗戦（六六三年）によって亡命した医師「帰化人憶仁（おくにん）」（天武紀朱鳥元年五月）の子で、憶良は、四歳の時に父憶仁（中西氏は「憶仁」と表記する）とともに百済からやってきた帰化二世だと論じています（『山上憶良』河出書房新社、一九七三年）。

　とすれば憶良自身が逃亡の民でもあったということになるわけです。憶良という歌人は、貧窮ばかりではなく、家族のつらさや愛（いと）おしさをうたい、哲学的に生老病死をうたうなど、他の歌人たちとはまったく異なった歌への向き合い方をしています。これは、憶良の出生以来のボーダー性を抜きにしては論じられません。

　万葉集という歌集は、山上憶良という歌人をもったという点だけで、時代を超え、空間を超えたグローバルな歌集になったと言ってよいと思っています。それに比べれば、柿本人麻呂も大伴旅人も家持もそして山部赤人も、きわめてローカルな歌人たちだと言わざるをえません。今から一三〇〇年も前に、憶良のような人がこの列島に生き、思考しながら歌を作ったことを讃嘆し、私たちがその歌を読めることを喜ぼうではありませんか。

天武朝に頻発した地震、聖武朝の疫病、時に火を噴く山、台風や豪雨、そして旱魃、休む暇なく自然災害に襲われ、頼んでもいない支配者に収奪される日々、逃げ出したくても飛べない人が、この列島にはいつも暮らしているのです。古代にも現代にも。本章でふれることができたのは、そういう古代の人びとの生活のほんの一端であったということになります。

終章　苦悩する時代の物語

いつの時代も、どのような社会も、だれもが満ち足りているということはなく、どこかでだれかが悩み苦しんでいる、それが社会の現実です。それなのに、私たちが思い描く古代は、しばしばユートピアのような、幸せばかりに囲まれた純朴な社会になっています。

そうなるのを避けて、私が本書で伝えたかったのは、リアリティのある古代です。いささか極端すぎると思われる事例を取り上げて描こうとしたのは、人が生き生きと息づく社会のありさまでした。言葉によって語られ記述された世界が、現実に、そのまま存在したとは考えていません。しかし、嘘っぱちばかりが語られているとも思っていません。

ここに紹介した伝承群には、七、八世紀の日本列島に生きた人びとの息づかいがこだましているはずです。そして、それが、皆さんの目や耳になめらかに感じられなかったとすれば、古代というのが、どこか耳障りな、どこか違和感のある社会だったからではないかと思います。現代だって、それは同じではないでしょうか。

最後に、今までのテーマでは扱えなかった二、三の出来事を取り上げ、七、八世紀という時代の現実を確認しておこうと思います。私は基本的には、古代も現代も、人の営みはたいして変わらず、いつの時代もやっていることや考えていることは同じで、とくに古代だけが特別な時代だったわけではないと考えています。ここで取り上げるのは、そのことが確認できる出来事です。

酒場でのカニバリズム

天平宝字五（七六二）年、奈良時代の真っ只中の、もっとも華やかな平城京のど真ん中で起こった事件です。奈良時代の歴史を記録した朝廷の正史・続日本紀には、味気ない官人たちの昇進記録とか、天皇の行幸記事とか天候異変とかが並んでいるのですが、たまに、とんでもない記事がまじっています。

『続日本紀』天平宝字五（七六二）年三月二十四日条

葦原王(1)は、刃物で人を殺したために、龍田真人(2)という姓を賜わって臣籍に降ろし、多褹島(3)に流罪とした。男女六人の子どもも一緒に随わせた。

葦原王は三品(4)忍壁親王(5)の孫にあたり、従四位下山前王(6)の息子である。生まれつき凶悪な性格で、好んで酒肆(7)に遊んでいた。ある時、御使連麻呂(8)という男と飲みながら博打をし、突然怒りだし、相手を刺し殺し、その股の肉を切り裂き、殺した男の胸の上

（1）**葦原王**＝ここに書かれていること以外は不明。
（2）**龍田真人**＝真人は皇親（天皇家に血縁のある者）に与えられる姓（家筋をあらわす一種の称号）。龍田真人という一族は他に例がない。
（3）**多褹島**＝現在の種子島（鹿児島県）のこと。
（4）**三品**＝親王・諸王に賜った位階の三番目。
（5）**忍壁親王**＝天武天皇の皇

に並べ、刻んで膾(なます)にして食った。その他の罪状も明白なために、役所が奏上し(9)、その罪の処罰を請うた。帝は、葦原王が皇族の一員であるために法律通り(10)に罰するのが忍びなかった。そこで、王の名を取り上げて配流(11)に処したのである。

きわめてスキャンダラスな人肉食(カニバリズム)が行われたという事件です。しかも事件の張本人である葦原王(あしはら)という人物は、忍壁(おさかべ)親王の孫だというのですから、宮廷を揺るがす大騒ぎになったことでしょう。忍壁親王は天武(てんむ)天皇の皇子です。その、当時もっとも高貴な血を受け継ぐ男が、酒場でケンカをして相手を殺してしまう。それだけでも大事件ですが、そこで終わっていれば、続日本紀に載せられることにはならなかったでしょ

子で、母は梶媛娘(かじひめのいらつめ)。
(6) **山前王**＝「やまくま」とも。万葉集と懐風藻に作品を遺す。養老七（七二三）年没。
(7) **酒肆**＝酒屋。平城京の東西の市にあった酒屋か。難波津など主要な交通の要衝にも、酒をおく店があった。
(8) **御使連麻呂**＝素性不明。
(9) **奏上**＝高貴な人物であるために天皇の判断を仰いだ。このときの天皇は、淳仁天皇。
(10) **法律通り**＝律令の規定では流罪の上は死罪である。
(11) **配流**＝律令では、流罪は近流(こんる)、中流(ちゅうる)、遠流(おんる)の三等がある。種子島は遠流の地。

う。ところが葦原王は、殺した男の肉を食べてしまったというのです。しかも、人びとの目に囲まれた酒屋で、男の胸板を俎にして、太股の肉を切り取って刻み、膾にして喰ってしまったというのだから驚きます。

平城京には東西に大きな市があり、市のなかには酒場もありました。葦原王はその酒場で博打をしていたとありますから、おそらく金銭トラブルでも生じたのでしょうか、けんかになり、殺人に発展したというわけです。相手の御使連麻呂という男についても何もわかりませんが、官位も役職名も記されていませんし、あるいは市にたむろしているゴロつきのような男だったのかもしれません。

まさか、葦原王が人肉を食べるのが趣味だったということはないでしょうし、計画的な殺人というわけでもなさそうですから、酔った勢いでということなのでしょう。しかしそれにしても、博打でのけんかがここまで発展してしまうというのは尋常ではありません。現代と同様、キレれやすい時代だったのでしょうか。時は天平宝字五(七六二)年、孝謙女帝が譲位し、淳仁天皇が位に就いて三年、恵美押勝が討たれ、道鏡が登場する直前、平城京には不穏な重苦しい空気がよどんでいた、そのような時代だったとみてよいと思います。

この事件を読むたびに、私は、一九八一年、パリ留学中の日本人青年が、親しくなったオランダ人女性を殺してその肉を食べたという事件を思い出します。そのパリ人肉事件は日本でもフランスでも大きな話題になり、政治問題にもなりました。日本に送還された青年は、唐十郎の小説の主人公にもなりました。青年には肉体的なコンプレックスから生じた倒錯的な性衝動があったようで、葦原王の場合とは違います。ただ、古代も現代も、この種の猟奇殺人事件は、ひとしく起こりうるのだということを認識しておくのは大事なことではないでしょうか。もちろん人肉を食べるというところまでいくかどうかは別にして、殺した肉体を傷つけたり切断したりするというのは、しばしばニュースに登場します。

古代の神話や伝承には、時に肉体の切断が語られます。神話的に言えば、「殺害」は、「再生」の前提として語られるので新たな誕生をもたらす行動として認識されます。スサノヲによるオホゲツヒメ殺害による五穀の起源神話などがその典型です。また人肉食について言えば、日本の神話には出てきませんが、宗教的儀礼的な行為としてのカニバリズムも世界にはさまざまな事例が報告されています。しかし、ここに取り上げた葦原王の行為は、そうした古代的な肉体の切断や人肉食では説明できない行動とみるしかありません。それは、この事件には、いつの時代にも生じうる「時代の狂気」とでもいえるような気配しか感じられないからです。

現代でも、週刊誌やワイドショーのトップニュースになりそうな事件が、歴史書の中に現れてくるところに、八世紀の社会が特別な時代ではなかったということを示し

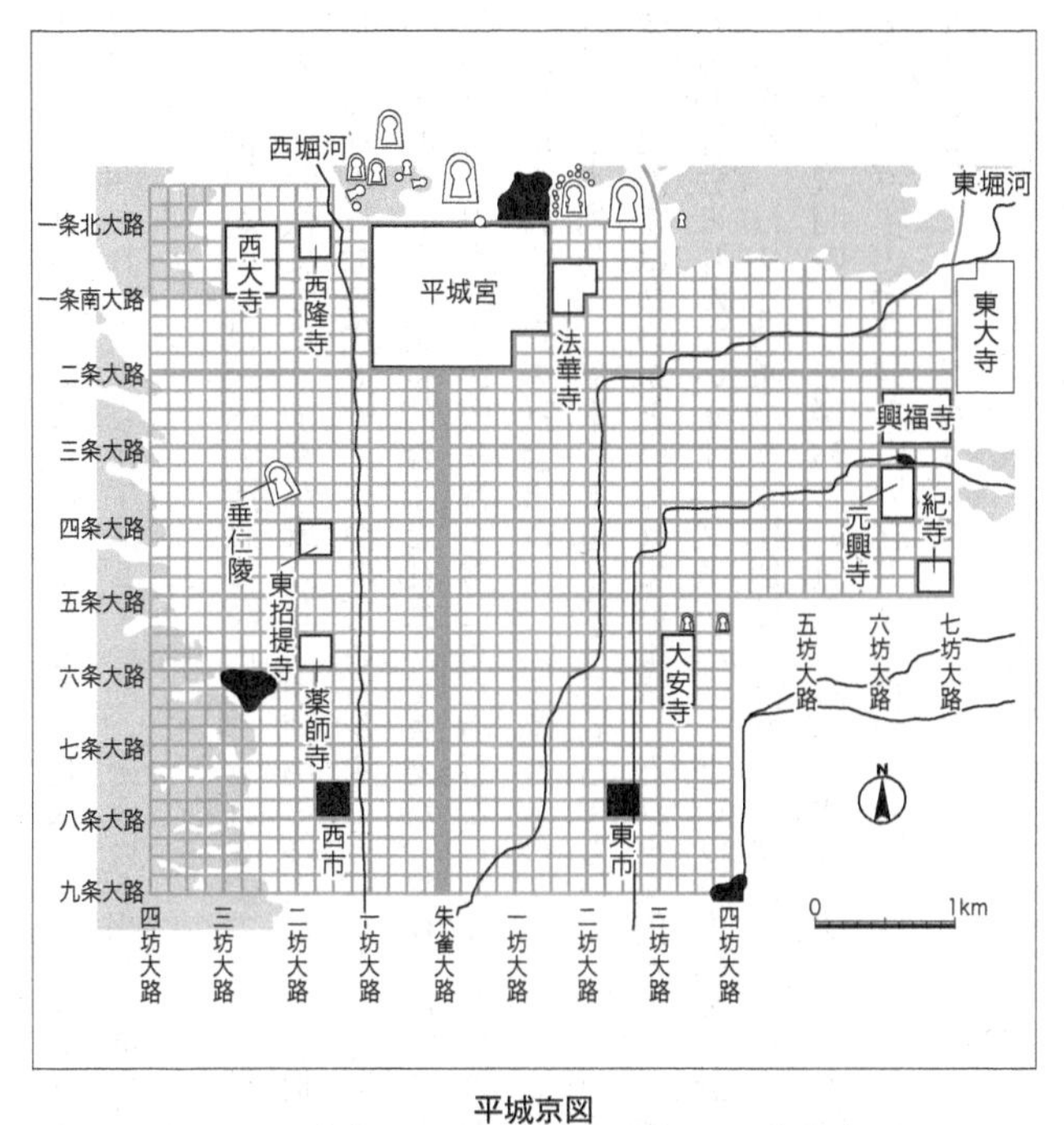

平城京図

和銅3（710）年に完成した。今の東京都千代田区と中央区を合わせたほどの大きさ。

ています。ごくありふれているというか、どんな時代にも起こりそうな事件が起こり、そうした事件に囲まれて人びとは生活していた、そういう当たり前の時代として、古代はあったのです。

とくに、七世紀から八世紀へと流れる時代は、それまでの日本列島の古代社会が、大きく変貌した時代でした。国家が成立し、中国から移入した律令制度をもとに、古代天皇制が確立された時代です。べつの言い方をすると、父系的、男系的な社会が作られ、男を中心とした家父長的な家と社会ができあがってゆく段階でした。中心には天皇が置かれ、そのまわりを取り巻く男たちを中心とした社会ができあがります。それは、それ以前の日本列島の社会とはずいぶん違うものだったと考えられます。

それ以前の日本列島は、父系でも母系でもどちらでもいいような、きわめてあいまいな状態だったのではないかといわれています。それを文化人類学などでは双系制あるいは双方制社会と呼んでいます。父系か母系かという一方的な社会ではなく、どちらでもありうる、わりと融通のきく社会だったのではないかという認識は、ちょっと都合のよすぎる説明のようで疑わしい気もするのですが、律令制度の導入が、強力な父系（男系）社会を出現させたというのは間違いないでしょう。そして、それを選択したのが大和朝廷だったわけです。

欲望都市平城京

葦原王の猟奇殺人の舞台、それは平城京の東西に置かれた市（東の市と西の市）の中にある酒場でした。その賑わうバザールをもつ平城京は、和銅三（七一〇）年に作られ、長岡京に遷都するまでの七十年あまりに渡って古代国家の中枢として機能した人工都市です。その中心には天皇の住居と諸官庁の建物が立ち並ぶ平城宮があり、そこから南に延びる朱雀大路の両側は、左京と右京とに分けられ、中国の都にならって碁盤目状に区画整備され、貴族や役人や職人たちの家が立ち並んでいました。市の場所は、左京と右京のそれぞれ八条二坊にありましたから、南の端に近いあたりということになります。

この時代の日本列島の総人口は五百万～六百万人と推定されていますが、東京都の千代田区と中央区とを合わせたほどの面積しかない平城京には、七万～十万人ほどの人が生活していたといいます。しかも、その住人は、「上は天皇から下は奴婢にまでおよび、この間に、皇親・貴族・僧尼・中下級官人・一般庶民・地方から徭役などで上京してきた人々」まで（栄原永遠男『日本の歴史④天平の時代』集英社、一九九一年）、あらゆる階層の人間が暮らしていました。

そして重要なことは、そこに住むほとんどの人間が消費する人びとであって生産する人ではなかったということです。皇族・貴族や役人や僧尼はもちろん、その家族も商人も職人たちも、都市の住民はすべて消費経済に支えられて生活していたのです。銭と物が動き、贋金作りまでいたという賑わう都のバザールの片隅で、先に記したような猟奇殺人事件が起きたとしても、いっこうに不思議なことではないだろうと思います。おそらく、銭こそがすべてといった風潮が日本列島に誕生した、その最初の時代が八世紀でした。

親不孝な息子

そのような時代を象徴する話が、日本霊異記に伝えられています。親と子との、身につまされる話で、今もあちこちで起こっていそうなお話です。まずは読んでみましょう。

『日本霊異記』上巻・第二十三
「凶しき人、嬭房の母を敬養せずして、現に悪死の報を得る縁」

大和国添上郡(1)に、一人の悪い男がいた。名前は伝わっていないが、字を瞻保(2)といった。この男は、孝徳天皇の時代(3)に学生とでもいえる識者(4)で、儒教の書物を学んでいながら、自分の母に孝養をつくさな

(1) 大和国添上郡＝現在の奈良市東部のあたり。
(2) 瞻保＝注釈書類は「みやす」と訓読するが、ここは中国風の字とみなすべきだから「せんぽ」と音読するのがよい。

かった。

　母は我が子の瞻保から稲を借りて返済することができなくなり、瞻保は自分の母にきびしく督促し返済を迫った。母は土下座し、息子は朝床で胡座（あぐら）をかいているといったありさまに、居合わせた友人もいたたまれなくなり、「善き友よ、どうして孝の教えに背くのか。ある人は、父母のために寺や塔を建て、仏像を造り、僧を招いて供養をする。君の家は財産も豊かで、稲もたくさんあって幸せだ。それなのにどうして学んだことに背いて親母（はは）[5]に孝行しないのだ」と諭したが、「放っといてくれ」と言って聞こうとしない。怒った友人は、母の代わりに借りた稲を返済して帰っていった。

　すると母は乳房[6]を出し、悲しみ泣きながら言った。「わたしは、お前を育てるのに休む暇もなかったが、よその子が親に恩返しをするのを見ながら、わが子もそうしてくれるだろうと頼みにしていたのだ。そ

（3）**孝徳天皇の時代**＝大化の改新（乙巳の変、六四五年）のあと、中大兄・中臣鎌子（藤原鎌足）の傀儡（かいらい）政権のかたちで誕生した。伝承の世界では、新しい文化がもたらされた時代という認識をもっている。

（4）**学生とでもいえる識者**＝大学寮で勉学したものを学生というが、ここはそれと同等の知識を持つ者といったニュアンスで使われている。

（5）**親母**＝他にみない言い方だが、生み育てた母という意味で用いているらしい。

（6）**乳房**＝縄文時代の土偶以来、いつの時代も「母」を象徴するのが豊満な乳房である。

れなのに、却って責められはずかしめられてしまった。どうか心の迷いであってほしい。息子よ、お前はわたしが借りた稲を取り立てた。だからわたしもまた、お前に飲ませた乳の代価を要求する。母と子との縁は今日で切れてしまった。すべてのことは、天や地の神がご存じだ、ああ、つらいことよ」と。

それを聞いた瞻保は、突然立ち上がり、屋の奥に入り、出挙の証文[7]を取り出して庭に持ち出し、そのすべてを焼き捨ててしまった。

その後、瞻保は山に入り迷い、どうしてよいかわからなくなった。髪を振り乱し身を傷つけ、狂って東西に走り回り、家に帰るとまたすぐに路をうろつき家に居つかなかった。そして三日後、とつぜん火が出て[8]、すべての屋敷や倉は焼け失せてしまい、ついには自分の妻子までもが路頭に迷うことになってしまった。瞻保は、頼むところもなく、飢えと寒さで死んでしまった。

(7) **出挙の証文**＝利息をともなった貸し付けをいう。国家による公出挙と個人や寺院などによる私出挙とがある。公出挙はおもに稲の貸し付けで、個人の場合は銭の貸し付けが行われた。

(8) **火が出て**＝偶然に火が出たというのではなく、これも仏罰としての業火である。

現報は遠くないということを、どうして信じないでいられようか。

このために、経典に述べられていることには、「不孝をなす者たちは、かならず地獄に落ちるであろう。父母を孝養すれば浄土に往生することができよう」と。これは仏がお説きになるところであり、大乗経典がまことに説いているお言葉です。

添上郡（そうのかみ）というのは大和の郊外にあたる地域で、主人公は都の郊外に住む都市生活者ということになります。孝徳（こうとく）天皇の時代に学生とでもいえる識者だったというのは、大学寮で勉強するようなインテリということでしょうか。そして、当然そこで勉強するのは儒教の書物です。大学寮で勉強して役人になるというのが、律令期の知識人の歩む典型的な出世コースですが、ここは知識だけの頭でっかちを揶揄（やゆ）して、このような描き方をしています。

彼の名前ですが、瞻保（せんぽ）と音読しました。注釈書類では「みやす」と訓読しているのですが、それでは奈良時代の知識人というニュアンスが出ません。この呼び名は中国ふうの「字（あざな）」であり、ちょっと気取って、自分のことを「センポ」と名乗っていたと考えるべきです。

儒教はもちろん漢文の知識やらさまざまな教養を身につけた男がいた。そういう高い教養をもつ知識人でありながら、彼は金貸しをするという、インテリ・ヤクザのような人物だったのですね。まさに典型的な都市型の成り上がり者です。母親にまでお金を貸していて、母親が返済できないときびしく取り立てる。見かねた瞻保の友人が、母親の肩代わりをすると申し出るほどにひどい男だったというわけです。

母親は、息子の友達にお金を返してもらうなんてあまりにもひどいというので、とうとうキレてしまいます。それをきっかけに息子は狂ってしまい、一家は破滅に突き進んでいくという、なんとも痛ましい事件です。

母の論理と乳房

乳房を出して、お前を育てたおっぱいの代金を返せと、母は迫ります。息子との絆(きずな)を絶対化した母の論理とでも言えるでしょうか。そこに、母の力が示されているわけですが、この話では、そうした母の役割、母の力が、銭という別の力によって崩壊するさまが描かれます。まさに家族崩壊のドラマです。それがはじめて現れてきたのが、この時代でした。律令制度が入ってくることによって都市型社会が形成され、その中で生じた現象だったということができます。

前代の母あるいは母の役割の崩壊は、この時代に始まって現代社会にまで続く、父系的な社会を背景にもっています。そして、二十一世紀に入った今、男を中心とした社会が崩壊しようとしています。長く続いた日本列島の男社会もついに臨終の時を迎えようとしていますが、男を中心とした社会の出発点となったのが、まさに八世紀という時代だったのです。

話自体は守銭奴が没落する話ですから、個人の問題というふうにも説明できると思われるかもしれません。しかし私は、たんに瞻保という個人の資質の問題ではなく、社会がこういう男を作っているのだと考えています。この種の話は、そうした社会の歪（ひず）みや裂け目を敏感に見つけて語られていくのです。

防人と母

最後にもう一話、母と息子の話を取りあげます。やはりここでも、母と息子との関係に歪みがあらわれ、家族が壊れていきます。前に続いて日本霊異記に載せられている話ですが、編者・景戒（きょうかい）の、たしかな目を感じさせる話のひとつです。

『日本霊異記』中巻・第三

「悪逆の子、妻を愛して母を殺さむと謀り、現報に悪死を被る縁」

吉志火麻呂(1)は、武蔵国多麻郡鴨の里(2)の人であった。火麻呂の母は、日下部真刀自(3)といった。聖武天皇の時代(4)に、火麻呂は、大伴という役人に、筑紫の防人(5)に命じられ、任地に行ってちょうど三年(6)が経とうとしていた。母親は子に随って(7)筑紫に行き、息子の面倒をみていた。火麻呂の妻は故郷に留まって家を守っていた。

その折に火麻呂は、自分の妻と離れて防人に行き、妻への愛情に耐えられなくなり、道にはずれた考えを起こし、「わが母を殺し、その喪に服して、兵役を免れて故郷に戻り、妻といっしょに暮らそう」と思った。母の性格は、善行を行うのを心掛けていた。息子はそれを利用し、母を誘って言うには、「東の方の山の中で、七日間、法花経を説き奉る大会が行われます。さあ、母よ、聞きたまえ」と。信心深い

(1) **吉志火麻呂**＝どのような人物かは不明。吉志というのは父方の姓である。

(2) **武蔵国多麻郡鴨の里**＝東京都の中西部にあたる多摩地方だろうが、鴨の里がどのあたりかは不明。

(3) **日下部真刀自**＝日下部はこの女の出身氏族の姓。刀自は家を護る主婦をさす言葉で、女性の名によく用いられる。

(4) **聖武天皇の時代**＝神亀元(七二四)年二月に即位し、天平感宝元(七四九)年七月に譲位した。

(5) **筑紫の防人**＝壱岐・対馬をふくめて北九州の沿岸防備のために置かれた兵士を防人という。防人の定員は三千人で、その多くを東国から派遣していたが、天平宝字元(七五七)年に、負担が大きいということで東国からの派遣は廃止された。

母は、欺かれて、経を聞こうと念って発心し、湯で体を洗い浄めて、いっしょに山の中に行った。

　すると息子は、牛のような目つき[8]で母を睨みつけ、「汝、地に長跪け」と言う。母は、息子の顔を見つめて答えて言うことには、「どうしてそんなことを言うのですか。もしかして、あなたは鬼にでも取り憑かれてしまったのか」と。息子は、太刀を抜いて母を斬ろうとする。母親はすぐさま息子の前に跪いて、「木を植える心は、その木の実を得るとともに、その木陰に隠れるためである。子どもを養う心は、子どもの力を得るとともに、子どもに養ってもらうためなのです。恃みにしていた樹から雨が漏れるように、どうしてわが子は、自分の願いに背いて、こんな変な気持ちを起こしたのだろう」と言う。息子の火麻呂は、まったく聞く耳を持たなかった。

　時に母は困り果て、身に着けた衣を脱いで三つに分けて置き、息子の前に跪き、遺言して言うことに

（6）**ちょうど三年**＝律令のなかの軍防令によれば、防人の任期は三年と定められている。そのちょうど任期が果てる時という設定である。

（7）**子に随って**＝軍防令によれば、防人は牛馬などの家畜のほか、「家人・奴婢」を任地に連れていくことができるが、ここにいう「家人」は家族という意味ではなく、奴婢（奴隷）とともに家に置かれた使用人である。また、「婦女」を任地に連れていくことは禁止されており、ほんとうに母が付いていったとすれば、「家人」か「奴婢」に身をやつして付いていったということにでもしないと辻褄が合わない。

（8）**牛のような目つき**＝霊異記の説話では、仏罰を受けた者が牛に生まれ変わる話が多い。牛のような目は恐ろしい者をいう比喩である。

は、「わたしのために、包んでくれ。そして、その一つの衣は、わが長男であるあなたにあげよう。一つの衣は、わが次男に贈ってほしい。もう一つの衣は、わが下の息子に贈りたい」と。悪逆の子はそれを聞いても平然と母の前に歩み進んで、ちょうど母の項(うなじ)を斬ろうとした、その瞬間、立っていたところの大地が裂けて、(9)その割れ目に転落した。

母はとっさに立ち上がり、落ちていく息子の髪を握り、天を仰いで哭きながら願うことには、「わが子は物に取り憑かれてこんな事を仕出かしたのです。正気でしたのではありません。どうぞ、罪をお許しください」と。そう言いながら、なお強く髪を握って息子を引っ張りあげようとしたが叶わず、息子は、とうとう大地の底へ落ちていってしまった。

「慈母」(10)は、手に残った息子の髪を持って家に帰り、息子のために法事を準備し、その髪の毛を筥に入れて仏像のみ前に置いて、謹んで、読経してもらった。

(9) **大地が裂けて**＝これも仏罰である。大地が熱せられたフライパンのようになったりする場合もある。

(10) **慈母**＝慈しみ深い母というのが、母の理想像として作り上げられてゆく、そのはじめが日本霊異記である。「慈母」と母の慈しびは深い。深いゆえに悪逆の子にすら哀愍（かなし）びの心を垂れて、そのために供養まで行ったのである。誠に知ったことよ、不孝の罪への報いというのはほんとうに近くにある。そして、悪逆の罪は、その報いがないということなどありえない、ということを。

いう語は霊異記のほかの説話にも出てくる。

武蔵（むさし）国多麻（たま）郡の鴨（かも）の里というのは、今の西東京市あたりでしょうか、そこに住む吉志火麻呂という男が防人（さきもり）として九州に派遣されることになります。そのとき、息子の九州遠征に母親が一緒に付いていったという、子離れできない母親とマザコン息子の物語として読むことができる話です。まさか、イラクのサマーワに派遣されていた自衛官に母親が付いていくなどということはないと思うのですが、当時の法律、養老令のなかの「軍防令」でも、家族が一緒に付いていくなどということは許されていません。ただし、「家人（けにん）」とか「奴婢（ぬひ）」、あるいは牛馬は連れていってもかまわないという規定がありますが、これは屯田（とんでん）兵のように現地で耕作をしなければならないので、その労働力が必要だからです。「家人」という語を家族とみて母親もいいのだとする注釈を見受けますが、「家人」というのは「奴婢」と対になっていて、賤民（せんみん）階層をいう言葉です。「奴婢」の奴は男奴隷、婢は女奴隷を意味していて売買できる奴隷のことをいいます。それに対して「家人」というのは代々その家に仕えている使用人のことで、古代の戸籍にも出てきます。

防人というのは、経済的にある程度余裕のある連中が選ばれているようで、そういう人たちだから家人や奴婢を連れていって働かせることも可能だったのかもしれません。もし、この話の通りに母親が付いていったのだとすれば、彼女は家人とか奴婢に身分をやつして息子に付いていったと考えられます。もちろん、そんなことが可能とは思えませんが、この話では母親が付いていって一緒に暮らしていました。

いうまでもないことですが、小さな子どもではありません。防人に徴用されるのは成人男子、二十一歳以上の大人です。この話でも火麻呂にはすでに妻がいるわけで一人前の男ですが、女房をさしおいて母親が付いていくというわけですから、尋常ではない母子関係です。戯画化されているのは当然ですが、私なら、現実にあったとしても驚きません、古代でも現代でも。

慈母という理想

さきほど読んだ瞻保(せんぽ)と母との話を重ねて考えてみると、この話でも、古代における母の力とか役割、母を中心とした家族の姿が浮かんできます。ところが、この話の火麻呂は母を裏切り、母を殺して防人の任務から解放されて、妻と一緒に暮らしたいと考えたというのです。しかし、真刀自は信心深い母親だったので、仏がそんなことは許さず、殺そうとした瞬間に地面が割れて火麻呂はその裂け目に落ちてしまいます。そこで母親は息子を助けるために髪の毛をつかんで引きあげようとするのですが、結局は息子は地面の底に落ちて死んでしまいます。

この話が強調しようとしているのは「慈母」、慈しみ深い母という存在です。そして、私たちに見えてくるのは、親の世代と息子の世代との間に生じた断絶です。息子の側からいえば、いつまでもつきまとっている母親を殺すことによって若い妻との関係を選ぼうとしていると読むことができます。もう三十年近くも前になりますが、大ヒットしたテレビドラマ『ずっとあなたが好きだった』（TBSテレビ、一九九二年）における佐野史郎さんが演じた桂田冬彦と、母そして妻との関係は、ずいぶん評判になりました。冬彦君は最後に母を刺してしまうのですが、この霊異記説話は、あのドラマのテーマとほとんど同じだといえるのではないでしょうか。

親子関係に新しい楔を打ち込み、それ以前の関係を壊してしまう、そのような状況が八世紀にあらわれてきたのです。しかもそういう状況が、瞻保の場合は都の郊外でしたが、ここでは都から遠く離れた武蔵国でも起きているのです。東国防人が徴用された聖武天皇の時代、八世紀半ばのことですが、母よりも妻を選び、母が排除されようとする新しい時代の訪れを象徴する話として読むことができます。前の瞻保と母親の話は、都の郊外、大和国での出来事で、時代は七世紀半ば頃でした。一方、こちらは筑紫（つくし）へ行った東国人の話で、八世紀半ばの物語です。そのまま信じるとしたら、およそ百年の時間が経過しています。その百年のあいだに、家父長的な律令体制の確立とともに、母系型の親子関係の崩壊がはじまり、瞬く間に中央から地方へと広がっていった。そのようにして日本列島は大きな変貌を強いられることになった、ということになります。

日本霊異記には、このような親不孝の話がほかにもけっこう出てきます。それが、古事記や日本書紀などとは大きく違うところです。古事記の場合、神話に描かれている親子関係というのは、ひとつの理想的な姿としてあって、どちらかといえば母親を中心としたものが強いという傾向にあります。万葉集を見ても、「母」という言葉や、「母父（おもちち）」、「父母（ちちはは）」という言葉はたくさん出てくるのですが、「父」という言葉が単独で出てくる例はほとんどありません。古層の社会では、「親」といえば母であり、母と子というのが基盤的な関係でした。それは神話を読んでも歌を読んでも、わりと一般的なイメージです。

それに対して、八世紀の日本列島を背景にもつ日本霊異記の親子関係はちがっています。「母」が家から排除されてゆくのです。それは、父系制という男（父）による支配権の確立を意味しています。その代償として、母には「慈母」という勲章が与えられたのです。男の社会にとって子どもを育て慈しむいい母が必要になり、慈母が誕生することで、男は安心して社会と家を営むことができたというわけです。

父系社会を作った天皇制

家父長制を基盤とした律令制度を中国から受け入れ、その中核に天皇を位置づけたのが、古代の国家です。律令制度を基盤とした天皇制は、父系による血で繋がった王権です。万世一系というのも、父方の血筋を繋いでいこうとする決意表明だということができます。

古代の天皇制と明治政府によって作られた近代天皇制とを連続的にみることはできないと私は考えていますが、近代天皇制の危機を克服するために、現在（二〇〇六年）、女帝論がさかんに議論され、その根拠を古代の天皇制に求めています。これには賛否がありますが、女帝を容認する方向へと、大勢は動いています。その後の議論は停滞していますが、五十年先百年先まで見据えるつもりなら、「皇室典範」の改定は避けて通れないはずです。

一方、女性の天皇を受け入れられない一部の人たちは、父系によって継がれる血筋こそが天皇家だと考えています。今どき古くさいと思われそうですが、ほんとうは、それこそが近代天皇制の根幹であって、女帝を容認したとたんに、近代天皇制は崩壊すると考えるのが正統な認識だと私も思います。今後も天皇制を護（まも）ろうと積極的に行動している人たち、いわゆる民族派と呼ばれる人たちの中にも、双系制を主張しながら女帝容認論を振りかざす論者もいるようですが、あまりに迎合的な発言で驚いてしまいます。

女帝というのは、近代天皇制とは水と油の関係にあり、まったくなじまないものだと考えるべきです。私などは、現在の女帝容認論は、「男が立ち行かなくなったから女も混ぜてやるぞ、喜びなさい」と言っているようにしか聞こえません。つまり、女帝容認論は、女性を子を産む肉体というところからしか考えていないという意味で、男子直系という従来の考え方と同じです。そして、その発想は女性蔑視（べっし）だということを、なぜフェミニストたちは叫ばないのでしょうか。「皇室典範」を改定して女性天皇を容認するのだとすれば、それは明治以降の近代日本をすっかり転換することになるわけですから、国民投票でもして、国民の総意を確認するといった手続きが必要だと私は考えています。

そのような認識をまったくもたず、男子の後継ぎがいないという理由だけで、女性天皇を認めようとするのが現在行われている議論です。だから、秋篠宮（あきしののみや）妃の懐妊がスクープされたとたんに、議論は棚上げということになってしまうのです。もし生まれる子が女子であったら、再び女性天皇論が浮上するのでしょうか。まったく失礼な話です。

父系の血筋というのは、子どもには確かに父親の血が入っているという幻想が存在しないと成り立ちません。ところが母系的な関係なら、極端な話、男はだれでもかまわないわけで、母親は、生まれた子どもが自分の子だということについて、疑い悩む余地などありません。どうしたって確実に母方の血筋は受け継がれてゆきます。

ところが父系の血筋というのは極めて不安定なわけですから、それを守ろうとするなら、一夫多妻を前提としたハーレムを作り、中国の後宮のように宦官以外の男は締め出し、宮廷内で精子を供給できる男は皇帝だけという状態を保ち続けるしかないということになります。しかし、天皇制においては、近代でも前近代でも、宦官は存在しませんでした。当然、不義の子は生まれたに違いありません、光源氏のような男は、現実にもいたでしょうから。

そこから考えれば、前近代の天皇制も、近代の天皇制も、きわめて不自然な、あるいは徹底しない制度の中で、父系社会を守ろうとしてきたということになります。というより、父系というのは幻想でいいわけですから、現実は、知らぬは亭主ばかりなりという状態でもよかった、いやそのほうがずっとよかったのです。日本列島において父系社会が千数百年も持続しえたほんとうの理由は、そこらにあるのかもしれないと、感慨深く考えたりします。

それぞれ考えはさまざまにあるでしょうが、私は、このあたりで、天皇制という長く長く続いてきた制度の幕引きを考えてもいいのではないかと思っています。いつまでも父系社会を存続させることが必要かどうか、二十一世紀の社会にとって、どういう制度がよいのか、じっくり議論しながら、日本列島に住む男にも女にも居心地のよい社会を作ることができればいいですね。

古代文学に向き合っていると、知らないうちに夢見がちな理想を振りまわしてしまうことがあります。しかし、それを私はいやだとか青いとかとは思っていません。おそらく、古代文学を読んでいると、あらゆる出来事や物事を始まりのところにもどって考えようとする思考法が身についてしまうのです。それは、いささか単純だという批判はあるでしょうが、この本でとり上げた神話や伝承を読んでいただければわかるように、現代の私たちとほとんど変わらない心情や行動が古代文学の中に見いだせるからではないかと思います。そこに生きる神も人も、語られる出来事も、遠い世界で起こっている他人事(ひとごと)ではないと思ってしまうようなリアリティがあります。

私がこの本で知ってもらいたいと考えたのは、そうしたリアリティでした。古代でも現代でも、人の心や行動は大して変わらないのだということがわかれば、私たちを圧迫しているさまざまな呪縛(じゅばく)から自由になれるのではないか。そうすれば、誰かに命じられたり押し付けられたりするのではなく、今起こっている出来事にどう立ち向かうか、未来をどのように切り拓くかということを、自分で判断できるようになるのではないか。

できるようになったかどうかは別にして、そうなりたいと私は考えています。

今と向こうとを隔てる時間、ここと向こうとを仕切る空間を自在に行き来しながら、自分と世界とを見つめなおす、私が古代文学を読むのはそのためではないかと思っています。成功しているかどうかの判定は読者のみなさんに委ねるしかありませんが、この本で述べたかったのもそのようなことでした。

［文庫版注］ここで述べた「女帝論」に関する発言は、本書元版の執筆段階での小泉内閣における議論を踏まえて書いたもので、「現在」というのも二〇〇六年時点をさしています。二〇二一年現在における議論はほぼ存在しないに等しいのですが（第４章末「文庫版追い書き」参照）、私自身の基本的な立場は変わっていないので、この部分を削除したり変更したりはしませんでした。

あとがき

あと少しで五〇〇頁という分厚さで「入門」と銘打った文庫本に需要はあるのか、と案じてくださる方もあろうかと思う。内心ではたしかにと同意しつつ、これこそが入門書としてふさわしいのだと申し上げておこう。入門書だから分量はほどほどにとか、だれでも知っている題材をとか、あまり刺激的なものは避けてとか、そのような配慮や忖度（そんたく）が入門書をつまらなくさせてきたのではなかったか。

大げさに言えば、そのように考えて本書は構想された。たしかに読みやすくするための工夫はしてあるし、はじめて古代文学を読もうとする人が興味を持ってくれそうな話題を組み込んでもいる。しかし、内容のレベルを下げて読んでもらおうというような失礼なことはしていないし考えもしなかった。ふだん古代文学に慣れ親しんでいる人と話すような話題を、そのまま入門書に仕立てたのである。ただし、読み慣れている人には不要な説明を少し付けたり、引用を現代語に訳して注を付けるというような手間はかけたが、それは古代文学を親しみやすくする工夫であって程度を下げようとしたわけではない。だれもがいつも原文で読む必要などないのだ。

本書の旧版はちょうど一五年前、A五判ハードカバーに会田誠氏の傑作「大山椒魚」を纏って世に出た。書店ではかなり目立ったし、レジに持っていくには勇気がいったという人もいた。そのほんのちょっとした決断と心のときめき、それが入門書にはなければならないのだと思う。新しいことに挑戦するのだから。

わたしが本書を出したいと思った理由を、旧版「あとがき」に次のように書いた。

　文学研究、とりわけ古典文学の研究は、今や、野生生物で言うなら絶滅危惧種に指定されそうな状況に追いつめられている。役に立たない学問という烙印を押され、あちこちの大学では、仏文や独文は言うにおよばず、国文学や日本文学という名の学科や講座まで、廃止されたり改編・縮小されたりしている。大学とはべつに、古典文学は比較的年配の読者に支えられてきたが、近ごろではカルチャーセンターにおける古典講座の受講者も減少傾向にあって、実用的な知識を学べる講座とか、健康にいい講座とかがにぎわっているらしい。

　十八歳人口が減少し選択肢が多様化しているのだから、志願者が少なくなるのはしかたがない。しかし、実益や効率ばかりが優先される社会の中で、文学研究は役に立たないから駄目だと言われるのは、どうにも口惜しいことである。少しでも状況を好転させなければと思う。そのためには、私もしばしば口にしていた

「文学なんて役に立ちませんから」というような発言は、逆説的であろうと自虐的であろうと謙遜であろうと、いかなる意味でも口にすべきではないと反省した。もっと素直になって、文学のおもしろさや役割を伝えなければならない。そこで、若い人にも年配の方にも興味をもってもらえるような、古代文学の道しるべになる本はできないか、と考えて組み立てたのが本書である。

ここに書いたことは、今もまったく変わっていない。いや、ますます懸念される方向へ突っ走っている。それは、このコロナ禍での大学教育のあり方を仄聞しても、私自身もかかわっている街なかのカルチャー講座の疲弊した状況をみても明らかである。どうにか今回の感染症が鎮静化したとしても、そのあとの状況はより一層ひどいことになるだろう。政府も企業も、この二年間に被った損失を回復しようと躍起になるはずだからである。つらいことだが、稼がないもの具体的な力にならないものが等閑視され排除されるのは目に見えている。

それにどのように立ち向かうか。未来を見とおし相手とおのれの心に向きあうには何が必要か。おそらく文学の力はそこで発揮されなくてはならない。疲れはて迷ってしまった自分と社会を見つめなおし、自らの拠りどころを見つけだす。それができるのが文学だと思う。おなじく創造的な表現行為のなかでも、映像や音楽とはその点が違っている。映像や音楽の場合は、こちらの視覚や聴覚が一方的に刺激され、シャワーのように包みこまれる。その刺激は心地よく感性にはたらきかけ、面倒な対話を経なくてすむという点でとても魅惑的であるが、それゆえに相手にすべてをゆだねてしまう危険性を隠しもっている。

一方、自分自身のなかで相手との対話を経ることなしには存在しえないのが文学である。ことばによる表現というのは、それを耳にし目にした者が、自らのあたまで咀嚼し組み立てなおすことによって、相手のことばと向きあうことができる。古代文学を読むというのも、そうした往還運動のなかで自らを見いだすことだと言ってよい。

長く埋もれていた旧版を掘り起こし、新たないのちを付与してくれた学芸ノンフィクション編集部の麻田江里子さんに、心よりの感謝を申し上げたい。ちょうどいい時期に黄泉帰ることができて、とてもうれしい。

「はじめに」の文庫版追い書きに書いたように、本書は旧版に第5章を増補してできている。この増補が付いたことによって、コロナ後の日本古代文学「入門」になることができたように思う。それが必要になったのは、旧版から経過した一五年のなかで経験した二つの大きな出来事、東日本大震災と新型コロナウイルス（SARS-CoV-2）の襲来であったというのも書いたとおりである。適切に対応できているかどうかは措いて、対応しなければならないと思わされた出来事であった。

旧版が世に出たのは、穂原俊二さんと岩根彰子さんのお力添えによる。お二人のサポートがなければ本書は生まれていなかった。改めて御礼申し上げておきたい。そしていつものことだが、校閲の方々をはじめとして本造りと販売にかかわってくださる皆さんに、心よりの感謝を。ありがとうございます。

三浦佑之

二〇二一年八月　日照りの夏に

日本列島古代年表

西暦	天皇	年号	日本列島の主要な出来事（事実か否かを問わず）	世界の出来事
	崇神	崇神	この時代、疫病発生、死者多数【第5章－三】	
	垂仁	垂仁28	10月　倭彦命、没。墓に殉死者を立てる【第3章－二】	
		32	7月　野見宿禰の建言により、埴輪作成【第3章－二】	
			この天皇代、マトノヒメ恥じて入水【第2章－二】	
			この天皇代、タヂマモリ常世の国へ【第1章－二】	
5C	安康	安康3	天皇、マヨワに殺害される【第4章－二】	
	雄略	雄略元	3月　天皇、春日大娘皇女を認知【第2章－三】	
		22	7月　浦島子、蓬萊山へ向かう【第1章－三】	
471		（雄略）	7月　辛亥年7月、ワカタケル（稲荷山鉄剣銘）	
501	武烈	武烈3	この年以降、天皇の猟奇的行為、頻発【第3章－二】	
588	崇峻	崇峻元	この年、百済、僧を倭国に派遣し仏舎利を献ず	隋、中国を統一
592		5	11月　天皇が殺され、12月、敏達皇后（推古）即位	
593	推古	推古元	4月　聖徳太子、皇太子となる	
599		7	4月　地震あり、家屋倒壊。地震の神を祭る【第5章－二】	
604		12	4月　「憲法17条」を制定	隋、煬帝即位
607		15	7月　小野妹子を隋に派遣（翌年、帰国）	
610		18	1月　倭国、隋に使者を送る（隋書）	マホメット活動開始

西暦	天皇	年号	日本列島の主要な出来事（事実か否かを問わず）	世界の出来事
618		26	8月　高句麗の使者、隋の滅亡を伝える	隋滅亡（唐興る）
620		28	この年、「天皇記・国記・公民等本紀」の編纂	
621		29	2月　聖徳太子、没	
628		36	3月　推古（豊御食炊屋姫）没。後継者に関して紛糾	唐、全中国を統一
629	舒明	舒明元	1月　田村皇子（舒明天皇）、即位	
632		4	10月　遣唐使、唐の使者をともない帰国	マホメット、没
641		13	10月　舒明天皇、没（天智・天武の父）	
642	皇極	皇極元	1月　宝皇女（舒明皇后）即位（皇極天皇） 10月　この月、地震が連続して起こる　【第5章－二】	
645	孝徳	4 大化元	6月　中大兄・中臣鎌足、蘇我入鹿を殺害（大化の改新） 皇極、譲位／孝徳天皇、即位	
646		2	1月　「大化の改新の詔」発布（公地公民／班田収受） この天皇代、膽保、仏罰により悪死　【終章】	
648		4	4月　新しい冠位を施行	
649		5		新羅、百済を破る
655	斉明	斉明元	1月　斉明、即位（皇極の重祚）	
657		3	9月　有間皇子、狂人のふりをする　【第4章－二】	
858		4	11月　有間皇子、謀反が発覚して処刑　【第4章－二】	
660		6	この年、百済救援の準備を始める	百済滅亡

661		7	7月 斉明、遠征途中の筑紫・朝倉宮で没	
662	天智	天智元	この年、近江令22巻、制定	
663		2	8月 白村江の戦（新羅・唐VS百済・倭）倭国軍大敗 9月 百済からの亡命渡来人多し【第5章－五】	百済、離散
667		6	3月 近江大津宮へ遷都（額田王、作歌）	
668		7	1月 中大兄、正式に即位（天智天皇） 5月 蒲生野における遊猟（額田王、作歌）【第4章－四】	
669		8	10月 藤原鎌足没	高句麗、滅亡
670		9	2月 「庚午年籍」（初めての戸籍）作成	
671		10	12月 天智天皇、没（殯宮挽歌、額田王ほか）	
672	天武	天武元	6月 壬申の乱勃発（大海人の勝利）	
673		2	2月 大海人、即位（天武天皇）	
675		4	11月 この年以降、天武朝で地震連発する【第5章－二】	
676		5	この夏、旱害で飢饉	新羅、朝鮮半島統一
678		7	4月 十市皇女、没（自殺か）【第4章－四】 12月 筑紫地震発生。被害甚大【第5章－二】	
679		8	5月 天皇、吉野へ行幸（皇子たち、盟約）	
681		10	2月 律令撰定の詔（書紀）／草壁皇子、皇太子 天武朝に、国号「日本」と「天皇」号が成立か	
684		13	10月 白鳳南海地震／南海トラフ・津波発生【第5章－二】	

西暦	天皇	年号	日本列島の主要な出来事（事実か否かを問わず）	世界の出来事
686		15	9月　天武天皇、没す（9日）	
	持統	朱鳥元	10月　大津皇子、謀反発覚、処刑される　【第4章－三】	
687		持統元	持統皇后称制（正式即位は4年）	
688		2	11月　天武の殯宮儀礼終了、埋葬する	
689		3	4月　草壁皇子没（この前後、大津の骨を移葬したか）	
			6月　令一部22巻を班つ（飛鳥浄御原令）	
690		4	1月　皇后、正式に即位する（持統天皇）	則天武后、皇帝へ
694		8	12月　藤原宮に遷都	マニ教、唐へ入る
696		10	7月　高市皇子没	
697	文武	文武元	8月　持統譲位（太上天皇）／軽皇子即位（文武天皇）	
700		4	6月　「大宝律令」の制定	
701		大宝元	1月　遣唐使任命（山上憶良、遣唐小録）	
			3月　「大宝令」の施行／6月　実施を七道に命じる	
702		2	2月　「大宝律」の施行／10月　律令を諸国に頒布	
			12月　持統（太上天皇）没（58歳？）	
707		慶雲4	6月　文武天皇没／7月　元明天皇即位	
708	元明	和銅元	5月　銀銭・和同開珎を使用	
			8月　銅銭・和同開珎を使用（流通経済の促進）	
710		3	3月　平城京に遷都	

西暦	天皇	年号	事項	海外
712		5	1月 「古事記」成立と「序」にあるも不審	
713		6	5月 諸国に「地誌（風土記）」の編纂を命令	大祚栄、渤海郡王に
715	元正	霊亀元	9月 元明天皇、譲位／元正天皇（氷高内親王）、即位	
717		3	11月 養老改元、この年以前「常陸国風土記」成立か	
718		養老2	この年、「養老律令」撰定（藤原不比等ら）	
720		4	5月 「日本書紀」撰進（舎人親王ら）紀30巻系図1巻	
721		5	1月 長屋王、右大臣／12月 元明没す	
724	聖武	神亀元	2月 元正天皇、譲位／聖武天皇、即位 長屋王、左大臣となる	
726		3	9月 豊作により、田租を免じる	
729		天平元	2月 長屋王、謀反の密告により自尽	
730		2	4月 施薬院を設置	
732		4	この年、憶良「貧窮問答歌」作歌か【第5章－五】	
733		5	2月 「出雲国風土記」成立 6月 以降に山上憶良、没か	新羅、渤海を倒す
735		7	8月 大宰府管内に疫病発生【第5章－四】	
737		9	4月 疫病、平城京へ。藤原房前死亡【第5章－四】 6～8月 疫病猛威、藤原三兄弟（麻呂、武智麻呂、宇合）相次いで死亡、死者累積【第5章－四】	
738		10	1月 阿倍内親王、立太子（聖武の娘）	

西暦	天皇	年号	日本列島の主要な出来事（事実か否かを問わず）	世界の出来事
739		11	10月 入唐使・平群広成、京へもどる	楊貴妃、玄宗後宮へ
740		12	12月 天皇、恭仁宮へ移る	
743		15	10月 盧遮那仏（大仏）建立の詔を出す	
744		16	2月 難波宮を皇都と定める	
745		17	5月 聖武、平城京に戻る この天皇代、女、鬼に喰われる【第3章－四】 この天皇代、修行僧吉祥天女と交接【第3章－五】 この天皇代、防人、仏罰で悪死する【終章】	
749	孝謙	天平勝宝元	7月 聖武天皇譲位／阿倍内親王即位（孝謙天皇） 10月 東大寺大仏、本体の鋳造終わる	
751		3	11月 漢詩集「懐風藻」成立	
752		4	4月 東大寺大仏、開眼供養	
754		6	1月 鑑真、唐より渡来	
755		7	2月 東国諸国の防人歌（万葉集、巻20）	安禄山の乱
756		8	5月 聖武太上天皇没（56歳）。道祖王立太子	
757		9 天平宝字元	1月 橘諸兄、没 3月 道祖王を廃し、4月、大炊王立太子／8月 改元	
758	淳仁	2	8月 孝謙天皇、譲位。大炊王即位（淳仁天皇）	
759		3	4月 桑の木に登っていた女、蛇と遭遇【第2章－五】	

西暦	天皇	年号	日本列島の出来事	世界
761		5	3月　葦原王、酒屋で人を殺し肉を喰う【終章】	
762		6	5月　都周辺で飢饉が発生する	李白、没
764	称徳	8	9月　道鏡、大臣禅師となる【第4章－五】 10月　淳仁天皇を廃位、淡路島に幽閉 孝謙太上天皇重祚し、称徳天皇となる	
765		天平神護元	閏10月　道鏡、太政大臣禅師となる	
766		2	10月　毘沙門像から仏舎利が出現、道鏡は法王に	
768		神護景雲2	2月　道鏡の弟・弓削浄人を大納言とする	
770	光仁	4 宝亀元	8月　称徳天皇没（53歳）。白壁王皇太子に（4日） 8月　道鏡を下野国の薬師寺へ流す（21日） 10月　白壁王即位し、光仁天皇となる／改元	杜甫、没
772		3	4月　道鏡、下野国で没する【第4章－五】	
776		7	7月　田中真人広虫女、仏罰を受ける【第1章－四】	
781	桓武	天応元	4月　光仁天皇譲位。山部親王即位（桓武天皇）	
784		延暦4	11月　長岡京に都を遷す	
794		13	11月　平安京（京都）へ都を遷す	

本書は幻冬舎より二〇〇六年に刊行された『日本古代文学入門』を文庫化したものである。文庫化に際して新たに第5章を書き下ろし、他の部分には追記および訂正を施した。

増補 日本古代文学入門

三浦佑之

令和3年 9月25日 初版発行
令和6年 11月30日 再版発行

発行者●山下直久

発行●株式会社KADOKAWA
〒102-8177 東京都千代田区富士見2-13-3
電話 0570-002-301(ナビダイヤル)

角川文庫 22844

印刷所●株式会社KADOKAWA
製本所●株式会社KADOKAWA

表紙画●和田三造

ISBN 978-4-04-400653-2 C0195

角川文庫発刊に際して

角川源義

第二次世界大戦の敗北は、軍事力の敗北であった以上に、私たちの若い文化力の敗退であった。私たちの文化が戦争に対して如何に無力であり、単なるあだ花に過ぎなかったかを、私たちは身を以て体験し痛感した。西洋近代文化の摂取にとって、明治以後八十年の歳月は決して短かすぎたとは言えない。にもかかわらず、近代文化の伝統を確立し、自由な批判と柔軟な良識に富む文化層として自らを形成することに私たちは失敗して来た。そしてこれは、各層への文化の普及滲透を任務とする出版人の責任でもあった。

一九四五年以来、私たちは再び振出しに戻り、第一歩から踏み出すことを余儀なくされた。これは大きな不幸ではあるが、反面、これまでの混沌・未熟・歪曲の中にあった我が国の文化に秩序と確たる基礎を齎らすためには絶好の機会でもある。角川書店は、このような祖国の文化的危機にあたり、微力をも顧みず再建の礎石たるべき抱負と決意とをもって出発したが、ここに創立以来の念願を果すべく角川文庫を発刊する。これまで刊行されたあらゆる全集叢書文庫類の長所と短所とを検討し、古今東西の不朽の典籍を、良心的編集のもとに、廉価に、そして書架にふさわしい美本として、多くのひとびとに提供しようとする。しかし私たちは徒らに百科全書的な知識のジレッタントを作ることを目的とせず、あくまで祖国の文化に秩序と再建への道を示し、この文庫を角川書店の栄ある事業として、今後永久に継続発展せしめ、学芸と教養との殿堂として大成せんことを期したい。多くの読書子の愛情ある忠言と支持とによって、この希望と抱負とを完遂せしめられんことを願う。

一九四九年五月三日